Holly Bourne
Spinster Girls
Was ist schon normal?

Holly Bourne, geboren 1986 in England, hat erfolgreich als Journalistin gearbeitet, bevor sie das Schreiben von Jugendbüchern zu ihrem Beruf machte. Mit den Wünschen und Sehnsüchten von Jugendlichen kennt sie sich gut aus, da sie auf einer Ratgeber-Webseite viele Jahre lang Beziehungstipps an junge Leute von 16-25 Jahren gab.

Nina Frey, geboren in Heidelberg, studierte Anglistik und Germanistik in Hamburg. Sie arbeitete lange im Kunsthandel in Hamburg, London und Berlin. Heute lebt sie als freie Übersetzerin in Wien.

Holly Bourne

Spinster Girls

Was ist schon normal?

Roman

Aus dem Englischen von Nina Frey

dtv

Ausführliche Informationen über
unsere Autoren und Bücher
www.dtv.de

Diese Übersetzung wurde mit einem Übersetzerstipendium
der Stadt Wien gefördert.

Deutsche Erstausgabe
© 2018 dtv Verlagsgesellschaft mbH & Co. KG, München
© 2015 Holly Bourne
Titel der englischen Originalausgabe: ›Am I normal yet?‹
2015 erschienen bei Usborne Publishing Ltd. London
© für die deutschsprachige Ausgabe:
2018 dtv Verlagsgesellschaft mbH & Co. KG, München
Umschlaggestaltung: dtv / Katharina Netolitzky
Gesetzt aus der Janson Text LT Pro
Satz: Fotosatz Amann, Memmingen
Druck und Bindung: C.H.Beck, Nördlingen
Gedruckt auf säurefreiem, chlorfrei gebleichtem Papier
Printed in Germany · ISBN 978-3-423-71797-7

*Für meine Eltern (wieder mal),
die mich stark gemacht haben.*

GENESUNGSTAGEBUCH

Normalwerdetagebuch

Datum: 18. September

Medikation: 20 mg Fluoxetin   Runter von 40 mg – Yaaaay!

Gedanken/Empfindungen: Bin ich schon normal?

Hausaufgaben:
- Rand des Mülleimers unter der Spüle anfassen, danach 10 Minuten lang nicht die Hände waschen
- Drei Hauptmahlzeiten am Tag, mehrere Snacks!
- Weiter so, Evie!! :)   (Hä? Keine Belohnungssticker?!)

Evies Hausaufgaben:
- Sicherstellen, dass keiner auf der neuen Schule auch nur irgendwas davon erfährt
- Ein neues normales Leben anfangen und nachholen, was du die letzten drei Jahre verpasst hast.

Normal heißt mit 16:
- College
- Freunde (die einen nicht sitzen lassen, weil man zu sehr nervt)
- Einen Freund? Wenigstens den ersten Kuss?
- Partys? Spaß?

EINS

Alles begann mit einer Party.
Wir reden hier nicht einfach von irgendeiner Party. Wir reden hier von meinem ersten Date. Also meinem allerersten Date überhaupt. In meinem ganzen Leben. Weil ich jetzt endlich, nach all dem Mist, den ich durchgemacht hatte, dafür bereit war.
Sein Name war Ethan und er stand auf die Smashing Pumpkins (was auch immer das sein soll) und hatte es bereits geschafft, sich einen richtigen Dreitagebart zu züchten. Und er fand mich gut genug, um mich nach Soziologie zu fragen, ob wir zusammen weggehen wollten. Und lustig war er. Und er hatte so richtig winzige, aber hübsche dunkle Augen, wie ein Frettchen oder so. Aber ein sexy Frettchen. Und er spielte Schlagzeug und Geige. Beides! Obwohl das ja zwei völlig unterschiedliche Instrumente sind. Und, und ...
... und, Himmelherrgott, was zum TEUFEL sollte ich bloß anziehen?
Schön, dann stresste ich eben rum deshalb. Und steigerte mich rein. Reinsteigerungsstress hoch tausend. Auf erbärmlichste Weise. Aber für mich war das eben eine Riesensache. Endlich würde ich einmal was NORMALES tun. Und wahrscheinlich würde ich das auch gerade eben noch hinkriegen. Und ich wusste durchaus, was ich anziehen würde. Vor meinem geistigen Auge hatte ich bereits jede mögliche Kleidungskombi der Welt abgespult und mich schließlich für enge Jeans, ein schwarzes Oberteil und eine rote Halskette entschieden, also das, was mir als das ungefährlichste Outfit der Menschheitsgeschichte erschien.

Ich würde wieder normal sein. Und ich würde mich ganz vorsichtig hineinwagen, Schritt für Schritt.

Das Outfit

Jeans = Cool, genau wie alle anderen, und »Ich steig bestimmt nicht gleich mit dir ins Bett, also schlag dir das gleich mal aus dem Kopf, Freundchen«.

Schwarzes Oberteil = Macht schlank – ja, ich weiß ... tja, war eben meine erste Verabredung und von den Medikamenten war ich ein bisschen ... aufgedunsen.

Rote Kette = Ich kann durchaus sexy sein, zum Beispiel wenn du brav gewesen bist, und dann in sechs Monaten, wenn ich so weit bin und du mir gesagt hast, dass du mich liebst, und ein paar Kerzen angezündet hast und all das andere Zeugs gemacht hast, das im wahren Leben wahrscheinlich eh nicht vorkommt ...

... Ach ja, und wenn du rundum tiefengereinigt worden bist und zehnmal auf Geschlechtskrankheiten untersucht.
Nettes – ungefährliches – Outfit. Zieh's an, Evie. Zieh die verdammten Sachen halt einfach an. Also tat ich es.

*

Bevor ich jetzt erzähle, wie es gelaufen ist und wie damit etwas begonnen hat, wenn auch nichts mit mir und Ethan, da wollt ihr wahrscheinlich wissen, wie ich ihn kennengelernt habe, damit ihr emotional mitgehen könnt.
Ach Mist. Jetzt hab ich verraten, dass es nichts geworden ist mit Ethan und mir.

Egal. Welche große Liebesgeschichte hat schon einen Helden, der aussieht wie ein sexy Frettchen?

Evie und Ethan: Wie alles anfing

Neue Schule. Ich war nun auf dem College, wo mich nur eine Handvoll Leute als das Mädchen kannten, das »plötzlich irre« geworden war. Trotz meiner eher schmalen Sammlung an GCSEs, die ich überwiegend durch Privatunterricht erlangt hatte, durfte ich mich jetzt hier auf meine A-Levels vorbereiten, weil ich eigentlich ganz schlau bin, wenn ich nicht gerade in der Geschlossenen sitze.

Ethan fiel mir gleich in meiner allerersten Soziologiestunde auf. Hauptsächlich, weil er der einzige Junge dort war. Und weil er, wie bereits erwähnt, den Bonus der dreitagebärtigen Frettchensexyness hatte.

Er saß mir gegenüber und unsere Blicke trafen sich beinah auf Anhieb.

Ich schaute mich um, um rauszufinden, wen er da anstarrte. Hinter mir saß niemand.

»Hi, ich bin Ethan«, sagte er mit einem kleinen Winken.

Ich winkte etwas steif zurück. »Hi, ich bin Evelyn ... Evie. Immer Evie.«

»Hast du schon mal Soziologie gehabt, Evie?«

Ich blickte runter auf mein nigelnagelneues Arbeitsbuch mit seinem völlig glatten Rücken.

»Äh, nein.«

»Ich auch nicht«, sagte er. »Soll aber total easy sein. Eine nachgeschmissene Eins, oder?« Er grinste mich breit an und in mir spielten sich seltsame Dinge ab. So heftig, dass ich mich hinsetzen musste – nur, dass ich schon saß und deshalb nur irgendwie verlegen auf dem Stuhl herumwackeln konnte, in Panik ausbrach und das mit einem Kichern zu überspielen versuchte. »Warum hast du's gewählt?«, fragte er.

Eine Frage. Fragen beantworten kannst du, Evie. Also lächelte ich und sagte: »Ich dachte, es ist ungefährlicher als Psychologie.«

Ups. *Nachdenken.* Immer erst nachdenken, dann antworten. Unter seinem wilden Haarschopf legte sich sein Gesicht in Falten. »Ungefährlicher?«, wiederholte er.

»Ach, du weißt schon«, versuchte ich zu erklären. »Ich ... äh ... also ... Ich brauch echt keine zusätzlichen Anregungen.«

»Was für Anregungen?«

»Ich bin sehr leicht zu beeinflussen.«

»Sag schon, was für Anregungen?« Er reckte sich interessiert über den Tisch. Oder war er verwirrt?

Ich zuckte die Achseln und fummelte an meiner Tasche herum.

»Nun, in Psychologie lernt man genau, was im Hirn alles falsch laufen kann«, sagte ich.

»Und?«

Ich fummelte noch ein bisschen intensiver an der Tasche herum. »Na, dann lernt man noch viel mehr Sachen, vor denen man Angst haben muss, oder? Wie dieses – hast du schon mal was von Körperintegritätsidentitätsstörung gehört?«

»Körperintegridentiwas?«, fragte er und lächelte wieder dieses Lächeln.

»Integritätsidentitätsstörung. Da wacht man eines Tages auf und ist völlig davon überzeugt, dass man mit zwei Beinen ein Bein zu viel hat. Plötzlich hasst man sein überflüssiges Bein und möchte es sich unbedingt amputieren lassen. Es gibt tatsächlich Patienten, die tun so, als wären sie amputiert! Und die einzige Heilung besteht darin, sich illegal von einem speziellen

Beinabhackarzt ein Bein abhacken zu lassen. Und eine BIID, so nennt man das, entwickelt man meist erst Anfang zwanzig. Wir könnten's beide noch kriegen. Wir können es nicht wissen. Wir können nur hoffen, dass wir eine stabile emotionale Bindung zu unseren Gliedmaßen behalten. Deshalb vermut ich mal, Soziologie ist ungefährlicher.«

Ethan brach in lautes Gelächter aus, worauf alle anderen Mädchen in meiner neuen Klasse sich umdrehten und in unsere Richtung schauten.

»Ich glaube, Soziologie mit dir wird mir Spaß machen, Evie.« Er zwinkerte mir fast unmerklich zu und legte den Kopf forsch auf die Seite.

Mein Herz begann heftig zu pochen, aber nicht wie sonst wie ein Insekt in der Falle. Anders. Neu. Gut.

»Ähm ... sehr freundlich.«

Die ganze restliche Stunde verbrachte Ethan damit, mich anzustarren.

So lernten wir uns kennen.

Ich blickte mein Spiegelbild an. Erst von ganz nah, mit an den Spiegel gedrückter Nase. Ich trat zurück und schaute noch mal hin. Dann schloss ich die Augen und schlug sie ganz plötzlich wieder auf, um mich mittels Überraschungseffekt in eine unvoreingenommene Einschätzung reinzutricksen.

So übel sah ich gar nicht aus.

An meinem Spiegelbild konnte man definitiv nicht ablesen, wie nervös ich war.

Mein Smartphone piepste und mein Herz veranstaltete ein kleines Erdbeben.

Hey, grad in den Zug gestiegen. Freu mich auf später. x

Er war unterwegs. Es passierte wirklich. Dann sah ich meine Handyuhr und brach in Panik aus. In sieben Minuten wäre ich zu spät dran. Ich warf alles in meine Tasche und rannte ins Bad, um Zähne zu putzen und Hände zu waschen.

Kaum war ich fertig, geschah es.

Unguter Gedanke
Hast du sie auch richtig gewaschen?

Ich wäre beinahe vornübergekippt. Es war, als hätte mir jemand eine Stricknadel in die Eingeweide gerammt.

Nein, nein, nein, nein, nein.

Und da war schon der nächste, der mitfeiern wollte.

Unguter Gedanke
Wasch sie gleich noch mal, nur zur Sicherheit.

Jetzt kippte ich wirklich vornüber, mein Körper faltete sich in sich zusammen und ich klammerte mich am Waschbeckenrand fest. Sarah hatte mich davor gewarnt, dass das passieren könnte. Dass die Gedanken wiederkehren könnten, wenn ich die Dosis reduzierte. Ich solle damit rechnen, hatte sie gesagt. Dass das aber in Ordnung sei, weil ich jetzt »Bewältigungsstrategien« hätte.

Meine Mutter klopfte an die Badezimmertür. Wahrscheinlich hatte sie wieder heimlich die Eieruhr gestellt – alles über fünf Minuten war ein Alarmsignal.

»Evie?«, rief sie.

»Ja, Mum«, rief ich zurück, immer noch in mich verknotet.

»Alles okay da drinnen? Wann musst du los zu deiner Party?«

Sie wusste nur von der Party. Sie wusste nicht, dass ich eine Verabredung hatte. Je weniger Mum wusste, desto besser.

Meine kleine Schwester Rose war eingeweiht, hatte aber geschworen, nichts zu verraten.

»Alles gut. Bin gleich so weit.«

Ich hörte, wie ihre Schritte durch den Flur verhallten, und atmete langsam aus.

Logischer Gedanke
Alles okay, Evie. Du musst deine Hände nicht noch mal waschen. Du hast sie doch gerade erst gewaschen. Komm schon, auf geht's.

Wie ein braver Soldat richtete ich mich auf und schloss ruhig die Badezimmertür auf. Aber erst, nachdem sich noch eine letzte technische Hirnstörung nach vorne gedrängelt hatte, um einen Abschiedsschuss abzufeuern.

Unguter Gedanke
Oh, oh, es geht wieder los.

ZWEI

Nach einem jämmerlichen Dauernieselregensommer hatte sich der September bisher mustergültig aufgeführt. Die Lederjacke ließ ich mir auf dem Spaziergang zum Bahnhof über die Schulter baumeln. Es war mild und immer noch hell, Kinder sausten auf Rollerblades über die Gehwege, Eltern saßen mit Abendbieren im Vorgarten.

Ich war ein Nervenbündel.

Ich hatte ihn nicht ganz alleine abholen wollen. Aber Jane – die VERRÄTERIN – wurde mit dem Auto zur Party kutschiert, vom Freundinnendieb – pardon, ich meine Joel.

»Du brauchst mich jetzt nicht ernsthaft, um dein Date abzuholen«, hatte Jane gesagt, ekelhaft süßlich. »Ist das nicht ein bisschen ... unreif?«

Ich persönlich fand es weitaus unreifer, sich sein naturblondes Haar rabenschwarz zu färben, nur um gegen seine völlig harmlosen Eltern zu rebellieren – wie Jane es getan hatte. Aber das sagte ich ihr nicht. Ich starrte nur meine Füße an, damit ich mir ihre gönnerhaft zusammengepressten Kajalaugen nicht geben musste.

»Ich dachte nur, vielleicht ist es cool, wenn wir alle zusammen da aufschlagen?«, entgegnete ich. »Du und Joel. Ethan und ich. So als Gruppe, weißt du?«

»Süße, der will mit dir allein dorthin. Vertrau mir.«

Früher hab ich Jane vertraut ...

Ich hab meinem Urteil getraut.

Ich hab meinen Gedanken getraut.

Die Dinge ändern sich.

Und heute fuhren die Dinge Karussell.

Was, wenn Ethan nicht auftauchte? Was, wenn das hier der schlimmste Abend der Weltgeschichte wurde? Was, wenn er merkte, dass ich spinne, und das Interesse verlor? Was, wenn ich nie jemanden finden würde, der es mit mir aushält? Ja, stimmt schon, mir ging's wieder besser, aber trotzdem war ich immer noch ... ich.

Mir fiel ein, was Sarah mir zum Thema Dates erzählt hatte.

Sarah zum Thema Dates

»Ich hab ein Date«, sagte ich zu ihr.

Ich saß auf meinem Lieblingssessel in ihrem Büro und zwirbelte die langen Ohren eines Plüschhasen zusammen, sodass er im Kreis herumwirbelte. Sarah machte auch Familientherapie, weshalb es hier immer tonnenweise Zeug zum Dranrumspielen gab, wenn sie mir unangenehme Sachen sagte.

Therapeuten überraschen ist ein Ding der Unmöglichkeit – seit zwei Jahren war ich jetzt bei ihr und das hatte ich früh gelernt. Trotzdem richtete sich Sarah in ihrem Ledersessel auf.

»Ein Date?«, fragte sie mit völlig neutraler, therapiemäßiger Stimme.

»Dieses Wochenende. Ich nehm ihn mit zu einer Party.« Das Häschen drehte sich immer schneller und ich musste einfach lächeln. »Wahrscheinlich kein richtig datiges Date. Also, keine Kerzen oder Rosenblätter oder so was.«

»Mit wem ist denn dieses Date?«

Sarah machte sich Notizen auf ihrem großen DIN-A4-Klemmhefter, wie immer, wenn ich etwas Interessantes von mir gab. Es kam mir schon wie eine Leistung vor, wenn ich sie dazu brachte, ihren Bic-Kuli rauszuholen.

»Ethan aus meinem Soziologiekurs.«

»Gut, und wie ist Ethan so?«

Mein Bauch fing an zu sprudeln und mein Lächeln verteilte sich margarinegleich übers ganze Gesicht.

»Er ist Schlagzeuger. Und er glaubt, vielleicht ist er Marxist. Und er findet mich lustig. Gestern hat er doch echt gesagt: ›Evie, du bist so lustig.‹ Und ...«

Sarah fiel mir ins Wort. Mit ihrer Standardfrage.

»Und wie fühlst du dich dabei, Evelyn?«

Ich seufzte und dachte einen Moment darüber nach.

»Es fühlt sich gut an.«

Der Bic-Kuli setzte sich wieder in Bewegung.

»Warum fühlst du dich dadurch gut?«

Ich versenkte das Häschen in der Spielzeugtonne und kippte im Sessel nach hinten beim Versuch, eine Antwort zu finden.

»Ich hätte nie gedacht, dass mich mal ein Typ gut finden würde ... glaub ich. Wegen dem Ganzen hier oben ...« Ich tippte mir ans Hirn. »Und außerdem wär es schon schön, einen Freund zu haben ... wie alle anderen ...« Mein Satz blieb in der Luft hängen.

Sarah kniff die Augen zusammen und ich hielt mich bereit. Zwei Jahre hatten mich gelehrt: Je schmaler das Auge, desto unverblümter die Frage.

»Schön vielleicht, aber glaubst du, dass es momentan das Gesündeste für dich wäre?«

Ich stand auf, sofort auf hundertachtzig.

»Hey! Warum kann ich nicht einmal eine einzige normale Sache haben? Schauen Sie doch mal, wie viel besser es mir geht. Meine Medikamente werden abgesetzt. Ich geh jeden Tag in die Schule. Meine Noten sind gut. Letzte Woche hab ich sogar meine Hand in den Mülleimer gehalten, schon vergessen?«

Ich ließ mich wieder in meinen Sessel zurückplumpsen, in

der völligen Gewissheit, dass mein dramatischer Ausbruch einfach verpuffen würde. Und natürlich: Sie blieb völlig gelassen.
»Etwas Normales zu wollen, ist völlig normal, Evie. Ich verweigere dir das ja gar nicht und ich sage auch nicht, dass du das nicht tun kannst oder solltest ...«
»Sie könnten mich ja eh nicht dran hindern, ich bin ein freier Mensch.«
Schweigen, um mein Ins-Wort-Fallen zu bestrafen.
»Ich sage nur eins, Evie: Du machst das hervorragend. Das hast du selbst gesagt. Aber ...« Sie tippte mit ihrem Kuli auf dem Klemmbrett herum und rollte ihre Zunge in der Wange.
»Aber ... Beziehungen bedeuten Chaos. Besonders Beziehungen mit Jungs im Teenageralter. Sie können dazu führen, dass man viel zu viel über sich nachdenkt und viel zu viel Selbstanalyse betreibt und unglücklich mit sich ist. Und sie können dazu führen, dass selbst das ›normalste‹« – sie machte Luftanführungszeichen – »Mädchen sich fühlt, als würde es durchdrehen.«
Ich dachte einen Moment lang nach. »Dann sagen Sie also, Ethan wird mich vermurksen?«
»Nein. Ich sage, dass Jungen und Mädchen sich in Beziehungen gegenseitig vermurksen. Ich will nur sicher sein, dass du stark genug bist, um mit diesem Murks zurechtzukommen, neben all dem, was sonst noch läuft.«
Ich faltete die Arme vor der Brust.
»Und ich geh trotzdem auf dieses Date.«
Zu Fuß zum Bahnhof zu gehen dauerte eine Weile. Die Sonne ging langsam unter und tauchte den Himmel in lila Tinte. Dort, wo ich wohne, gibt es viel Himmel. Die meisten Häuser stehen einzeln auf großen Gartengrundstücken. Im Stadtzentrum gibt es einen Starbucks und einen Pizza Express, ein paar Kneipen und das übliche Programm, aber es ist und

bleibt bloß eine Insel des Umtriebs in der endlosen Speckgürtelsee.

Ethan hatte mir noch eine Nachricht geschickt, um mir zu sagen, wann sein Zug ankommen sollte. Er wohnte ein paar Käffer weiter. Die Zugfahrt dauerte genau 19 Minuten.

<u>Unguter Gedanke</u>
Was, wenn er sich im Zug an einer Haltestange festhält?
Was, wenn jemand mit dem Norovirus in die Hände geniest hat und sich vorher an genau derselben Stelle wie Ethan festgehalten hat?
Was, wenn Ethan dann meine Hand hält?

Ich kam völlig grundlos ins Straucheln, fast hätte es mich voll hingelegt. Diese Verabredung blies tatsächlich jede Menge frischen Murks in mein Hirn. Aber, wie üblich bei meinem Hirn: »Normaler« Murks war es nie.

<u>Normale Bedenken vor der ersten Verabredung (stell ich mir vor)</u>
Wird es peinlich?
Wird er/sie mich gut finden?
Wie sehe ich aus?
Werde ich sie/ihn mögen?

Diese Punkte kreiselten alle schon den GANZEN TAG auf dem Neurosenkarussell in mir, aber dazu hatte ich auch noch dumme, dumme ungute Gedanken zu dummen, dummen Bakterien. Wie – verdammt noch mal – immer.

Um mich abzulenken, spulte ich noch mal im Kopf ab, wie es zu diesem ersten Date zwischen Ethan und mir gekommen war.

Wie es zum ersten Date zwischen Ethan und mir kam

Zur zweiten Soziologiestunde war er mit einem verdammt selbstzufriedenen Lächeln erschienen.
»Hey«, sagte ich schüchtern, als er sich mir gegenübersetzte.
»Alien-Hand-Syndrom«, entgegnete er mit selbstgewissem Nicken.
»Hä?«
»Was Neues, wovor du dich fürchten kannst. Alien-Hand-Syndrom.«
Er wusste noch, worüber wir gesprochen hatten! Und er hatte sogar eigenständig recherchiert! Ich grinste und legte den Kopf schief. »Ach ja? Und was soll das bitte sein?«
Moment mal – WAS ZUM TEUFEL IST DAS ALIEN-HAND-SYNDROM? KANN ICH MIR DAS EINFANGEN?
»Was total Schräges.« Er fuchtelte wild mit seinen Händen herum. »Das ist eine neurologische Störung, bei der deine Hand so was wie ihr eigenes Gehirn entwickelt und von ganz alleine ständig irgendeinen Scheiß anstellt.« Er griff sich an den Hals und tat so, als würge er sich selbst.
»Was, macht sie etwa von alleine den Pfadfindergruß oder irgendwelche Tanzmoves und so weiter?«, fragte ich, um meine innere Drohkulisse zu verhüllen.
Unter meinem nervösen Lachen ließ er seine Hände vor meiner Nase herumtanzen. »Könnte sein. Aber eigentlich verpasst die Geisterhand Leuten wahllos Ohrfeigen oder schmeißt Zeug auf den Boden, manchmal versucht sie sogar, andere zu erwürgen. Hier, guck mal.«
Er zog sein Handy raus und rief ein YouTube-Video auf, nachdem er sich vergewissert hatte, dass unser Soziologielehrer

immer noch nicht da war, und beugte sich dann ganz zu mir hinüber, damit wir es gemeinsam anschauen konnten. So nah war ich einem Jungengesicht noch nie gekommen und mir wurde ganz panisch zumute, auf gute Art. Ethan roch nach Feuerwerk, auf gute Art. Ich konnte mich kaum aufs Handvideo konzentrieren.

Ich richtete mich als Erste auf und zog mein Arbeitsbuch heraus. »Glaub ich nicht«, sagte ich. Weil ich es nicht glauben wollte.

»Im Ernst, das gibt's wirklich.«

»Wo hast du das her?«

Ethan schob sein Handy zurück in die Hosentasche. »Ist normalerweise eine Nebenwirkung nach Operationen wegen Epilepsie.«

Ich stieß einen langen, aufrichtigen Seufzer der Erleichterung aus. »Ach, bestens. Über das Alter, in dem man Epilepsie entwickelt, bin ich schon hinaus.«

Ethan begann wieder zu lachen, genau als unser Lehrer eintrat und ihn zum Schweigen brachte.

Der Unterricht begann. Unser Lehrer schritt vor dem Whiteboard auf und ab und lieferte uns eine Einführung in den Marxismus und den Funktionalismus. Ethan trat mir unterm Tisch gegen das Bein. Ich sah hoch und er starrte mich eindringlich an, bevor er wieder hinter seinem Schopf in Deckung ging und über sein Grübchengesicht ein schmales Lächeln geisterte. Ich verkniff mir ein Grinsen und zahlte es ihm mit einem Rachekick heim. Als er aufblickte, hielt ich den Blickkontakt nur für eine Sekunde.

Bestes Spiel des Jahrtausends. Treten, starren. Treten, starren. Über meinen ganzen Körper hatte die Gänsehaut Habachtstellung angenommen, der Lehrervortrag war völlig ausgeblendet.

Die ganze Stunde über hatte ich keinen einzigen unguten Gedanken.

Zur nächsten Stunde war ich bereit für ihn.

»Capgras-Syndrom«, sagte ich, bevor er sich überhaupt hingesetzt hatte.

Er warf die Hände nach hinten. »Au Mann, ich hab auch eine. Ich will zuerst.«

Ich schüttelte den Kopf. »Nein, meine zuerst.«

»Meinetwegen, meinetwegen. Was passiert beim Capgras-Syndrom?«, fragte er.

Ich schaltete die Expertenstimme ein. »Wenn man plötzlich glaubt, dass einem irgendein nahestehender Mensch, wie der Ehemann, die Schwester oder sonst wer, durch einen identischen Hochstapler ersetzt wurde, der einem das Leben kapern möchte.«

»Boaaah. Kann nicht sein!«

»Leider doch. Ziemlich krass, oder?«

»Wie ein böser Zwilling?«

»Kann man wohl sagen.«

»Wie unglaublich geil!«

»Wahrscheinlich ...« Ich hatte das schon auf Google abgecheckt: Ich war nicht in der Hochrisikogruppe.

Ethan ließ die Tasche plumpsen und machte sich in seinem Stuhl lang.

»Pica«, sagte er.

»Was?«

»Pica. Eine Essstörung, bei der man leidenschaftlich gerne nicht essbare Gegenstände ohne jeden Nährwert verzehrt. Wie Steine und Laptops und so'n Zeug. Da ist man einfach zwanghaft hungrig. Ständig pendelt man ins Krankenhaus rein und wieder raus, weil man was gefuttert hat, das man nicht sollte.«

Gerade wollte ich den Mund öffnen, da hielt er mich auf.
»Keine Sorge. Dass du es kriegst, ist sehr unwahrscheinlich. Korreliert mit Autismus.«
Ich nickte freudig. »Danke schön.«
Wir lächelten uns zu, aber wieder einmal wurden wir von unserem Lehrer unterbrochen, der es doch tatsächlich wagte, uns unterrichten zu wollen.

Die nächsten paar Stunden präsentierten wir einander abwechselnd eine neue, frisch von uns recherchierte Störung nach der anderen. Bis Ethan eines Tages wirklich begierig darauf zu sein schien, etwas zu lernen. Ich sah ihm beim Blockbekritzeln zu, während wir in Marx' große Erleuchtung eingeführt wurden, dass arme Leute von reichen Leuten nicht richtig behandelt werden. Ich versuchte mich ebenfalls am Konzentrieren und klappte meinen eigenen Block auf, um mitzuschreiben.
Jedenfalls bis sein Block über meinen Tisch rutschte.

GEHST DU MIT MIR AUS?

Mein Atem ließ mich im Stich und ich lächelte die ganze restliche Stunde hindurch. Ich schrieb nur ein Wort zurück:

VIELLEICHT...

Es klingelte und alle standen auf, um ihre Taschen wieder zu beladen. »Nun«, sagte er und pflanzte sich genau vor mir auf den Tisch. Er war so selbstbewusst. Das gefiel mir.
»Nun was?«
»Bist du am Wochenende irgendwo unterwegs?«, fragte er.
»Ich mag dich, Evie, du bist auf entzückende und nette Weise durchgeknallt.«

Auf entzückende Weise durchgeknallt? Endlich hatte ich es auf der Verrücktheitsskala so weit nach unten geschafft!
Ich ging im Geiste meine Pläne durch. »Samstag geh ich auf eine Hausparty. Bei Anna, die ist bei mir im Kurs. Sie meinte, ihre Mum ist total locker und lässt sie öfter bei sich zu Hause feiern. Die erste Party ist dieses Wochenende.«
»Cool. Kann ich mit? Mit dir, mein ich?«
OGOTTOGOTTOGOTTOGOTTOGOOOOOTT!
»Klaro«, sagte ich und in meinem Blutkreislauf drehten Nervosität und Freude hoffnungslos durch.
»Super, wo findet's denn statt?«

Ich erreichte den Bahnsteig zwei Minuten vor Zugeinfahrt und trommelte wartend mit dem Fuß. Ich erlaubte es mir, aufgeregt zu sein. Also, wirklich aufgeregt zu sein. Würde ich mich verlieben? War das hier der Anfang? Hatte ich es geschafft, bei meinem ersten Datingversuch einen netten, sexy Jungen an Land zu ziehen? War dies das Schicksal, das meinte, etwas gutmachen zu müssen für die letzten drei Scheißjahre?
Ja. Vielleicht. Nein, verdammt, ja doch.
Da kam der Zug. Da kam Ethan. Endlich lebte ich mein Leben, wie es sein sollte. Endlich würde auch ich mal Glück haben.
Die Zugtüren gingen auf ... Ethan erschien mit einem Schwall aussteigender Passagiere ... Er stolperte über die eigenen Füße und landete voll auf der Fresse. Eine leere Zweiliterflasche Cider rollte ihm aus der Hand.
»Kacke!«, brüllte er. Er versuchte, sich aufzurichten, fiel aber wieder hin, wälzte sich auf die Seite und lachte los.
Das hätte nicht passieren sollen.
Ich machte einen vorsichtigen Schritt auf ihn zu. Die Mitreisenden wichen uns aus und bedachten uns mit missbilligenden Blicken.

»Ethan?«

»BOAH, EVIE, ICH BRAUCH MAL EBEN DEINE HAND.«

Er langte nach meinem Arm und ich wuchtete ihn hoch – und geriet ins Taumeln, als er sich aufrichtete. Er stank total. Nach Cider. Und vielleicht ein bisschen nach Erbrochenem.

»Ethan ... bist du blau?«

Er torkelte ein paar Schritte rückwärts, fing sich und schenkte mir eines dieser selbstzufriedenen Jungs-Grinsen.

»Keine Sorge, Schätzchen. Ist noch 'ne Menge für dich übrig.« Er fasste in seinen Rucksack und zog eine weitere Zweiliterflasche raus. Nur noch halb voll.

Mir schwante, dass Sarah vielleicht recht gehabt hatte.

DREI

Zur Party war es eigentlich nur ein kurzer Spaziergang, aber mit einem sternhagelvollen Ethan dauerte es wesentlich länger.

»Runter von der Straße«, sagte ich und lenkte ihn weg vom nahenden Verkehr. Er fasste mein Händchenhalten völlig falsch auf und drückte meine Hand fest. Seine fühlte sich warm und schwitzig an.

Ich versuchte, nicht an die Krankheitserreger zu denken. Erfolglos.

Er stolperte schon wieder über die eigenen Füße. »Hoppla, Mensch, du hast gute Reflexe.«

Sein schwerer Körper unter meinem Arm taumelte und schwankte; ich musste ihn quasi zur Party schleifen. Immer wieder hielt er an, um Cider nachzutanken. Die Hälfte davon rann ihm direkt auf das Smashing-Pumpkins-T-Shirt und ein wenig tropfte ihm auch seitlich den Mund runter. Durfte ich weglaufen? War das fair? Oder hatte ich gerade mein Gegenbild in punkto Seltsamkeit getroffen? War dies die Art von Verhalten, die die Liebesgötter als für mich ideal befunden hatten? Ich konnte ihn nicht einfach allein lassen; ich hatte mich in der Vergangenheit zweifellos weitaus seltsamer aufgeführt.

Ethan schleuderte die zweite leere Ciderflasche über einen Zaun, mitten in einen fremden Vorgarten.

»Geh und hol sie.«

»Okay.« Er erhob noch nicht mal Protest.

Wir bogen in Annas Straße ein.

»Gleich sind wir da ...«, sagte ich, als ginge ich mit meinem Kind ins Disneyland.

Ethan sauste voran, drehte sich dann um und marschierte im Rückwärtsgang, um mich anzusehen. »Hey, weißte was?« Sein Grinsen war so breit, dass ich unwillkürlich auch ein bisschen lächeln musste. Diese Grübchenverräter!

»Was?«

Er blickte auf seine Hand und überdehnte dann seinen Mund zu einem Horrorschrei, während er tat, als würde er sich selbst erwürgen, wie in Soziologie. »GUCK, ES IST DAS ALIEN-HAND-SYNDROM, ICH HAB'S NICHT MEHR IM GRIFF.«

Gegen meinen Willen musste ich kichern.

»WAS WIRD SIE ALS NÄCHSTES TUN?« Er verpasste sich selbst eine Ohrfeige. »O nein, sie braucht Fleisch!« Und er griff nach vorn und langte mir an den Busen. Entgeistert starrte ich auf meine Brust.

»TUT TUT.« Ethan strahlte mich an. Ich schlug seine Hand weg.

»Hast du mir eben an die Titten gefasst?!«

Ethan grinste noch breiter, zu besoffen, um die Drohung in meiner Stimme wahrzunehmen.

»Das war doch nicht ich. DAS WAR DIE GEISTER-HAND!«

Warum? Warum passierte mir das gerade?

Ich schob mich an ihm vorbei und stürmte durch Annas Haustür mitten in die Party hinein. Ethan torkelte hinterher und brüllte: »WART DOCH, DER GEISTERHAND TUT'S LEID!«

Kaum trat ich ein, zersprengte Rockmusik mein Trommelfell. Eine Blockade aus Flurrumstehern hielt mich auf. Überall standen Grüppchen aus Collegefreunden, die die Treppe hinaufschäumten wie die Bläschen in einer explodierten Champagnerflasche. Der Bass feuerte mein Herz noch mehr an. Ich hielt Ausschau nach einem vertrauten Gesicht. Ethan holte mich ein.

»He, du bist einfach weggerannt.« Er schaute ganz verwirrt und niedlich drein. Ich taute ein wenig auf und ließ ihn wieder meine Hand nehmen.

»Aber keine Geisterhand mehr, klar?« Dass ich diesen Satz mal sagen würde ...

»Klar.«

Wir schoben uns durch die Menge, grüßten nach links und rechts. Jane – DIE VERRÄTERIN – lag auf dem Wohnzimmersofa, operativ mit Joel verbunden. Irgendwie brachte sie es über sich, aufzustehen und uns beide begrüßungshalber zu umarmen.

»Evie, ihr habt's doch noch geschafft!«

Ich erwiderte halbherzig ihre Umarmung und entwand mich. Ein frisches Piercing baumelte ihr gereizt aus der unteren Gesichtshälfte.

»Wow, Jane, du hast dir die Lippe piercen lassen.«

Und dir die Persönlichkeit von deinem Seelen aussaugenden Freund wegfressen lassen!

»Ja, voll«, sagte sie, ganz belegt und affig. »Hat wehgetan wie Sau, aber Joel sagt, er steht drauf.«

Ich sah Joel mit erhobenen Augenbrauen an.

»Du hast ja 'ne tolle Freundin«, sagte ich zu ihm.

»Ich weiß, die tollste überhaupt.« Er zerrte an Janes Bein, als wäre sie ein Hündchen, das an der kurzen Leine geführt werden muss.

»Aww, Joel«, gurrte sie.

Um mich von der aufwallenden Übelkeit abzulenken, deutete ich auf meine Begleitung. Und betete zum Himmel, er möge sich zusammenreißen.

»Hey Leute, das ist Ethan.«

Joel winkte, ohne sich die Mühe zu machen, mal aufzustehen und Hallo zu sagen. Joel machte sich mit dem allerwenigsten Mühe. »Wowww«, brüllte Ethan wie ein Verbindungsstudent auf einem Junggesellenabschied. »GEILE PARTY!«

Ich beugte mich zu Jane hinunter und brüllte ihr ins Ohr, um die Musik zu übertönen. »Jane. Er ist total betrunken.«

»Mir nicht entgangen.«

»Was soll ich tun?«

Ethan formte seine Hand zur Metalfaust und sprang auf der Stelle auf und ab. Alles starrte erstaunt.

Jane schaute drein, als wollte sie mir gerade einen Rat erteilen, da zog Joel sie schon wieder aufs Sofa und knutschte sie ab wie besessen. Ich stand einen Moment lang alleine da und überlegte, wie ich verfahren sollte. Abstand. Ich brauchte Abstand von der Situation.

»Ich geh mal in die Küche und organisier Alkohol«, brüllte ich in Ethans Richtung. Er hielt mitten im Headbang inne.

»Bringst du mir Cider mit?«, fragte er.

»Sicher, dass du nicht schon genug hattest?«

»Von Cider kann man nie genug haben.«

»Ich glaube, du bist der lebende Beweis dafür, dass es geht.«

»Was?«

»Ach, egal.«

Warum Jane eine Verräterin war

Jane und ich. Ich und Jane. Wir gegen den Rest der Welt, so war es immer gewesen. Zumindest wir gegen die gesamte Mittelstufe. In der Achten hatten wir uns kennengelernt und sofort eine identitätsstiftende Gemeinsamkeit gefunden: unsere Verachtung für alle anderen.

»Hi«, hatte sie gesagt, als sie sich neben mich setzte und ihre Tasche auf ganz offensichtliche »Mir doch egal«-Weise auf den Tisch plumpsen ließ. »Ich bin Jane. Ich bin neu. Ich hasse alle in diesem Raum.«

Ich sah mich nach der Meute der beliebten Mädchen um, die in der Ecke Gefiederpflege betrieben, nach den Jungen, die allesamt Furzgeräusche in ihrer Achselhöhle machten, nach den Streberinnen, die sich in der ersten Reihe die Hälse verrenkten.

»Ich bin Evelyn. Ich hasse auch alle.«

Sie warf mir ein verschlagenes Grinsen zu. »Super. Dann können wir Freundinnen sein.«

Eine solche Nähe hatte ich vorher nie gekannt. Wir verbrachten fast jede wache Sekunde des Tages miteinander. Wir gingen zur Schule, verbrachten unsere Mittagspausen zum Tratschen aneinandergeschmiegt und zeichneten bescheuerte Bilder von unseren Klassenkameraden mit unseren eigenen Geheimwitzen. Nach der Schule besuchten wir uns gegenseitig – sahen Filme, dachten uns alberne Tanzchoreografien aus, fütterten uns gegenseitig die gierigen Münder mit unseren tiefsten, dunkelsten Geheimnissen.

In der Neunten wurde ich krank.

Dann wurde es schlimmer

Dann wurde es schlimmer als schlimmer.

Jane war immer da.

Immer mit mir auf den Schultoiletten, wo sie mich beruhigte, mich tröstete, während ich mir die Hände so wund schrubbte, dass das Blut ins Waschbecken floss. Immer nach der Schule vor meiner Tür, an schlechten Tagen, wenn selbst der Gedanke an einen Schritt vor die Tür undenkbar war – mit meinen Hausaufgaben unterm Arm und dem neuesten Klatsch. Immer an den Wochenenden, wenn ich nichts tun und nirgendwohin gehen konnte, weil alles so schrecklich war. Sie drängte mich nie. Sie beurteilte mich nie. Sie beklagte sich nie. Sie ließ mich einfach auf ihrem Wohnzimmersofa liegen, während sie Klarinette spielte.

Als es besser wurde mit mir, war das Band zwischen uns stark wie nie zuvor. Sie stellte sich vor mich, wenn die Leute mich eine Spinnerin nannten. Es hatte ihr nichts ausgemacht, als ich in letzter Sekunde Panik kriegte und es nicht zum Prom schaffte und wir stattdessen *Carrie* schauten. An unserem letzten Tag auf der Gesamtschule sprangen wir auf und ab und umarmten uns vor dem Tor.

»Wir sind hier weg, Evie, wir gehen hier tatsächlich weg«, sagte sie. »Auf dem College wird alles ganz anders und großartig und gigantisch. Da können wir von vorn anfangen.«

»Da bin ich dann nicht mehr ›das Mädchen, das völlig krank im Schädel geworden ist‹.«

Ihr Lächeln wurde breiter.

»Und ich bin dann nicht mehr ›die Freundin von der Irren‹.«

Den ganzen Sommer über waren wir euphorisch – planten unser neues Leben, unser zukünftiges Glück mit der Entschlossenheit einer übereifrigen Braut.

Jane begegnete Joel schon am ersten College-Tag.

Am Ende des Tages kam sie zu mir gerannt – mit knallrotem Gesicht und vom Winde verwehten Haar. »Herrgott, Evie, in meinem Philosophiekurs sitzt ein ganz unglaublicher Typ. Er heißt Joel.«

Ich kicherte und sagte mit Gorillastimme: »Ich Joel, du Jane.«

Sie lachte nicht.

»Das ist mein Ernst. Ich schwör dir, der hat mich die erste Hälfte durch nonstop angestarrt. Und dann sind wir zusammen als Team eingeteilt worden, um so eine Frage zu beantworten, und, o Evie, er ist so tiefsinnig. Er KAPIERT Aristoteles und so. Und er ist Leadgitarrist in einer Band. Und Tattoos hat er, weißt du, aber so richtig gute ...«

Sie redete weiter ohne Punkt und Komma, während ich das seltsame Gefühl analysierte, das sich währenddessen in meinem Bauch bildete. Ein seltsames Ziehen und Schwappen, ein Schwall grüner ...

... Eifersucht.

Ich wollte mich für Jane freuen. Sie verdiente es, glücklich zu sein. Sie verdiente ein »gut gemacht« dafür, dass sie so lange alles richtig gemacht hatte. Ich untermalte ihr Geschwärme mit den angemessenen Geräuschen. Ich ließ mir nicht anmerken, wie sehr mir nach Heulen zumute war, als sie zwei Tage später verkündete, er wolle sich mit ihr treffen. Ich half ihr, ein Outfit auszusuchen, das nichts im Entferntesten mit dem zu tun hatte, was sie früher getragen hatte. Im Ernst: Doc Martens. Das Mädchen, das schon quasiprofessionell Klarinette spielte und das Album mit den größten Disney-Hits besaß.

Im Austausch dafür hatte ich die vergangenen drei Wochen nur verpasste Anrufe bekommen. Ich bekam Nachrichten wie »Joel bringt mich heute Morgen, sorry« und ging oft allein zur Schule. Jede Pause verbrachte sie auf der Rasenfläche, auf Joels Schoß, mit ihrer Zunge in Joels Mund. Ich saß etwas abseits, hielt mühsam ein Gespräch mit Joels Freunden am Laufen und sah zu, wie meine Freundin sich in einem Tempo verliebte, das ich nie für möglich gehalten hätte.

Ihre hübschen Vintage-Kleider verwandelten sich in Band-T-Shirts mit zerschlissenen Jeansminis und Chucks. Ihr wunderschönes blondes Haar wurde über Nacht rabenschwarz, und sie fragte mich noch nicht mal, ob ich ihr beim Färben helfen würde. Um ihre Augen krustete der Eyeliner. Sie verehrte Bands, die sich anhörten wie kopulierende Bären vor der Geräuschkulisse des gesamten Erdballs.

Sie hatte Joel nicht nur ihr Herz, sondern ihre gesamte Persönlichkeit geschenkt, ihre ganze ... Janehaftigkeit. So rasch, so bereitwillig. So dringend musste es ihr gewesen sein, von mir wegzukommen. Ich musste ihr so derart auf den Geist gegangen sein, dass sie bereit war, ihre Identität zu wandeln, nur um mir zu entkommen.

Womit ich nicht umgehen konnte, war nicht, dass sie mich als Freundin absägte – obwohl das wehtat wie der Stich einer afrikanischen Killerbiene –, sondern der Ausverkauf all dessen, was man ist und was einem wichtig ist, nur weil es einem Jungen so gefällt. In meinen Augen wurde man dadurch zum Verräter an der gesamten Mädchenheit – an einem selbst. Aber vielleicht war ich auch nur einsam ... oder eifersüchtig. Oder beides.

Die Küche quoll über vor Alkohol. Stapelweise Bierdosen, halb leere Weinflaschen und ein paar Eigenmarken-Schnäpse beherrschten die schwarze Laminatküchenzeile. Joels bester Freund Guy goss gerade ein Bier in einen roten Plastikbecher.

»Alles klar, Evie?«, nickte er, schwer konzentriert darauf, den Schaum richtig hinzukriegen. Wir waren zu einer krampfigen Freundschaft genötigt worden, seit sein bester Kumpel und meine beste Freundin die Verkörperung jugendlichen Liebesglücks geworden waren.

»Alles klar. Irgendwie. Der Typ, mit dem ich hier bin, ist echt hackedicht.«

Guy blickte von seinem Bier auf. »Du hast wen mitgebracht?«

Ich stupste absichtlich gegen sein Bier, das ihm prompt über die Hand schäumte.

»Kling gefälligst nicht so überrascht.«

Guy lächelte und wischte sich die Hände an der Jeans ab. Er

war das einzig halbwegs Erträgliche an Janes Transformation zum Hohlbrot. Er und Joel spielten in derselben Drecksband, doch Guy war trotzdem in Ordnung. Lustig, auf Zack und nicht zu sehr von sich eingenommen. Und wahrscheinlich auch ganz attraktiv, wenn man auf wirres Haar, zerfetzte Jeans und so steht.

Schade, dass er so ein Kiffschädel war.

»Also, von welchem Grad von besoffen sprechen wir hier?«, fragte er.

Ich schüttete mir etwas Rotwein in eine Tasse und nippte vorsichtig daran. »Gerade ist er am Headbangen. Und tanzt gleichzeitig Pogo – was ich bisher nicht für möglich gehalten habe.«

»Mit *dem* Typen bist du hier?« Guys dichte Augenbrauen schalteten auf Sarkasmus.

Ich lachte. »Hast du ihn gesehen?«

»Ja. Mann, der ist so richtig breit.«

»Auf dem Weg hierher hat er so getan, als hätte er das Alien-Hand-Syndrom, damit er mir an die Titten langen konnte.« Sofort bereute ich meine Worte, weil Jungs einem beim Wort »Titten« sofort auf die Titten schauen. Was genau das war, was Guy tat. Völlig ungeniert. Er grinste wieder verdorben und nahm einen Schluck Bier. »Kann ich ihm nicht verdenken.«

»Hey!«

»Ich sag's ja nur.«

»Spar's dir.« Ich verschränkte die Arme vor der Brust.

Das dumpfe Wummern der Musik brachte sämtliche Gläser im Schrank zum Klirren. Einen Moment lang standen wir nur kichernd beisammen, bevor Guy seinen Becher in einem Zug halb leerte. »Also magst du diesen Kerl?«

Ich zuckte die Achseln. »Klar ... irgendwie schon. Er hat gemeint, er mag die Smashing Pumpkins, und ich hab dann gegoogelt, was das sein soll.«

»O Gott. Machen Mädchen so was wirklich?«

»Was? Ist doch nur einmal googeln! Du würdest also nichts googeln, wenn dir ein Mädchen gefällt?«

Guy blickte an sich herunter und reckte seine Brust. »Ich bin perfekt, ich weiß alles.«

Oben rutschte sein T-Shirt hoch und entblößte seinen mittelbeeindruckenden Bizeps. Dabei fiel mir eine verschorfte Stelle auf.

»Wart mal. Hast du ein neues Tattoo?« Ich beugte mich vor, um es in Augenschein zu nehmen, und er schob mit selbstzufriedener Miene den Ärmel hoch.

»Letzte Woche stechen lassen. Grade in der Überkrustungsphase.«

Ich rümpfte die Nase. »Entzückend.«

Er fuhr das verzwirbelte schwarze Muster mit dem Finger nach. Es war immer noch rot umrandet, prall und gereizt an den Stellen, wo die Tätowiernadel seine Haut durchbohrt hatte.

»Ein Tribal, ganz altes Stammesmuster«, sagte er stolz.

Ich verdrehte die Augen. »Hör ich zum tausendsten Mal. Und was genau heißt es?«

»Du weißt schon. Dass man zum Stamm gehört.«

Ich sah ihn aus dem Augenwinkel an. »Aber zu welchem Stamm?«

»Na, du weißt schon, dem Stamm halt.« Seine Stimme klang ganz leicht ungeduldig.

»›Dem Stamm‹ ist doch Blödsinn«, erklärte ich ihm. »Es gibt nicht diesen einzigen großen ›Stamm‹. Welcher Stamm soll das sein? Wo lebt er? Wie heißt der Stamm? Was soll das Tattoo bedeuten?«

»Fick dich.« Er leerte sein Bier und knallte den Becher auf die Arbeitsfläche.

»Wie sagt man das in der Sprache deines Stammes?«

Widerwillig brach Guy in Lachen aus. »Wenigstens hab ich keinen unreifen Alkoholiker angeschleppt.«

Just bei diesen Worten trat Lottie – eine alte Grundschulfreundin – mit einem weiteren Mädchen in die Küche. Lottie und ich waren mal enge Freundinnen gewesen, aber sie war ein Genie und hatte für die Jahre auf der Gesamtschule ein Stipendium für eine hiesige Privatschule bekommen, weshalb wir uns aus den Augen verloren hatten. Jetzt war sie auf meinem College und ich hatte sie ein paarmal gesehen, wie sie sich mit ihrer langen dunklen Mähne einen Weg durch den Gang geschaffen hatte.

»O Gott, Evie, hast du den besoffenen Typen mitgebracht?«, unterbrach Lottie, ohne sich mit einem Gruß aufzuhalten.

Ich umarmte sie und wich dann zurück, um eine homöopathische Dosis Wein zu trinken. »Was macht er denn jetzt schon wieder?«, fragte ich. Ich war erst fünf Minuten weg. In fünf Minuten konnte es mit Ethan doch kaum sehr viel weiter den Bach runtergegangen sein.

»Entspann dich, er, äh, tanzt nur sehr engagiert, mehr nicht.« Lottie begann, sich durch die Alkflaschen zu wühlen. »Oh, das ist übrigens Amber«, sagte sie und zeigte auf das Mädchen neben sich. »Wir haben zusammen Kunst. Amber, das ist Evie, wir waren zusammen in der Grundschule.«

Ich wandte mich in Grüßabsicht zu ihr, doch diese Amber haute mich beinahe um, derart … einschüchternd war sie. Sie musste über eins achtzig groß sein, mit langem rotem Haar. Sie sah absolut umwerfend aus und hatte trotzdem fest die Arme um sich geschlungen, als müsse sie sich alles und jeden vom Leib halten.

»Hey«, sagte ich lächelnd.
»Hi«, entgegnete sie.
»Booooaah.« Guy starrte zu Ambers Gesicht empor. Sie überragte ihn um mindestens zehn Zentimeter. »Du bist echt mal ... riesig.«
Amber wickelte die Arme noch fester um sich. »Nein, bin ich nicht.« Ihre Stimme passte überhaupt nicht zu ihrer Körpersprache. Sie war fest und herrisch. »Du bist ganz einfach ein Zwerg.«
Sofort beschloss ich, sie zu mögen, obwohl Guy aussah wie vom Donner gerührt. Er war ein bisschen kurz geraten, der Gute.
»Mach dir um den keine Gedanken«, sagte ich, weil ich unbedingt ankommen wollte bei ihr. »Er hat sich nur gerade ein totales Rätsel auf den Leib tätowieren lassen, für den Rest seines Lebens. In ›Stammessprache‹.« Ich deutete auf sein Tattoo.
Amber lachte, während Guy erbost auf seiner Lippe kaute.
»Scheißegal, ich geh jetzt eine rauchen.« Er griff sich noch ein Bier und räumte die Küche.
»Männer«, seufzte Amber.
Ich seufzte zurück.
»Wem sagst du das.«

VIER

Ich hatte es nicht eilig, zu meinem betrunkenen Begleiter zurückzukehren. Ich plauderte mit Lottie und Amber und ließ mir viel Zeit beim Einschenken des Apfelsafts, den ich im Kühlschrank entdeckt hatte, in der Hoffnung, dass Ethan ihn in seinem Vollrausch für Cider halten würde.

Zwei Gläser schwingend ging ich ins knallvolle Wohnzimmer, wo ich ihn zurückgelassen hatte.

Ethan war nicht mehr da.

Der Platz, den er sich mit seinem Tanz erkämpft hatte, war jetzt von den Teilnehmern eines Trinkspiels in Beschlag genommen worden. Joel und Jane lagen halb dahingesunken auf dem Sofa, wo sie sich schamlos aneinander erfreuten. Ich kämpfte mich um den jubelnden Zirkel von Saufbolden herum und prüfte die verschatteten Gesichter auf Ethanähnlichkeit.

»Jane?«, fragte ich ihren Hinterkopf.

Keine Antwort. Nur Schmatzgeräusche.

»Jane?«

Sie entwirrte ihre Zunge aus der von Joel und beugte sich nach hinten. Dazu stellte ich mir das Geräusch einer Saugglocke vor, die aus der Toilette gerupft wird.

»Was denn?« Mit ihrer Genervtheit hielt sie nicht hinterm Berg.

»Hast du Ethan gesehen?«

»Wen? ... Joel ... lass das!«, kicherte sie. Er streichelte ihr die Oberschenkel.

»Ethan. Den ich mitgebracht habe.«

»Keine Ahnung. Vielleicht auf'm Klo?«

Ohne zu zögern, kehrte sie zu Joels Mund zurück. Seine Hände wanden sich um ihren Rücken, zogen sie auf ihn.

Ich verbiss mir meinen Ärger und versuchte rauszufinden, wo er stecken konnte. Jane hatte recht. Ich sollte es mal mit der Toilette probieren. Vielleicht erbrach er gerade den ganzen Cider. Ich manövrierte mich in den Flur, fragte jeden Einzelnen, ob sie einen sehr betrunkenen Jungen in einem Smashing-Pumpkins-T-Shirt gesehen hätten. Keiner hatte was Nützliches beizusteuern. Die Musik war lauter. Die Leute waren völlig hinüber. Die Party hob gerade richtig ab. Niemand scherte sich darum, dass mein allererstes Date ever gerade getürmt war. Ich fand die Erdgeschosstoilette und versuchte mein Glück. Abgeschlossen. Ich hämmerte gegen die Tür.

»Ethan? Bist du da drinnen?«

»Wer ist Ethan?«, rief eine Stimme zurück.

»Egal.«

Ich ging auf gleichem Weg zurück in die Küche und spähte hinein. Er war nicht da. Er war auch nicht im Esszimmer, wo gerade eine aufwendige Pokerpartie stattfand – mit Monopolygeld als Jetons. Ich sah, dass sich die Leute inzwischen sogar auf der Terrasse hinter dem Haus ausgebreitet hatten, und versuchte es dort. Als ich durch die Glastür schlüpfte, kam mir Guy in die Quere.

»Evie, wo gehst du denn hin?« In seinen Augen gab es nur noch einen winzigen Winzrest Weiß. Der Rest war rosarot. Seine Pupillen waren riesig.

»Hey, Süchtling. Ich hab mein Date verloren.«

»Jetzt schon geflüchtet?« Guy brach in hysterisches Gelächter aus, das einfach nicht mehr aufhörte. Ich schritt an ihm vorbei und ließ sein Schluckaufgewieher hinter mir. Verdammter Kiffschädel. Ich wickelte mich enger in meine Lederjacke, weil mir die jetzt kalte Luft entgegenwehte, und wartete ab, bis meine Augen sich ans Dunkel gewöhnt hatten. Eine Gruppe ließ eine zweifelhaft aussehende Zigarette kreisen und führte eine erregte Debatte über das Kinderfernsehen vergangener Tage. Hinter ihnen erspähte ich zwei Gestalten in einem efeuberankten Pavillon.

Lottie und Amber.

Ich grinste und ging auf sie zu, vorsichtig, um mir nicht im Kies den Knöchel zu verstauchen. »So sieht man sich wieder«, sagte ich und setzte mich neben sie auf die Bank.

»Hey«, sagte Lottie und rückte beiseite, um mir Platz zu machen. »Wo ist Ethan?«

Ich seufzte schwer. »Verschollen.«

»Im Ernst jetzt? Du findest ihn nicht?«

»Nö. Ich hab ihn bei Jane gelassen, als ich in die Küche bin, und als ich wiederkam, war er weg.«

Lottie verdrehte die Augen, schob sich eine Zigarette zwischen die Lippen und zündete sie an. »Lass mich raten, sie war zu ausgelastet damit, ihre komplette Existenz auf dem Joel-Altar zu opfern, um sich noch nebenher um was anderes zu kümmern?«

Ich stieß ein Kichern aus und fühlte mich sofort schuldig, so fies gewesen zu sein. Lottie hatte noch nie ein Blatt vor den Mund genommen.

»Woher kennst du sie?«, fragte ich.

»Sie und Joel sind bei mir in Philosophie. Erst war sie total nett. Und dann, tja … dann war sie binnen einer Woche mit Joel zusammen. Woher kennst du sie?«

»Wir sind beste Freundinnen …« Ich hörte mich an wie ein kleines Kind. »Na ja, waren wir vielleicht in der Mittelstufe. Jetzt ist sie ein bisschen … verliebt, denk ich mal.«

»Verliebt?« Lottie reichte ihr Feuerzeug an Amber weiter,

der ebenfalls eine Kippe aus dem Mundwinkel baumelte. »Die ist nur in sich selbst verliebt.«

»Lottie ...«

»Ach, komm schon, ist doch wahr. Die redet doch ständig nur von sich. Oder Joel. Ich hab ja noch nicht mal gewusst, dass ihr befreundet seid, sie hat dich noch nie erwähnt.«

Das tat weh, aber dann musste ich daran denken, wie Jane meine Hand gehalten hatte, sie mir beruhigend gedrückt hatte, während ich mir in der Schultoilette nach einem Panikanfall bei der Schulversammlung die Augen ausgeheult hatte.

»Sie ist eine gute Freundin gewesen ...« Verkrampft versuchte ich, das Thema zu wechseln. »Hab gar nicht gewusst, dass du rauchst?«

Lottie blickte auf ihre Zigarette hinab, als wäre ihr das selbst gerade erst aufgefallen. »Mach ich normalerweise auch nicht. Wir haben erst heute Abend angefangen, was, Amber?« Sie knuffte ihre groß gewachsene Freundin in die Seite.

Amber saugte ungelenk, hustete und sah mich dann an. »Wo, glaubst du denn, ist der Typ hin?«

Ich seufzte. »Keinen blassen Schimmer. Der ganze Abend ist ein Reinfall. Der hat offensichtlich null Interesse.«

Amber atmete aus und paffte eine unförmige Rauchwolke in die Nacht. »Wetten, der hat nur so viel gesoffen, weil ihm die Nerven durchgegangen sind. Schon mal oben nachgesehen?«, fragte sie.

»Nö.«

»Dann geh rauf, finde ihn und knutsch ihm die Bartstoppeln ab.«

»Igitt. Aber danke.«

Ich überließ sie ihren Zigaretten. Drinnen war die Treppe mit Menschenknäueln vollgemüllt, durch die ich mir den Weg nach oben bahnte, unter »Sorry«-Geschrei in alle Richtungen.

Musik ließ die Wände erbeben und mein Trommelfell wummerte im Takt dazu.

Ich probierte eine Tür.

Bad. Mit einer Kotzpfütze neben dem Klo. Ekelhaft.

> Guter Gedanke
> Aber jetzt hast du Erbrochenes gesehen
> und bist nicht ausgerastet, oder, Evie?

Ich versuchte es an ein paar anderen Türen, ohne Erfolg. Die letzte Tür war Annas Zimmer – völlig tabu –, sie hatte jedem, der die Treppe raufging, hinterhergebrüllt: »Wagt es ja nicht, in meinem Bett zu vögeln.«

Aber sie hatte niemandem verboten, sich in ihrem Bett zu einer betrunkenen Kugel zusammenzurollen und wegzupennen – wie ich es von Ethan vermutete.

Ich rüttelte an der Klinke und drückte sie. Es war dunkel.

Da waren Geräusche. Sexgeräusche.

»Gott, tut mir leid«, murmelte ich und lief rot an, als mir dämmerte, wo ich da reingeplatzt war.

Licht fiel auf das halb nackte, ineinander verschlungene Paar.

Hinter Annas Haar tauchte Ethans Gesicht auf.

Sie durfte also schon in ihrem Bett vögeln ... gar nicht so unlogisch, letztlich.

Ich machte kehrt und ging.

Wie es begann

Bei. Unserem. Ersten. Date.

Bei. Unserem. Ersten. Date.

»Bei. Unserem. Ersten. Date.«

»Ich weiß schon, Süße«, sagte Lottie mit Wiegenliedstimme und schob ganz sanft meinen Kopf ins Taxi. Sie und Amber kletterten nach mir hinein.

»Bringen Sie uns ganz rauf auf den Gipfel von den Doveland Hills?«, fragte sie den Fahrer.

Er drehte sich um, um zu protestieren. »Ist das nicht ein bisschen dunkel?«

»Wir sind schon groß. Fahren Sie einfach.«

Ich starrte betäubt durchs Fenster in die vorbeirasende Finsternis. Ungute Gedanken, gefolgt von noch unguteren Gedanken, türmten sich in sämtlichen ungenutzten Gehirnarealen auf.

Unguter Gedanke
Du schaffst es noch nicht mal, einen Typen einen einzigen Abend lang bei der Stange zu halten.

Unguter Gedanke
Das liegt nur daran, dass du hässlich und blöd und eklig bist und nie einen Freund haben wirst.

Noch üblerer Gedanke
Der hat gemerkt, dass du spinnst. Der hat dich nur als Eintrittskarte für eine Party benutzt, damit er normale Mädchen kennenlernen kann.

Mir fiel nicht auf, wie Amber meine Hand streichelte, nicht das Mitgefühl in ihren Augen. Oder wie Lottie die Fahrt bezahlte und mich auf das strohige Gras zerrte. Nicht, bis sie mich auf eine Bank gesetzt hatten, von der aus man die ganze Stadt überblickte, und mir eine Zigarette angeboten hatten.

»Danke, ich rauche nicht.«

»Heute schon«, sagte Lottie und stopfte mir eine zwischen die Lippen.

»Ich weiß ja noch nicht mal, was ich tun soll.«
»Zieh einfach dran. Es ist grauenhaft. Ich werd nur dieses eine Wochenende rauchen, dann hör ich wieder auf.«
Ich kauerte mich über ihre Hände, als sie die Kippe ansteckte, und saugte mit aller Kraft. Ein Hustenanfall folgte.
»Das.ist.widerlich«, verkündete ich.
»Wohl wahr.«
»Aber ich komm mir ... dramatischer vor. Vielleicht sogar auf gute Art?«
Amber lachte und verschluckte sich dann ebenfalls an ihrer Zigarette. Sie spuckte und hustete, während ich mich auf der Bank zurücklehnte und mich ein wenig besser fühlte, weil ich eine potenzielle Freundin zum Lachen gebracht hatte.

Die Aussicht war umwerfend. Die Kleinstadt unter uns dehnte sich zu einem Ozean aus gelben und roten Lichtern aus. Kalt bis in die Knochen, aber wunderschön. Ich spürte, wie ein Quäntchen der Angst in meinem Magen dahinschmolz wie eine Lutschtablette. Die Großartigkeit der Aussicht baute sich goliathmäßig neben meinen Sorgen auf und zwang sie, sich wieder in ihre Löcher zu verkriechen und noch mal schwer über ihr Verhalten nachzudenken.

Lottie hämmerte Amber auf den Rücken, bis das Röcheln nachließ.

»Danke, Leute«, sagte ich in die Dunkelheit. »Dass ihr mich aus dieser Situation rausgeholt habt.«

Lottie drückte ihre viertelgerauchte Zigarette aus. Ich tat es ihr nach, dankbar für ihr Vorbild. »Mach dir da mal keinen Kopf«, sagte sie achselzuckend. »Ich würde da auch nur noch rauswollen, wenn man so was mit mir machen würde.«

»Und es war eh eine Scheißparty«, fiel Amber ein. »Ich hab mich wie auf dem Ablehnungsförderband gefühlt – von jedem Typen sexuell zurückgewiesen.«

»Das wär mir eigentlich lieber gewesen, glaub ich«, sagte ich. »Besser, als einen beim ersten Date zu verarschen, damit man sich zulaufen lassen kann, einen völlig zum Affen machen und dann wen anderen pimpern kann.«
Amber rümpfte die Nase. »Stimmt ... Hast du eben ›pimpern‹ gesagt?«
»Das ist retro. Lustiger als ›vögeln‹, nicht so peinlich wie ›sich lieben‹ und weniger anstößig als ›ficken‹.«
Sie nickte. »Ist was dran.«
»Ich hab viele alte Filme gesehen ... und damals haben die Leute einfach schöner geredet.«
Mein Telefon vibrierte wie wild.
»NICHT RANGEHEN«, brüllten sie im Duett, während ich in meiner Tasche wühlte.
»Warum nicht?«
»Das wird er sein«, sagte Lottie. »Mit einer Entschuldigung.«
»Einer Lüge«, ergänzte Amber.
»Einer manipulativen Lüge.«
Amber setzte eine tiefe Jungsstimme auf. »Verzeihung, ich bin einfach in ihren Mund gestürzt.«
Lottie stieg ein. »Ich hatte einfach solche Angst vor meinen Gefühlen für dich, aber jetzt habe ich begriffen, wie viel du mir bedeutest.«
»Huch«, sagte ich. »Habt ihr zwei ein Lexikon der Jungsausreden erstellt oder was?«
»Hast du eben ›huch‹ gesagt?«, fragte Amber. »Im Ernst? Bist du gerade einer Zeitmaschine entstiegen?«
Lottie, die in der Mitte saß, schlang ihre Arme um uns und sprach Richtung Aussicht. »Amber und ich mögen verbittert klingen, aber das täuscht. Wir sind nur Realistinnen. Bezüglich Jungs ...«
»... und wie kacke sie sind«, schloss Amber.

Lottie tätschelte ihr den Kopf. »Ich hab sie in Kunst kennengelernt, als sie sich gerade wegen so eines Armleuchters aus der Fußballmannschaft die Augen ausgeheult hat. Und wie wir so seinen frühzeitigen Tod skizziert haben, sind wir Freundinnen geworden.«

»Was hat der Fußballkerl denn verbrochen?«

Ambers Gesicht ging hinter ihrem rostroten Haarvorhang in Deckung. »Mich versetzt.«

»Oh je, das ist ja grauenhaft. Ich hab gar nicht gewusst, dass Leute das im wirklichen Leben tatsächlich machen.«

»Bei mir schon.«

»Hey«, sagte Lottie. »Könnte noch schlimmer sein. Wie bei mir. Ich lass mich von Jungs ›pimpern‹, die anschließend umgehend das Interesse an mir verlieren. In der Regel, wenn sie rauskriegen, dass ich schlauer bin als sie.«

Lottie war tatsächlich schlauer als sie. Das war keine Angeberei, sondern Aufrichtigkeit. Sie war schlauer als alle. In der Grundschule hatte sie Extrastunden bei der Direktorin gekriegt, damit sie etwas mehr »gefordert« wurde. Sie hatte Schulbücher nur zum Spaß gelesen. Und sie würde hundertprozentig nach Cambridge gehen. Obwohl das noch zwei Jahre entfernt lag.

Betretenes Schweigen senkte sich über uns. Mein Handy legte wieder los. Wir ignorierten es gemeinsam. In der Ferne sah ich die winzigen Lichter eines Autos, das sich langsam von unserer Stadt entfernte, in Nacht gehüllt. Warum konnte ich da nicht drinsitzen und meiner Enttäuschung einfach davonfahren? Wieder dachte ich an diesen Abend und was er eigentlich hätte sein sollen. Meine allererste Verabredung mit einem Jungen … mein erster Schritt in die Welt der Normalität. Ich hatte nur sein wollen wie alle anderen, und trotzdem hatte mein Versuch sich bizarrer entwickelt als alles, was selbst mein bizarrer Kopf sich hätte ausmalen können.

Schließlich machte ich den Mund auf. »Äh, Leute?«

»Ja?«

»Liegt's daran, dass ... ich hässlich bin?«

»Mach dich nicht lächerlich«, sagte Lottie. »Du bist nicht hässlich.«

»Doch, bin ich. Ich bin Louise und alle anderen sind Thelma.« Mit großer Geste schleuderte ich meine ausgedrückte Zigarette in den Matsch.

»Ich würde Susan Sarandon jetzt kaum hässlich nennen«, wiederholte Lottie.

»Na gut, dann bin ich Jane Eyre.«

»Jane war nicht *hässlich*, sie war einfach unscheinbar«, konterte Miss Cambridge.

»Na gut, dann bin ich der Elefantenmensch«, sagte ich.

»Der ist ein Mann. Du nicht«, mischte sich Amber ein.

»Hört auf, euch gegen mich zu verbünden.«

Ihr Lachen durchlöcherte die Finsternis.

»Außerdem ...«, hob Lottie an. »Ich bin jetzt auch kein reiner Augenschmaus.«

»Sei nicht bescheuert«, protestierte ich. Sie war wunderschön und das wusste sie auch. Ihr langes, dunkles Haar, ihr Gesicht, bei dem alles genau da war, wo es hingehörte. Die Männer glotzten sich bei ihrem Anblick fast die Augen aus dem Kopf.

Sie feixte nur. »In einer Mädchenband wär ich diejenige, auf die keiner steht.«

»He!«, rief Amber dazwischen. »Das wär doch wohl total ich! Ich bin die mit den roten Haaren! Bei Bands steht nie wer auf die Rothaarigen.«

»Na gut. Ich bin Mary von den Bennet-Schwestern.«

»Also, wenn das so ist« – ich erhob mich – »Dann bin ich ... ich bin ... Mr Collins,« prustete ich, und wir brachen alle drei in wildes Gelächter aus. Wir kuschelten uns auf der Bank zusammen, kicherten und brüllten »Mr Collins«, bis uns die Bäuche wehtaten und die Zähne vor Kälte klapperten.

»Ich hab ihn wirklich gemocht«, flüsterte ich schließlich fast, weil mir allzu bald wieder einfiel, warum wir hier nach Mitternacht mitten in der Landschaft saßen. Ich sollte meiner Mum eine Nachricht schicken, die sprang wahrscheinlich schon im Dreieck.

Lottie drückte mich an sich. So hatten wir nicht mehr beieinandergesessen, seit wir elf gewesen waren.

»Ich weiß, dass du das hast«, entgegnete sie. »Beschissen, was?«

Amber drängte sich noch in die Umarmung mit rein und schaffte sich kichernd Platz zwischen unseren Köpfen.

»Scheißt auf die Kerle«, sagte sie. »Wir treffen uns morgen zum Kaffee und reden den ganzen Nachmittag über alles Mögliche, nur nicht über Jungs.«

»Amen«, antwortete ich.

Und genau das taten wir.

GENESUNGSTAGEBUCH

Datum: 25. September

Medikation: 20 mg Fluoxetin

Gedanken/Empfindungen: Wird mich jemals jemand lieben oder bin ich zu durchgeknallt für so was? Ich schaff es noch nicht mal, dass ein Junge einen Abend mit mir durchsteht ...

Hausaufgaben:
- Weiterhin drei Hauptmahlzeiten am Tag plus Snacks
- Versuche, zehn Minuten am Tag bewusst zu atmen, um die blockierenden Gedanken auszuhalten, bevor du sie ziehen lässt.

Evies Hausaufgaben:
- Normal bleiben!

FÜNF

Als der Montag kam, war ich bereit, Ethan gegenüberzutreten. Genau genommen konnte ich es kaum erwarten.
Im Kopf hatte ich so viele Gespräche mit ihm geführt. Jedes davon hatte darin gemündet, dass er auf Knien schluchzte: »*Aber ich werde nie für jemanden so empfinden wie für dich.*«
Lottie und Amber waren der festen Überzeugung, ich solle ihn ignorieren.
»Warum Zeit an ihn verschwenden?«, hatte Amber am Vortag gemeint, bei unserer ersten freundschaftlichen Kaffeerunde. Sie schlürfte ihren Cappuccino. »Völlige H_2O-Verschwendung.«
»Sauerstoff ist O_2«, verbesserte Lottie.
»Ach, Schnauze, Einstein.«
»Ich will ja nur, dass es ihm ein klein bisschen leidtut«, sagte ich.
»Tut es ihm nicht ... sonst hätte er es überhaupt nicht erst gemacht, meine ich.«
»Psssst!«, machte Lottie quer über den Tisch und umklammerte ihren Becher voll seltsamem Kräutertee. »Keine Gespräche über Jungs, schon vergessen? Weltbeherrschung, darüber reden wir jetzt.«
So wurde allen Gesprächen über Ethan, treulose Fußballer und Lotties Eroberungen ein Ende gesetzt und wir unterhielten uns stattdessen über uns selbst. Ich erfuhr, dass Amber an die Kunstakademie wollte. Dass sie ihren kleinen Stiefbruder hasste, weil der sie »Clownsperückenschamhaar« nannte, und ihr Dad nichts unternahm, weil ihre böse Stiefmutter ihn so

unter der Fuchtel hatte, weshalb sie dem Stiefbruder Enthaarungscreme auf die Augenbrauen schmierte, während er schlief. Dann informierte mich Lottie rückwirkend über alles, was ich seit unserem zwölften Lebensjahr verpasst hatte, und ich musste darüber lachen, dass sie um ein Haar aus ihrer Nobelschule geflogen wäre, nachdem man sie bei einem Maiaufmarsch verhaftet hatte. »Aber Mum und Dad waren richtig stolz auf mich«, sagte sie. Sie berichtete mir das Neueste über ihre Hippie-Eltern. »Dad weigert sich, beim Gärtnern irgendeine Form von Beinbekleidung zu tragen, und die Nachbarn rufen ständig bei der Polizei an.«

Ich lauschte und lachte und nippte an meinem Macchiato und drückte mich um alle Fragen, die sie zu meinem Leben stellten, diskret herum.

Ich hatte auch keine wirklich mitteilenswerten Anekdoten zu liefern. So ist das eben mit Angstzuständen – sie schränken die Erfahrungen so sehr ein, bis die einzigen Geschichten, die man erzählen könnte, auf »ich bin verrückt geworden« hinauslaufen. Wie sie so kicherten und berichteten, leerte ich meinen Kaffee und fragte mich, was sie wohl tun würden, wenn ich mich zu ihnen rüberbeugte und sagte: »Mit vierzehn ist mir was total Lustiges passiert. Ich hab echt total mit Essen aufgehört, weil ich geglaubt hab, jedes Lebensmittel sei voller Erreger und würde mich krank machen. Spitze, was? Ich hab gleich mal 13 Kilo abgenommen. Spitzendiät, ich weiß! Und dann war da mal die Sache, als meine Mum versucht hat, mir mit Gewalt das Essen reinzustopfen. Sie hat mich festgehalten und mir Kartoffelpüree ins Gesicht geschmiert und geweint und gekreischt: ›JETZT ISS ES DOCH EINFACH, VERDAMMT, EVIE!‹ Hab ich aber nicht. Und dann bin ich zusammengebrochen und sie haben mich ins Krankenhaus gebracht und mir irrtümlich diagnostiziert, ich sei magersüchtig. Ein Brüller, was?

Und dann war ich superdünn und hab immer noch nicht gegessen und dann haben sie mich EINGEWIESEN. Und da haben sie echt WOCHEN gebraucht, bis sie rausgefunden haben, dass ich 'ne Zwangsstörung hab und eine generalisierte Angststörung dazu. Und ihr so, wart ihr schon mal in der Geschlossenen?«

So was konnte ich hier wohl schlecht sagen, oder?

Besonders, weil ich sie schon so sehr mochte. Und ihnen das zu erzählen, war der sicherste Weg, dieser Freundschaft den Garaus zu machen.

Nicht widersprechen. Das ist die Wahrheit. Hundertpro. Man muss sich nur mal Jane angucken. Kaum hatte sie die Gelegenheit, war sie über alle Berge.

Auf dem Nachhauseweg gestanden sie mir noch fünf Minuten Ethan-Analyse zu.

»Ganz einfach«, sagte Lottie. »Schau ihm direkt in die Augen und sag: ›Du bedeutest mir gar nichts.‹«

»Äh. Vielleicht einen Hauch zu dramatisch?«

Sie zuckte die Achseln. »Kann sein. Aber stell dir mal vor, wie es wehtun muss, wenn dir wer in die Augen schaut und das sagt?«

Unguter Gedanke
Jemand könnte mir genau in die Augen schauen und sagen:
»Du bedeutest mir gar nichts«.

»Ein wahres Wort, meine Liebe.«

Soziologie und die Ethan-Konfrontation fielen gleich in die erste Stunde. Eigentlich hätte ich mit Jane zur Schule gehen sollen, aber die hatte wieder mal abgesagt. Um mit Joel zu gehen. Mal wieder. Sie fragte noch nicht mal, wie meine Verabredung gelaufen war.

Amber und Lottie jedoch schickten mir auf dem Weg ins Kurszimmer beide eine Nachricht.

Du schaffst das. Denk dran: Der bedeutet dir gar nichts.
Amber

Viel Glück heute! Hinterher feiern wir mit einem verspäteten Frühstück. In der Stadt gibt's eins für drei Öcken. Du hast in der Zweiten Freistunde, oder?
Lottie

Ethan saß schon im Klassenzimmer. Wartete auf mich, an seinem gewohnten Platz. Er sah verlegen aus. Ich strich mir das T-Shirt glatt.
Du bedeutest mir gar nichts.
Unter seinen Augen wackelte ich zu meinem Tisch und konzentrierte mich darauf, das Buch aus der Tasche zu kramen. Wir waren früh dran, außer uns war noch niemand da.
»Evie«, sagte er, ganz innig und flehentlich.
Du bedeutest mir gar nichts. Gar nichts.
Ich bedachte ihn mit dem tödlichsten Blick meines Lebens.
»Ich bedeute mir gar nichts.«
Verflixt noch mal!
»Hä?«
»Ich meine, du bedeutest mir gar nichts«, verbesserte ich mich.
»Eben hast du aber noch was anderes gesagt.«
»Hab ich nicht. Halt die Schnauze.«
»Hast du diese Mörderabfuhr den ganzen Morgen geübt und jetzt eben falsch abgeliefert?«
Ich spürte mein Gesicht brennen. Ethans Augen tanzten beinahe vor Begeisterung. Idiot!

»Nein. Warum sollte ich Gehirnmasse verschwenden, um über dich nachzudenken?«

Sein Gesicht wurde weicher und er beugte sich vor und nahm meine Hand. Ich sah sie an. »Evie. Es tut mir leid wegen Samstagabend.«

Ich zog meine Hand weg.

»Welcher Teil genau? Der Vollsuff oder die sexuelle Belästigung unter dem Vorwand einer seltenen neurologischen Störung? Oder, was weiß ich, BEI UNSERER ERSTEN VERABREDUNG MIT WEM ANDEREN INS BETT ZU STEIGEN?«

Ein Mädchen kam ins Kurszimmer marschiert, mitten in meiner Tirade. Sie hörte, was ich gesagt hatte, und durchbohrte Ethan mit Blicken. Solidarität. Genau das brauchen Mädchen noch viel mehr. Solidarität.

»Alles. Mir tut alles daran leid. Aber am meisten tut mir leid, dass ich's mir mit dir vergeigt habe.«

»Oder tut's dir nur leid, dass du erwischt worden bist?«

»Ich mag dich wirklich, Evie …«

Ich traute mich, ihn wieder anzusehen. Das Haar fiel ihm in die Augen. Seine Grübchen hatten Verschnaufpause, aber ich wusste, dass sie da waren …

»Tja, aber dein Penis schien letzten Samstag jemand anderen wirklich zu mögen.«

»Mein Penis mag dich auch.«

Er lächelte. Als wäre das hier alles ein einziger, unglaublich köstlicher Witz.

Ich atmete einmal tief durch. »Lass mich einfach in Ruhe. Bitte.«

Nach und nach trudelten mehr Schüler ein, Gespräche schwirrten durch die Luft, Rucksackinhalte wurden auf Tische geleert. Noch fünf Minuten bis Unterrichtsbeginn.

»Willst du denn noch nicht mal hören, was ich zu sagen habe?«, bettelte er.

Auch wenn es das Protokoll sprengte, konnte es wohl nicht schaden, ihn ausreden zu lassen. Außerdem war ich neugierig.

»Dann red halt.«

»Ich mein das jetzt ganz ernst ... Evie ...« Er griff wieder nach meiner Hand und zögerlich ließ ich sie ihm ein bisschen. »Ich mach mir wirklich Sorgen um mich. Ich fürchte, ich ... leide an ... Sexsucht.«

Ich lachte so heftig los, dass ich tatsächlich Spucke auf unsere verschlungenen Hände regnen ließ.

»Ernsthaft«, protestierte er und bemerkte die Spucke gar nicht. »Warum lachst du? Das ist nicht komisch. Das ist eine äußerst gravierende Störung.«

Ich versuchte, mich einzukriegen. »Na ja, in Fachkreisen ist noch sehr umstritten, ob das tatsächlich ein Krankheitsbild ist (*was man doch alles lernen kann von seinen Mitpatienten*), aber dir zuliebe ... Warum glaubst du, sexsüchtig zu sein?« Bei den letzten Worten kam ich wieder ins Kichern, aber Ethan wirkte am Boden zerstört.

»Ich sag dir, ich hab echt Angst vor mir selbst, Evie. Ich, also, ich hab buchstäblich nichts anderes im Kopf als Sex. Ich denk ständig dran ...« Er senkte die Stimme »Ich mag dich ... Ich mag dich wirklich ... aber ich hab den Eindruck, dass du nicht ... du weißt schon ... leicht zu haben bist .... und dann diese Anna, die hat sich mir voll an den Hals geschmissen, als du weggegangen bist, und ich hab gedacht ... ich brauch dringend meinen Schuss ...«

Ich entzog ihm ganz demonstrativ meine Hand und wischte sie mir an der Jeans ab. »Ethan. Du bist nicht sexsüchtig. Du bist einfach ein sechzehnjähriger Junge.«

»Nein, ich bin krank! Ich guck Pornos ohne Ende.«

»Was abstoßend ist und wahrscheinlich nicht sehr empfehlenswert, aber zum Leidwesen der Gesamtgesellschaft völlig normal.«

»Kannst du mir verzeihen? Ich werd mir helfen lassen. Für dich werd ich mir helfen lassen.«

Ich war immer so wütend auf mich gewesen, dass ich in punkto Jungs so viel verpasst hatte, so wild darauf, alles aufzuholen. Ständig hatte ich den Jahren hinterhergetrauert, in denen ich auf Partys befummelt werden und von pickligen Jungs in einer dieser Eisdiscos Songs gewidmet bekommen hätte sollen, und andere Münder küssen und das genießen, statt zu berechnen, wie viele Milliarden von Bakterien wohl auf ihren Zungen saßen ... Egal ... Ich hatte wirklich das Gefühl gehabt, jungsmäßig was verpasst zu haben. Doch jetzt ... jetzt fragte ich mich langsam, was das ganze Gedöns eigentlich sollte.

»Ethan, du musst dir keinen Therapeuten suchen. Du musst dir einfach nur einen runterholen, und vor allem musst du mich wirklich in Ruhe lassen, und zwar ein für alle Mal.«

»Evie, bitte.«

»Lass mich einfach in Ruhe.«

SECHS

Amber säbelte ein Stück Würstchen ab und beäugte es, wie es so auf ihrer Gabel glitzerte. »Frühstücken gehen war die beste Idee, die du je hattest, Lottie«, sagte sie. Damit schob sie es sich in den Mund.

»Ich sag doch, es ist super hier«, entgegnete Lottie und schob sich schimmerndes Rührei auf den Löffel. »Möge dies unser neues Montagsritual sein.«

»Ich fass es immer noch nicht, dass er mir gesagt hat, er wäre sexsüchtig.«

»Psst«, machte Lottie. »Nicht vor den Eiern.«

Sie hatten mich in unserer gemeinsamen Freistunde in die Stadt geschleift und versprochen, Gebratenes sei die Antwort auf alles. Wir saßen in einem abgeranzten Café, das laut Lottie aber eine hervorragende Küche hatte. Das stimmte auch, aber so ein köstliches Frühstück mit Plastikbesteck zu essen, trübte den Genuss ein wenig. Trotz der heilsamen Wirkung des Specks spürte ich immer noch dieses brennende Verlangen, den Fall Ethan molekülweise zu besprechen und auseinanderzunehmen. Vorzugsweise in Endlosschleife. Immer wieder und wieder.

»Ich hasse ihn«, fuhr ich fort, ohne jeden Respekt vor den Eiern. »Ich hasse ihn und trotzdem spüre ich immer noch dieses brennende Verlangen, das Geschehene molekülweise zu besprechen und auseinanderzunehmen. Vorzugsweise in Endlosschleife. Immer wieder und wieder.«

»Willkommen in der Welt der Jungen«, sagte Amber und spießte ein weiteres Würstchen auf.

Lottie flötete zuckersüß: »Ich hasse dich und trotzdem möchte ich, dass du mich magst, und ich will jede einzelne deiner Gehirnwindungen kennenlernen.«

Ich lächelte schwach, biss vom Toast ab und schob den Teller beiseite. »Ich hasse mich. Eine Verabredung und jetzt schaut, was mit mir los ist!«

Lottie schob den Teller wieder zu mir.

»Weshalb du heilsame Fleischprodukte und Freundinnen brauchst, die die Endlosschleife unterbrechen.«

»Aber er ist ein Arschloch, oder?«

»Darüber waren wir uns bereits einig.«

»Und er ist nicht wirklich sexsüchtig, oder?«

»Evie!«

»Schon gut, schon gut.«

Mein Appetit aufs Ethan-Besprechen war immer noch reichlich ungestillt, aber eben hatte Lottie das Wort »Freundinnen« benutzt, und das ließ mich innerlich mehr dahinschmelzen, als Ethans Lächeln das jemals geschafft hatte.

»Themenwechsel. Wie läuft's mit dem Rauchen?«, fragte ich Amber.

Sie schüttelte den Kopf und schluckte. »Schlecht. Ich hab die restlichen Zigaretten meinem Stiefbruder geschenkt.«

»AMBER!«, brüllten wir beide.

Sie versuchte noch nicht mal, schuldbewusst dreinzuschauen. »Was denn? Der ist der Satan in Person. Ich tu der Welt einen Gefallen.«

»Wie alt ist er überhaupt?«

Sie pustete sich eine rote Haarsträhne aus dem Gesicht. »Keine Ahnung. Zehn, vielleicht jünger?«

»AMBER!«

»Dem passiert nichts.« Sie wedelte unsere Einwände mit den Fingern fort. »Ich will nicht über ihn reden. Also, ihr zwei ... wie habt ihr euch angefreundet?«

Lottie und ich schauten uns an. »Wir waren zusammen in der Grundschule«, sagte ich.

»Genau.« Lottie lächelte bei der Erinnerung. »Wir mussten gemeinsam nach dem Unterricht noch zu Spezialstunden, weil wir in der Klasse nicht genug gefordert waren.«

Amber zeigte vorwurfsvoll auf mich. »Moment mal, du hast mir gar nicht erzählt, dass du auch so ein Genie bist wie Lottie.«

»Ich ...«

War ich mal. Wahrscheinlich ganz schlau. Früher. Jetzt hatte ich kaum irgendwas erreicht und fast jedes Prüfungsfach aufgrund potenzieller Rückfallgefahr von der Liste der Abschlussfächer gestrichen.

Fächer, die nicht infrage kamen

Erdkunde – Jenseits aller Debatte. Detailwissen über Vulkane? Die Erdkruste? Und Eiszeiten? Und all die anderen geologischen Phänomene, auf die ich keinen Einfluss hatte und die uns alle totmachen konnten? Soll das ein Witz sein?

Biologie – Ach, Krebs! Erzählt dem Mädchen mit der diagnostizierten generalisierten Angststörung und Zwangsstörung alles über Krebs! Das Nächste bitte.

Französisch/Spanisch/Deutsch – Warum sich mit einer Sprache abmühen, wenn es höchst unwahrscheinlich ist, dass es einem jemals so gut gehen wird, dass man das eigene Land verlassen kann? Ich war kaum je aus meinem Landkreis rausgekommen ... außer dieses eine Mal bei der Hochzeit einer Cousine, wo ich beim Fingerfood-Buffet völlig ausgetickt war und Mum und Dad uns mitten in der Nacht hatten heimfahren müssen ...

Philosophie – Über das, was der Existenzialismus mit meinem Hirn veranstaltet, wollen wir gar nicht erst reden.
Psychologie – Das Thema hatten wir bereits.
Und so weiter und so fort, bis ich schließlich Soziologie, Filmtheorie und Englisch wählte. Nett und ungefährlich. Keine gruseligen Gedanken.

»Sie ist schon eine ziemlich Helle, unsere Evie. Bist du doch, was?«, fragte Lottie mitten in mein inneres Geschwafel hinein.

»Ich komm zurecht, denk ich.« Sarah hatte mal gemeint, es gehöre ziemlich viel Intelligenz dazu, für jede Situation das schlimmste Bedrohungsszenario zu entwerfen. Das allerschlimmste. Wie ich das fertigbringe …

Amber wischte ihre Bohnen mit ihrem steifen Toastdreieck auf. »Warum seid ihr dann nicht in Kontakt geblieben, als ihr auf verschiedene Schulen gegangen seid?«

»Ich …«

Lottie unterbrach mich. »Hab ich ja versucht. Aber nach der Achten ist Frau Hochwohlgeboren irgendwie ins All gebeamt worden und ist nicht mehr ans Telefon.«

So freundlich es klang, ein Hauch von Verletzung schwang mit.

»Ich … ich … Es tut mir leid, Lottie. Irgendwie hat mich die neue Schule mit Haut und Haaren verschlungen …«

»Und dann wieder ausgespuckt?«, beendete Amber meinen Satz. »So war das nämlich bei mir. Ich hab die Gesamtschule dermaßen gehasst. Ich bin so heilfroh, dass ich jetzt auf dem College bin. Ihr zwei seid die Ersten seit Ewigkeiten, die ich so richtig mag.«

Wir strahlten einander an, obwohl ich mich innerlich von Schuld (und Fett) überkrustet fühlte. Ich hatte Lottie nicht aufs

Abstellgleis schieben wollen. Ich hatte mein ganzes Leben aufs Abstellgleis geschoben und Lottie war ein Teil davon gewesen. Was hätte ich auch machen sollen? Ans Telefon gehen und sagen: »Tut mir leid, ich kann heut Abend nicht, ich trag gerade die Mindesthaltbarkeitsdaten sämtlicher Lebensmittel in meinem Haus in mein spezielles Zwangsstörungstagebuch ein«?

Das hätte sie nie verstanden. Oder schlimmer noch, sie hätte Verständnis vorgetäuscht und wäre dann sauer geworden, wenn ihre Unterstützung mich nicht auf magische Weise geheilt hätte, und hätte sich daraufhin verpisst.

Genau wie Jane.

»So, ich bin pappsatt«, verkündete ich. »Und Filmtheorie ruft.«

Amber bekam schmale Augen. »Lottie. Eben sagst du noch, das Mädchen sei schlau. Und jetzt geht sie in Filmtheorie?«

»He! Nimm zur Kenntnis, dass man da Aufsätze schreibt«, protestierte ich.

»Na klar. Worüber bitte?«

»*Casablanca* und so?«

»Cassawassa?«

»Ich tu jetzt mal so, als hätt ich nichts gehört«, sagte ich.

Wir warfen alle unser Geld auf die Tischdecke des Grauens und ließen aufbruchbereit unsere Stühle nach hinten schaben. Als wir zur Schule zurücktrotteten, fegte uns ein eisiger Herbstwind entgegen.

Beim Schultor trafen wir auf Guy, der gerade gehen wollte. Er rauchte eine verdächtig aussehende Selbstgedrehte und hatte seine Haare unter eine Beanie-Mütze gestopft.

»Evie«, sagte er, viel zu begeistert über meinen Anblick. Definitiv verdächtig, die Zigarette. Er hob die Hand zum High five. »Wie lief das Date noch so?«

Ich klatschte ihn unbegeistert ab. »Mäßig. Er ist in den ersten Stock und hat wen anderen gevögelt.«

Guy versuchte vergeblich, sich das Prusten zu verkneifen. »Bei der ersten Verabredung?«

»Er leidet an Sexsucht«, erklärte ich. »Das war zumindest seine Begründung.«

Dieses Mal versuchte er erst gar nicht, sein Kichern zu unterdrücken. Er kippte nach vorne und umklammerte seine Rippen. Die Selbstgedrehte fiel ihm aus dem Mund und zu Boden. Guy bemerkte es noch nicht mal.

»Kein Scheiß?!«, fragte er, noch immer kopfüber.

Ich sah mich unterstützungsheischend zu den anderen um. Doch ihre Blicke fragten nur: »Dreht sich's schon wieder um diese Pfeife?«

»Kein Scheiß. Das war mein Wochenende.«

»Echt jetzt?! Ich lach mich tot!« Er richtete sich wieder auf, bemerkte die Abwesenheit seines Joints und bückte sich nach ihm.

»Na ja, wenigstens pflück ich mir keine vollgesogenen Selbstgedrehten aus der Gosse und hab dazu noch eine unbestimmbare Stammesnarbe auf ewig in den Leib geritzt.«

»Stimmt.« War er erst mal breit, schien er antibeleidigungsbeschichtet. »Egal, hast du jetzt Unterricht? Macht's gut, die Damen.« Er gab sich wieder Feuer und schlenderte davon.

Amber wirkte nicht sehr beeindruckt, als wir Guy hinterhersahen, wie er sich so die Gasse entlanghustete. »Das ist der Typ aus der Küche, was?«

»Ja, Guy. Er ist eigentlich ganz nett. Der beste Freund von Joel.«

»Und Joel wäre?«

»Janes Freund.«

»Aaah, Jane.« Amber sah Lottie vielsagend an. Ich wollte daraus schlau werden, doch da ging die Glocke.
»Bis später«, brüllte ich und eilte dem Unterricht und *Casablanca* entgegen.
»Bis später.«

SIEBEN

Ich kam beinah zu spät zu Filmtheorie und setzte mich völlig aufgeputscht hin, griff mir meinen Block aus der Tasche und blätterte hastig zur entsprechenden Seite. Alle Hast war jedoch verschwendet: Unser Lehrer, Brian, kam mit Sonnenbrille hereinspaziert und knallte erst mal seinen Kopf auf den Tisch.

»Alles klar, Leute? Ich hab so einen Kater, dass es kracht«, sagte er zur Holzplatte. »Macht's mir heute nicht zu schwer.«

Meinen Beobachtungen nach war Brian ein frustrierter Regisseur mit Alkoholproblem. Trotzdem wurde er vom Rest des Kurses für seine Neigung verehrt, »NEIN, STOPP, FALSCH!« zu brüllen und auf das Pult einzudreschen, wenn man zu behaupten wagte, *Forrest Gump* habe verdientermaßen gegen *Pulp Fiction* den Oscar für den besten Film gewonnen.

»Nun ...«, sprach Brian weiter zu seinem Pult. »Da ich mich den Großteil der nächsten Stunde darauf konzentrieren muss, mir nicht die Seele aus dem Leib zu reihern ...« Sofort wurde mir selbst speiübel. »Hier eine babyleichte Aufgabe für euch. Aus unerfindlichen Gründen haben die Schulamtsärsche beschlossen, die Nullerjahre zum Prüfungsstoff zu erheben. Ich hab noch nicht nachgelesen, welche sie da genau abprüfen wollen, also tut euch einfach mit eurem Sitznachbarn zusammen und diskutiert drei Filme seit dem Jahr 2000. Rückmeldung am Ende der Stunde. Und LOS.«

Ich zählte die im Hufeisen aufgestellten Tische, um rauszufinden, mit wem ich zusammenarbeiten sollte.

Eins, zwei, eins, zwei, eins ... Ich blickte nach links und starrte plötzlich auf das eindrucksvollste Wangenknochenpaar, das die Welt je gesehen hatte. Sie gehörten diesem Typen, einem lächelnden Typen, dem bereits klar war, dass wir Partner waren.

»Hi, ich bin Oli«, sagte er.

»Oh, hi, ich bin Evelyn … also, Evie.«

Er lächelte wieder. Diese Wangenknochen. Diese göttlichen Wangenknochen. Sein Gesicht sah aus, als hätten es die Götter aus Butter gemeißelt, und trotzdem war er total schüchtern und blickkontaktscheu. *Dingdingding!* Mein Inneres leuchtete auf wie ein Spielautomat. Prompt vergaß ich meine Sorgen, dass ich meinen Abschluss aufgrund von Brians Unterricht in den Sand setzen könnte.

»Ich hab dich noch gar nicht im Kurs gesehen«, sagte ich in der völligen Gewissheit, dass DIESE Wangenknochen mir aufgefallen wären. »Hast du Kurse getauscht oder so?«

Er hustete und sein Lächeln fiel ein wenig in sich zusammen. »Ich … nein … ähm … da gab's ein Problem mit der Zulassung …« Seine Stimme hob sich am Ende, als wär das eine Frage, und er fuhr fort. »Die haben gedacht, ich mach an meiner alten Schule weiter … irgendwas bei den Formularen durcheinandergekommen. Das ist meine erste richtige Woche.«

Ich nickte. »Ach so. Öhm … schräg. Also, dann magst du also Filme, was?« Ich machte eine Geste in Richtung der Leinwand am Ende des Raums und verfluchte mich umgehend für diese banale Feststellung.

»Ja. Ich bin nicht so der große Leser, ich mag meine Geschichten lieber in visueller Form. Wie steht's mit dir? Du bist echt das einzige Mädchen im Kurs, schon gemerkt?«

»Ach echt? Stimmt …« Und wir wurden beide rot, seine gemeißelten Wangen und meine normalen Pausbacken glühten gemeinsam auf. »Aber klar, ja, ich liebe Filme … Filme sind wie eine Flucht, oder?«

Flucht war viel zu schwach ausgedrückt. In den letzten Jahren waren Filme meine Rettung gewesen. Das Abrollen des Vorspanns war das Einzige, was mein Hirn ablenken konnte, wenn es sich gerade kopfüber in den Neurosenabgrund stürzte. Während meines Zusammenbruchs musste ich Hunderte von Filmen gesehen haben. Verbarrikadiert in meinem sterilisierten Zimmer mit einem winzigen Fernseher in der Ecke, konnte ich mich in den Geschichten verlieren und mit den Figuren mitfiebern. Jeweils zwei Stunden am Stück konnte ich das unentwegte Schwirren der alleszermürbenden Angst vergessen. Ich konnte mich unter das Leben von Leuten mischen, die fähig dazu waren, das Haus zu verlassen, eine Storyline zu haben.

»Vermutlich schon«, sagte Oli. »Na ja, jedenfalls, sollen wir jetzt diese Aufgabe machen?« Er schaffte es nicht ganz, den Blickkontakt zu halten. Was wirklich schade war, weil seine Augen geradezu schockierend grün waren. Wie Basilikum oder irgendwas romantischer Klingendes als Basilikum. Aber Basilikumgrün ist eine ziemlich hübsche Augenfarbe.

»Ja. Klar.« Seine Schüchternheit verschüchterte mich auch und ich ertappte mich dabei, wie ich an meinem Haar herumfrickelte. »Also, deine drei Lieblingsfilme seit 2000?«

»Na ja, ganz klar *Fight Club*«, begann er und hob einen zählenden Finger. Er brauchte noch nicht mal nachzudenken. Offensichtlich hatte er an dieser Liste schon x-mal in Gedanken herumgefeilt. Ich war beeindruckt. »Dann *Pans Labyrinth* und, tja, *Donnie Darko*. Natürlich.«

Ich nickte und verbesserte ihn stillschweigend. *Fight Club* war 1999 rausgekommen, aber er kam mir zu schüchtern vor, als dass ich das laut gesagt hätte. »Donnie ist bei mir an vierter Stelle. In die Top Drei hat er es leider nicht ganz geschafft.«

»Ach, und was sind deine?«

Ich musste genauso wenig nachdenken. »*Die fabelhafte Welt der Amélie, Vergiss mein nicht!* und *Big Fish*«, spulte ich ab.

Jetzt war er dran mit Nicken und Anerkennung lag darin. »Interessante Auswahl ... für ein Mädchen.«

»Und das soll heißen?«, fragte ich.

»Tja ... äh ...« Oli bemerkte seinen Patzer und holperte sich eine Antwort zusammen. Schüchtern, schüchtern, schüchtern, SCHÜCHTERN. »Nur ... na ja .. also ... nur nicht die üblichen Mädchen-Top-Drei, wahrscheinlich ... aber positiv ... ganz ernsthaft ... das hab ich positiv gemeint.« Sein Basilikumblick senkte sich, und ich konnte regelrecht sehen, wie er sich innerlich fertigmachte. Es fühlte sich seltsam an, jemand anderen nervös zu machen, statt selbst die Nervöse zu sein. Ziemlich ermächtigend. Mir gefiel es. Er war so schüchtern, dass ich seinen »Gute Filmauswahl für ein Mädchen«-Kommentar unter den Tisch fallen ließ. Vielleicht stand ich ein klein wenig auf ihn.

»Also, welcher Film hat dich zuerst angefixt?« Das ist eine Filmmenschenfrage. Wir haben alle einen. Der Film, der Filme zu einem Lebensstil gemacht hat, über passive Unterhaltung hinaus.

»*Der Pate – Teil II.*«

Ich prustete los und Olis Wangen leuchteten noch greller.

»Was ist denn falsch am *Paten – Teil II*?«, fragte er, ein wenig gekränkt.

»Gar nichts ist falsch – das ist ein super Film. Nur eben gleichzeitig der absolute Klischeelieblingsfilm für Kerle. Nachdem du gerade gemeint hast, ich hätte eine gute Filmauswahl für ein Mädchen.«

»Aber es ist doch Al Pacino ...« Er mied meinen Blick und ich ließ es damit gut sein. Schon wieder. Vermutlich stand ich wirklich auf ihn.

»Egal. Ich mag den *Paten* auch.«
»Ach ... cool.« Er starrte auf den Tisch. »Und welcher Film hat dich angefixt?«
Ich lächelte und dachte zurück an das erste Mal, dass ich ihn gesehen hatte. »Ein ziemlich schräger. *Edward mit den Scherenhänden*.«
»Echt?«
»Ja, ganz echt.«

Als ich das erste Mal *Edward mit den Scherenhänden* sah

Ich war gerade erst krank geworden und noch wusste keiner, warum oder was oder wie. Mum hatte versucht, mich wieder zur Schule zu zwingen, aber ich hatte mich in meinem Zimmer verbarrikadiert, indem ich sämtliche Möbel vor die Tür geschoben hatte.

Und wer sich jemals in einem Zimmer verbarrikadiert hat, weiß, dass es keine eindeutigere Bestätigung dafür gibt, dass man wohl wirklich komplett den Verstand verloren hat.

Und dass diese Bestätigung die Gefühlsrutsche aktiviert – auf der urplötzlich, nach so langem Ringen, das Hirn die Waffen streckt und in dir zerfällt, kreisende Gedanken freisetzt wie Monster, die die Stadt einnehmen und dir sagen, dass von nun an alles schlimm sein wird. Dass dein neues Leben genauso aussehen wird wie jetzt. Nur Angst und Schmerz und Verwirrung. Und deine Mum, die an die Tür hämmert und kreischt, dass sie wegen der Schwänzerei die Polizei holen wird, und du scherst dich kein bisschen drum – solange du nur nicht das Haus verlassen musst.

Schließlich gab Mum es auf – in der Hoffnung, ich würde mich schon wieder »einkriegen«, wenn sie aufhörte, mir »Beachtung zu schenken«, weil das noch jedes Elternteil von jedem, der krank im Hirn wird, irgendwann mal geglaubt hat.
Ich wurde in Ruhe gelassen.
Um mich in den Wahnsinn zu treiben.
Das Problem dabei ist nur, dass dieses delirierende Gekreise irgendwann ein bisschen langweilig wird fürs Hirn. Nicht langweilig genug, dass man die Möbel wieder beiseiteschöbe, die Tür aufmachte und sagte: »So, jetzt geh ich zur Schule.« Aber ständiges Weinen ist anstrengend und ohne Wassernachschub (von wegen der Verbarrikadierung und so) kam ich mit der Tränenproduktion nicht mehr nach. Also fing ich irgendwann an, mich nach einer Beschäftigung umzusehen, und fand eine alte DVD, die Jane mir mal geliehen hatte – sie hatte eine obsessive Johnny-Depp-Phase durchgemacht –, und schob sie in meinen Laptop.
Filme hatten mir vorher nie furchtbar viel bedeutet. Sie waren etwas, das bei Freunden im Zimmer im Hintergrund lief, oder ein Zeitvertreib am ersten Weihnachtsfeiertag, wenn die ganze Familie einander überhatte. Aber in dem Moment, wo *Edward mit den Scherenhänden* einsetzte, mit seiner gruseligen Musik, seinem wilden Schneegestöber, seiner magischen Märchenhaftigkeit, schaffte er das Unmögliche. Er tauchte das, was in meinem Kopf vorging, in Vergessen. Für selige anderthalb Stunden war ich abgelenkt durch diese Geschichte über einen seltsamen Jungen, der nicht dazupasst, in einer langweiligen Stadt wie meiner. Und es war so schön und schmerzlich und perfekt. Und das alles bewirkte ein Film.
Und die Jahre darauf waren Filme meine einzige Zuflucht. Ich suchte eine großartige Geschichte nach der anderen, normalerweise alte Liebesfilme, und mein DVD-Stapel wuchs und

wuchs, genau wie mein Filmwissen, während es mit meinem Hirn zunehmend schlimmer wurde, und dann ganz schlimm, und dann besser.

»Und warum ausgerechnet *Edward mit den Scherenhänden?*«, fragte Oli, und seine basilikumgrünen Augen wurden ganz groß vor Neugier.
»Och. Ich mag einfach gern Tim Burton«, entgegnete ich.

ACHT

Sarah war ganz heiß darauf, alles über mein Date-Desaster zu erfahren. Wie zu erwarten.
»Wie ist es gelaufen?«, fragte sie, noch bevor ich mich hingesetzt hatte. Ihr Stift lauerte schon über ihrem Klemmbrett.
Ich nahm mir das abgegriffene Kuschelhäschen. »Fragen Sie mich gar nicht, wie's mir geht?«
»Wie geht es dir?«
»Gut.«
»Also, wie ist das Date gelaufen?«
Ich schüttelte den Kopf. »Sie kriegen da was durcheinander. Erst mal müssen wir hier verlegen schweigend herumsitzen, weil es mir ganz offensichtlich nicht gut geht, weshalb ich ja überhaupt in Therapie gehe. Dann machen wir mindestens fünf Minuten Small Talk, bis ich wirklich den Mund aufmache.«
Sarahs Augen wurden schmal. »Du hast die Therapie ritualisiert, was?«
»Nein«, sagte ich verlegen. Na ja, vielleicht ein bisschen. »Es ist nur, dass Sie nicht die gleiche Reihenfolge einhalten wie sonst.«
»Und das bereitet dir Unbehagen.«
Jetzt machte ich die Augen schmal. »Ich bin in Therapie, weil ich eine Angststörung habe. Mir bereitet ALLES Unbehagen.«
Sarah lachte kurz auf. »Da ist was dran. Also, dann machen wir es wie immer.«
»Danke.«

»Hast du das Sorgentagebuch für diese Woche ausgefüllt?«
Ich durchwühlte meine Tasche und pflückte einen zusammengeknüllten Papierball heraus. Es dauerte einen Moment, bis ich ihn auf meinem Knie entknittert hatte. »Bitte schön.«
»Danke.« Sarah beugte sich zu mir und griff nach dem Blatt, breitete es aus und las es konzentriert durch.
Ein Sorgentagebuch ist so eine Therapiesache – etwas, was man nur kennenlernt, wenn man das System durchlaufen hat.
Ich erinnerte mich noch an das erste, das ich für Sarah hatte ausfüllen müssen.

Mein erstes Sorgentagebuch

Ich wiegte mich auf meinem Stuhl, mein abgeknickter Fuß strich unentwegt auf dem Teppich hin und her, angetrieben vom erbarmungslosen, beharrlichen Adrenalinrausch. Alles sah gefährlich aus. Selbst Sarah sah gefährlich aus. Die ganze Autofahrt hierher hatte ich damit zugebracht, mir einzureden, sie sei eigentlich eine Serienkillerin, die sich erst das Vertrauen ihrer Opfer erschlich, um sie dann zu ermorden und es wie Selbstmord aussehen zu lassen.
»Also, Evelyn«, hatte sie gesagt und an ihrem Computer herumgewerkelt. Sie hatte auf die Entertaste gedrückt und ein Papier war geräuschlos aus dem Drucker geglitten. »Ich geb dir jetzt was, das nennt sich Sorgentagebuch. Hast du davon schon mal gehört?«
Ich schüttelte den Kopf.
»Das ist wie eine Hausaufgabe. Nichts Bedrohliches.« *Als hätte die eine Ahnung, was bedrohlich war ...* »Aber ich möchte, dass du diesen Bogen immer mit dabeihast ...« *Wo mit dabei? In meinem Zimmer, also dem Ort, wo ich mein ganzes Leben verbringe?*

»Und immer, wenn du dich über etwas sorgst, dann möcht ich, dass du die ersten drei Kästchen ausfüllst.«

Sie hielt mir das Blatt hin. Ich wollte es nicht berühren. Was hatten ihre Hände alles angefasst? Was, wenn Sarah vor unserem Termin auf der Toilette gewesen war und sich hinterher nicht die Hände mit Wasser und Seife gewaschen hatte? Ich stellte mir vor, wie sich auf ihren Fingern die Bakterien vermehrten. Ich konnte schon richtig sehen, wie sie gemein und grell aufleuchteten. Wimmernd wich ich vor dem Blatt zurück.

Wenigstens diesmal zeigte sie noch Verständnis und legte das Blatt auf den Tisch. »Wir schauen ihn uns so an, okay? Später kannst du ihn dann mit Handschuhen nehmen.«

Ich dankte ihr mit den Augen.

»So ... wie du siehst ... das erste Feld ist das Datum. Also trägst du zuerst das Datum ein, an dem die Sorge kommt ...«

Auf dem Blatt war eine riesige Tabelle. So sah sie aus:

Datum der Sorge	Sorgen-inhalt	Was kann schlimmstenfalls passieren?	Ist dieses Ergebnis eingetreten?	Wie gut bin ich mit dieser Sorge umgegangen?

»Was jetzt? Das soll ich wann ausfüllen?«

»Immer, wenn eine Sorge kommt«, entgegnete Sarah.

»Jede einzelne?«

»Jede einzelne ... also ... Wenn sie anfangen, sich zu wiederholen, dann mach eine Strichliste. Dann können wir jede Woche sehen, ob deine Sorge sich erfüllt hat, und wenn nicht, wie du diese blockierenden Gedanken vielleicht angehen kannst. Also ... glaubst du, du schaffst das?«

Ich nickte zögerlich. Das klang deutlich machbarer als der ganze andere Scheiß, den sie mich seit meiner Einweisung hatten tun lassen. Wie, meine Hände nach der Toilette nur zehnmal zu waschen statt fünfzehnmal. Und frische Milch zu trinken statt diese winzigen Kondensmilchkapseln, die den Atomkrieg überstehen könnten.

»Super!« Sie strahlte und schob mir das Papier rüber. Ich starrte auf den einsamen A4-Bogen, der da hoffnungsvoll auf dem Mahagonitisch lag.

Ich begann zu lachen. So richtig zu lachen. Sogar ein Grunzer war dabei. Sarah sah sich verlegen um. »Was denn?«

»Soll das ein Witz sein?«, fragte ich und wies aufs Blatt.

»Was? Was ist daran so lustig? Ich kapier's nicht.«

Die Gute, sie wirkte aufrichtig überrascht. Wahrscheinlich wurde nicht allzu viel gelacht in diesem Raum. Eher geschluchzt. Und geheult. Und gebrüllt: »NEIN, DAZU KÖNNEN SIE MICH NICHT ZWINGEN!«

Ich lachte noch ein wenig und deutete auf das Papier.

»Sie sagen, ich soll jede Sorge auflisten, die mir in den Kopf kommt, und dann geben Sie mir nur ein einziges Blatt Papier?«, schnaubte ich wieder.

Jetzt begriff sie und lächelte. »Ach so, eins reicht nicht, meinst du?«

»Ich glaube, Sie sollten noch ein paar mehr ausdrucken.«

Sie lächelte breit und drückte auf die Taste. Ein zweiter Bogen glitt heraus.

»Und noch mal.«

Ein dritter.

»Und noch mal.«

Und noch einer.

»Aber das sollte doch reichen?«, sagte sie, als der fünfte Bogen auf dem Stapel lag.
»Sie haben ja keine Ahnung, mit wem Sie's zu tun haben.«

Beim nächsten Termin überreichte ich ihr meinen ausgefüllten Fragebogen. Hier ein Ausschnitt draus. Nicht alles – ich will den Regenwald nicht ganz allein auf dem Gewissen haben.

Datum der Sorge	Sorgeninhalt	Was kann schlimmstenfalls passieren?
5. Mai	Händewaschen	Wenn ich sie nicht gescheit wasche, werd ich richtig krank und dann geh ich elendig zugrunde und steck womöglich noch meine Eltern und meine kleine Schwester an und die sterben dann auch.

5. Mai	Zimmer aufräumen	Es ist alles, was mir geblieben ist, und wenn ich es nicht sauber machen kann, dann ist es bald völlig von Erregern überzogen und dann werd ich krank und sterbe vielleicht und mach vielleicht meine Familie krank.
5. Mai	Ich kann nicht in die Schule.	Die ist voll mit Leuten, die alles anfassen, und dann werd ich krank, und selbst wenn ich wieder hingehe, bin ich für alle nur die Gestörte.
5. Mai	Alles, was ich esse, muss völlig durchgegart sein. Nichts Rohes.	Sonst verderb ich mir womöglich den Magen und dann könnte ich noch kränker werden und sterben.

5. Mai	Meine Therapeutin ist eine Serienmörderin.	Sie wird sich mein Vertrauen erschleichen und mich dann umbringen und es wie Selbstmord aussehen lassen.
5. Mai	Leute anfassen	Menschen sind ekelhaft und waschen sich nicht richtig, und ich kann nie mit Sicherheit wissen, dass sie sich gewaschen haben. Wenn ich also jemanden anfassen muss, könnte ich krank werden und sterben.

Und so ging es endlos weiter. Ein ausgefülltes Blatt nach dem anderen. Bei manchen hatte ich sogar auf der Rückseite weitergeschrieben. Ich hatte eine Wunde am Finger vom ständigen Gekritzel. Jeder einzelne Gedanke all dieser Tage, immer wieder und wieder, immer abstruser und zugleich immer bedrohlicher.

Als ich sie abgab, warf Sarah nur einen Blick darauf und sagte: »Na, die fünf Bogen hast du echt gebraucht, was?«

Und so ging es weiter.

Aber jetzt nicht mehr.

Zurück ins Jetzt: Ich überreichte Sarah mein neues Sorgentagebuch. Nur ein Blatt. Nie, nie hätte ich geglaubt, mal den

Tag zu erleben, an dem ich nur ein einseitig beschriebenes Blatt abgab. Für eine Woche. Eine ganze Woche! Ach, dieses stolze Gefühl des Normalseins.

Datum der Sorge	Sorgeninhalt	Was kann schlimmstenfalls passieren?
22. September	Date geht schief.	Er wird mich nicht mögen. Er wird merken, dass ich einen an der Klatsche habe und/oder man nicht auf mich stehen kann, und irgendwann gehe ich einsam zugrunde.
24. September	Männer finden mich abstoßend.	Ethan hat mich nicht gemocht und mit einer anderen geschlafen, also wird mich keiner mögen, weil ich spinne, und ich muss einsam zugrunde gehen. Ist das jetzt anders als Punkt 1, Sarah? Kann ich nie so richtig sagen.

24. September	Ich dreh wieder durch. Es geht alles wieder los.	Ich hab wieder ungute Gedanken gehabt. Ich dreh wieder ab und mach alles kaputt, was ich mir erarbeitet habe. Und lande wieder da, wo ich angefangen habe ...
24. September	Meine neuen Freundinnen werden rausfinden, dass ich krank bin.	Sie werden's nicht verstehen ...

Bei jedem Termin war ich von Neuem überrascht, wie gleichgültig Sarah doch mit meinen Sorgen umging. Sie sammelte sie einfach ein, als wären sie meine Kunsthausaufgabe oder so, und wenn uns am Ende der Stunde noch Zeit blieb, gingen wir vielleicht mal ein, zwei Sorgen durch.

»Nun«, sagte sie beim Überfliegen meines dieswöchigen Tagebuchs. »Dann darf ich es so verstehen, dass das Date nicht so gut lief?«

»Könnte man so sagen.«

»Dann füllen wir mal die übrigen Spalten aus ...« Sie griff nach dem Stift. »Du hattest Sorge, das Date würde nicht gut laufen ... und das ist es auch nicht. Würdest du also sagen, die Befürchtung hat sich bewahrheitet?«

»Er ist mit einer anderen ins Bett, Sarah. Bei unserem ersten Date. Würden Sie da sagen: ›Das Date ist gut gelaufen‹?«

Sie murmelte etwas in sich hinein.

»Bitte?«

Sie sah mir geflissentlich nicht in die Augen und wiederholte, was sie eben gesagt hatte: »Ich hab dich gewarnt ...«

Ich verschränkte die Arme vor der Brust. »Halten Sie mir jetzt eine Predigt über Jungs? Sie sind eine von der Krankenkasse voll finanzierte Kognitive Verhaltenstherapeutin. Der Steuerzahler pumpt ein Vermögen in Sie rein, damit Sie mich heilen und aus mir ein funktionierendes Mitglied der Gesellschaft machen. Wollen wir da wirklich die ›Jungs sind gefährlich‹-Schiene fahren? Kann ich das nicht einfach meinen neuen Freundinnen in Rechnung stellen?«

Wenn ich anstrengend wurde, wechselte sie zuverlässig das Thema.

Mühelos blickte sie hinab zur Sorge ganz unten. »Ach ja, deine neuen Freundinnen. Du bist besorgt, dass sie ... was genau rausfinden?«

Ich wies auf den Therapieraum. Die beigen Wände, die Kiste mit den lahmen Spielzeugen, den Nullachtfünfzehn-Schreibtisch ... »Das hier. Dass ich hier bin. Warum ich herkommen muss.«

Das löste wieder ein Kritzeln im Block aus. »Und was ist schlimm daran, herzukommen?«

Ein Knoten hüpfte in meinem Hals auf und ab, wie er das immer tat, wenn das Thema aufkam. In meinen Augen stichelten noch mehr Tränen.

»Wissen Sie ... das ist doch peinlich. Das würden die nicht verstehen.«

»Was würden sie nicht verstehen?«

»Alles.«

Ich verschränkte die Arme und machte mein entschlossenes Schweigegesicht und für diesmal ließ sie es gut sein.

»Gut ... darüber können wir später sprechen. Da steht, du

hättest Angst, wieder ›durchzudrehen‹.« Sie klopfte mit dem Stiftende auf das Blatt. »Was war da los?«

Ich dachte an den Stricknadel-im-Bauch-Moment vor dem Date. Die unguten Gedanken. Sofort schwamm mein Magen im Adrenalinüberschuss.

»Vor dem Treffen ...«, fing ich an. »Da hab ich ... meine Hände gewaschen, nur das eine Mal ... und dann wollte ich sie wieder waschen ... und noch mal ...« Ich zuckte zusammen bei der Erinnerung, wie ich Ethans Hand angefasst hatte. »Und noch mal.«

Gelassen fragte Sarah: »Wie war es denn noch so vor dem Treffen? Wie hast du dich verhalten?«

»Weiß nicht ... bisschen nervös, nehm ich an. Angespannt. Mein Hirn ist von einem Punkt zum anderen gehüpft und ich hatte totales Herzklopfen. Aber es war okay ... und dann wollte ich meine Hände waschen. So war mir lang nicht mehr ...« Der Halskloß sauste wieder auf dem Trampolin nach oben und verklemmte sich hinter meinen Mandeln. Ich versuchte zu schlucken. Sie gab mir einen Moment, um mich zu fangen. Kognitive Verhaltenstherapeuten sagen nie so etwas wie »Ist ja schon gut, ei ei ei.« Die sind mehr wie strenge Lehrer, von denen man weiß, dass ihnen die Schüler ganz tief drinnen doch wichtig sind. Mehr Mitgefühl als das stumme Rüberreichen der Taschentuchbox hatte ich von Sarah nie bekommen.

»Darüber haben wir gesprochen, Evie, weißt du noch? Dass diese Gedanken wiederkehren könnten, wenn du die Medikamente zurückschraubst.«

Ich nickte und musterte eine Schramme im Teppich. »Ja, schon. Aber irgendwie hab ich gedacht, vielleicht kommt es nicht dazu und ich hätte Glück oder so. Irgendwann muss ich ja mal Glück haben, nicht?«

»Wichtig ist nur, immer im Kopf zu behalten, dass du jetzt die Möglichkeiten hast, mit diesen Gedanken fertigzuwerden.«

»Kann ich nicht einfach nie mehr ungute Gedanken haben? Können die nicht einfach für immer wegbleiben?«

Und da sah ich zum ersten Mal ein bisschen Mitgefühl in ihren Augen. Weil das nie passieren würde. Sie wusste es. Ich wusste es. Wäre nur so schön, es nicht zu wissen.

NEUN

Als ich zurückkam, kochte Mum gerade das Abendessen, gehüllt in die Schürze des Grauens. »Des Grauens«, weil ihre Kochkünste selbst die hartgesottensten Esser mit nacktem Grauen erfüllten. Sie hatte mein Türschlagen gehört und spähte aus der Küche heraus, über den Scheitel von Rose hinweg, die völlig in ein grauenhaftes Musikvideo im Fernseher versunken war, in dem striktes Bekleidungsverbot für Mädchen zu herrschen schien.

»Wie war dein Termin?« Sie nickte in Rose' Richtung und sah mich streng an.

Rose wendete noch nicht mal den Blick von der Mattscheibe. »Ja, Evie«, sagte sie. »Wie war's in der Therapie?«

»Es ist keine Therapie«, mischte Mum sich ein. »Nicht wahr, Evie? Nur ein Check-up.«

»Herrgott noch mal, Mum«, sagte Rose und drehte sich auf dem Sofa um. »Ich weiß, dass sie in Therapie ist.«

Ich lehnte mich gegen die Wand und hielt den Atem an.

»Tja ... schon ... aber wir müssen's ja nicht so nennen, oder?«

»Warum nicht?«

Dad kam ins Wohnzimmer gewalzt, ein großzügiges Glas Rotwein in der Hand. Der rote Smiley-Bart um seinen Mund ließ ahnen, dass es nicht sein erstes war. Dad neigte zur Selbstanästhesie, wenn Mum ihre Kochversuche startete. »Alles klar, Evie?«, fragte er. »Wie war's bei Sarah in der Therapie.«

»Toll war's«, sagte ich. Wie immer. »Sehr ... öhm ...« Ich

schaute zu Rose, die eine Grimasse schnitt, und lachte los. »Sehr therapiemäßig.« Und Rose lachte mit.

Mums Lippen wurden ganz schmal und sie verschwand in der Küche.

»Gut, gut, dann les ich mal vor dem Essen schnell die Nachrichten.« Dad tippte mir noch einmal zärtlich auf die Schulter und verschwand in seinem Arbeitszimmer. Ich lümmelte mich neben Rose.

»Da wird sie mir später noch einen Vortrag halten«, sagte ich mit Blick auf die halb nackten Stabheuschrecken im Fernseher und bereute sofort den Schokoriegel von heute Mittag. Bescheuertes Musikvideo.

»Weiß schon. Wie war's überhaupt?«

»Ich darf nicht mit dir drüber reden, du bist zu leicht zu beeinflussen.« Ich wuschelte ihr mit dem Kissen durchs Haar und Rose protestierte und schubste mich weg.

»Ängste sind keine Chlamydien.«

»Du, junge Dame, bist viel zu jung, um über Chlamydien Bescheid zu wissen.«

»Ich bin zwölf. Ich habe Internetzugang. Und Jungs in der Schule, die sich gegenseitig beschuldigen, welche zu haben.«

»Ich bange um deine Generation.«

»Ständig bangen alle um die Generation von jemand anderem.«

»Du bist viel zu weise, Kleines. Viel zu weise.«

War Rose auch. Weise, meine ich. Ich hab ja nie so wirklich an dieses Weise-kleine-Schwester-Ding geglaubt und gedacht, es sei so ein erzählerisches Vehikel aus Indiefilmen. Dann wurde Rose größer und begann, Weisheit zu versprühen wie Rotz im Winter.

»Ich geh dann lieber mal bei Mum lieb Kind machen.« Ich stand auf und räkelte mich.

»Warum? Du hast doch gar nichts falsch gemacht.«

»Ach, liebste Rose, warum es sich unnötig schwer machen? Und du weißt ja, was für einen Kopf sie sich macht.«

Der Geruch nach Bolo, dezent angebrannt, wehte mir beim Kücheneintritt in die Nasenlöcher. »Mmmh, riecht das gut.«

Mum rührte panisch in einem Topf und drehte sich nicht um. »Evie, könntest du das Nudelwasser aufsetzen? O Gott, die Soße ist viel zu dickflüssig. Wie mach ich, dass sie nicht so dick ist?«

Ich drückte mich an ihr vorbei, um an die Töpfe zu kommen. »Einfach mehr Wasser rein und Deckel drauf lassen.«

Sie tat, wie ich gesagt hatte, aber unter wildem Topfgeklapper und Gerüttel. Mir drehte sich der Magen um. Mums Gekoche war der totale Stress für mich. Sie steigerte sich immer total rein, als sei jeden Tag Weihnachtsfestessen. Alles war so viel einfacher, wenn wir nur Fischstäbchen brieten.

»Dad ist heute aber früh von der Arbeit da«, sagte ich.

»Ja ... ja ...«, murmelte sie und hob jetzt mit spürbarer Angst den Deckel hoch, um die Soße zu beäugen. »Also, wie war jetzt dein Termin?«

»Okay. Das Übliche.« Ich drehte die Nudeltopfplatte an.

»Hat Sarah dir irgendwas aufgegeben, von dem ich wissen sollte?«

Ich zuckte die Schultern, obwohl sie mich gar nicht ansah.

»Das Übliche halt. Nicht wieder durchdrehen.«

Sie fuhr herum und bespritzte sich die Schürze mit Soße. Das sagte ich ihr aber nicht.

»Red nicht so, wenn Rose dabei ist.«

»Was? Sie schaut fern. Und sie weiß eh, was los ist.«

»Ja, aber trotzdem ... sie ist noch sehr jung, Evie. Es wär besser, wenn ... weißt du ... sie nicht noch zusätzlich draufgestoßen wird.«

»Zwangsstörungen sind keine Geschlechtskrankheit«, plapperte ich Rose nach. »Die kann sie sich ja kaum von mir einfangen.« Obwohl manche Studien nahelegten, dass Zwangsstörungen auch durch erlernte Verhaltensweisen ausgelöst werden konnten. Bei meiner Therapie in der Klinik hatten die mir eine Menge Fragen über meine Mum gestellt …

Sie knallte den Topf auf den Herd und verschüttete noch mehr Soße. »Evie, das ist ja ekelhaft. Ich sage ja nur, wir müssen es Rose nicht unbedingt unter die Nase reiben, oder?«

Ich holte einmal tief Luft, weil ich wusste, dass Streiten es nur schlimmer machen würde. Dann würde sie losweinen oder sich selbst bezichtigen oder wegen dieser Schuldgefühle völlig überkompensieren und mir wie ein Jagdhund hinterherdackeln und drauf achten, dass ich Sarahs Aufgaben bis ins kleinste Detail befolgte.

»Kann ich noch was helfen beim Essenmachen?«, fragte ich, als Friedenspfeife quasi.

Mum schob sich ein paar Strähnen aus dem Gesicht. Ich versuchte, nicht dran zu denken, wie die Haare in die Soße fielen. Erfolglos.

»Willst du denn beim Essenmachen helfen?«

»Ja, Mutter. Daher meine Frage.« Noch einmal tief durchatmen.

»Gut, kannst du dann auch den Tisch decken?«

Pflichtbewusst kramte ich das komplette erforderliche Besteck zusammen und stieß meinen Riesenseufzer erst aus, als ich im Esszimmer stand. Meine Mum – oh, die Probleme. Schon klar: Zu sagen, man habe Probleme mit seinen Eltern, ist ungefähr so sensationell wie die Aussage »Hey, ich kacke so gut wie jeden Tag« oder »Weißt du was? Manchmal wird mir langweilig«, aber das macht die Probleme nicht kleiner. Klar, ich liebe sie schon. Na klar liebe ich sie. Und sie ist ein guter

Mensch. Ich würde sogar so weit gehen, dass sie eine tolle Mutter ist – wenn es nicht gerade meine »Psychische Gesundheit« anbelangt. Dann ist sie ... na ja ... wie soll ich's ausdrücken ...
... Da ist sie ein Albtraum.

Okay, meinetwegen beide, sie und Dad, aber sie ist schlimmer. Es war ja bestimmt total traumatisierend und so weiter, wie irre ich geworden bin. Aber jetzt haben sie ... so eine Angst vor mir, dass ich mir fast schon vorkomme wie ihr gemeinsames Wissenschaftsprojekt – das »Wir passen auf, dass das nie wieder passiert«-Projekt. Der Fairness halber muss ich sagen, dass in einer unserer Familientherapiesitzungen die KVT-Dame zu ihnen gemeint hat, sie müssten »streng« mit mir sein, »um meinetwillen«. Weil wir Zwangsgestörten recht manipulativ sein können und alle ständig in Sorge um uns halten und sie davon überzeugen wollen, dass unsere Ängste total berechtigt sind, bis schließlich jeder in unserer Umgebung nach unserer Pfeife tanzt und sich dank emotionaler Erpressung unseren Wünschen entsprechend verhält, damit wir nicht ausflippen und den Tag versauen. Mum und Dad hatten den Auftrag bekommen, nicht auf meine Ängste »einzugehen«. Ich wünschte nur, sie würden das mit etwas weniger Enthusiasmus befolgen. Ich weiß, es klingt doof, aber es fühlt sich an wie pure Gemeinheit. Und dass Mum ständig wegen Rose rumstresst, macht es auch nicht besser – diese Dauerbefürchtung, ich machte ihr den einzig verbliebenen funktionstüchtigen Nachwuchs auch noch kaputt.

Wir aßen zu Abend. Es schmeckte verbrannt. Trotzdem gaben wir alle vor, es köstlich zu finden, weil Mum ständig fragte: »Ist es okay? Ist die Soße zu dickflüssig? Die ist zu dick, oder?«, während Dad ein bisschen zu viel Wein trank. Kaum war ich fertig, trug ich meinen Teller zur Spüle und ging rauf in mein Zimmer. Der Abwasch war etwas, das ich noch nicht gemeistert hatte, und glücklicherweise drängte Mum auch nicht darauf, wenn ich beim Kochen half oder den Tisch deckte. Geschirrspülen konnte ich einfach nicht ab. Wie sich die Essensreste von den Tellern lösten und sich dann an das nächste Ding hefteten, das man in dem Wasser abwaschen wollte. Wie sollte das irgendwas sauber machen? Ganz zu schweigen von den Unmengen an Bakterien in jeder Spüle. Ganz ehrlich, wer das weiß, leckt lieber eine Toilette ab.

Ich setzte mich an meinen Schreibtisch und murkste ein bisschen an meinem Casablanca-Aufsatz herum, aber ich konnte mich nicht konzentrieren. Ich war noch vollauf beschäftigt mit der Stunde bei Sarah.

Warum brachte ich es nicht fertig, Amber und Lottie von meinen Problemen zu erzählen? Wovor hatte ich wirklich Angst? Die würden mich doch wohl bestimmt nicht fallen lassen. Jedenfalls solang ich normal genug blieb, um ihnen nicht auf den Geist zu gehen …

Trotzdem wusste ich, dass ich es nicht konnte. Hauptsächlich, weil sie mich so zu mögen schienen, wie ich war, und ich diese Illusion nicht zerstören wollte.

Und außerdem, was, wenn ich es ihnen erzählte und sie auf eine der Arten reagieren würden, die ich nicht ausstehen konnte?

Was mich am Umgang mit psychischen Erkrankungen so richtig ankotzt

Wut gibt's bei mir kaum. Wenn ich schon emotional werde, dann eher in Richtung Traurigkeit. Weinen. Nicht Rumfluchen und Brüllen und gegen die Wände boxen.

Von einem Anlass mal abgesehen.

Sarah hat mir vom »Dunklen Zeitalter« des öffentlichen Bewusstseins erzählt, wo die Leute über psychische Erkrankungen so gut wie nichts wussten. Und was sie wussten, war überwiegend falsch. Es gab haufenweise FEHLINFORMATIONEN und STIGMATISIERUNG und es war wirklich grauenhaft, und alle haben ewig lang schweigend vor sich hingelitten, ohne zu wissen, was nicht stimmte mit ihnen, und ohne sich Hilfe zu suchen, weil sie nicht begriffen, was ihr Hirn ihnen antat – und warum.

Aber dann beschlossen wir, dass wir unseren ZUGANG ZU PSYCHISCHEN ERKRANKUNGEN ändern mussten. Riesige Aufklärungskampagnen wurden gestartet. Ein paar Fernsehserien verpassten ihren Charakteren Depressionen und auch sonst alles Mögliche und ließen jede Episode mit einer Ansage enden: »Wenn Sie sich durch irgendetwas in dieser Sendung beunruhigt oder aufgewühlt fühlen, besuchen sie diese Website und blalabla.« Langsam, aber sicher sickerte das Thema geistige Gesundheit ins öffentliche Bewusstsein. Die Leute lernten immer mehr Namen von Krankheiten und Störungen. Die Leute kannten sich immer besser mit Symptomen aus. Die Leute begannen, den wichtigsten Satz überhaupt zu sagen: »Sie können nichts dafür.« Sie zeigten MITGEFÜHL und VERSTÄNDNIS. Sogar einige Politiker und Stars bekannten sich quasi dazu und berichteten in großen Zeitungen von ihren eigenen Selbstmordversuchen oder was auch immer.

Damit konnten wir es aber leider nicht gut sein lassen.

Ich kann mit aller Bestimmtheit sagen: Wir sind übers Ziel hinausgeschossen. Denn heute sind psychische Störungen »Mainstream« geworden. Und bei all dem Guten, das für Menschen wie mich dabei rausgesprungen ist – Therapie und so weiter –, hat das auch ganz schöne Schattenseiten.

Weil die Leute jetzt das Wort »Zwangsstörungen« benutzen, um ihre kleinen Schrullen zu beschreiben. »Ach, meine Stifte hab ich gern in Reih und Glied, ich bin ja so ein Zwangi!«
NEIN, BIST DU NICHT, VERFLUCHT NOCH MAL!
»O Gott, ich war so aufgeregt wegen dem Referat, ich hatte voll die Panikattacke.«
NEIN, HATTEST DU NICHT, VERDAMMT!
»Ich bin so launisch heute, total bipolar!«
SCHNAUZE, IGNORANTES ARSCHGESICHT, DU!
Ich hab ja gesagt, da packt mich der Zorn.

Worte wie »zwangsgestört« und »bipolar« sollte man nie leichtfertig verwenden. Und trotzdem findet man sie überall. Es gibt sogar Fernsehsendungen mit entsprechenden Wortspielen. Die Leute schmeißen grinsend damit um sich, total stolz, weil sie sie gelernt haben, als sollte es jetzt dafür einen Aufkleber geben oder so. Ohne jedes Bewusstsein dafür, dass diese Worte, wenn man sie aus Spezialistenmund als Diagnose gesagt bekommt, wohl für immer an einem haften und garantiert nicht etwas sind, das man täglich über jemanden gesagt hören will, der sein Haus in Ordnung hält.

Es gibt Menschen, die sterben an bipolaren Störungen, klar? Sie werfen sich vor Züge und schlucken ganze Paracetamol-Packungen und hinterlassen ihren verzweifelten Familien Briefe, weil ihre brutalen Quälerhirne sie keine fünf Minuten in Frieden lassen und sie das Leben einfach nicht mehr ertragen.

Auch an Krebs sterben Menschen.

Aber man hört niemanden, der rumgeht und sagt: »O Gott, meine Kopfschmerzen sind heute extrem tumormäßig.«

Trotzdem ist es scheinbar völlig okay, die innere Hölle anderer Leute zu verniedlichen und zu verharmlosen. Und das weckt Hassgefühle in mir, weil ich wirklich glaube, sie schnallen es nicht.

»Ach, eine Zwangsstörung hast du. Das ist doch das, wo man sich dauernd die Hände waschen muss, oder?«

Es nervt mich ohne Ende, dass ich auch noch das absolute Klischee einer Zwangsstörung abkriegen musste. Das Stereotyp. Aber ich hab's mir ja kaum ausgesucht. Und ja, ich wasche mir gerne häufig die Hände. Oder hab ich zumindest. Also, wollen tu ich's noch immer, jede Sekunde des Tages, aber ich tue es nicht. Aber ich habe auch an die 14 Kilo abgenommen, weil ich nichts essen konnte vor Angst, ich würde mir dadurch was holen und sterben. Und ich habe auch eine Dauerschleife unguter Gedanken in meinem Hirn, der ich nicht entkommen kann, weshalb ich im Grunde in meinem eigenen Hirn gefangen bin. Und einmal hab ich das Haus acht Wochen lang nicht verlassen.

Das ist mehr, als sich gerne die Hände zu waschen.

Nein, du hast nicht auch eine Zwangsstörung.

Wenn das so wäre, würdest du es nicht rumerzählen.

Weil, ganz schlicht, die Leute es trotz all dieser guten Ansätze einfach – nicht – kapieren.

Psychische Erkrankungen packen dich am Bein und verschlingen dich trotz aller Gegenwehr mit Haut und Haaren. Sie machen dich selbstsüchtig. Sie machen dich irrational. Sie verpassen dir einen Tunnelblick. Sie machen, dass du in letzter Minute Verabredungen absagst. Sie machen dich langweilig. Sie machen, dass deine Gesellschaft wahnsinnig anstrengend wird.

Und nur weil Leute jetzt die richtigen Worte kennen, heißt das noch lange nicht, dass sie besser mit den Verhaltensweisen umgehen können. Sie lächeln und sagen, ja, ich hab's im Fernsehen gesehen, du Arme. Und dann werden sie richtig sauer, wenn man auf einer Party einen Panikanfall kriegt und früher gehen muss. Wenn sie tatsächlich Verständnis zeigen müssen, sagen sie Klassiker wie »Komm schon, streng dich ein bisschen an«, oder »So dramatisch ist es jetzt auch nicht«, oder »Aber das ist doch völlig unlogisch« – und ruinieren damit ihr ganzes Handgetätschel und Getröste.

Genau deshalb kann ich es Lottie und Amber nicht erzählen. Deshalb muss ich es geheim halten.

Denn wenn noch mehr Leute es nicht begreifen ... Mich nicht begreifen .... Ich glaub, das ertrag ich nicht.

ZEHN

Verträumt starrte Lottie ihr Spiegelbild an und glättete sich eine dicke Haarsträhne.

»Als ich ein kleines Mädchen war«, sagte sie mit Gutenachtgeschichtenstimme, »da war es mein großer Traum, erwachsen zu werden und ein in einem Gemeindesaal stattfindendes Heavy-Metal-Konzert zu besuchen.«

Amber und ich kicherten.

»Gemeindesäle sind inzwischen voll Rock 'n' Roll«, erklärte ich ihr. »Das ist irgendwie ironisch oder so ... hat zumindest Jane gemeint.«

»Oder ... anders gesagt ... sie lassen die Band von Janes Freund in keinem gescheiten Laden spielen?«, schlug Amber vor.

Ich kicherte wieder und verpinselte mich bei meinem perfekten Katzenaugen-Schwung. Seufzend schnappte ich mir ein Taschentuch. Joels Band war der Headliner beim heutigen Konzert. Im hiesigen Gemeindezentrum. Jane hatte kein anderes Thema mehr gehabt. Und gehorsam hatte ich eingewilligt mitzukommen. Natürlich mit Amber und Lottie als Verstärkung. Amber hatte ihr Zimmer als Schminkzentrale bereitgestellt.

»Noch mal im Klartext«, sagte Lottie und schob eine weitere Haarsträhne zwischen die Platten des Glätteisens. »Jane hat dich gebeten, sie zu begleiten, und trotzdem triffst du sie erst dort?«

Ich nickte. »Ja. Sie meinte, Joel braucht sie beim Aufbauen oder irgendwas.«

»Weißt du noch, als du ein kleines Kind warst und deine Mum immer meinte: ›Und wenn Soundso dich bittet, von einer Klippe zu springen, machst du das dann auch?‹«

»Wenn Joel Jane sagen würde, sie soll von der Klippe springen, würde sie es sofort tun«, sagte Amber und wartete geduldig auf ihre Runde vor dem Spiegel.

»Ja. Dann wär ihr Hirn Möwenfutter«, sagte Lottie.

Diesmal lachte ich nicht mit.

»Kommt schon«, sagte ich halbherzig, »so schlimm ist sie jetzt auch wieder nicht.«

Meine Freundschaft mit Jane war in meiner aufblühenden Beziehung zu den Mädchen immer wieder ein Konfliktthema. Sie mochten sie ganz einfach nicht. Ihre unterwürfige Hingabe an Joel brachte sie auf. Und als anständige Freundinnen schätzten sie es gar nicht, wie sie mich abserviert hatte. Obwohl ich eigentlich jedes ihrer Worte unterschreiben konnte, schaffte ich es nicht, mitzulästern. Trotz allem fühlte ich mich immer noch in ihrer Schuld …

»Was tut sich denn zwischen dir und diesem Oli-Typen?«, fragte Amber, die sich gerade Vanilleparfum innen auf die Handgelenke sprühte und beide aneinanderrieb. Ich hatte ihnen von seinen Wangenknochen berichtet … und natürlich von ihm.

Ich zog eine Schnute. »Nichts Neues zu vermelden. Der ist so was von schüchtern. Was ja gut ist, weil Ethan kein bisschen schüchtern war, und das war nichts. Aber irgendwie krieg ich kein richtiges Gespräch mit ihm in Gang. Und er ist ganz selten in der Schule. Ständig verpasst er den Unterricht.«

»Echt? Wieso?«

»Keine Ahnung. Vielleicht irgendwelche Infekte … ist ja gerade Virenschleuderzeit, oder?« Als ob ich das nicht ganz genau wüsste …

Nach einer weiteren halben Stunde waren wir bereit. Keine von uns kannte die Kleidungsrichtlinien für Gemeindesaalkonzerte und so hatten wir alle auf etwas Schwarzes zurückgegriffen. Lottie hatte ihr Haar zu scharfen senkrechten Flächen gebügelt, das Ganze jedoch durch ein keusches schwarzes Top abgemildert. Amber hatte im Versuch, kleiner zu wirken, zu einem trägerlosen schwarzen Oberteil und schwarzen Jeans gegriffen. Und ich trug ein kurzes schwarzes Kleid mit Pünktchen. Im Vorbeigehen hätte man uns für einen Hexenkonvent halten können.

Auf dem Weg nach draußen liefen wir Ambers fiesem kleinem Dämonenbruder in die Arme.

Ein Blick auf seine Schwester reichte.

»Du siehst wie ein Junge aus«, brüllte er Amber an, mit einem frechen, aber fiesen Grinsen im Gesicht.

Amber nahm Abwehrhaltung an. »Wenigstens bin ich nicht adoptiert.«

Sein gemeines Gesicht wurde lang und rot. »ICH BIN NICHT ADOPTIERT, DAS NIMMST DU ZURÜCK!«

»Sprich einfach mal mit deinen Eltern darüber.« Amber schob ihn beiseite, schleifte uns mit und schlug die Tür hinter sich zu.

Draußen machte sie eine ganze Weile lang nicht den Mund auf – und vereint taten wir so, als wäre es kein bisschen kalt und eigentlich gar nicht so peinlich.

Lottie brach das Eis, indem sie eine Flasche Kirschlikör aus der Tasche zog.

»Ist das dein Ernst?«, war alles, was ich dazu zu sagen hatte.

»Ach, komm schon, wir gehen auf ein Konzert. In einer Kirche. Da ist billiger Fusel ein absolutes Muss.«

Sie schraubte den Verschluss auf – bekanntermaßen der klassische Auftakt eines stilvollen Abends – und nahm einen Schluck.

»Mmmh«, machte sie. »Schmeckt nach falsch.« Sie reichte mir die Flasche und ich nahm ein winziges Schlückchen.

»MEHR«, forderte Lottie. Ich nippte noch mal. »MEHR!«

»Himmel – Gruppenzwang ahoi, oder was?« Ich gab die Flasche an Amber weiter und dachte, es sei jetzt nicht der richtige Zeitpunkt für die Mitteilung, dass ich nicht trinken durfte wegen meiner in den Hirnstoffwechsel eingreifenden Medikamente.

Amber wickelte ihren Mantel ungefähr zehnmal um sich herum, als wollte sie sich selbst ausradieren. Sie schnappte sich die pinke Flasche und exte sie zur Hälfte, wischte sich den Mund ab und verkündete: »Mein kleiner Bruder ist so ein Schwanzgesicht.«

»Familien sind der Horror«, sagte ich in Gedanken an meine Mum. »Und jetzt wird er sich immer fragen, ob er adoptiert worden ist. Das war die ultimative Retourkutsche, Amber.«

Sie schlang die Arme um uns und zog uns zu einer Mädchenumarmung zusammen – immer heikel, weil die Titten im Weg sind. »Was würd ich nur tun ohne euch?«

Ich wusste genau, was sie meinte.

Das Gemeindezentrum war brechend voll, wie zur Mitternachtsmesse, nur mit mehr Eyeliner und Lippenpiercings. Wir mussten uns sogar zum Reinkommen anstellen, was ziemlich lustig war, weil alle anderen um die 13 waren und wir sie alle überragten.

»Wie heißt die Band doch gleich?«, fragte Lottie in der Warteschlange.

»Öhm ... Bone Road? Früher hießen sie Road of Pain, aber da hatten schon irgendwelche Typen in Amerika die Rechte dran.«

Lotties Gesicht legte sich in heftige Furchen im Versuch,

sich mit Verarschungen zurückzuhalten. »Und was will uns Bone Road sagen?«

»Äh ...« Ich versuchte, mich an Janes Erklärung zu erinnern. »Irgendwas von wegen dem Kapitalismus, der uns alle langsam, aber sicher umbringt, und bald sind unsere Seelen mit Knochen gepflastert oder so.«

Also, so in etwa.

In die Menge kam Bewegung und Amber, die in der Schlange von uns getrennt worden war, ritt auf der menschlichen Welle zu uns zurück, wie der Meeresgott Poseidon oder so. Mir steckten an die zwölf Ellbogenpaare im Leib, denen ich mich unablässig zu entwinden versuchte. Wenn an einem Samstagabend eine Veranstaltung im Gemeindezentrum derart überlaufen war, dann lief in unserer Stadt so einiges schief. Uns fehlten definitiv die Fast-Food-Läden.

»Aber Seelen haben keine Knochen«, wandte Lottie nach einer Weile ein.

»Jane sagt, das genau ist ja der Knackpunkt.«

»Welcher Knackpunkt?«

»Vom Namen. Der ist anscheinend existenzialistisch.«

Lottie seufzte. »Ich kann ihnen nur geraten haben, dass es dort eine Bar gibt.«

Unter Einsetzung unserer völlig ausgewachsenen Ellbogen drängelten wir uns nach vorne, legten unser Kleingeld hin, bekamen die Hände gestempelt und kauften uns Getränke an der Notlösung schreienden Bar. Eine Vorband spielte schon auf der verstaubten Bühne. Davor standen eine Menge Leute und lauschten dem Geplärr ... Verzeihung ... der Musik natürlich. Die Decke war so hoch, dass es trotz der vielen Anwesenden aussah, als spielten sie vor leerem Haus. Der rosa Heliumballon mit dem Aufdruck »Alles Gute zum 5. Geburtstag« trug wenig dazu bei, das Rock-'n'-Roll-Feeling zu steigern.

Da erschien Jane – in einem Minikleid, das so kurz war, dass man den Spitzenrand ihres Slips sehen konnte. »Leute! Da seid ihr ja! Die mussten jetzt schon welche wieder wegschicken, wegen der Feuerschutzbestimmungen! Wahnsinn, oder?«

Binnen Sekunden stand Joel neben ihr und schlang ihr die Arme um die Taille.

»Alles klar?« Er nickte uns zu und drückte Jane einen Kuss auf den Scheitel.

»Alles klar?«, riefen wir im Chor zurück.

»Hier ist ja der Teufel los«, brüllte ich ihm über die Musik hinweg zu, um etwas höfliche Konversation zu machen. »Seid ihr schon aufgeregt?«

Joel zuckte die Schultern. »Ganz schön viele Leute.«

»Schon, oder?«

Joel antwortete nicht, weil er gerade Janes Arm rauf- und runterküsste. Eben sah ich noch, wie Amber mit Lottie ein Augenrollen wechselte, dann legte sich mir ein Händepaar auf die Augen.

»Rat mal, wer da ist«, grölte eine Stimme in mein Ohr.

Ich rupfte die Hände runter und wirbelte herum. Da stand Guy und grinste mich an.

»Guy?«

»Alles klar im Talar? Hast du deinen nymphomanischen Lover mitgebracht?« Er hielt ein Bier in der Hand und an seinem grenzdebilen Grinsen konnte ich ablesen, dass es sicher nicht sein erstes war.

»Nein. Der ist in der Entzugsklinik«, sagte ich ausdruckslos. Noch debileres Grinsen. Guy stieß mit Joel an.

»Bereit, Mann?«, fragte er.

Joel operierte sich Jane vom Leib und sie rieben ihre Knöchel auf Jungsart gegeneinander. »Ich bin schon bereit geboren, Alter.«

Jane, die plötzlich nichts mehr mit sich anzufangen wusste, wickelte die Arme um ihre entblößte Brust und wippte auf den Fußballen herum.

»Mit welchem Song fangt ihr an?«

»Stirb, Schlampe, stirb«, sagten beide. Ohne jeden Anflug von Humor.

Amber spuckte die Hälfte ihres warmen Plastikbecherweins wieder aus. Alle drehten sich um, doch Lottie stellte sich schützend vor die würgende Amber.

»Wow. Eindrucksvoller Titel«, sagte sie. »Biografisch inspiriert?«

Joel bemerkte den Sarkasmus gar nicht. »Hab ich über meine Ex-Freundin geschrieben, nach der Trennung.«

Lottie riss die Augen auf und nickte. »Wow, da sollte Jane es sich tunlichst nicht mit dir verscherzen.«

»So ist das eben, wenn man sich in einen Musiker verliebt.«

Jane wimmerte verzückt und wickelte sich wieder um ihn herum, als hätte Joel da gerade etwas Romantisches gesagt und nicht etwas Gruseliges und Finsteres.

Ich ließ den Blick durch den Saal schweifen, um nicht loszulachen. Der Leadsänger der Vorband war mittlerweile in Wehklagen ausgebrochen und hielt sich das Mikrofon so dicht an die Lippen, dass man seine Spucke durch die Lautsprecher hallen hörte. Einige seiner Freunde, die er offensichtlich zur moralischen Unterstützung angeschleppt hatte, standen ganz vorne, nickten mit den Köpfen und reckten ihre Fäuste in die Luft. Das übliche Programm. Mir surrten schon die Ohren, was nicht besser wurde, als Guy sich zu mir lehnte und mir mitten ins Gesicht brüllte: »Was guckst du?«

Ich drehte mich von seinem Mund weg, um mein Trommelfell zu schützen.

»Ich weiß, dass du von der Bühne aus eine andere Perspektive hast«, sagte ich, »aber findest du nicht, dass Leute, die Musik ›genießen‹, irgendwie seltsam aussehen?«

»Was meinst du?«

Ich wies auf die Gruppe, die ich gemustert hatte. »Die da zum Beispiel. Warum können die nicht einfach dastehen und zuhören? Wenn die einander anrempeln oder halb volle Bierflaschen in die Luft werfen oder sich gegenseitig die fettige Mähne ins Gesicht peitschen oder dieses Teufelsanbetungszeichen mit den Fingern machen – wieso soll das heißen, dass einem die Musik gefällt? Wenn ich in einer Band wäre, dann hätt ich gern, dass alle ruhig zuhören und sich konzentrieren.«

Wieder lachte Guy. Ich schien ihn immer zum Lachen zu bringen. Er schob sich das dunkle Haar aus dem Gesicht und schwang einen schwitzigen Arm um mich.

»Du hast Metal nicht so richtig begriffen, was?«

»Ich hab begriffen, dass Joel sitzen gelassen worden ist und er es hat verarbeiten müssen, indem er das Mädchen in einem Lied als Schlampe bezeichnet ... was irgendwie heißt, dass er ein Arschloch ist. Ist das Metal?«

Er lachte wieder. »Nein, das ist nur Joel. Ich finde eh, dass wir nicht mit dem Lied anfangen sollten.«

»Warum machst du dann mit, du bist doch der Leadsänger, oder?«

»Weil's eine tierische Bassline hat.«

Ich nickte seitwärts. »Ah, okay. Da geht's mir gleich viel besser beim Gedanken daran, dass irgendein armes Mädchen auf der Bühne vor allen eine Schlampe genannt wird, damit Joel seinen Pimmel größer finden kann.«

»Du bist echt mal was. Ist dir schon klar, oder?«

War ich das? Das klang nicht unbedingt wohlwollend. Da lag ein bisschen Hochachtung in seiner Stimme ... aber auch ein wenig Verachtung. »Egal, schaust du mir von der ersten Reihe aus zu?« Er reckte die Brust.

»Nein. Ich mag's nicht gern, so viele Leute anzufassen. Ich stell mich nach hinten, und wenn du mich ganz ruhig und konzentriert dastehen siehst, dann weißt du, ich genieße ›Stirb, Schlampe, stirb‹ auf meine ganz eigene Art.«

Ich befreite mich aus seiner verschwitzten Achselhöhe und schloss mich den Mädchen bei ihrem letzten Toiletten-Blitzbesuch an.

Die Vorgruppe war gerade fertig, als wir uns zurück in den Saal quetschten. Persönlicher Freiraum war hier nicht zu haben und ich bekam ein ganz enges Gefühl in der Brust beim angestrengten Nichtdenken an all die verkeimte Luft, die hier in die miefige Atmosphäre geatmet wurde. Jane hatte uns entdeckt und zerrte uns durch die Menge.

»Leute!«, schrie sie. »Da rüber! Ich hab uns was frei gehalten.«

»Seltsam, seltsam«, sagte Amber. »Joel ist weg und plötzlich ist sie die Freundlichkeit in Person.«

»Schhhh.«

Wir drängelten uns in die winzige Lücke. Teile meines Körpers berührten alle möglichen Stellen von fremden Körpern. Ich holte einmal tief Luft und konzentrierte mich ablenkungshalber auf das Heben und Senken meines Brustkorbs. Jane laberte Amber und Lottie über die Chancen der Band auf einen Plattenvertrag voll, obwohl die sichtlich unbeeindruckt waren.

Alles drängte sich nach vorne zur Bühne, was eine brandungsartige, anstrengende Unruhe in die Menge brachte. Neben uns standen ein paar Jungs herum, die völlig fehl am Platz wirkten. Sie waren schick angezogen und tranken das teuerste Flaschenbier, das die Pop-up-Bar zu bieten hatte. Sie passten hier noch weniger rein als wir. Nicht nur, weil sie in unserem Alter waren, sondern auch, weil sie so unverhohlen nach Geld aussahen.

»Ich bin ja so aufgeregt«, flüsterte Jane mir extralaut zu. »Ich hab ihn doch noch nie live gesehen.« Sie griff nach meiner Hand und ich betrachtete ihr Gesicht. Blanke Anbetung stand darin. Ihr Blick war feucht und entrückt, ihre Wangen rosa, ihr Lächeln praktisch eintätowiert. Trotz allem gab ich mir einen Moment, um mich für meine Freundin zu freuen. Meine beste Freundin war verliebt – darüber wenigstens musste ich froh sein.

<u>Unguter Gedanke</u>
Auch wenn keiner mich je lieben wird ...

Der Saal verdunkelte sich, Joel, Guy und die anderen kamen auf die Bühne geschlurft und im Publikum setzte Geschrei ein. Guy trat gegen den Mikrofonständer und schnappte sich dabei das Mikro. Er hielt es sich beidhändig genau vor den Mund, den einen Fuß hatte er auf Joels Gitarrenverstärker gestellt.

»Hier«, sagte er, mit viel tieferer Stimme als sonst, »… kommt ›Stirb, Schlampe, stirb‹.«

Eine Lärmglocke überstülpte mich. Etwas, das man nur als »Krach« bezeichnen kann, sprengte mir durch die Trommelfelle und füllte mein Hirn mit »Autsch«. Alles drängte vorwärts, doch ich stemmte mich entschieden gegen die Flut und bohrte meine Hacken in den staubigen Holzfußboden.

»Lass uns weiter nach vorne gehen!«, brüllte Jane.

Ich verkreuzte die Arme vor der Brust und schüttelte den Kopf.

»Wieso nicht?«

»Nein. Ganz einfach Nein.«

Sie sah sich unterstützungsheischend nach Amber und Lottie um, aber die wirkten genauso befremdet von dem Schauspiel wie ich. Amber hatte ebenfalls die Arme verschränkt und auf ihrem blassen Gesicht lag Verwirrung. Während Lottie nur irgendwie höhnisch grinste.

»Stirb jetzt, stirb jetzt ... STIRB ... STIRB. STIIIIIIII-RRRRRRB!«

Guys Stimme hatte etwas Monströses bekommen. Als hätte er hinter seinen Rippen den Grüffelo mit einem Ersatzmikro versteckt. Doch alle anderen schienen drauf zu stehen und wurden dadurch noch mehr gepusht. Wir stemmten uns gegen das Gedränge und wurden irgendwie ganz nach hinten geschoben. Mir sollte es recht sein.

Jedes Mal, wenn Guy den Mund aufmachte, ging das Mädchengekreische los. Vermutlich sah er auch irgendwie sexy aus, wie er dort oben stand. Mit dem ganzen Schweiß und der Eitelkeit und der allgemeinen Aufmerksamkeit. Einen Augenblick lang kreuzten sich unsere Blicke, er zwinkerte mir zu und mir wurde ein bisschen komisch in den Knien. Aber dann legte er mit dem zweiten Song los, dessen erste Zeile lautete: »Wie du schon atmest, macht mich krank! Wüsst ich nur, wie man das stoppt!«

Und prompt hatte ich wieder das Interesse verloren und starrte stattdessen auf das »JESUS LIEBT DICH«-Banner, das schlaff über der Bühne baumelte.

Als ihr dritter Song begann – ein so RICHTIG böser –, erreichte das Publikum eine neue Ebene der Massenhysterie. Wir wurden aus allen Richtungen herumgeschubst und gezerrt und so langsam hatte ich überhaupt keinen Spaß mehr. Die dahergelaufenen Nobeltypen rammten unentwegt in uns herein und heuchelten dann Bestürzung. Amber schaute sie so finster an wie möglich, doch das schien sie nicht zu scheren. Dann rempelte einer den anderen an, der rumpelte zurück, und ehe wir uns versahen ...

... *Wusch* ...

Eine Bierflasche kam durch die Luft geflogen und ergoss sich über Lottie, von Kopf bis Fuß.

Einen Moment lang stand sie einfach nur da. Tropfend. Mit triefendem Haar. Verschmiertem Make-up. Durchweichten Klamotten.

»O Gott«, sagte einer der Jungs und kam auf sie zu. Er war groß und schnieke und er hatte die schnöseligste Aussprache, die ich je gehört hatte. »Das tut mir so leid. Geht's denn?«

Lottie funkelte ihn an. »Hast du das verbrochen?«

»Ja. Tut mir schrecklich leid. Die Jungs und ich, wir haben's wohl ein bisschen übertrieben.«

Er lehnte sich zwecks besserer Verständigung ganz nah an Lottie, doch die schubste ihn weg.

»Verzieh dich. Ich bin KLITSCHNASS!«

»Es tut mir so leid.«

»Das sollte es auch.«

»Moment mal, du bist doch Lottie, oder?«

»Woher weißt du, wie ich heiße?«, fragte sie fordernd.

Ihr Gesichtsausdruck war so giftig, dass sogar ich mich fürchtete. Schnöselboy wich etwas nach hinten.

»Warst du nicht mal bei mir auf der Schule?«

Sie nickte langsam.

»Ich war eine Stufe über dir, glaub ich. Ich hab dich öfter gesehen, aber jetzt schon länger nicht mehr, bist du weg?«

Lottie funkelte ihn immer noch an, aber ich konnte sehen, dass sie ein wenig auftaute.

»Es tut mir so leid«, fuhr er fort und wedelte schnöselig mit den Händen umher. »Lass es mich wiedergutmachen ... Kann ich dir was zum Trinken kaufen?«

»Weißt du was? Ich glaub, an der Feuchtigkeitsfront bin ich voll bedient.«

»Vielleicht ein paar Erdnüsse?«

Lottie sah ihn an.

»Chips?«

Sie schaute zur Band und wieder zurück. Joel steckte mitten in einem fünfminütigen Gitarrensolo, während Guy auf der Seite lag und sich mit den Beinen im Kreis herumschob. Lottie schob sich die nassen Haare aus dem Gesicht. »Ja. Zahlreiche Chipspackungen könnten helfen.«

Schnöselboy bahnte ihr den Weg Richtung Bar, Amber und ich blieben zurück, schauten uns an und zuckten die Schultern. Jane, an der das Drama völlig vorbeigegangen war, kreischte »ICH LIEBE DICH, BABY!« durchs Handmegafon. Schnöselboys Kumpel gaben sich nicht mit Small Talk ab und wurden von der Menge geschluckt. Das Gitarrensolo wich einem fünfminütigen Schlagzeugsolo ...

Mir wurde langweilig. Ein echtes Problem. Langeweile führte zu Sorgenmachen.

Das Schmettern der Becken zuckte mir im Hirn. Das Wummern der Trommel ließ mein Herz schneller klopfen. Ich stellte mir vor, wie jedermanns Atem in diesen luftlosen Saal geblasen wurde. Das verbrauchte Kohlenmonoxid, die winzigen Erregertröpfchen, die durch die Luft trieben, wenn jemand gehustet hatte. So langsam zeigte mein Herz dem Schlagzeuger, wo hier der Hammer hing.

Die meisten Viren werden nicht durch die Luft übertragen. Die meisten Viren werden nicht durch die Luft übertragen.

Aber durch Berührung schon. Und eine gefühlte halbe Million Menschen hatten mich in der vergangenen halben Stunde berührt. Ich stellte mir vor, wie die Bakterien sich auf meinen nackten Armen vermehrten, bis hinunter zu meinen

Armgelenken und dann meine Handflächen und Finger hinauf ...

Mein Hals schnürte sich zu.

Im standhaften Versuch, meine innere Wackeligkeit zu kaschieren, lehnte ich mich zu Ambers Ohr und brüllte: »Wie wär's mit einer Pause?«

Sie lächelte. »Und ich dachte schon, du fragst nie.«

Wir ließen Jane in ihrer Liebestrance zurück und knufften und rempelten uns nach draußen. Dabei pumpte mein Herz unablässig, es schien eine halbe Ewigkeit zu dauern. Aber schließlich schoben wir uns durch die Doppeltür in den Empfangsraum und wurden von Ruhe umweht. Hier gab es Platz. Und Sauerstoff. Und saubere Luft, die durch den Eingang hereingeweht kam. Ich erschauderte vor Erleichterung und Genuss.

»Wo steckt jetzt Lottie?«, fragte Amber etwas zu laut, weil sie sich noch nicht an die fehlende Kreischmusik angepasst hatte.

Ich sah mich nach ihr um. »Keine Ahnung. Vielleicht murkst sie gerade irgendwo diesen Typen ab. Hast du gesehen, wie nass sie war?«

»Ich bin nur neidisch, dass sie einen Grund hatte, sich früher zu verdrücken.«

»Keine Freundin der guten Musik, was?«

Amber verzog leidend das Gesicht, wodurch sich die Sommersprossen auf ihrer Nase zu einem braunen Klumpen organisierten. »Nö. Null. Machst du dir jemals Gedanken, ob du das mit dem Teenagersein falsch angehst?«

Ich dachte an die vergangenen drei Jahre. »Ich WEISS, dass ich es falsch angehe.«

»Ich meine, was ist denn falsch daran, es anstößig zu finden, wenn Songs häusliche Gewalt glorifizieren? Was ist falsch daran, Livemusik zu laut zu finden? Was ist denn so falsch an einer guten Tasse Tee und einer gepflegten Unterhaltung?«

Ich kicherte. »Du klingst wie meine Mum.«

»Na siehst du! Ich geh es falsch an. Aber manchmal, wie heute Abend zum Beispiel, ist es mir scheißegal.«

Langsam gingen wir auf die Bar zu, ganz gemütlich, damit wir nicht so rasch wieder hineinmussten. Es gab keine Schlange – nur irgendein minderjähriges volltrunkenes Mädchen, das am Rande der Bewusstlosigkeit auf einem riesigen Kissen in der Ecke lag und vom Personal zum Wassertrinken gezwungen wurde.

»Ich seh Lottie nicht«, sagte ich. »Sollte dieser Typ ihr nicht Chips kaufen?«

»Vielleicht föhnt sie sich unterm Händetrockner in der Toilette?«

Wir gingen zurück auf die Toilette. Da war sie nicht.

»Draußen?«, schlug Amber vor.

Draußen war die Luft noch kühler und frischer. Ein Hauch von Herbst umflatterte mich und ließ Gänsehaut auf meinen Armen wachsen.

»Lottie?«, rief ich sacht.

Mit wachsender Nervosität rief ich noch mal. Keine Antwort. Was, wenn der schnöselige Bierwerfer eigentlich ein Psychopath war und der Getränkwurf ein ausgebuffter Plan, um Lottie von ihren Freundinnen wegzulotsen? Was, wenn er sie in diesem Moment umbrachte?

Wir knirschten im Kies auf dem Parkplatz umher, auf die Kirche zu, und meine Sorgen lösten sich in Luft auf.

Lotties Leib wurde gegen die Wand gepresst. Von Schnöselboys Körper. Lotties Gesicht war gegen Schnöselboys Gesicht gedrückt. Lotties Hände lagen auf Schnöselboys Arsch. Zu ihren Füßen lag eine ungeöffnete Chipspackung.

Ich sah zu Amber, die sie im selben Moment entdeckt hatte.

»Schaut aus, als hätte sie ihm verziehen«, flüsterte Amber.

»Schaut so aus.«

»Evie?«

»Ja?«

»Würdest du finden, ich geh das mit dem Teenagersein falsch an, wenn ich sagen würde: ›Können wir jetzt bitte nach Hause gehen‹?«

»Nein«, sagte ich. »Ich würde finden: Du bist meine Heldin.«

Also schickten wir Jane und einer anderweitig beschäftigen Lottie eine Nachricht, damit sie wussten, dass wir gegangen waren.

GENESUNGSTAGEBUCH

Datum: 16. Oktober

Medikation: 10 mg Fluoxetin   TA-DAAA!

Gedanken/Empfindungen: Weiß nicht, halt die üblichen ...

Hausaufgaben:
- Versuche, die unguten Gedanken »in Besitz zu nehmen«. Verwende dazu den Sorgenbaum, über den wir gesprochen haben.
- Besondere Sorgfalt beim Ausfüllen des Sorgentagebuchs (reduzierte Medikamentendosis!)
- Melde dich, wenn schwerwiegende Angstsymptome auftreten!

ELF

Lottie war bis über beide Ohren verknallt. Seit dem Konzert war sie wie von einem satten Glühen umgeben und ihr Handy brummte unentwegt. Alle paar Mittagspausen verschwand sie auf dem Friedhof, um Schnöselboy (Tim) zu treffen, und kehrte mit Blättern im Haar zurück. Inzwischen hatte Ethan in den Soziologiestunden den Dackelblick in meine Richtung abgestellt und begonnen, alle anderen anzugraben. Stattdessen freute ich mich auf Filmtheorie. Brians mangelnde Professionalität machte es leichter, Oli näher kennenzulernen – inzwischen tauschten wir Filmempfehlungen aus wie Kinder Fußballkarten. Und meine Medikation war weitere 10 mg heruntergeschraubt worden. Ich war jetzt auf eine halbe Tablette runter. EINE HALBE! Früher hatte ich drei am Tag geschluckt, plus Tavor, ein Beruhigungsmittel, das mich den ganzen Tag über müde gemacht hatte.

»Weißt du«, sagte Amber zu Lottie, als wir uns nach einem weiteren Frühstück im ranzigen Café ans Zahlen machten. »Du darfst schon über Tim sprechen. Wir sind deine Freundinnen. Wir freuen uns für dich.«

Taten wir das? Insgeheim war ich eher traurig gewesen, um meinetwillen, weil schon wieder eine Freundin einen Freund an Land gezogen hatte, während ich unvermittelbar blieb.

»Ja, erzähl uns davon«, sagte ich. Eifersucht brachte gar nichts.

Lottie wurde rot und versteckte sich hinter ihrem dunklen Haar.

»Gott«, sagte Amber, einen Hauch von Abscheu in der Stimme. »Du bist total verknallt, was?«

Lottie wurde noch röter und schob die tropfenden Soßenflaschen auf der klebrigen Tischdecke umher.

Sie murmelte etwas.

»Was?«, fragten wir beide.

Lottie tauchte aus ihrem Haarvorhang hervor. »Ich hab gesagt, ich fühl mich scheußlich, darüber zu reden.«

»Was? Warum?«, fragte Amber. »Evie und ich können mit deinem Geschwärme schon umgehen, oder, Evie?«

Ich nickte und legte meine Hand auf Lotties, damit sie mit dem zwanghaften Soßenrumgespiele aufhörte. »Na klar.«

»Aber ich will nicht eins von diesen Mädchen sein ...« Lottie legte den Kopf kurz auf den Tisch, bevor sie wieder aufblickte. »Ihr wisst schon, wie Jane.«

Seit dem Konzert war Jane noch viel schlimmer geworden. Es war, als wäre sie über Nacht zu einer Miniversion von Courtney Love mutiert – mit zurückgekämmten gefärbten Haaren und lauten Mensagesprächen darüber, wie sie sich die Brustwarzen piercen lassen wollte. Ich hatte ihr sogar schon ausreden müssen, sich mit Joel Partnertattoos stechen zu lassen. Mit Tribalmuster.

»Lottie, du bist null wie Jane«, versicherte ich ihr. »Zum Beispiel hast du mich in der letzten Woche nicht dreimal versetzt.«

»Ich weiß ... Ich weiß ... Aber ich hab Angst, wenn ich mit euch über Tim rede, dann fall ich durch den Bechdel-Test.«

»Den was?«, fragte ich, während Amber wissend nickte.

»Ach was, tust du nicht. Sei nicht blöd.«

Ich war verwirrt. »Was für ein Bechdel-Test?« Hatte ich den während meiner Schulabwesenheit verpasst? War das ein Test, für den ich hätte üben sollen?

Lottie sah die Panik in meinem Blick. »Entspann dich, Evie. Das ist kein Schultest.« Sie tätschelte mir die Hand. »Das ist was Feministisches.«

»Feminismusfähigkeit? Dafür gibt's einen Test?«

Würde ich den bestehen? Rasch ging ich meine Gedanken und Gefühle durch, um sie auf Feminismusmäßigkeit zu überprüfen. Das geschlechterspezifische Lohngefälle brachte mich auf und trotzdem schminkte ich mich. Mir wurde jedes Mal schlecht, wenn ich irgendein Herrenmagazin ansah, und trotzdem musterte ich die Brüste des Models und fühlte mich unzureichend. Ich litt darunter, dass Jane mich durch einen Freund ersetzt hatte, und trotzdem hätte ich richtig gern selbst einen Freund ...

... Aua, mein Hirn.

Ohne zu ahnen, welche Kämpfe sich in mir abspielten, klärte Amber mich auf.

»Hast du da echt nie von gehört? Ich hätte gedacht, das kommt auch in Filmtheorie dran. Das ist wie eine feministische Nagelprobe für Filme und Bücher und so. Einfach gesagt, hat in den Achtzigern diese supercoole Illustratorin, Alison Bechdel – die LIEB ich übrigens total – bemerkt, dass alle fiktionalen weiblichen Charaktere in Filmen und Büchern und so weiter sich über nichts anderes unterhalten als Männer. Also hat sie sich diesen simplen Bechdel-Test ausgedacht. Um ihn zu bestehen, müssen in einem Film mindestens zwei Frauen vorkommen ...«

Lottie grätschte hinein. »Und die müssen wenigstens eine Unterhaltung führen, in der es sich nicht um Männer dreht. Nur eine Unterhaltung, mehr nicht. Und dann ist der Test bestanden.«

»Aaaaach, okay.« Ich dachte an die Hunderte, vielleicht Tausende von Filmen, die ich gesehen hatte, und dachte, das müsse ja leicht sein. Zwei Minuten später hatte ich immer noch nichts. Nichts außer die mich beschleichende Ahnung, dass die Welt wirklich im Arsch war. »Moment mal ... öhm ... da muss doch ... da muss es doch welche geben?«, sagte ich und fühlte dabei, wie meine ganze Liebe zum Kino sich um mich herum auflöste, in den Plastikstuhl sickerte, auf dem ich saß.

Lottie schüttelte den Kopf. »Eine Handvoll gibt's schon, aber mehr nicht, du brauchst Ewigkeiten, um die zu finden. Kein *Herr der Ringe* besteht und keiner von den frühen *Star Wars*-Filmen. Noch nicht mal im letzten *Harry Potter* kommen zwei Frauen vor, die sich unterhalten. Das ist doch völlig krank, oder? Als wär jeder Frauenhandlungsstrang verschwendet, wenn sie nicht über Männer oder deren Taten sprechen.« Sie schlang die Arme um uns beide und zerrte unsere Köpfe zum Tisch hinunter, bedrohlich nah an unsere Frühstücksteller. »Es gibt noch viel zu tun, Ladies. Noch viel zu tun.«

Ich ließ es mir durch den Kopf gehen und befreite mich dabei aus ihrer Umklammerung. Ich mochte mein Gesicht nicht so nah an einem benutzten Teller haben.

»Gut, ich hab's kapiert. Aber wir haben gerade ein halbe Stunde darüber diskutiert, wie man am besten Eier isst. Und davor haben wir darüber gestritten, welcher Musicalsong am besten auf unser Leben zutrifft. Und erst gestern hast du mir *Der weibliche Eunuch* erklärt ... also haben wir uns sicher das Recht erworben, über deinen neuen Freund zu sprechen?«

»Ach ja?«, fragte Lottie und tätschelte mir den Kopf, als wär ich ihre minderbemittelte Schülerin. Die ich auch war im Vergleich zu ihr, die sich akademische Inhalte in ihrer Freizeit durch die Nase ins Hirn zu saugen schien. »Aber wären wir in einem Film, dann würden sie davon nichts zeigen. Die würden direkt bis an die Stelle schneiden, wo ihr mich beim Frühstück nach Tim fragt.«

Da ich immer noch mit pochendem Hirn dasaß, übernahm Amber die Überzeugungsarbeit.

»Komm schon, Lottie. Wir sind deine Freundinnen, du bist

uns wichtig. Wir interessieren uns für Tim, weil er Teil deines Lebens ist, nicht, weil er ein Kerl ist. Ich verspreche, du kannst uns erzählen, wie rasend glücklich du doch bist, ohne auf die Schwesternschaft zu scheißen.«

»Wääh.«

»Also ... ist es Liebe?«

Lottie schmolz vor unseren Augen dahin, ihr Gesicht wurde ganz weich, wie in einer Traumsequenz. »Er ist ... er ist ...«

Sie verstummte und fing schon wieder an, an den Flaschen herumzufummeln.

»Er ist total unterbelichtet.«

»Äh, Lottie?«, sagte ich. »Das klingt jetzt aber nicht sehr verknallt.«

»Aber er ist total niedlich dabei«, protestierte sie. »Und das ist jetzt nicht fies gemeint von mir – er hat mir selbst gesagt, er sei ein bisschen doof. In meiner alten Schule nennen ihn alle ›Timmy das Schäfchen‹, wie die Zeichentrickserie ... aber er ist total süß und ich bin sowieso schlau genug für uns beide. Und ... o Gott, das hört sich jetzt TOTAL schlimm an, aber er ist so ein richtiger Mann-Mann, wisst ihr? So einer mit Körper statt Hirn. Muskelbepackt und beschützt einen und totaler Macho und sportlich und alles, wo ich im Grunde total dagegen bin, aber auf das ich ärgerlicherweise auch total abfahre.«

»Das geht mir so auf den Zeiger«, nickte Amber. »Ich weiß, dass ich auf nette Kerle stehen soll, die nur Biopornos schauen und so, und die einen nie schlecht behandeln würden blablabla ... und dann ... na ja, dann hab ich mich in diesen Fußballertrottel verguckt, nicht? Weil der meine Lenden zum Beben gebracht hat.«

Lottie und ich kicherten über die »Lenden«.

Ich drehte mich zu ihr.

»Aber du wirkst richtig glücklich und das ist schön. Ich freu mich schon drauf, ihn richtig kennenzulernen.«

Sie machte eine Schnute. »Schon, ja. Aber ist ja alles noch ziemlich frisch, was? Und ich verbring diese herrlichen Frühstücksrunden mit euch lieber mit anderen Gesprächsthemen als meinem Freund.«

Eine muffelige Kellnerin kam herbei und räumte unsere leeren Teller ab.

»Egal, was passiert denn jetzt mit dieser Band von Joel und Guy?«

»Du redest schon wieder über Typen«, stellte ich klar und grub dabei in den Untiefen meiner Tasche nach Trinkgeld.

»Verdammt. Dieser Bechdel-Test ist härter, als man glaubt.«

ZWÖLF

Am nächsten Tag stand ich zu Mittag allein da.

Jane und ich hätten eigentlich auf einen Kaffee gehen sollen, aber sie hatte wieder mal abgesagt. Und Lottie und Amber mussten demnächst in Kunst etwas abgeben und hatten sich deshalb im Kunstsaal verschanzt. Ich ging zur Cafeteria, belud mein Tablett mit Essbarem und fragte mich, wie peinlich es wohl wäre, ganz alleine an einem Tisch zu sitzen. Vermutlich sehr. Aber ich war hungrig.

Ich bezahlte und verharrte einen Moment mit meinem Tablett, sah mich überall nach einem Sitzplatz um. Überall saßen Grüppchen, fast alle Tische waren besetzt, was bedeutete, dass ich am äußersten Ende kauern würde wie ein Megaloser.

Panik, Panik, Panik, Panik ...

Und dann sah ich Oli in einer Ecke sitzen. Er hatte den ganzen Tisch für sich, sogar die Knie dagegengestemmt. Seine Kopfhörer waren in einen kleinen Player auf seinem Schoß eingesteckt. Ich grinste – irgendwas an ihm gab mir das Gefühl, total ... hübsch zu sein. Ich ging zu ihm rüber.

Als ich mein Tablett abstellte, blickte er auf.

»Hey«, sagte ich. »Meine Freundinnen sind heut nicht da. Darf ich mich zu dir setzen?«

Er riss so ruckartig den Kopf nach hinten, dass ihm die Kopfhörer auf die Brust fielen. »Mist!«, sagte er, griff danach und warf dabei seinen Player vom Schoß. »Aaah, so ein Krampf!« Lächelnd sah ich zu, wie er unter leisen Flüchen sein Zeug aufsammelte. Schließlich wies er auf einen Stuhl in seiner Nähe. »Na klar. Wär ... öhm ... super! Setz dich. Setz dich nur.«

Meine Güte, der Typ war echt ein heißer Anwärter auf die Schüchternheitsmedaille in Gold.
Ich ließ mich nieder und sah zu, wie er mich mit seinen nervösen, unruhigen Augen aus basilikumgrüner Gutheit ansah.
»Schönen großen Tisch hast du da«, sagte ich.
Er sah sich darauf um, fast überrascht. »Ja, schon ... In der Ecke will nie jemand sitzen. Schon gemerkt?«
»Bis jetzt nicht.« Ich biss von meinem Sandwich ab, kaute eine Weile und wies dann auf seine technischen Geräte. »Was schaust du da überhaupt so alleine?«
Oli drehte den Player um und ich erblickte einen in seinem ikonischen weißen Krankenhausnachthemd erstarrten Jack Nicholson. »*Einer flog übers Kuckucksnest*«, sagte er unnötigerweise. Ich hatte ihn x-mal gesehen und ihn mit meiner eigenen Zeit in der Geschlossenen verglichen. Zum Glück hatte sich seit damals einiges geändert.
»Ein Klassiker«, sagte ich beeindruckt.
»Willst du ein bisschen mitgucken?«, stotterte er.
Ich legte mein Sandwich ab. »Klar.«
Ich rutschte auf den Stuhl neben ihm und er reichte mir einen seiner Ohrstöpsel. Die Intimität des Ganzen machte mich ganz kribbelig. Kopfhörerteilen hatte etwas Intimes, weil es eine ganz eigene akustische Welt erschuf, die sonst niemand mitbekam, und das kam mir so romantisch vor. Dazu trug auch das kurze Kabel zwischen den Hörern bei, wegen dem wir unsere Köpfe quasi aneinanderlegen mussten. Ich versuchte, mich auf den Film zu konzentrieren, aber Olis Nähe machte es mir nicht leicht. Er war so zappelig! Sein Bein hibbelte so schnell auf und ab, dass der Player wackelte. Er roch auch sagenhaft gut, was für meine Konzentration nicht gerade förderlich war. So saßen wir an die zehn Minuten da und sahen Jack Nicholsons umwerfendem Spiel zu, bis mein Magen grollte und ich

den Knopf aus dem Ohr zog, um mich ganz meinem Sandwich zu widmen.

Oli drückte auf Pause. »Also, magst du den Film?«, fragte er. Ich nahm einen Schluck aus meiner Colaflasche. »Ja, schon ... Ich mag diese ›Ab wann ist man verrückt?‹-Sachen.«

Warum, sagte ich ihm natürlich nicht.

Aber er lächelte mich breit und wangenknochig an, als verstünde er mich hundertprozentig. »Ich auch, ich auch. Da gibt's nicht genug Filme darüber. Übers Verrücktsein, mein ich.«

Ich erwiderte sein Lächeln. »Aber total. Und dann konzentrieren sich die Filme immer nur auf so richtig ›aufregende‹ Geisteskrankheiten, wie Schizophrenie oder Persönlichkeitsstörungen, bei denen die Hauptfigur ständig Sex braucht.«

»Wo bleiben die langweiligen, wo deprimierte Leute einfach nicht aus dem Bett kommen?«

»Genau! Es sollte einen Film über Depression geben, in dem nur eine Person vorkommt, die im Bett liegt und eine Stunde lang an die Decke starrt. Dann wär's authentisch.«

»Ja ...« Damit verstummte er.

Ich biss wieder von meinem Sandwich ab und tat mich schwer mit dem Essvorgang, weil mir in seiner Gegenwart so warm und wattebauschig zumute war. Obwohl seine Nervosität mich noch nervöser machte. Ich fragte mich, ob er mich mochte. Genug anschauen tat er mich ja während des Unterrichts. Gerade jetzt schaute er jedoch nicht, sondern ballte die Fäuste und quetschte seine Finger, einen nach dem anderen. Ich wollte gerade einen Versuch starten, das Gespräch wieder in Gang zu bringen, da sagte er:

»Fragst du dich jemals, wie wir überhaupt entscheiden, wer verrückt ist und wer nicht? In der Welt gibt es so viel irres Zeug – ein einziges großes Chaos –, aber dann werden Leute, die damit nicht umgehen können, wahnsinnig genannt und in

Filmen verarbeitet ... aber was, wenn sie einfach nur darauf reagieren, wie irre die Welt da draußen ist? Ist es nicht viel irrer, zu glauben, alles sei okay, wenn das doch eindeutig nicht so ist?«

Ich kratzte allen Mut zusammen, um mit dem Stuhl näher zu seinem zu rutschen, ihm zu zeigen, dass ich das alles voll unterschreiben konnte. Und immer noch sah er mich nicht an.

»Weißt du ...«, sagte ich. »Ich glaube, der wird jetzt bald noch mal im Kino gezeigt, damit junge Leute wie wir ihn auf der großen Leinwand sehen können.«

In anderen Worten: Frag mich, ob wir dahin gehen, frag mich, frag mich, frag mich bitte.

Ich sah zu, wie ihm wieder die Ohrstöpsel rausfielen und er sich nach ihnen bückte. Dann blickte er mich an. Irgendwas ging zwischen uns vor, irgendwas Gutes.

»Ich ... Ich ...«, sagte er und ich feuerte ihn mit meinen Augen an.

Bitte frag, ob wir gehen. Ich mag dich wirklich.

»Ich ... Ich ...« Und als sein Ausdruck in sich zusammenfiel, wusste ich, er würde nicht fragen.

»Ich ... schade, dass wir ihn gerade gesehen haben, oder?«, sagte er.

»Schon«, sagte ich, immer noch lächelnd. »Schade, schade.«

DREIZEHN

Unter meinem Körper fiepte mein Telefon. Ich rollte mich auf dem Gras herum und betrachtete es.

»Wer ist es?«, fragte Jane hinter ihrer Sonnenbrille hervor. Ich grinste. »Oli.«

»Hat er dich jetzt schon gefragt?«, fragte Joel unter Jane hervor. Sie lag auf ihm drauf – Kopf auf Kopf, wie ein Brötchenbelag.

»Ähm ... noch nicht.«

Der Herbst war für ein letztes Mal Luftholen in den Sommermodus zurückgeglitten, bevor der Winter für sechs Monate das Sonnenlicht klaute. Es war mild und hell und wunderschön. Die halbe Schule hatte sich auf dem Schulgelände ausgebreitet, in Grüppchen aus nicht mehr ganz so neuen Freunden. Ich sonnte mich gemeinsam mit Jane, Joel, Guy, Lottie und Amber. Obwohl Amber eher versuchte, ihr Gesicht mit dem Skizzenbuch vor der Strahlung zu schützen.

»Ich beneide dich so dermaßen um deine Haut, Lottie. Du wirst so schnell braun und ich werd mein ganzes rothaariges Leben unter einer Schutzfaktor-30-Kruste verbringen.«

Lottie hob eine Augenbraue. »Ja, aber denk doch an die Falten, die du später nicht haben wirst.«

»Guuuut, ich hör jetzt mal auf mit Beschweren.«

Lottie lächelte. »Hör nie auf mit Beschweren, Amber. Ich lieb das doch so an dir.«

Guy schnaubte. »Was ist das überhaupt für ein Typ?«, nuschelte er mit einer unangezündeten Kippe zwischen den Lippen.

Lottie hob den Kopf von ihrem Pullover-Kissen und antwortete für mich: »Das ist dieser schnuckelige Typ aus ihrem Filmkurs. Aber der ist so schüchtern, das ist nicht auszuhalten.«

»Er ist nicht schüchtern«, verteidigte ich ihn. »Er ist nur ... öhm ... schüchtern.«

Guy gab sich Feuer, zog einmal tief durch und blies mir den Rauch extra genau ins Gesicht. Ich hustete und funkelte ihn an.

»Klingt wie 'ne Pussy.«

»Er ist keine Pussy!«

»Ach ja?«, sagte er herausfordernd. Und dann riss er mir ohne Vorwarnung das Telefon aus der Hand.

»He!«, sagte ich und kraxelte über die anderen, um es wiederzubekommen, aber er wehrte mich mit seiner Zigarette ab.

»Hey, was sind deine Lieblingstiere? Ich wollte immer einen Affen haben«, las er vom Display ab. Mit grenzenlos angewiderter Miene warf er mir das Handy zu. »Sag ich's doch. Eine Pussy.«

Ich zog mein Handy aus dem Gras und wischte die Erde ab. »Er unterhält sich ja nur mit mir. Ich mag Affen auch.«

»Wow, warum heiratest du ihn nicht gleich?«

Amber setzte sich auf und mischte sich ein. »Da ist was dran«, sagte sie. »Hat er dir echt nur wegen Tieren geschrieben?«

»Nur dieses eine Mal.«

»Und was schreibt er sonst so?«, fragte Lottie. Plötzlich schauten alle auf mich und das gefiel mir gar nicht. Ich hatte das Gefühl, Oli verteidigen zu müssen, ihn und seine Wangenknochen und die Wangenknochen unserer zukünftigen Kinder.

»Äh ... Filme, manchmal.«

»Und was noch?«

»Öh ... was wir am Wochenende gemacht haben?«

Guy hatte ausgeraucht und drückte die Kippe im Gras aus. »Und trotzdem sagt er nicht ein einziges Mal: ›Lass uns das Wochenende doch was zusammen machen.‹«

Ich antwortete nicht, sondern sah nur auf seinen Zigarettenstummel. Mit dem gewaltigem Drang, ihn aufzuheben, zum Mülleimer zu bringen und mir anschließend die Hände zu waschen. Zweimal. Dreimal.

Mein Handy fiepte wieder. Ich guckte aufs Display und musste breit grinsen. »ER HAT MICH GEFRAGT!«, brüllte ich und fuchtelte mit dem Handy vor ihren Gesichtern herum.

Lottie und Amber kreischten auf und rannten rüber, um die Nachricht zu lesen. Lottie trug vor:

»›Lust auf Kino dieses Wochenende?‹ Hach – na endlich! Ich hatte schon fast die Hoffnung aufgegeben.«

Ich strahlte in die Runde und streckte dann schnell Guy die Zunge raus. Eine Verabredung! Mit einem Jungen! Fürs Kino! Wie die Leute es so machten!

Unguter Gedanke
Dann musst du dich in einen Kinosessel setzen, in dem schon ein paar Hunderttausend dreckige Leute gesessen haben.

Unguter Gedanke
Der wird dir bestimmt Popcorn kaufen wollen. Wie willst du ihm erklären, dass du kein Popcorn essen kannst?

Unguter Gedanke
Was, wenn er binnen Minuten kapiert, was für ein unglaublich durchgeknallter Freak du bist, und gleich die Fliege macht und dich allein in den Erregern schmoren lässt?

»Und …?«, fragte Lottie und musterte mein plötzlich erbleichtes Gesicht. »Schreibst du ihm zurück?«

»Sollte ich nicht ein bisschen warten?«

»Ja«, sagte Guy.

»Nein«, mischte sich Amber ein, als hätte sie Guy nicht gehört. »Schreib ihm jetzt gleich. Er ist so schüchtern, der ist sicher halb tot vor Angst.«

Ich ging im Geiste unsere Wochenendpläne durch. »Ist Samstag nicht wieder Party bei Anna? Soll ich ihn dorthin einladen?«

Amber dachte kurz darüber nach und schüttelte dann den Kopf, das Sonnenlicht tanzte auf ihrem Haar. »Ach nein … Schau mal, wie's im Kino läuft, und wenn du dann immer noch so doll auf ihn stehst, dann kannst du ihm von der Party erzählen und fragen, ob er mitkommt.«

»Perfekt«, trug Lottie jetzt bei. »Und falls die Verabredung ein Totalflop ist, dann kannst du uns bei der Party alles im Detail erzählen.«

Ich konnte mein Lächeln nicht zähmen, als ich zurückschrieb:

Klar, Kino klingt toll! Samstagnachmittag? X

»Argh!«, juchzte ich. »Ich hab's abgeschickt! Ich hab ein Date!«

Lottie und Amber umarmten mich fest und zur Überraschung aller entwand sich Jane Joels Schlingen und machte beim Umarmen mit.

»Ich freu mich so für dich«, quietschte sie.

Guy und Joel verdrehten die Augen und wechselten einen Blick à la *Wäh, Mädchen wieder,* und prompt kam ich mir ein bisschen doof vor. Ich befreite mich aus der Umarmung. »Kommt schon, Mädels, beruhigt euch. Bechdel-Test nicht vergessen.«

Jane zog verwirrt die Brauen zusammen. »Bechdel-was?«
»Keine Sorge, Jane. Das ist kein Test für dich«, sagte Amber.
»Hä?«, machte sie, als Lottie und Amber in Gelächter ausbrachen. Garstiges Gelächter. Mir drehte sich um Janes willen der Magen um. Ich würde mich immer vor sie stellen ... wenn es nicht gerade ich selber war, die sich über sie beklagte oder sie im Kopf mit Schimpfwörtern bedachte. Mein Telefon verkündete piepsend Olis Antwort und setzte der Peinlichkeit ein Ende.

Klingt gut. Bis Samstag!

Und schon quietschten wir wieder los.

In der Ferne schrillte die Schulglocke und die anderen hoben ihre Taschen und den Müll auf. Ich ließ mich ins Gras sinken, in einer Mischung aus Euphorie und bleierner Angst wegen des drohenden Wochenendes.
  Lottie stellte sich zwischen mich und die Sonne. »Hast du jetzt keinen Kurs?«
»Nö. Freistunde.«
»Du Sau, du glückliche. Bleibst du hier?«
Ich gähnte und räkelte mich. »Ich glaub, ich geh einfach heim.«
»Die Welt ist so unfair. Aber wie dem auch sei, aufstehen, ihr Turteltauben«, sagte sie zu Jane und Joel. »Wir kommen zu spät zu Philosophie. Man sieht sich.«
  Ich winkte allen nach. Allen, bis auf Guy, der zu meiner Überraschung immer noch neben mir im Gras saß.
»Hast du auch nichts mehr?«, fragte ich ihn.
  Er schüttelte den Kopf. »Gehst du auch zu Fuß? Wo wohnst du?«

»Ashford Road.«

Er stand auf und schüttelte sich das Gras vom Band-T-Shirt. »Bei mir um die Ecke. Ich komm mit.« Das war eher eine Feststellung als eine Frage. Er hielt mir die Hand hin, um mich vom Gras hochzuziehen. Ich ergriff sie befangen.

»Meinetwegen«, sagte ich und fragte mich, über was, um Himmels willen, wir uns die dreißig Minuten Spazierweg lang unterhalten sollten.

Über absolut nichts, wie es die ersten zehn Minuten lang schien ...

Ganz stumpf von der Sonne eierten wir den Gehweg entlang. Peinliches Schweigen hing über uns, wie eine Glocke aus Konversationsnapalm. Sie löste sich erst auf, als Guy sich dreist einen Joint ansteckte und ich dramatisch aufseufzte.

»Was denn?«, fragte er und blies langsam den Rauch aus.

»Hast du nie das Bedürfnis, also, mal in der Wirklichkeit zu leben?«

Eine Sekunde lang schien er völlig überfragt, bis sein Blick auf das kleine brennende Röllchen in seiner Hand fiel.

»Das ist doch die Wirklichkeit. Reines Naturprodukt!«

»Das ist eine bewusstseinsverändernde Substanz.«

»Das ist 'ne Pflanze!«

Ich seufzte. »Wie du willst.«

Eine Brise trug den intensiven Geruch zu mir herüber und ich verkniff mir mühsam das Husten. Wieder senkte sich Schweigen über uns, und ich fragte mich, warum er mich hatte begleiten wollen. Besonders, weil er so genervt wirkte. Dann machte er den Mund auf.

»Und, freust du dich auf dieses Date?«

Ich sah ihn aus dem Augenwinkel an. »Denk schon.«

Er zog noch mal und kicherte in sich hinein. »Und der hier ist kein Nymphomane?«

Ich sah ihn vernichtend an. »Nicht dass ich wüsste, nein.«
»Sondern einfach nur eine Pussy.«
Mein Blick wurde noch finsterer. »Der Ausdruck passt mir gar nicht.«
»Welcher Ausdruck? Pussy?«
»Ja. Der ist total sexistisch. Und vulgär. Pussy steht auch für Vagina, und was hat eine Vagina bitte mit Feigheit zu tun? Du bist so ein Misogyn.«
»Miso-was?«
»Wenn du das Wort nicht kennst, beweist das nur, dass du hundertpro einer bist.«
Zur Antwort kam wieder nur Kichern. »Du bist echt lustig.«
»Das ist nicht lustig gemeint. Das ist wütend gemeint.«
»Das macht es ja so lustig.«
»Das ist nur lustig, weil du breit bist. Allein. An einem Donnerstag.«
Er lachte wieder, mit bereits knallroten Augen. »Ich bin nicht allein. Ich bin bei dir.«
»Das werd ich der Polizei bestimmt nicht sagen, wenn die hier anhalten und dich verhaften.«
Sein Lachen wurde intensiver und lautstärker. Ich wartete ab, bis er sich wieder eingekriegt hatte, und sah zu, wie er seine Tüte ausrauchte und in einen Busch warf. Die jüngeren Mädchen standen seit dem großen Kirchenauftritt alle tierisch auf Guy. Ich hatte ein paar jüngere Schülerinnen im Fish-and-Chips-Laden schwärmen gehört, wie toll er doch aussähe, und ein paar dackelten ihm und Joel durch die ganze Stadt hinterher. Jetzt nahm ich ihn mal unter die Lupe. Die Sonne setzte sein Gesicht ins Gegenlicht, gab ihm seinen eigenen kleinen Goldrahmen, betonte seinen wirren Haarschopf. Vermutlich gar nicht mal so unattraktiv.
Er nuschelte irgendwas vor sich hin.

»Bitte?«, fragte ich.

»Ich hab gesagt, ich bin kein Misogyn.«

»Wenn das ohne Lachen käme, könnt ich's vielleicht glauben.«

Das überging er einfach. »Außerdem bezieht sich das Wort ›Pussy‹ in diesem Kontext gar nicht auf eine Vagina. Es ist einfach nur die Bezeichnung für eine Katze. Deine Theorie kannst du in der Pfeife rauchen.«

Ich lächelte schief – und besiegt. Dagegen war schlecht zu argumentieren. »Pussy« leitete sich ursprünglich nun einmal von »Pussycat« ab. »Kann ich nicht rauchen. Du hast alles weggequalmt.«

Das löste einen neuen Lachanfall aus.

Die Sonne brannte auf uns nieder. Die Blätter glühten golden auf, die Jacken baumelten uns von den Armen. Kurz vor unserem Haus steckten wir noch mitten in einer gnadenlosen Partie »Würdest du lieber?« und lachten uns dumm und dämlich.

»Okay, okay, okay«, sagte Guy unter wildem Gestikulieren und deutlichen Artikulationsschwierigkeiten. »Wenn du MÜSSTEST ... hättest du lieber zwei Eier, so groß wie Wassermelonen, oder zwanzig, die so groß sind wie Trauben?«

Ich schnaubte. »Das ist ja eklig. Woher soll ich überhaupt wissen, wie es ist, Eier zu haben?«

»Oh, es ist spitze, glaub mir.«

Plötzlich ertappte ich mich beim Gedanken an Guys Eier und errötete ein bisschen. »Öhm ... dann zwei wassermelonengroße vermutlich.«

Er streckte mir den Zeigefinger entgegen. »Begründung?«

Ich zuckte die Achseln. »Weiß nicht. Vielleicht leichter in die Boxershorts zu stopfen?«

Es brauchte eine Weile, bis er wieder ansprechbar war.

Schwer zu sagen, wie viel an Guys Gelächter noch mein natürlicher Witz war und wie viel das Gras.

Als er sich beruhigt hatte, sagte ich: »Gut, ich hab eins.«

Er hob die Brauen und seine dunklen Augen strahlten in der Sonne haselnussbraun. »Okay. Gib's mir.«

»Hättest du lieber ... unheilbare Ganzkörperakne ...« Ich legte eine effekthascherische Pause ein.

»Oder ...?«, hakte er nach.

»Oder ein Ganzkörper-Celine-Dion-Tattoo? Ihr Gesicht auf deinem Gesicht. Ihre Arme sind deine Arme. Ihre Beine sind deine Beine.«

Wieder geriet er völlig aus der Fassung, setzte sich auf eine fremde Vorgartenmauer und klopfte sich auf die Schenkel wie ein Greis.

»Nein ... keins von beiden.«

»Du MUSST eins nehmen«, beharrte ich. »Ich hab dir auch die Meloneneier gesagt.«

Noch mehr Gewieher. »Okay, okay, okay ... Die Akne. O Gott, ich muss die Akne nehmen ...«

Ich setzte mich neben ihn und lachte mit. Einen Augenblick lang legte er seinen Kopf auf meine Schulter. Dann war sein Kopf wieder weg. Prompt hörten wir auf zu lachen und prompt senkte sich die Gesprächsnapalmwolke wieder auf uns hinab.

»Ich bin fast da«, sagte ich. Eine eher sinnlose Bemerkung.

Ich spürte, wie Guy sich auf dem Mäuerchen zu mir umdrehte, und wandte mich unwillkürlich auch zu ihm. Unsere Knie berührten sich und machten in meinem Herz ... irgendwas. Etwas, das ich nicht ganz verstand. Mein Gesicht prickelte in der Vorahnung eines Sonnenbrands.

»Also, kommst du Samstag zu dieser Party?«, fragte Guy ganz ernst.

»Ja, denk schon.«

»Und bringst du diesen Typen mit?«
»Oli.«
»Ja.«
»Na ja, schon, vielleicht. Mal sehen.«
»Die Pussy…katze?«
Ich sah ihn scharf an. »Was interessiert's dich?«
Er verschränkte die Hände hinter dem Kopf und tat ganz entspannt.
»Null interessiert's mich. Mir ist alles egal.« Er schien auch noch stolz drauf.
»Schön, dann bis Samstag.«
»Bis dann.«

VIERZEHN

Date-Zeit! Zeit fürs Date! Wieder ein Date, ein richtiges Date! Mein Herz machte wumm-badda-wumm-badda-WUMM.

»Alles klar bei dir?«, fragte Rose und schob ihren Kopf in meine Tür, mitten hinein in meinen garderobenbedingten Zusammenbruch. Sie hatte Pyjama und Zahnbürste in der Hand, weil sie gerade fürs Übernachten bei einer Freundin packte.

»Nein«, sagte ich. »Ich hab eigentlich eine Verabredung, aber meine Klamotten hassen mich alle.«

Rose beäugte die modische Kreation, in die ich mich gehüllt hatte. »So gehst du aber nicht, oder?«, fragte sie mit einer kleinen Grimasse.

»Nach dem Gesichtsausdruck bestimmt nicht mehr.«

»Schlagjeans *und* ein Kleid drüber? Öhm ... warum?«

»WEIL ICH DAS KLEID ANZIEHEN WILL, WEIL ES HÜBSCH AUSSIEHT, ABER WIR MÜSSEN JA IM BLÖDEN ENGLAND LEBEN, WO ES DRAUSSEN ZU KALT DAFÜR IST!«

Panik ergriff mich – bescheuerte, überwältigende Panik wegen einer bescheuerten mickrigen Klamottenkrise. Meine Brust zog sich zusammen und ich kippte aufs Bett, konzentrierte mich auf meinen hektischen Atem.

Sofort glitt Rose in den Beruhigungsmodus. »Schhhh«, machte sie, setzte sich zu mir aufs Bett und strich mir übers Haar. »Alles okay. Wir finden was.«

In meinen Tränendrüsen sammelten sich die Tränen. »Du sollst mich so nicht mitkriegen. Mum kriegt die Krise.«

»Mir egal, was Mum denkt.«

»Ich will … Ich … Ich weiß, dass es nur ein Date ist. Aber das andere war so furchtbar … und … und …«

<u>Unguter Gedanke</u>
Ich verhunz hier gerade meine kleine Schwester und sie wird auch verrückt und daran bin dann nur ich schuld.

<u>Unguter Gedanke</u>
Dieses Date wird total in die Hose gehen und ich fang mir irgendwas ein von den dreckigen Kinosesseln und gehe einsam zugrunde.

»Pssscht, Evie, ist doch gut. Vor so einem Date regt sich doch jeder auf. Du drehst hier nicht durch, das ist dir klar, oder? Das ist ganz normale Aufregung.«
Ich schniefte. »Ist es normal, unter einem Kleid Jeans anzuziehen?«
Rose kicherte. »Nein, dieses Detail kommt nur von dir.«
Wir lachten beide leise, aber nicht leise genug, als dass Mum es nicht mitgekriegt hätte. Sie kam in mein Zimmer gepresiht, ein Bündel frischer Wäsche in der Hand.
»Was geht hier vor?«, fragte sie total misstrauisch, wie Agatha Christies Poirot. Sie erspähte mein fleckiges Gesicht, und ich konnte richtig verfolgen, wie sich ihr Krisengesicht formte. »Evie, hast du geweint?«
Mums Augen schossen von Rose' Gesicht zu meinem und zurück, als prüfe sie Rose nach Verrücktheit via Osmose.
Rose – die Gute! – wahrte ihr Pokerface. »Ich berate Evie nur bei der Kleiderauswahl.«
»Für was? Wo gehst du hin?«
»Ach … ins Kino.« Von dem Date würde ich Mum nichts verraten. Dazu hätte sie bestimmt was zu sagen. Und zwar nichts Gutes.

Trotzdem wirkte sie überrascht. »Ins Kino? Evie, das ist ja großartig! Bist du sicher, dass das schon geht? Ich meine, du hast ja gar nichts davon erzählt …. Hast du's mit Sarah besprochen? Ich meine, ins Kino! Das ist toll, aber … bist du sicher, dass du schon so weit bist?« Sie sah Rose an und merkte, dass sie selbst auf den Wahnsinn angespielt hatte. »Ich meine … na ja, ist ja auch eigentlich keine große Sache …«

»Muuuuum«, sagte ich. »Das ist jetzt nicht gerade hilfreich.«

»Oh … Okay, aber ich wünschte, du würdest mir so was ankündigen, Evie.«

»Mum«, seufzte ich wieder. Rose und ich starrten sie eindringlich an, bis sie den Wink mit dem Zaunpfahl kapierte und verschwand.

»Nun denn«, sagte Rose und klatschte in die Hände. »Zieh das Kleid aus und zeig mir, was für Spitzenoberteile du hast.«

Ich tat wie geheißen. »Ich liebe dich, Rose.«

»Ja … ja … Gott im Himmel, Evie, was sollen bitte die Cowboystiefel?«

FÜNFZEHN

Wir trafen uns vor dem Kino. Wie bei Verabredungen so üblich. Meine Verabredung. Und ich. Für ein Date. DATE. Rose hatte mich so weit beruhigt, dass ich mich noch ein wenig schminken konnte, und mich dann unter der strengen Auflage aus der Tür geschoben, ihr »alles zu erzählen«.

Oli hatte sich tatsächlich so weit vorgewagt, zu entscheiden, welchen Film wir ansahen. Ich hatte eine neue Indie-Komödie namens *And Rainbows* im Auge gehabt, doch er hatte mir beherzt geschrieben, er habe uns Karten für den neuen Tarantino reserviert.

> *Unguter Gedanke*
> *Bestimmt hat er keinen Gangplatz reserviert. Wie soll ich ohne Gangplatz abhauen, wenn mir alles über den Kopf wächst?*

Ich hatte eine neue Methode zum Umgang mit den wiederkehrenden unguten Gedanken gelernt – Sarah sei Dank. Ich sollte sie nach und nach in Besitz nehmen statt umgekehrt. Dies verlangte ein bestimmtes Vorgehen, das sie mir aufgezeichnet hatte, mit genauen Übungsaufgaben.

Wie man seine unguten Gedanken in Besitz nimmt

1. Lass sie den Sorgenbaum durchlaufen.

Was zum Henker ist ein Sorgenbaum? Na ja ... der ist ein bisschen wie die Fragebogen-Diagramme in den Frauenzeitschriften, wo man erfährt, welcher Orgasmustyp man ist oder so. Aber dieser Baum hat nur zwei Äste.

Gibt es irgendwas, was du jetzt gleich wegen dieser Sorge unternehmen kannst?

JA — Nun, dann tu es jetzt gleich – auf geht's! Und dann kannst du mit dem Sorgenmachen aufhören.

NEIN — Dann weiter bei Anweisung Nr. 2

2. Nimm den unguten Gedanken zur Kenntnis.

So à la »Ah, guten Tag, was für ein reizender unguter Gedanke sind wir doch, ja, ich kann dich sehr wohl sehen!«.

3. Aber lass dich nicht auf den unguten Gedanken ein.

Wie man sich auf einen
unguten Gedanken einlässt

Unguter Gedanke: He du, meinst du, dass du vielleicht dein ganzes Leben lang verrückt sein wirst, Evie-Schätzchen? Vielleicht solltest du dieses ganze »Genesungs-«Zeug einfach in die Tonne treten und wieder zurück auf die Station gehen und für immer in der Geschlossenen bleiben und nie einen Freund haben, weil du so scheißverrückt bist?
Evie: Aber du hast ja so recht! Ich bin verrückt. Wie lange, schätzt du, hab ich wohl noch, bevor alle es kapieren und es ihnen zu blöd wird mit mir?
Unguter Gedanke: Hmmm, ein Jahr vielleicht? Aber dann bist du richtig im Arsch.
Evie: Ein Jahr ist ziemlich lange.
Unguter Gedanke: Hast recht. Sagen wir, ein halbes Jahr. Wer, meinst du, wird am enttäuschtesten sein?
Evie: Mum, nehm ich an … und danach Rose …
Unguter Gedanke: Ja, Rose. Mann, Mann, die wirst du so richtig kaputt machen, hm?
Evie: *nickt betrübt* Ich weiß.

Und immer so weiter, bis Evie ohne ersichtlichen Grund schluchzend auf dem Bett zusammenbricht.

Wie geht's jetzt weiter? Nun, nachdem man den unguten Gedanken erfolgreich zur Kenntnis genommen, sich aber nicht auf ihn eingelassen hat, muss man …

4. Mit den Gedanken ins Hier und Jetzt zurückkehren

Kleine Bemerkung am Rande: Die moderne Psychologie ist momentan ganz BESESSEN vom »Im Hier und Jetzt leben«, als wär es ein Lebenselixier oder so was. Da kommt man hin, indem man sich aufs Atmen konzentriert oder auf die Umgebungsgeräusche lauscht und sich so richtig drauf konzentriert. So etwa wie Meditation, ganz buddhamäßig.

5. Wenn du merkst, dass die Gedanken abschweifen ...

Was nicht zu vermeiden ist, weil das Hier und Jetzt so dermaßen langweilig ist im Vergleich zum Ausflippen oder sich irgendwo Hineinsteigern – dann, nun ja ...

Kehre zurück zu Punkt 2.

Und immer so weiter.

So, bitte sehr, Gedanken in Besitz genommen.

Das waren jetzt um die fünfhundert Öcken Therapie als Geschenk des Hauses. Aber funktioniert's denn auch? Ha, genau das ist ja das Problem. Dafür muss man sein Gehirn unter Kontrolle haben und dabei ist man ja genau deshalb in Therapie, weil man sein Hirn eben nicht unter Kontrolle hat!

Auf dem Weg zu Kino und Oli versuchte ich nach Kräften, sie in Besitz zu nehmen. Hier der bisherige Rückstau an unguten Gedanken:

<u>Unguter Gedanke</u>
Du siehst so scheiße aus.

<u>Unguter Gedanke</u>
Wie willst du das Popcorn essen? Du kannst ja nicht ernsthaft mehrmals hintereinander deine Hand irgendwo reinstecken – vergiss nicht, wie sich die Krankheitserreger vermehren. Dann wird dir schlecht und du kotzt dich voll und Oli findet dich ekelhaft.

<u>Unguter Gedanke</u>
Wird's peinlich? Was, wenn ihr euch nichts zu sagen habt?

<u>Unguter Gedanke</u>
Was, wenn du im Kino einen Panikanfall hast? Du hattest zwar seit Ewigkeiten keinen mehr, aber du warst auch schon ewig nicht mehr im Kino …

Also konzentrierte ich mich wirklich mit aller Gewalt auf das Hier und Jetzt, um mich abzuregen. Ich blickte empor zu den Blättern an den Bäumen und dachte, wie hübsch sie doch waren mit ihren ersten gelben Verfärbungen an den Rändern. Ich lauschte dem unablässigen Rauschen des Autoverkehrs. Ich zählte meine Schritte auf dem Gehweg, immer bis zehn. Und wie Sarah gesagt hatte … plötzlich war ich schon fast da, ohne mich in ein heulendes Panikbündel verwandelt zu haben.

Dahinten sah ich schon das Kino funkeln und glänzen, das Aufregendste, was ich seit fünf Jahren in dieser Stadt erlebt hatte. Und darin war Oli mit seinen basilikumgrünen Augen und seinen Affenfragen und seiner Neigung zu Gewaltfilmen … und all das waren gute Dinge, Dinge, die Oli zu Oli machten. Und ich hatte mich mit ihm verabredet, um noch mehr Dinge herauszufinden, die Oli zu Oli machten, und er würde noch mehr

Dinge herausfinden, die Evie zu Evie machten, denn genau deshalb verabredet man sich, und so fangen vielleicht Liebesgeschichten an und ich wollte mich ja so unbedingt verlieben. Weil Liebe bedeutet, dass man den anderen bedingungslos akzeptiert, genau so, wie er ist; als hätte man einen riesigen »Gut gemacht!«-Sticker vom Universum aufgeklebt bekommen, und ich war auf bestem Wege dorthin, und warum ... warum ...

... Warum gewannen die So richtig unguten Gedanken jetzt auf den letzten Metern doch noch die Oberhand, obwohl ich mir solche Mühe gegeben hatte?

<u>So richtig unguter Gedanke</u>
In Besitz nehmen schön und gut, aber du hast echt ziemlich viele davon.

<u>So richtig unguter Gedanke</u>
Was, wenn du's nicht mehr schaffst, die alle in Besitz zu nehmen?

Ich blieb mitten auf dem Parkplatz stehen und wurde von einem Glatzkopf im BMW wütend angehupt.
Ich bekam es nur am Rande mit.

<u>Noch Üblerer Gedanke</u>
Kann sehr gut sein, dass es wirklich wiederkommt.

SECHZEHN

Ich kam zu spät. Ich war eine Weile in einer einsamen Gasse hinter dem Kino geblieben, wo ich mir die Tränen so schnell abgewischt hatte, wie sie gekommen waren, damit sie mir nicht den Mascara verhunzten ... und tief bis drei eingeatmet und bis sechs aus ...

Ich betrat das Kino kaum fünf Minuten vor Filmbeginn. Die kühle Luft der unnötigen Klimaanlage pustete die verbliebene Panik fort und trocknete meine schweißnasse Stirn.

Oli erkannte ich sofort am Hinterkopf. Das stachelige Haar war eindeutig. Das und die Tatsache, dass er als Einziger noch im Foyer stand, weil es schon so verdammt spät war. Ich streckte die Hand aus und tippte ihm vorsichtig auf die Schulter.

»Evie.« Er wirbelte herum und ich hätte fast laut gekeucht. Sein Gesicht sah aus wie mein Spiegelbild – panische Augen, feuchte Stirn, gequältes Lächeln. »Ich dachte schon, du kommst nicht«, sagte er mit einer Heiterkeit, die nichts Heiteres an sich hatte. Ich hatte ein megaschlechtes Gewissen, weil ich so spät dran war.

»Tut mir so leid«, sagte ich und in mir blühten die Schuldgefühle auf wie eine Blume. »Ich, äh ... ich bin aufgehalten worden. Wir haben aber noch Zeit, oder?«

Olis gequältes Lächeln wurde etwas echter. »Ja, wir haben nur die Trailer verpasst. Und zum Popcornkaufen oder so ist es jetzt ein bisschen knapp.«

»Schade.«

»Ich freu mich so, dass du gekommen bist, Evie.« Und in einem Anflug von Todesmut fasste er nach meiner Hand und nahm sie, und es fühlte sich so gut an, dass ich nur noch auf unsere vereinten Finger blicken konnte.

»Evie ...«

»Hm?« Ich starrte immer noch auf unsere verschränkten Finger.

»Evie?«, sagte Oli lauter.

Ich hob verwirrt den Kopf, denn ich wirbelte noch voll in der Gefühlsflutwelle des heutigen Tages. In Olis knallgrünen Augen lag wieder Angst. Sofort wurde ich panisch.

»Was ist los?«, fragte ich.

Er schluckte vernehmlich und zog seine Hand weg, um sich am Kopf zu kratzen. »Ich ... äh ... ich muss dir da noch was sagen.«

Und gerade als sämtliche Worst-Case-Szenarien in meinem Hirn aufschlugen, wurden wir unterbrochen ...

»Hallo«, sagte eine fremde Stimme hinter mir. »Du musst Evelyn sein.«

Was?

»Ach Oli, sie ist ja wirklich so reizend, wie du gesagt hast.«

Ich drehte mich hastig nach den Stimmen um und erblickte zwei bieder aussehende Erwachsene. Ein ältliches Ehepaar, die beide bommelbesetzte Strickjacken trugen. Sie strahlten mich an, als wollte ich ihnen Kekse verkaufen.

»Evie«, sagte Oli mit bebender Stimme. »Das sind meine Eltern.«

ELTERN, ELTERN, ELTERN, ELTERN, ELTERN, ELTERN, ELTERN?!?!?!?

Sie streckten mir die Hände entgegen und in meinem Schock schüttelte ich sie wie auf Autopilot und sagte: »Freut mich sehr.«

»Freut uns auch, Evie«, sagte Olis Mutter – MUTTER?! »Aber jetzt gehen wir besser mal rein, sonst verpassen wir noch den Anfang.«

Wir drehten uns alle um und gingen durch die Kinosaaltür, reichten dem Kinotypen unsere Tickets, als sei es die normalste Sache der Welt. Seine Eltern – ELTERN – gingen voran und verschwanden vor uns in der Dunkelheit, und ihr Geplauder wurde sofort vom Lärm des letzten Trailers geschluckt.

Oli nahm wieder meine Hand, doch ... ach, jetzt fühlte es sich ganz anders an.

Er beugte sich zu mir und flüsterte: »Keine Sorge, wir müssen nicht neben ihnen sitzen.«

Und damit versanken auch wir in der Finsternis.

Oli hatte recht, wir mussten nicht neben seinen Eltern sitzen – ELTERN. Sie saßen ganze drei Reihen vor uns. Genau als der Film losging, drehte sich seine Mum um, winkte und machte allen Ernstes: »*Hach...*«

Oli starrte auf die riesige Leinwand, rieb sich die Hände wie Lady Macbeth und lieferte absolut null Erklärung dafür:

- was seine Eltern hier machten.
- warum er mir nicht gesagt hatte, dass seine Eltern mitkommen würden.
- WAS SEINE ELTERN HIER MACHTEN!

Mit den Ängsten ist das ja so eine Sache. Man kann sich über alles und jeden Sorgen machen, sich alle erdenklichen seltsamen und herrlichen Situationen zum Davor-Fürchten ausmalen, in der Hoffnung, dass die Angst irgendwie die Welt kontrollieren kann ... und trotzdem bleibt die Welt völlig unkontrollierbar. Was man sich auch ausdenken mag, nie wird es so seltsam und herrlich sein wie die Wirklichkeit und was sie für dich bereithält.

In meinem gewaltigen Fundus selbst fabrizierter unguter Gedanken fand sich einer bestimmt nicht:

Unguter Gedanke
Was, wenn ein Typ zu unserem Date seine Eltern mitbringt?

Drei Minuten Tarantino und der Splatter ging los. Gedärme platschten gegen die Kamera, aus Köpfen spritzte Blut, wie üblich untermalt von gewitztem, aber im Grunde völlig nichtssagendem Dialog (um mal meine fachliche Meinung zu äußern). Ich rutschte in meinem Sessel herum und versuchte, mich auf den Film zu konzentrieren, aber es verlangte mir einiges ab. Ich war kein großer Fan dieses Regisseurs und viel zu beschäftigt damit, mir darüber klar zu werden, was mit Oli los war. Aus den Augenwinkeln sah ich, wie er sich in seinem Sitz ganz weit nach vorne lehnte. Ich sah rüber zu seinen Eltern. Seine Mum hatte bereits den Kopf in der Bommeljacke ihres Mannes vergraben.

Ich dachte scharf nach.

Mögliche Gründe für die Anwesenheit von Olis Eltern

1. Sie wollten den Film auch sehen ... Aber was hatte der Kopf von seiner Mum dann in den Wollbommeln seines Dads zu suchen?
2. Sie waren Helikoptereltern de luxe ... Aber warum hatte er mich dann nicht vorgewarnt?
3. Er hatte eine Bienenallergie und sie mussten rund um die Uhr bei ihm sein, um ihm notfalls Adrenalin ins Herz spritzen zu können ... Aber wie ging er dann in die Schule?

Da ging mir ein Licht auf ... so richtig wie im Comic, mit über dem Kopf aufleuchtender Glühbirne und so.

Vielleicht hatte Oli auch eine Angststörung.

Im trüben Licht sah ich zu ihm rüber.
Seine Füße tanzten auf und ab, seine Beine wackelten wie Pudding in einer Windanlage. Check.
Seine Hände trommelten auf den Knien, wie ein Schlagzeuger, dem die Familie verklickert hatte, auch nur eine Sekunde lang Trommelpause wäre sein sicherer Tod. Check.
Er rutschte in seinem Sessel herum, wechselte ständig die Sitzposition, als hätte ihm wer eine Großhandelspackung Juckpulver in die Jeans gekippt. Check.
Ich blickte an mir selbst hinunter.
Meine Beine wackelten. Meine Hände trommelten. Und ich hatte häufiger die Sitzposition gewechselt, als der Regisseur Figuren enthauptet.
Klick.

Unguter Gedanke
Ich kann niemanden mit Angststörung zum Freund haben.

Unguter Gedanke
Das wär ja, als wären zwei Alkoholiker zusammen.

Unguter Gedanke
Wie zum Teufel soll ich ihm das nur beibringen, ohne ihm noch mehr Ängste zu bereiten?

Der Film war nicht mein Ding und trotzdem wünschte ich, dass er nie aufhörte. Bis in alle Ewigkeit sollte er dauern, damit die Lichter nie angehen und ich mich dieser Situation nie stellen müsste. Wie nur, wie, wie? Was sollte ich nur machen? Ich konnte ja noch nicht mal den Mädchen schreiben, weil mein Handy zu sehr leuchten und ich den Hass des gesamten Kinos auf mich ziehen würde. Ich hätte ohnehin nichts erklären können. Was, wenn sie lachten und ihn als »Spinner« bezeichneten? Hieße das, dass sie über mich lachten und mich eine »Spinnerin« nennen würden, wenn ich irgendwann unvorsichtig wurde und ausflippte?

Der Film ging zu Ende, die Lichter an. Oli drehte sich um und grinste, sein Lächeln ließ seine wunderschönen Wangen noch vollendeter aussehen.

Ich wischte mir die schwitzigen Hände an den Kleidern ab. Ich wischte noch mal.

»Das war toll, oder?«, fragte er mit etwas gezwungener Stimme. Oder bildete ich mir das nur ein?

»Ja. Sehr … öhm … gewalttätig.«

Sein Lächeln verschwand. »Hat's dir nicht gefallen?«

»Doch, total«, schwindelte ich. »Ich frag mich, wie die diese Eingeweide so echt hinkriegen. Eindrucksvoll, oder?«

Oli wirkte nicht überzeugt. »Ja, irgendwie schon.«

Wir standen auf und sammelten unser Zeug zusammen, ließen die Leute, die in der Mitte gesessen hatten, an uns vorbeiziehen. Gerade als ich mich fragte, wie es jetzt weitergehen sollte, tippte mir jemand auf die Schulter.

Seine Mutter. Sie sah ein bisschen grün um die Nase aus.

»Hey Leute«, sagte sie. »Hat's euch Spaß gemacht?« Sie sprach wie eine Moderatorin im Kinderfernsehen – gönnerhaft und überenthusiastisch.

»Meins war's eher nicht so, aber Oli mag den Regisseur total gerne, oder? Oli?«

Oli nickte, blickte dabei jedoch starr auf den Teppich.

»Nun denn, Oli, dein Vater und ich haben uns ein bisschen unterhalten und wir wären gern bereit, uns ein bisschen ins Café zu setzen, damit ihr etwas Zeit für euch habt.«

Oli nickte wieder.

»Toll …« Sie sah auf die Uhr. »Treffen wir uns dann alle

wieder um halb fünf hier? Evelyn, wir können dich dann nach Hause fahren, wenn du möchtest?«

»Ach ... schon gut ... gehen macht mir gar nichts aus.«

»Zu Fuß? Aber es ist doch kalt. Wir fahren dich.«

Der Gedanke, nach dem Gespräch, das mir mit Oli bevorstand, noch mit ihm ins Auto zu steigen, war zu viel. »Schon okay«, sagte ich fest, mit wesentlich entschiedener Stimme als sonst. »Ich geh sehr gern zu Fuß. Aber danke.«

Das passte seiner Mutter offensichtlich überhaupt nicht, doch sie raffte sich auf und kehrte zu ihrem Mann zurück. »Nicht vergessen, Oli«, rief sie ihm über die Schulter zu. »Halb fünf. Ich muss dann mit dem Kochen anfangen.«

»Alles klar, Mum.«

Wir standen herum, wortlos, während sich um uns herum das Kino leerte.

Als es keinen Zweifel mehr gab, dass keiner außer mir hier das Schweigen brechen würde, fügte ich mich.

»Nun ...« Ich zog mein Telefon heraus und sah auf die Uhr. »Halb fünf, da haben wir eine Dreiviertelstunde. Was willst du machen?«

Oli zuckte die Achseln. »Keine Ahnung. Irgendwo einen Kaffee trinken gehen?«

»Guuut. Willst du dahin, wo deine Eltern sind, oder irgendwo anders?«

Er wurde rot und sofort hatte ich ein schlechtes Gewissen, obwohl es eine aufrichtige Frage gewesen war. »Irgendwo anders ist gut.«

»Sicher?« Meine Stimme klang so überheblich wie die seiner Mutter.

»Sicher.«

Es war schon fast dunkel, als wir auf den Parkplatz hinaustraten, aber hell genug, sich nach zwei Stunden Kinodunkelheit erst mal nicht zurechtzufinden. Im Bewusstsein, dass bei diesem Date jede Entscheidung von mir getroffen werden musste, führte ich uns wortlos zu einem kleinen Café an der Ecke.

Dort war schon fast Feierabend – die Kellnerinnen sahen erschöpft aus, bereit zum Heimgehen. Ich bestellte uns zwei Latte macchiato und trug sie zum Tisch. Olis Fuß tappte wie wild und er sah nicht mal auf, als ich die Getränke abstellte.

»Danke«, sagte er zum Tisch.

»Kein Problem.« Erstaunlich, wie gelassen ich mich fühlte, wie beherrscht. Vielleicht gibt es so etwas wie relative Angstgefühle? Wenn jemand nervöser ist als man selbst, fühlt man sich deswegen gleich ruhiger oder so was? Aber wie dem auch sei, mein Bauch sagte mir, dass heute Ein großer Tag für Oli war, und ich konnte nur hoffen, dass ich genug Mitgefühl aufbringen konnte.

Er starrte in seinen Kaffeedampf. Ich wartete darauf, dass er etwas sagte. Er tat es nicht.

Also nahm ich einen Schluck und wartete.

Immer noch nichts. Nur das Getrommel seines Schuhs und das Geschlürfe an koffeinhaltigen Getränken.

Als uns nur noch zwanzig Minuten geblieben waren, knickte ich ein.

»Was ist los, Oli?«, fragte ich sanft und legte meine Hand auf seine. Zuerst zuckte er zusammen, doch dann wurde er lockerer. Ich dachte noch nicht mal an all die Bakterien auf seiner Hand, was wieder für meine Theorie von den relativen Angstgefühlen sprach.

Ich sah zu, wie meine Frage ihm den Rest gab, wie eine Trauerwelle sich an einer Klippe brach. Olis Arm zitterte los, sein Gesicht war ganz verzerrt. Als er den Mund aufmachte, konnte ich die unterdrückten Tränen in seiner Kehle hören.

»Es tut mir so leid …«, holperte er zusammen. »Wegen meinen Eltern ... Ich hätt dir sagen sollen, dass sie mitkommen. Ich bin so was von bescheuert ...« Die Verachtung in seinen Worten war herzzerreißend. Der Selbsthass. Ich kannte das so gut. Man kann nichts dafür, wenn man krank im Kopf wird, aber meine Güte, das vergisst man sofort. Vergisst man jeden Tag. Man hasst sich dafür, wie man ist, als täte man es absichtlich oder so.

»Warum sind sie hier?«, fragte ich in derselben beruhigenden Stimme, als schwebte ich über der Situation; es war alles zu surreal zum Ausflippen. Alles war viel zu schnell viel zu seltsam geworden und ich musste es einfach nehmen, wie es kam.

»Ich ... ich ...«

»Ist schon gut, du kannst es mir sagen.« Ich hörte mich an wie Sarah, ging mir auf.

»Mir fällt es schwer ... mir ist es manchmal schwergefallen ...« Seine Stimme zitterte im Takt mit seinen Händen.

»Rauszugehen.«

Ach, Agoraphobie. Der alte Hut. Und mit »Hut« meine ich ein verkanntes und einen völlig schachmatt setzendes Megachaos von einer psychischen Krankheit. Wenn man drüber nachdachte, ergab plötzlich alles Sinn. So wie es sich darstellte, lag er genesungsmäßig ungefähr ein Jahr hinter mir zurück.

»Das muss schwer sein«, sagte ich.

<u>Man beachte, wie ich nicht sagte:</u>

»Das kenn ich nur zu gut.«
»Ich versteh dich.«
»Ich kann es nachvollziehen.«
»Ich hab mal acht Wochen keinen Fuß vor die Tür gesetzt.
Ich kann es wirklich nachvollziehen.«

Oder irgendwas anderes, von dem man hätte ausgehen können, dass ich es sagen würde. Von all den Dingen, die ich wohl hätte sagen sollen. All den Dingen, die wahrscheinlich hilfreich gewesen wären. Weil es nichts Beruhigenderes gibt als jemand, der es wirklich nachvollziehen kann. Weil sie oder er durch dieselbe Hölle gegangen ist wie man selbst und deshalb bezeugen kann, dass man es sich nicht aus den Fingern saugt.

Nichts davon sagte ich.

»Es ist schwer...«, fuhr er fort und schien sein Getränk vergessen zu haben. »Langsam geht's besser. Ich geh ... zu wem. Es war wohl noch ein bisschen ... früh ... für eine ... Verabredung ... denk ich mal. Aber als ich dich im Filmkurs getroffen hab, da hab ich einfach was gefühlt, als wärst du anders ... mir hat gefallen, wie ernsthaft du Fragen beantwortest ... Und ... na ja ... wie du eben aussiehst ...«

Ich wurde rot.

»Ich hab nicht geglaubt, dass du Ja sagst, wenn ich dich nach einem Date frage. Und dann hast du's getan. Und ich war so glücklich und dann hatte ich so eine Panik und ich hab gewusst, dass ich es versauen werde, und jetzt hab ich's versaut. Wer bringt seine Eltern mit zu einem Date? Wer? WER?« Plötzlich knallte er seinen Becher auf den Plastiktisch. Überall spritzte der Kaffee herum.

»Hey, Oli, alles gut!«

Er haute den Becher erneut auf den Tisch, noch mehr Flüssigkeit flog in alle Richtungen. »Nichts ist gut. Ist es nicht. Ich bin ein Freak. Ich bin so ein VERDAMMTER FREAK!«

Und dann heulte er natürlich los.

Ich weiß, was euren Wünschen nach jetzt hätte geschehen sollen, oder vielleicht auch nicht. Aber vermutlich hättet ihr jetzt gerne gehört, dass ich wieder seine Hand nahm. Und ihm von meinem eigenen Hirn erzählte und wie ich einmal zwangseingewiesen wurde, und dass er das durchstehen und wir uns da gemeinsam durchbeißen würden. Und wie wir uns vielleicht küssten und dieser Tag für uns in der Rückschau einfach nur großartig wurde statt eine einzige Erniedrigung.

Aber so kam es nicht.

Ich ließ ihn weinen. Ich brachte ihn zurück zu seinen Eltern, sagte immer wieder »Schon gut, schon gut«, während er sich in einem fort entschuldigte. Seine Mum sah mich erbost an, als ich ihr ihren Sohn übergab. Ich wollte sie packen und ihr ins Gesicht brüllen: »Ich bin nicht so schrecklich, wirklich nicht! Aber ich hab selber einen Knacks und ich hab diese Zustände noch nie von der anderen Seite erlebt und ich kann damit nicht umgehen und ich muss mich jetzt erst mal um mich selber kümmern, nicht um jemand anderen.«

Doch ich sagte nur: »War nett, Sie kennenzulernen.«

Dann drehte ich mich um und überließ sie der Sorge um ihren Sohn.

Ich raste nach Hause, um mich für die Party umzuziehen, untermalt vom Brummen meines Handys vor lauter Nachfragen der Mädels, wie es denn gelaufen war. In meinem Magen hatte ich ein ganz grauenhaftes Gefühl.

Schuldbewusstsein.

Ich packte meine Tasche und warf noch ein paar Lippenstifte und solchen Kram hinein. Warum hatte ich mich Oli nicht anvertraut? Er hätte mich wohl kaum verurteilt deswegen. Er hätte es verstanden, so viel mehr als jeder andere. Er hätte deshalb nicht schlechter von mir gedacht und es hätte ihm so gutgetan.

Schon im Aufbruch warf ich noch einen Blick in den Spiegel. Einen langen Blick. Hochsteckfrisur, das Top war genau an den richtigen Stellen eng, eine Tasche hing mir von der Schulter.

Ich sah aus wie jede andere Sechzehnjährige auf dem Weg zu einer Party. Von außen konnte niemand erraten, was mir passiert war, und genau dafür hatte ich so schwer gearbeitet. Und dann wurde mir klar, warum ich so gehandelt hatte.

Ich genoss es, die Gesunde zu sein. Das war's.

Zum ersten Mal überhaupt war ich die Normale gewesen.

Und es hatte sich sagenhaft gut angefühlt.

SIEBZEHN

Ein paar Stunden später machte ich mich gerade mit der trügerischen Welt der Schnäpse vertraut. Des Sambucas, um genau zu sein. Scheiß auf die Medikamente, ich nahm eh kaum mehr was.

»Boah, Evie, wo kommst du jetzt her?«, brüllte Guy über die Musik hinweg. Er war gerade in Annas Küche getaumelt und war Zeuge geworden, wie ich mir zwei Kurze hinter die Binde gekippt hatte. Alleine. Weil alleine zwei Kurze zu exen ja ein überzeugendes Anzeichen geistiger Gesundheit ist.

»Ich trink Kurze«, erklärte ich ihm gelassen. »Für eine Sechzehnjährige eine völlig angemessene Tätigkeit.« Ich versenkte noch einen und verzog das Gesicht.

Guy nahm mir die Sambucaflasche aus der Hand. »Ja, aber sonst bist du nie so.«

»Wie? Unterhaltsam?«

»Nein ... wie alle anderen.«

Wir hielten die Sambucaflasche zwischen uns umklammert und schauten uns ein wenig länger in die Augen, als zwei Freunde das für gewöhnlich tun. Amber kam herein.

»EVIE«, röhrte sie. »Wo ist der Sambuca? Ich brauche ihn.« Ihr Haar lockte sich wild in alle Richtungen, ein sicheres Zeichen dafür, dass Amber blau war. Sie sagte, ihr Haar würde sich immer mit ihr besaufen. Es war ihre Idee gewesen, sich heute Abend die Kante zu geben. Und nach ihrem und Lotties lautem Gelächter, nachdem ich ihnen von Oli und seinen Eltern erzählt hatte, neigte ich dazu, ihr zuzustimmen.

Sie hatten ihn tatsächlich ausgelacht. Sie hatten es komisch gefunden, superkomisch sogar. Ich hatte mich dabei ertappt, wie ich mitgelacht und »Ja, ein totaler Spinner« vor mich hin gemurmelt hatte, während meine Schuldgefühle langsam zu Wut und Verzweiflung anwuchsen. Ich meine, ich hatte ihnen nichts von der Agoraphobie erzählt, weil ich das für vertraulich hielt. Aber natürlich hatten sie wissen wollen, wieso ich ihn nicht zur Party mitgebracht hatte, und da war mir die Elternsache einfach irgendwie rausgerutscht. War vermutlich schon sehr schräg, wenn man die Hintergründe nicht kannte ...

Wie gesagt – wir kennen die Vokabeln für psychische Erkrankungen, aber mit den entsprechenden Verhaltensweisen dazu wollen wir nichts zu tun haben.

Ich zerrte an der Flasche und entriss Guy den Sambuca. Damit wedelte ich siegreich in der Luft herum, ohne sie vorher zugeschraubt zu haben, und spendierte uns allen eine Sambucadusche.

»Uppsi«, sagte ich und kicherte, als der klebrige Anis mir ins Haar regnete.

»Himmel, Evie.« Guy wischte sich angenervt die Spritzer vom Gesicht. »Ich glaub, du hast genug.«

»Ich? Und das aus dem Munde des Kifferkönigs?«

»Genau«, sagte Amber. Sie wischte sich mit dem Finger den Sambuca von der Schulter und leckte ihn ab. »Hast du nicht noch was vor? Einsam eine Tüte in der Ecke zu rauchen zum Beispiel?«

»Das hab ich allerdings.« Guy stürmte aus der Küche und warf dabei eine leere Flasche um.

Aus irgendeinem Grund fand ich das so unfassbar komisch, dass ich den Kopf in den Nacken warf und loslachte. Amber beäugte mich befremdet.

»Alles klar, Eves? So lustig war's jetzt auch wieder nicht.«

»Die Bierflasche!« Ich lachte noch lauter.

»Ach du Schande. Vielleicht reicht's echt bei dir.«

»Nein«, protestierte ich und hielt mein improvisiertes Schnapsglas (Eierbecher) hoch. »Ich bitte um Verzeihung, Sir, ich möchte noch um ein wenig bitten.«

Amber grinste und schenkte folgsam ein. »Auf uns«, sagte sie und exte ihren Eierbecher.

»Auf uns«, kiekste ich und trank aus.

Joel und Jane kriegten sich gar nicht mehr ein vor Lachen. Sie hielten sich gegenseitig die Rippen, jeder die des anderen statt die eigenen.

»Moment«, keuchte Joel. »Was hat der Typ gleich noch mal gesagt, als die Eltern dastanden?«

Ich versuchte, mich zu erinnern. Es war schwer, obwohl es erst ein paar Stunden her war. Ich fand es überhaupt schwer, mich noch an irgendwas zu erinnern. Wie die Leute hießen, wo ich war, wie man einen Fuß vor den anderen setzte …

»Äh …«, sagte ich und zermarterte mir das Hirn. »Ach ja! Er hat gesagt: ›Keine Sorge, wir müssen nicht neben ihnen sitzen‹.«

Joel weinte buchstäblich vor Lachen. »Hört mal«, rief er einer Gruppe seiner Kumpels zu und winkte sie herüber. »Das Mädel hier hatte heut eine Date« – er wies auf mich – »und der Typ hat seine Eltern angeschleppt!«

Alle Kumpel von Joel wieherten los. Nun, Guy nicht. Er war nicht da. Ich hatte ihn seit der Küche nicht mehr gesehen. So langsam artete das aus hier, inzwischen wusste jeder von Oli. Armer Oli! Ich hoffte, das würde nicht auf dem College die Runde machen. Ich war heute eh schon so ein Arschloch gewesen.

»Kann nicht sein.«

»Was? Im Ernst?«

»Das ist total durchgeknallt.«

Ich stand auf. In meinen Kopf kreiselte es so schnell, dass ich mich gleich wieder hinsetzen musste. Ich gab mir einen Moment und versuchte es noch mal.

»Ich geh dann mal.« Ich verließ das von hysterischem Gekicher erfüllte Wohnzimmer.

Amber stand in der Diele.

»EVIE!« Ihr Haar musste sternhagelvoll sein. Es war doppelt so groß wie ihr Kopf. Sie zog mich auf der Treppe in ihre Arme. »Du hast mir so gefehlt.«

Ich stürzte auf sie drauf und da lagen wir und kicherten, bis uns jemand bat, den Weg frei zu machen. »Wo steckt Lottie?«

»Ach, die ist oben und vögelt Schnöselboy. Schon seit wir angekommen sind.«

»Ach ...« Das sah Lottie gar nicht ähnlich. Diese Party hätte eigentlich der feierliche Moment sein sollen, da Tim endlich ihre Freundinnen kennenlernte, aber eigentlich hatten wir nur einmal kurz »Hi« gesagt und schon waren sie nach oben verschwunden.

»Ich weiß ...«, entgegnete Amber. Ich hatte wohl laut gedacht. »Ich glaub, mit denen ist irgendwas.«

»Was denn?«

»Keine Ahnung. Ist dir aufgefallen, dass keiner auch nur richtig Hallo gesagt hat? Wer weiß? Ich hatte noch nie 'ne Beziehung.«

Ich kuschelte mein Gesicht in ihre feuchte Schulter. »Ich auch nicht.«

»Wenigstens hattest du heute ein Date ... na ja ... zählt's als Date, wenn der Junge seine Eltern mitbringt?« Und dann kugelte sie sich vor Lachen wie alle anderen.

Ich rutschte auf dem Po die Treppe runter. »Ich hol Nachschub.«

»Oh! Für mich auch!«, rief sie.

Der Weg zur Küche war ein Hindernislauf. Überall Leute und Mist auf dem Boden und meine Füße, die nicht wollten. Alle waren verschwommen, als würde hier irgendwer schwer auf Arthouse-Film machen, so mit Gesprächsfetzen und unscharfen Gliedmaßen und so.

Film. Ach, wär ich nur zu Hause und würde einen Film schauen.

Das tiefe Wummern vom Heavy Metal klirrte metallisch in meinen Ohren, mein Mund schmeckte auch nach Metal. Vielleicht verwandelt man sich in Metall, wenn man länger mit Heavy-Metal-Typen abhängt?

Küche. Gewusel. Schwer, zur Ginflasche zu gelangen.

Was soll Gin überhaupt sein?

Schmeckt nach erwachsen.

Schon okay, wenn man nur einen Kurzen davon trinkt.

Kurze.

Sarah würde stolz sein. Kurze machen betrunken. Betrunken macht, dass man sich übergibt. Ich hatte mich seit Jahren nicht übergeben.

Ich konnte noch nicht mal dran denken, mich zu übergeben.

Bis heute Abend.

Draußen. Ich war draußen.

Aber kalt. Es war richtig kalt.

Schöne kleine Ecke hatte ich da gefunden.

Vielleicht mach ich einfach kurz die Augen zu. Ein kleines Päuschen. Nicht an Oli denken und an den Hass in seinem Gesicht, auf sich selbst. Nicht dran denken, wie laut alle gelacht hatten. Nicht dran denken, dass ich ihm nichts von mir erzählt hatte. Wer ich war. Wie ich bin. Ich hatte ihn hängen lassen ... ich hatte mich hängen lassen.

Genau wie er. Ich bin genau wie er.

Und alle glauben, er ist ein Freak.
Ein freakiger Freakfreak ... Freakissimo.
Mann, war das kalt.
»Evie?«
»Psssst, wir geben jetzt mal alle Ruhe«, sagte ich der Stimme.
»Evie? Was machst du ganz allein hier draußen?«
Das war Guys Stimme. Ich lächelte.
»Ich nehm dann die zwei wassermelonengroßen Eier«, sagte ich ihm und brach in ein irres Gackern aus.
»Mannomann. Du bist hackedicht.«
»Nein, DU bist hackedicht.« Immer überzeugender, wenn man's mit geschlossenen Augen sagt. Das war meine Meinung, und zu der stand ich. »Du bist immer hackedicht.« Ich setzte eine Stimme auf, die ich noch nie bei mir gehört hatte. »Ooh, ich bin Guy. Schau, wie cool ich bin mit meiner Gitarre, und ich kiffe ununterbrochen, aber wovor laufe ich eigentlich davon? WOVOR?«

Beim »*Wovor?*« klappte ich aus dramatischen Gründen die Augen auf und sein Gesicht hing direkt vor meinem. Und lächelte.
»Deine Freundin. Die Riesin. Die ist aus den Latschen gekippt. Wo die andere steckt, keine Ahnung. Kann ich dich jetzt bitte wieder mit reinnehmen?«
»Du hast bitte gesagt.«
»Ja, nun, ich bin sehr gut erzogen.«
»Eigentlich nicht.« Und ich machte die Augen wieder zu.
»Nein, Evie, nicht einschlafen. Auf geht's.«
Ich wurde aufgehoben und durch den Garten geschwebt. Ein schöner Garten war das, voller buschiger Teile, nur schöner wär's noch gewesen ohne die ganzen Leute, die da in Kreisen herumstanden und zu laut Musik anhatten und Zigaretten rumgehen ließen. War doch eine Zigarette, oder? Ich schwebte zu schnell, um's rauszufinden.

Schwebte zur Party zurück.
Schwebte die Treppe hinauf.
»Ich schwebe«, sagte ich zu niemand Bestimmtes.
»Nein, tust du nicht«, drang Guys Stimme unter mir empor. »Ich schlepp dich, verdammt.«
»Bin ich schwer?« Ich schwebte an einer Gruppe Menschen vorbei, die oben auf dem Treppenabsatz auf eine Gitarre eindroschen und »Wonderwall« sangen.
»Ja, bist du.«
Ich verzog das Gesicht. »Ich glaub's einfach nicht, dass du sagst, ich bin fett!«
»Was? Hab ich gar nicht. Mädels, ich fass es nicht ... Moment ... gleich da.«
Guy bog um die Ecke und stieß mit meinem Arsch die Tür zu einem dunklen Schlafzimmer auf. Er knipste das Licht an: keiner da. Er seufzte leise auf, vielleicht vor Erleichterung, und ließ mich aufs Bett fallen. Ich plumpste schwer auf die Matratze, wie eine Tonne Blei.
»Umpf«, machte ich und sah mich um. Dann begriff ich, wo ich mich befand. Im Zimmer. Annas Zimmer. Von diesem grauenhaften ersten Date mit Ethan. Ich setzte mich auf. »Hier kann ich nicht sein. Das ist das Sexzimmer.« Ich versuchte, mich auf die Füße zu hieven, aber das schnelle Aufstehen gefiel meinem Magen gar nicht.
Mir war übel.
Oh nein. Nein. Ich kann mich nicht übergeben.
»Ich muss mich übergeben!«, brüllte ich panisch. Warum? Warum hatte ich nur diesen ganzen Schnaps getrunken? Meine Stirn war feucht, ich schlotterte. Panik, Panik, Panik, Panik, Panik.
»Nein, musst du nicht.« Guys Stimme hatte etwas Beruhigendes an sich, das ich gar nicht von ihm kannte. Es war die ge-

naue Gegenteilstimme von dem Grollen auf der Bühne. »Leg dich wieder hin ... ich hol dir Wasser und ein paar Cracker.«

Ich klammerte mich an ihm fest und sah ihn mit aufgerissenen Augen an. »Ich kann mich nicht übergeben, Guy. Du verstehst das nicht, ich kann mich nicht übergeben. Ich kann nicht, ich kann es nicht, kann nicht ...« Die Panik gewann und ich tat, was ich immer tat, ich weinte. Es gab keinen langsamen Aufbau, kein sorgfältiges Hinarbeiten auf einen Höhepunkt. Eben noch hatte Guy versucht, mich zum Hinlegen zu überreden, und jetzt hatte ich seine Hand im Schraubstockgriff und schluchzte wie wild.

»Ich kann mich nicht übergeben. Guy, was, wenn ich mich übergebe? Was hab ich nur getan? Wie kann ich machen, dass es aufhört, Guy? Hilf mir. Mein Magen, o Gott, hilf mir. Ich kann mich nicht übergeben.«

Ich begann völlig unkontrolliert zu zittern. Ein großäugiger, schockierter Guy drückte mich fest an seine Brust.

»Schhh, Evie, du übergibst dich nicht. Himmel, wo sind deine Freundinnen? Schhh, du wirst nicht kotzen. Ich hol dir ein bisschen Wasser. Schhh, schhh, hör auf zu weinen.«

Sein Pulli roch nach Rauch, aber auf gute, duftende Art, wie verbrannte Blumen. Und seine Achselhöhle war so feucht und weich und schön und seine Hand fuhr meinen Rücken hinab, und das hatte keine Jungenhand je zuvor gemacht. Unter seinen Fingern begann meine Haut zu prickeln. Seine Stimme, sein Streicheln brachten mich zurück.

Meine Schluchzer flauten ab.

»Evie?«

»Ja?«, antwortete ich in seine Achselhöhle.

»Ich hol dir jetzt ein bisschen Wasser. Hältst du's kurz durch?«

Ich nickte in seine Achselhöhle.

»Dann musst du aus meiner Achselhöhle rauskommen.«
»Hier gefällt's mir aber gut.«
»Komm schon.« Sogar durch den Sambucanebel entging mir nicht die Ungeduld in seiner Stimme. Ich war nüchtern genug, um zu begreifen, dass ich den Bogen überspannt hatte, und ich zog mich aus ihm heraus. »Jetzt leg dich hin, atme tief durch. Ich brauch nicht lang ...«
»Wo sind Lottie und Amber?«
Er seufzte. »Ich schau nach ihnen. Also, geht's?«
Ich nickte und alles geriet ins Wackeln. Eine verspätete Träne kullerte mir aus dem Auge.
»Bin in einer Minute wieder da.«
Ich hörte das Geräusch der sich schließenden Tür. Ich streckte mich rücklings aus, wie Guy es gesagt hatte, und blickte zur Decke empor. Die drehte sich und mein Kopf drehte sich mit. Ich schloss die Augen, um sie anzuhalten, aber mein Kopf kreiselte einfach weiter. Die Bässe ließen das Zimmer vibrieren, ganz regelmäßig, wie ein Herzschlag. Ich zählte das Wummern, um die Panik außen vor zu halten.
Einatmen, zehn Beats lang durchhalten.
Mal sehen, ob du's zwanzig Beats lang ohne Übergeben schaffst.
Gut, weiter geht's. Jetzt probieren wir's mal mit vierzig ...
Vor der Tür brüllte wer herum. Es hätte Lotties Stimme sein können, hörte sich ein bisschen nach ihr an. Wo war sie den ganzen Abend lang gewesen? Bei Tim? Das sah ihr so überhaupt nicht ähnlich. Mein Magen schwoll an, in meinem Hals stieg Übelkeit auf.
Nein, nein, nein. Nicht übergeben, nicht übergeben.
Oh, wenn mein Kopf nur mit dem Kreiseln aufhören würde.
Die Tür ging auf, die Musik wurde lauter. Sie ging zu, die Musik wurde wieder leiser.

»Evie? Schläfst du?«

Das war Guy. Er war wiedergekommen. Ich schlug die Augen auf und sah ihn von der Seite an. Ich konnte genau in seine spitzen Nasenlöcher schauen, aber es war kein Rotz zu erkennen. Er hatte eigentlich sehr hübsche Nasenlöcher.

»Du hast eigentlich sehr hübsche Nasenlöcher«, teilte ich ihm mit.

Er grinste und stellte den voll beladenen Toastteller und ein Wasserglas neben mich auf den Nachttisch.

»Also nicht weggepennt? Deine Freundin, Amber heißt sie doch? Jane und Joel kümmern sich um sie. Sie ist aufgewacht und reihert gerade den Vorgarten voll.«

Ich erschauerte. Wie sollte ich nur von dieser Party wegkommen, ohne an ihrer Kotze vorbeizugehen? Konnten sich irgendwelche Atome davon lösen und in meine Nase fliegen und mich auch kotzen lassen? Moment mal ... mir war schon übel. Noch eine Träne quoll heraus.

Guy bekam es mit. »O nein, Evie, nicht schon wieder. Komm, iss den Toast. Das hilft gegen die Übelkeit.«

»Versprochen?«

Er sah mir genau in die Augen. »Versprochen.«

Ich rollte mich herum und machte ihm Platz auf dem Bett. Er schubste mich, bis ich aufrecht an der Wand saß, und klemmte sich neben mich, rutschte ganz übers Bett, bis er direkt neben mir saß. Meine ganze eine Seite berührte seine ganze eine Seite.

Er hielt den Toast in die Höhe. »Auf geht's.« Er sprach, als wär ich ein Baby, das gefüttert werden muss. »Mund auf.«

»Hast du dir die Hände gewaschen, bevor du den Toast gemacht hast?«

Er verdrehte die Augen, als wäre ich ein böses Baby. »Ja.«

»Und ist das ein sauberer Teller? Den hast du nicht aus der

Spüle genommen, oder? Wusstest du, dass in einer Küchenspüle mehr Bakterien sind als in einer Toilettenschüssel?«

»Dann ist ja gut, dass ich den Teller aus dem Klo geholt hab.« Er sah mein Gesicht. »Mach dich locker, Evie, der kommt aus dem Schrank. Du könntest auch mal Danke sagen, weißt du?«

Ich beugte mich langsam nach vorne und nahm ein Stück Buttertoast. Es schmeckte sagenhaft. Und er hatte ihn in Dreiecke geschnitten.

»Danke«, quetschte ich durch die Brösel.

Er fütterte mich immer weiter, bis mein Magen nicht mehr wollte, und dann zwang er mich, ein großes Glas Wasser in kleinen Schlucken zu trinken ... »Das hab ich direkt aus dem Geschirrspüler, keine Sorge.«

Als ich fertig war, ging es mir ... besser. Als wäre das Schlimmste vorbei, obwohl das Klarsehen nach wie vor eine Herausforderung darstellte.

»Das ist das Zimmer, in dem's passiert ist«, erklärte ich ihm. Mein Kopf wollte sich auf seine Schulter legen. Ich widerstand und lehnte ihn wieder an die harte Wand.

»Was ist passiert?«

»Mein Date, der Nymphomane ... genau in diesem Bett hat er wen anders gevögelt.«

Guy drehte den Kopf zu mir und grinste.

»Dann handelt es sich also um ein Glücksbett?«

Ich war wieder nüchtern genug, um die Doppeldeutigkeit zu bemerken. »Hey, ich bin gerade sehr betrunken. Nutz das gefälligst nicht aus.«

Und ich deutete auf mich in meiner ganzen besoffenen glanzlosen Pracht.

Er verdrehte die Augen. »Wo bleibt das ›Danke, dass du dich um mich gekümmert hast‹? Nein, mir wird nur vorgeworfen, dich sexuell zu belästigen ...«

Ich wollte gerade den Mund aufmachen und Einspruch erheben, als mir klar wurde, dass da was dran war.

»Warum bist du überhaupt so betrunken? Wo ist die alte Kontrollfreak-Evie, die ich kenne und liebe?«

Hat er gerade »liebe« gesagt? Nein. Also ja, aber nicht in dem Sinn.

»Übles Date.«

»Was, schon wieder? Wart mal, hast du dich heute nicht mit dem Pussycat-Typen getroffen?«

Irgendwo in meinem Nebelhirn gab es einen kleinen Stich, weil er mein Date vergessen hatte.

»Ja, mit ihm. Wir waren im Kino.«

»Und was war los? Warum hast du ihn nicht mitgebracht?«

Ich atmete lange aus, ging den Tag und den Abend noch mal im Schnelldurchgang durch wie ein Daumenkino voller Scheiße. »Er hat seine Eltern mitgebracht ...« Ich wartete darauf, dass er loslachte.

Aber er tat es nicht. Er sah einfach nur betroffen aus. »Was? Ernsthaft? Ist er okay, also, so im Kopf?«

Mein Mund klappte auf und verharrte ein wenig länger in dieser Position, als es der Attraktivität guttat.

»Ich glaub nicht, dass er okay ist. Im Kopf, mein ich ...«

»Wow, der Arme.« Er schwieg einen Moment und fügte dann hinzu: »Ich hatte mal so einen Freund. In der Schule ...« Er verlor sich kurz in Gedanken. »Der hat damals echt die unglaublichsten Texte für unsere Band geschrieben, sag ich dir. Aber, Mann, der war vielleicht kaputt. Er ist weggezogen. An die Küste oder so.«

Ich lächelte Guy zu. Wir waren genau gleich hoch, unsere Nasenlöcher genau auf einer Linie. Ich machte mir noch nicht mal einen Kopf wegen Mundgeruch. Später allerdings schon. Aber gewaltig.

»Danke«, sagte ich.
Er kratzte sich am Kopf und schnitt eine Grimasse. »Wofür?«
»Fürs Nichtlachen.«
»Warum sollte ich lachen?«
»Alle anderen haben gelacht, als ich's erzählt hab.«
»Tja, die Leute sind bescheuert, Evelyn.«
»Tut mir leid wegen deinem Freund.« Ich fragte mich, ob er je in derselben Klinik gewesen war wie ich, aber aus der Zeit hatte ich nicht mehr viele Erinnerungen. Ich hatte sie total überbewusst unterdrückt.
»Schon okay. So was kommt vor.«
Ich wollte ihn küssen. Irgendwie wollte ich plötzlich nur noch Guy küssen. Der Drang war irrsinnig, wie etwas, das stärker war als ich, stärker als jeder Drang, den ich je gehabt hatte ... Sogar der Drang, mich ständig zu waschen und nicht zu essen und die Ablaufdaten zu prüfen und mein Fenster genau im richtigen Winkel offen zu lassen, um den nächtlichen Luftdurchzug in meinem Zimmer festzulegen.
Ich hielt die Luft an.
»Evie? Alles okay? Wird dir wieder übel?«
Ich zwang mich, ihn direkt anzusehen, mitten in die Augen, was ich noch nie getan hatte. Sie waren so blau, wie hatte ich diese Bläue bisher übersehen können? Guy schaute genau zurück, und es war, als geschehe nichts und gleichzeitig alles. Mein Herz brach in Panik aus und flüchtete aus meinem Brustkorb. So war ich noch nie angeguckt worden. Und obwohl ich vom Küssen keine Ahnung hatte, wusste ich, dass Guy mich auch küssen wollte. Ich konnte spüren, wie sein eigener Drang mich zu ihm hinzog.
Er schob den Kopf nach vorne.
Er zögerte und leckte sich über die Lippen.

In meinem Kopf war nicht ein einziger unguter Gedanke.
Er kam näher.
Und näher.
Fast spürte ich, wie sein Dreitagebart mein Gesicht kitzelte.
Dann wurde der Partylärm lauter.
»EVIE?!«
Und fort war er.
Ich blinzelte und sah mich nach der Stimme um.
Da standen Joel und Jane, die zwischen sich Amber aufrecht hielten.
Sie sah aus wie eine malträtierte Lumpenpuppe. Ihr Kopf baumelte vornüber, ihre Knie bogen sich in seltsamen Winkeln.
»Hilfst du uns, sie heimzuschaffen?«

ACHTZEHN

Zum ersten Mal in meinem Leben erwachte ich verkatert.

»Autsch«, sagte ich beim Aufwachen laut, weil es nun mal genau zusammenfasste, was ich fühlte. Ich legte mir die Hand auf den feuchtkalten wummernden Schädel. »Autschautschautschautsch.«

Moment mal – wo war ich hier?

Ich sah mich um, allein die Bewegung tat schon weh. Ich war in meinem Zimmer, auf meiner Bettdecke. Ich sah an mir herunter. Ich trug immer noch die Klamotten von gestern Abend.

War ich ohnmächtig geworden? Wie war ich heimgekommen? Was war passiert?

Und ... AutschautschautschautschAUTSCH.

Ich ließ mich ins Kissen sinken – AUTSCH! – und versuchte, mich zu erinnern.

Schnäpse. Ich hatte Kurze getrunken – zusammen mit Amber. Und alle hatten über Oli gelacht, das war furchtbar. Armer Oli! Gott, ich war so eine blöde Kuh ... Würde es in der Schule die Runde machen? Dann würde er wissen, dass ich mich über ihn lustig gemacht hatte. Das wäre der Horror.

Warum war ich nur so blöd? Und wo hatte Lottie gesteckt? Hatte es Streit gegeben? Dunkel erinnerte ich mich an Streit ... und dann .... Nichts. Null. Fehlanzeige. Nada. Ich biss mir auf die Lippe. Das war einigermaßen gruselig. Noch nie hatte ich Teile meines Lebens vergessen – obwohl es dort einige klaffende Riesenwunden gab, die ich liebend gerne vergessen hätte. Ich suchte meinen Körper nach meinem Handy ab und fand es unter meine Wirbelsäule gequetscht – AUA.

Eine Nachricht. Von Amber. Eingegangen gegen sechs in der Früh.

EVIE, WAS IST PASSIERT? ICH WACH AUF UND BIN VOLL MIT KOTZE UND HAB EIN T-SHIRT VON JOELS BAND AN???????????

Joel?
Eine vage Erinnerung kam mir dröge ins Hirn geflattert. Amber. Ich hatte sie mit Joel und Jane nach Hause geschafft. Na ja, also, sie hatten sie getragen, weil ich vollauf mit … Singen beschäftigt gewesen war? Hatte ich gesungen? Noch eine Erinnerung stellte sich ein: Jane und ich, wie wir Amber in ihrem Zimmer ausziehen. Sie war von oben bis unten vollgekotzt gewesen, weshalb Joel ihr sein T-Shirt geliehen hatte, weil wir im Dunkeln ihre Kleider nicht gefunden hatten. Ich erinnerte mich ganz genau daran, wie peinlich mir der Anblick des halb nackten Joel gewesen war.

Was war dann passiert? Und warum fühlte es sich an, als hätte mir ein Industriesauger sämtliche Feuchtigkeit aus dem Mund gesaugt?

Meine Zimmertür ging auf und ich krümmte mich im Lichtstrahl zusammen wie ein verängstigter Vampir. *Nicht Mum, bitte nicht Mum, bitte nicht Mum …*

Es war Rose – Gott sei Dank. Mit einem Glas Wasser in der Hand!

»Morgen, Saufnase«, sagte Rose, die Morgenfrische in Person. »Du lebst also noch.«

Ich beäugte ihr Wasserglas. »Ich kann dir nur geraten haben, dass das für mich ist.«

»Ist es. Soll ich schnell gehen und dir einen Toast machen?«

»Hab ich dir je gesagt, dass ich dich liebe?«

Sie reichte mir das Wasser und ich leerte es in einem Zug. Ich hätte wohl schätzungsweise noch zwölf mehr gebraucht und eine Zeitmaschine, damit ich ins Gestern zurückkehren und die letzten paar Schnäpse rückgängig machen konnte.

»Danke«, stöhnte ich und gab das Glas zurück. Dann knautschte ich mich ins Bett, mein Hirn hämmerte mir erbost von innen gegen den Schädel. Rose lächelte und setzte sich ans Bettende.

»Also, was war?«

Ich stöhnte. »Zu viel getrunken.«

»Offensichtlich. Du hast deinen Hausschlüssel nicht ins Schloss reingekriegt. Ich hab nur gemerkt, dass ich dich reinlassen muss, weil du so laut diesen afrikanischen Teil aus ›The Circle of Life‹ vom *König der Löwen* geplärrt und mich geweckt hast.«

Ich durchforstete meine innere Datenbank nach irgendeinem Erinnerungsfetzen an diese Episode ... absolute Fehlanzeige.

»Wenn das so war – daran könnt ich mich doch wohl erinnern!«

»Oh, genauso war's. Du hast SO ein Schwein, dass Mum gestern lang weg war.«

Mum – der Gedanke an sie ließ das Wasser in meinem Bauch sofort gefrieren. »Moment mal. Sie war weg?«

»Ja. Sie und Dad hatten ihren allmonatlichen Romantikabend.« Sie rümpfte die Nase.

Was für ein Glück. Mum war strikt gegen jegliche Art von Genuss. Ständig predigte sie uns über die Gefahren des Trinkens und Rauchens und Spaßhabens und ... na ja, Lebens, wenn man es so will. Deshalb war auch das Spaßprogramm zwischen ihr und Dad in einem Kalenderkästchen eingetragen, als wäre etwas schöne gemeinsame Zeit mit dem Ehemann dasselbe wie ein Zahnarzttermin oder so was. Sie war beinahe so unspontan wie ich – beinahe. Ich schnüffelte an meiner Decke. Roch wirklich nicht besonders gut. Ich fragte mich, ob ich sie unauffällig waschen konnte. Normalerweise war mir wöchentlich nur ein Bettwäschewechsel erlaubt, jeden Dienstag, genau wie Sarah es verfügt hatte.

»Warst du gestern Abend denn nicht weg?«, fragte ich.

Rose zuckte die Achseln. »War ich, aber ich bin zurückgekommen.«

»Warum?«

»Was ist denn jetzt gestern Abend passiert? Hat die Party was getaugt? Und wie war das Date?«

Das war ein dermaßen offensichtlicher Themenwechsel, dass ich hätte nachhaken sollen. Aber mein Kopf tat weh, und Rose erzählte nie etwas von sich, wenn sie das nicht wirklich wollte, und so schloss ich einfach die Augen und stöhnte dramatisch auf. »Ich hab Kurze getrunken«, sagte ich und mein Mund prickelte ganz metallisch und ekelhaft, als ich das Wort aussprach. »Und dann – keine Ahnung. Und das Date ... Ach Rose, das war so grauenhaft. Er hatte seine Eltern dabei und dann hatte er einen Zusammenbruch und hat mir mehr oder weniger erzählt, dass er Agoraphobie hat.«

»Was, im Ernst? Ist er ...«

»Irre, wie ich? Ja.«

»Das hab ich nicht gemeint.«

»Ja, tja, also ... ich hab mich total scheiße verhalten. Ich hab ihm null geholfen. Ich bin innerlich total ausgerastet und hab ihn wieder an seine Eltern abgeschoben. Und bei der Party haben sich dann alle schlappgelacht über Oli ... und was, wenn er rausfindet, dass ich's überall rumerzählt hab? Lottie hat sich einfach irgendwohin verkrümelt, was weiß ich ... Der Alkohol hat's kaputt gemacht. Was hab ich dir gestern Abend erzählt?«

Rose lächelte schwach. »Da hast du ständig von irgendeinem Typen geschwafelt. Ich dachte, du meinst Oli.«
Ich setzte mich auf.
»Von einem Typen?«
»Ja.«
»Nein, da ging's nicht um Oli. Es war ein Typ namens Guy.«
»Aaah ja. Von Joels Band.«
»Ja. Was hab ich gesagt?«
Rose kuschelte sich an mich, ernannte meinen Po zu ihrem Kissen.
»Du hast ohne Ende rumgesülzt, wie süß er doch ist und wie er sich um dich gekümmert hat und nicht gelacht hat wie alle anderen … Kitsch pur, Evie. Ich muss dich jetzt nicht emotional auf ein weiteres erstes Date vorbereiten, oder?«
Guy. Guy … Guy … GUY!
Ogottogott! Guy! Um ein Haar hätten wir uns geküsst. Die Erinnerung schlug ein mit einer Wucht, als hätte sie schon die ganze Zeit drauf gelauert. Er hatte mich die Treppe raufgetragen und war so wunderbar gewesen, dass ich ganz seltsame Empfindungen bekommen hatte. Und die waren jetzt wieder da. Wieder lag ich auf dem Bett und wollte so furchtbar sehr, dass er mich küsste, und das hatte er ja auch fast getan. Oder? Mein Herz legte eine kleine Stepptanzeinlage auf meinen Organen hin.
Ich lächelte in mich hinein: In meinem Bauch explodierte gerade eine metaphorische Packung Ahoi-Brause.
»Dieses Lächeln«, sagte Rose selbstgefällig, »verrät mir alles, was ich wissen muss.«
Ich grinste wieder. »Da ist nichts. Es ist nichts passiert.« Aber es wär schon passiert, oder?
»Du verhältst dich nicht, als wär nichts passiert.«
»Spar dir die Weisheiten. Ich bin krank.«

»Du bist nicht krank, du bist verkatert.«
»Das ist ja dasselbe.«
»Nein, ist es nicht.«
»Bringst du mir noch ein Wasser?«
»Nur, wenn du mir sagst, was passiert ist.«
»Ich hab's dir doch gesagt – nichts! Aber wenn du mir das Wasser bringst, schauen wir eine DVD und ich spiel dabei mit deinen Haaren.«
»Wir sind im Geschäft.«

Rose kehrte mit Wasser und Kohlenhydraten wieder und wir machten es uns auf meiner muffigen Decke gemütlich, um *The Virgin Suicides* zu sehen. Ihr Kopf lag in meinem Schoß und ich streichelte ihr übers Haar, rieb meine Finger über ihre Kopfhaut. In punkto Kopfkraulen war Rose halb Mensch, halb Labrador. Sie schaltete in den absoluten Genussmodus und war wie in Trance, wenn man das machte.

Den Film sah ich nur mit halbem Auge. Ich hatte ihn schon unendlich oft gesehen. Sofia Coppola war wohl eine meiner liebsten Regisseurinnen. Obwohl ich selbst rätselte, wie viel davon ihrer Weiblichkeit geschuldet war und meinem Wunsch, Frauen zu unterstützen, die in Hollywood Erfolg hatten ... ohne ihre Kleider auszuziehen oder sich halb totzuhungern. Die verträumten, überbelichteten Sequenzen waren für meinen Kater genau das Richtige, aber der Gedanke an Guy war mein ständiger Begleiter.

Mochte ich ihn? Was wäre passiert, wenn die anderen nicht reingeplatzt wären? Mochte er mich? War es normal, sich in jeden Jungen zu verknallen, der sich für einen interessierte? War das schlecht? Was würde geschehen, wenn ich ihn das nächste Mal sah? Würde er mich fragen, ob wir was zusammen machen wollten? Ich hatte kein weiteres Date verdient, oder? Nicht, nachdem ich so grauenvoll mit Oli umgesprungen war.

Und trotzdem wollte ich, dass Guy mich fragte.

Würde er doch, oder? Ich meine, er hatte mich küssen wollen. Mich. Und so lief das doch, oder? Du magst wen, wirst zurückgemocht, der oder die will dich küssen, dann kommt man zusammen. Richtig?

Rose war eingedöst und ich tat es ihr bald nach; der Film verkam zur Hintergrundmusik für unser Nickerchen. Gerade wollte ich in totalen Tiefschlaf kippen, als mein Telefon klingelte.

Benommen richtete ich mich auf. Statt Hallo sagte ich nur: »Hä?«

Keine Antwort, nur Schluchzen.

»Hallo?«, fragte ich. Lauteres Schluchzen. Ich schaute aufs Display. Es war Lottie.

»Lottie? Bist du's?«

Das entlockte ihr ein gewaltiges Heulen, ein herzzerreißendes, eines, bei dem einem die Seele wehtut.

»Evie?« Unter all dem Gerotze konnte ich sie gerade noch so raushören. »Evie? Kannst du vorbeikommen?«

»Klar. Alles okay bei dir?«

»Er ... er ... Kannst du bitte einfach vorbeikommen? Bring Amber mit.«

»Bin gleich da.«

NEUNZEHN

Lotties Mum machte die Tür auf, spähte mit ihrer riesigen Uhubrille durch den Spalt. Sie – und ihre Klamotten – sahen noch ganz genauso aus wie damals, als ich elf war.

»Evie? Bist du das, Süße? Dich hab ich ja zuletzt gesehen, da warst du *so* klein!«

Sie öffnete die Tür und Amber und ich drückten uns durch den Perlenvorhang, wobei wir vier Windspiele in Aufregung versetzten.

»Wie geht's, Ms Thomas?«, fragte ich in ihren Armen. Sie roch nach Hanf – vermute ich mal. Keine Ahnung, wie Hanf so roch. Ich war stolz, mich an die »Ms« erinnert zu haben. Lotties Mum verweigerte die »Mrs«, allem Verheiratetsein zum Trotz.

»Mir geht's gut.« Sie gab mich frei und wedelte mit den Händen um meinen Körper herum – reinigte meine Aura. Jupp, genau wie damals mit elf. Jetzt fiel mir wieder ein, warum ich mich vor den Besuchen hier immer so gefürchtet hatte.

»Und du musst Amber sein.« Jetzt war sie dran mit der Umarmungsprozedur und Ambers Haare machten Ms Thomas' Gesicht quasi unsichtbar.

»Freut mich sehr«, murmelte Amber in ihre Schulter.

»Ich freu mich, dass ihr gekommen seid, Mädchen«, sagte sie und gab Amber frei. »Lottie hat die Krise, sie kommt einfach nicht aus ihrem Zimmer raus. Ich hör, wie sie weint, aber natürlich sagt sie ihrer Mutter nicht, was passiert ist.«

Ich eilte die Treppe rauf zu Lotties Zimmer. »Wir kümmern uns um sie«, versicherte ich Lotties Mutter. Mein letzter Besuch lag so lange zurück, aber alles war noch wie früher. Die schrägen Siebzigerjahre-Tapeten, das riesige Buchstabengemälde »DAS IST'S JETZT« über der Treppe, das ihnen mal auf irgendeiner familiären Bildungsreise ein Mönch gepinselt hatte. Sacht klopfte ich an Lotties Tür. Schon auf dieser Seite der dünnen Sperrholztür konnte ich sie schluchzen hören.

»Wer da?«, krächzte sie

»Evie und Amber. Mit frisch gereinigten Auras.«

Die Tür ging auf und eine verquollene Lottie erschien. Ihre Augen waren von all der Heulerei praktisch nicht mehr zu erkennen.

»O Gott, tut mir leid wegen ihr.« Lottie hatte uns schon den Rücken zugekehrt und stolperte auf ihr Chaosbett zu. Sie warf sich bäuchlings darauf und vergrub das Gesicht im Kissen.

Amber und ich setzten uns vorsichtig neben sie.

»Lottie«, sagte ich sanft und legte ihr die Hand auf den Rücken. »Was ist los? Wo wart ihr gestern Abend?«

»Er … er…«, stammelte sie mit gedämpfter Stimme ins Kissen. »Er hat Schluss gemacht.«

Sofort starteten wir beide das Notprogramm. Ich rieb ihr fester den Rücken, während Amber die erforderliche Empörung an den Tag legte. »Was? Warum? Wie? Was für ein Arschloch!«

Lottie hob langsam den Kopf, wobei mindestens die Hälfte ihres Haars an ihrem Gesicht kleben blieb.

»Und das ist noch nicht mal das Schlimmste«, sagte sie. »Er war total verwirrt … er hat noch nicht mal gewusst, dass wir überhaupt zusammen sind!«

Und da saßen wir, und sie schluchzte und heulte und heulte noch mehr.

ZWANZIG

»Ich bin so was von bescheuert«, verkündete Lottie dem Kissen. »Ich bin so was von unfassbar verblödet und bescheuert.«

Ich rieb ihr den Rücken. »Ich glaub, der, den wir bescheuert nennen sollten, ist er.«

»Nein, mich. Ich bin so blöd. Zu glauben, wir würden uns ineinander verlieben … obwohl ich die Einzige war.«

»Es ist nichts bescheuert daran, was zu fühlen«, sagte Amber, die nun den Haarstreicheldienst angetreten hatte.

»Doch, ist es. Gefühle sind was für Versager.«

Irgendwann drehte Lottie sich um. Sie sah völlig anders aus, wo jetzt das ganze dicke Augen-Make-up weggeheult war, viel weicher.

»Sorry, Mädels«, hickste sie. »Ich komm mir so doof vor, wegen einem bekloppten stinkigen Kerl so rumzuflennen.«

»Was ist passiert?«

»Kotz, das ist so ein Klischee.«

»Erzähl.«

»Meinetwegen.«

Was zwischen Lottie und Tim passierte

Sie hatten sich bei der Party verabredet. Sie hatte sich darauf gefreut, dass wir ihn richtig kennenlernten, weil sie einander ja schon wochenlang trafen.

Aber er verhielt sich schon beim Ankommen so seltsam.

»Tja, ihr habt ihn ja gesehen«, sagte sie. »Er hat euch so gut wie nicht begrüßt und er hat sich null für die Party interessiert. Die ganze Zeit hat er nur versucht, mich nach oben abzuschleppen.«

Ich konnte mich kaum an das Treffen mit ihm erinnern, weil ich in den letzten vierundzwanzig Stunden mindestens zwanzig Millionen Hirnzellen abgemurkst hatte. Ich wusste noch, dass er versucht hatte, mir und Amber die Hand zu schütteln, aber mit so einer Schnöselgeste waren wir völlig überfordert gewesen. Amber und ich waren in die Küche verschwunden, um uns die Welt schönzusaufen, und hatten die beiden alleine ihrem Small-Talk-Schicksal überlassen.

»Es war der Horror«, sagte Lottie, zog die Knie hoch und schob sie sich vorsichtig unter ihr zartes Kinn. »Der wurde immer schnöseliger und schnöseliger und würde immer mehr die Nase rümpfen über unsere Freunde. Also, ich weiß ja, dass Joel und seine Kumpels ein bisschen seltsam aussehen … besonders mit Joels neuem Nasenringteil, aber der war ja bei ihrem Konzert, der musste ja wissen, wie die sind. Quasi so: Je lauter die Musik, desto oberschichtiger war er. Wetten, der hat sich insgeheim gewünscht, wir würden mit Champagnergläsern anstoßen und Blazer tragen und uns gegenseitig Weidmannsheil wünschen oder so.« Ich kicherte, und Lottie lächelte schwächlich. »Ich war so angespannt. Ich wollte einfach nur, dass alles besser wird. Und ständig flüstert der mir ins Ohr, dass wir nach oben sollen. Und ich denk noch, vielleicht hilft das, keine Ahnung, vielleicht macht ihm das bessere Laune.«

Über ihren Kopf hinweg sahen Amber und ich uns vielsagend an.

»Also sind wir rauf. Und dann hat er … haben wir …« Amber richtete sich alarmiert auf und meine Hand verkrampfte sich auf Lotties Rücken. »Dann hatten wir Sex. Auf der Toilette. Wäh ... Gott.« Sie nahm das Kissen und barg wieder das Gesicht darin. »Es war so grauenhaft. Er war total grob, gar nicht wie sonst. Als würde er einfach seine Pflicht erfüllen. Und dann ... dann ... hinterher ...« Sie weinte wieder los, so richtig hohl, ganz tief aus dem Bauch heraus.

»Was?«, fragte ich.

»Es hat sich so seltsam, so unromantisch angefühlt, und da bin ich in Panik ausgebrochen und hab was gesagt in Richtung, ›Hey, meine Eltern wollen dich so gern kennenlernen‹, und dann, kein Scherz, ist ihm voll die Fresse runtergefallen. Als hätt ich ihm offenbart, ich wär die geheime, uneheliche Tochter von Hitler oder so. Er ... er ... hat einfach den Hosenstall zugemacht und ganz schnöselig und aufgeplustert gesagt: ›Ich glaube, du hast da was missverstanden, Lottie.‹«

Amber brachte den Mund nicht mehr zu. »Wie. Einfach so?«

Lottie nickte und die Tränen flossen weiter. »Er sah total schockiert aus und dann gingen die Entschuldigungen los. Was es irgendwie noch schlimmer gemacht hat. ›O Lottie, sorry, du bist so ein tolles Mädchen, aber ... Na ja ... ich hab gedacht, wir amüsieren uns halt ein bisschen. Ich dachte, wir sehen das beide so. Ach, tut mir ja so leid.‹ Ich bin mir vorgekommen wie ein Mitleidsprojekt! Ich bin ja so bescheuert. Ich hab mich ja echt in ihn verknallt. Herrgott noch mal, ich bin so ein verdammtes Mädchen. Ich hab sogar geübt, wie ich den Leuten unsere Kennenlerngeschichte erzähl – ›Er hat mir sein Bier über den Kopf geschüttet ... total romantisch.‹«

»Und dann?«, fragte ich und streichelte ihr wieder den Rücken.

Sie seufzte. »Na, da bin ich natürlich total durchgedreht. Ich hab ihn angebrüllt, so völlig im Vollsuff und undamenhaft. Ich hab geschrien: ›Was? Ist das dein Ernst?! Was? Du Wichser, du hast mich total verarscht!‹ Wetten, die ganze Party hat's mitgekriegt? Und er hat sich nur noch mehr entschuldigt und diese ganze bekloppte Scheiße abgezogen, wie, dass er nie gesagt hätte, es sei offiziell, und dass er ja gerne was mit mir zusammen macht, aber ... Und ich so: ›Aber was? ABER WAS?‹ Ich hab ihn raus auf die Straße gescheucht wie so ein tollwütiger Hund und dabei rumgekreischt. Ich weiß nur noch, dass ich dauernd ›ABER WAS?‹ gebrüllt hab. Ich hab's nicht geschnallt. Ich schnall's immer noch nicht.«

»Hat er dir was geantwortet?«

Lottie setzte sich überraschend auf und wischte sich über die zugeschwollenen Augen. Ihr Gesichtsausdruck schaltete von Trauer auf Zorn, als hätte jemand mit der Fernbedienung auf sie gezeigt. »Er hat gemeint, er begreift gar nicht, warum ich mich so aufrege. Dass wir uns eben einfach treffen. Und warum er mit sechzehn überhaupt an die Kette wollen sollte.«

Amber und ich eilten zum Laden an der Ecke. Schokolade ging über den Tresen.

»Ich bin so ein Klischee«, teilte Lottie uns nach unserer Wiederkehr mit, wobei ihr ein halber Schokoriegel aus dem Mund hing. »Ich beklag mich über Männer und stopf mich dabei mit Schokolade voll.«

»Manchmal sind Klischees ganz hilfreich«, wusste ich beizutragen.

»Ich hasse es, dass er das aus mir macht. Ich hasse es, dass diese Schokolade tatsächlich auch noch was bringt.«

Ich brach ein Stück von der Vollnusstafel ab und reichte ihn Amber runter, die gegen Lotties Bett gelehnt saß und die langen Beine auf dem Teppich ausgestreckt hatte.

»Ich fass es einfach nicht, dass er das gesagt hat«, sagte sie und schob sich die Schokolade in den Mund. »*An die Kette.* Das geht mir so was von gegen den Strich. Die glauben, Mädchen sind einfach nur total besessen von Beziehungen. Was wollen sie denn, was wir tun? Uns knallen lassen, ohne uns irgendwas zu erwarten?«

»Öhm, im Grunde ja«, entgegnete Lottie.

»So ganz stimmt das auch nicht«, sagte ich. »Solche Mädchen nennen sie dann Schlampen.«

Sie nickten zustimmend.

»Also sind wir im Grunde gleichermaßen gearscht, wenn wir's tun und wenn wir's nicht tun?« Amber sah völlig deprimiert drein.

Lottie stellte sich aufs Bett und verlor kurz den Halt in ihren Flauschsocken. »Nein, eine Alternative bleibt noch. Wir können das Manic Pixie Dream Girl spielen.«

»Was sollen wir spielen?«

»Du weißt schon. Eine Mogelpackung. Einen Jungentraum. Besonders den von den Indie-Typen, mit denen wir so abhängen.«

»Was ist ein Manic Pixie Dream Girl? Woher hast du ständig diese ganzen Begriffe für alles?«

Sie setzte sich hin, scrollte auf ihrem Handy herum und rief ein paar Standfotos aus Filmen auf Google auf. Zooey Deschanel war ein Ergebnis. Kirsten Dunst. Und dieser Indie-Film von vor ein paar Jahren, der mir so richtig gefallen hatte, *Ruby Sparks*. »Voilà«, sagte sie. »Manic Pixie Dream Girl. Oder MPDG, wenn ihr euch anhören wollt, wie es vor ein paar Jahren cool gewesen wäre.«

»Hä?«

Lottie zeigte energisch aufs Display. »Das ist so was wie eine männliche Wunschvorstellung, aber Mädchen tun so, als gäb's das wirklich. Im Grunde so eine Art Wiederkäu vom Heilige-Hure-Komplex, aber in tollen Secondhand-Klamotten.«

»Der heiligen Was-Geschichte? Ehrlich, du immer mit deinen Wörtern!«, sagte ich mit schwirrendem Kopf.

Lottie beachtete mich gar nicht und erklärte einfach weiter. »Das Manic Pixie Dream Girl ist hübsch, sich aber dessen eigentlich nicht bewusst. Sie ist auf liebenswerte Weise durchgeknallt und lässt einen sich so richtig lebendig fühlen, aber sie weiß genau, wann sie die Klappe zu halten hat und einen Fußball schauen lassen soll. Sie trinkt Whisky und Bier und stellt null Ansprüche an die Beziehung, weil sie völlig ausgelastet ist mit ihren schrägen Hobbys oder den Bandproben. Sie mag unverbindlichen Sex, aber nur mit dir, nicht mit wem anders.«

Amber drehte sich um und schnappte sich Lotties Handy. »Ach, ich weiß so dermaßen, wovon du sprichst.« Sie drehte sich zu mir und half mir auf die Sprünge: »Ich hab einen richtigen Schwerpunkt über Madonnen für meine GCSE-Prüfung in Kunst gehabt. Das sind im Grunde nur Gemälde mit der Jungfrau Maria. Der Heilige-Hure-Komplex ist so eine Idee von Freud, nämlich dass alle Männer sexuell völlig verwirrt sind, weil wir einerseits total jungfräuliche Heilige à la Maria sein sollen, damit sie uns ihren Eltern vorstellen können … und andererseits wollen sie, dass wir sie vögeln wie grenzenlos geile Huren. Sie sind unfähig, sich für eines davon zu entscheiden. Ideal wäre beides, aber du weißt schon …« Sie zuckte die Achseln. »Jungs eben. Ich hab mir da meine eigene Wendung für ausgedacht. Fürs Heute adaptiert. Bei mir heißt das *die nette Schlampe von nebenan.*«

Lottie gackerte los. »Wie GEIL. Die Verquickung zweier weiblicher Ideale, also letztlich: Ein Stereotyp, bei dem man nur verlieren kann.«

Ich verzog das Gesicht. »Und ihr meint, das wollen die Jungs?«

»Klar.« Lottie nahm sich ihr Smartphone zurück. »Ernsthaft, einen Freund kriegt man heutzutage nur noch ab, wenn man so tut, als wär man die nette Schlampe von nebenan.«

»Wie soll man da so tun?«

»Ach, du weißt schon. Indem man Zeug sagt wie: ›Macht's dir was aus, wenn wir das Ganze eher so unverbindlich lassen, ich hab irgendwie total Schiss davor, mich festzulegen.‹ Das bringt mich so auf die Palme. Die Jungs denken immer, genau so wär ich drauf, vermutlich, weil ich ziemlich körperlich und sinnlich bin ...« Gerade jetzt sah Lottie nicht besonders sinnlich aus mit ihrem Schokomund. »Aber dann geht ihnen auf, dass ich irgendwie schon gern hätte, dass sie ihr Organ nur in meinen Körper schieben und in keinen anderen, und mich vielleicht sogar ganz gerne mal über unsere Gefühle unterhalten würde und Zeug, das jetzt nicht konkret mit Vögeln zu tun hat – und dann sind sie plötzlich ganz muffig und fahrig, als hätt ich sie irgendwie verraten oder so.«

Ich zog eine Schnute. »Bist jetzt nicht du ein bisschen sexistisch? Nicht alle Jungs sind so.«

»O doch«, sagte Amber.

Ich dachte an Guy und wie er mich immer darauf stieß, wenn ich mit zweierlei Maß maß. Allein der Gedanke an ihn fühlte sich gut an ... »Du kannst nicht einfach pauschal alle Jungs über einen Kamm scheren.«

»Warum nicht?«, fragten sie.

»Nun ... schaut euch Jane und Joel an. Er hat sie nicht verarscht, oder? Er scheint sie aufrichtig zu lieben!«

»Er liebt eine Lüge!« Lottie stand wieder auf. »Jane spielt zu hundert Prozent das Manic Pixie Dream Girl. Hast du nicht gesagt, wie sehr sie sich verändert hat, seit sie zusammen sind? Dass sie eine Kunstfigur aus sich gemacht hat? Eine Freundinnenfigur?«

»Kann sein ...«

»Ich schwör dir, wenn sie jetzt ihre Klarinette ausgraben würde und sagen: ›Könntest du mich jetzt bitte nicht wieder in letzter Sekunde wegen der Bandprobe versetzen‹, dann wär Joel sofort über alle Berge.«

»Kann ... sein.«

Amber gesellte sich zu uns aufs Bett, warf sich drauf und schlug Wellen ins Laken. »Manchmal ist mir scheißegal, ob ich jetzt sexistisch bin, wisst ihr das? Wir müssen das Tag für Tag ertragen, warum sollten wir nicht mit gleichen Waffen zurückschlagen?«

»Alle Macht den Mädchen«, sagte Lottie.

»Aber total.«

Mit ihnen hatte ich immer das Gefühl, etwas zu lernen. Sie hatten so entschiedene Meinungen, eine solch hohe Meinung davon, ein Mädchen zu sein, sodass es schwer war, sich davon nicht mitreißen zu lassen. Besonders, wo Einstein-Lottie mir all diese neuen Gedanken und Begriffe beibrachte. Mir wurde ganz warm beim Gedanken an die Mädchenheit. Ich meine, wir sind schon cool, nicht? Und die Welt rollt dir Steine in den Weg, wenn du eine Muschi hast.

»Soll ich euch sagen, was mich nervt?«, fragte ich, weil ich mit von der Partie sein wollte. »An Tim?«

»Raus damit.«

»Die Sprache, die Jungs benutzen, die Sprache, die sie alle benutzen, wenn's um Mädchen geht. Das ist so was von krank. Da gibt's zum Beispiel diese ganzen grauenhaften Wörter über Mädchen, für die es keine männliche Entsprechung gibt – wie ›Schlampe‹ oder ›Horrorweib‹. Wie Tim das von der ›Kette‹ gemeint hat – das besagt ja, dass wir das wollen, dass wir als Gesamtheit Jungs festketten und ihnen die Freiheit rauben wollen. Warum kriegen sie Freiheit und wir nicht? Warum geht jeder einfach davon aus, dass Jungs Freiheit und Mädchen sich an jemanden hängen wollen?« Ich nahm mir noch eine Schokorippe und die half gegen meinen mich so schläfrig machenden Kater. »Wenn Jungs älter werden, nennt man sie ›Junggesellen‹ und findet das sexy. Wer nennt uns schon ›Junggesellin‹? Nein, uns nennt man direkt ›Katzenlady‹ oder ›alte Jungfer‹. Ein männliches Pendant dazu gibt's nicht. Genau wie es kein Wort für Kerle gibt, die mit jeder ins Bett gehen – während es tonnenweise davon für Mädchen gibt. Die Sprache selbst ist sexistisch – sie zementiert doch nur diese total verallgemeinernden, völlig kranken Vorstellungen darüber, wie Jungs und Mädchen zu sein haben ...« Ich verstummte, weil mir auffiel, dass sie mich beide anstarrten.

»Was?«, fragte ich verlegen.

»Du stilles Wasser bist ziemlich tief, oder?«, grinste Lottie.

»Das vergess ich manchmal.«

»Na ja ...«

Amber plumpste wieder aufs Bett und löste ein weiteres Minierdbeben aus.

»Dann gibt es noch das ›späte Mädchen‹. Der Ausdruck ist zwar schon veraltet, aber ich hasse ihn trotzdem«, sagte sie. »Ich hab schon jetzt Angst, eins zu werden, und ich bin erst sechzehn. Und dann reg ich mich total über mich auf, weil ich mir Sorgen darüber mache, ob ich je einen Kerl abkriege.«

»Warum erobern wir es uns nicht zurück?«, fragte Lottie und grinste noch breiter. Zum ersten Mal heute lächelte sie und sie sah wunderschön aus – wie von innen erleuchtet. Ich verspürte Stolz darüber, dass Amber und ich sie so rasch hatten aufrichten können. »Wir können Begriffe wie ›spätes Mädchen‹, ›alte Fregatte‹ und so weiter neu erfinden und sie das völlige Gegenteil bedeuten lassen. Wie ›jung‹ und ›unabhängig‹ und ›stark‹.«

Wieder rupfte sie ihr Telefon raus und tippte wie besessen

darauf herum, rief Bilder von Londoner Demos auf, überwiegend von Plakate schwenkenden Frauen in Miniröcken. »Schaut mal, vor ein paar Jahren haben so ein paar Feministinnen versucht, das Wort ›Schlampe‹ neu zu besetzen. Da haben sie überall diese Protestmärsche organisiert, die ›Schlampenmärsche‹. War kein durchschlagender Erfolg, hauptsächlich, weil ›Schlampe‹ einfach ein so ätzendes Wort ist, dass es nie ermächtigend sein kann. Aber warum versuchen wir es nicht einfach mal mit dem ›späten Mädchen‹? Was meint ihr?«

Amber verzog das Gesicht, doch dann musste sie lächeln. »Oder gleich was Markentaugliches? Die ›Spinster Girls‹ oder so?«

»Klingt gut!«

»Also, eine Spinster. Eine ältere unverheiratete Frau. Und da schwingt ja noch so viel mehr mit. Im Märchen wär das die gruselige alte Jungfer, das Schreckgespenst, dank dem sich junge Mädchen schon von klein auf davor fürchten, für Männer nicht attraktiv zu sein. Es bedeutet Ladenhüter. Es bedeutet vergeudetes Leben. Es bedeutet alte Schrulle, die nur für ihre Katzen lebt. Es bedeutet einsam und traurig und verbittert, nur, weil kein Mann einen will ... Was, wenn wir den Spieß einfach umdrehen und den Begriff neu besetzen?«

»Wie besetzen?«, fragte Amber.

Ich hatte die Antwort.

»Ein Spinster Girl sein heißt, dass man seine Beziehungen zu Frauen genauso wertschätzt wie die zu Männern.« Ich dachte an Jane. »Ein Spinster Girl sein heißt, dass man nicht die eigene Persönlichkeit verändert, nicht das, woran man glaubt und was man will, nur weil es das Leben eines Jungen einfacher macht.«

Beide grinsten breiter und Lottie ergriff das Wort. »Ein Spinster Girl sein heißt, sich ohne Angst die Gesellschaft anzusehen und laut zu sagen: ›Dem stimme ich nicht zu, das hier ist falsch.‹ Ein Spinster Girl sein heißt, keinen Gedanken daran zu verschwenden, ob Jungs einen vielleicht nicht süß oder sexy finden, wenn man solche Sachen sagt.«

Ich lächelte, während Amber die abschließenden Worte fand. »Ein Spinster Girl sein heißt, sich immer um seine Freundinnen zu kümmern und sie durch alle Hochs und Tiefs zu begleiten.«

Ich ergriff ihre Hände – von jeder eine – und hob sie Lotties Zimmerdecke entgegen. »Hiermit erkläre ich uns feierlich zu SPINSTER GIRLS durch und durch.« Und wir klatschten und jubelten und pfiffen uns gegenseitig zu und zum ersten Mal in meinem Leben fühlte ich mich stark.

GENESUNGSTAGEBUCH

Datum: 23. Oktober

Medikation: 10 mg Fluoxetin

Gedanken/Empfindungen: Dafür sorgen, dass sie es nicht rausfinden, sonst sind sie deine Freundinnen gewesen. Man muss sich nur ansehen, was mit Oli passiert ist ...

Mag ich Guy? Gehört so was überhaupt in mein Genesungstagebuch? Egal. Sarah kriegt's eh nie zu sehen. Hahahaha ...

Hausaufgaben:
- Konfrontiere dich weiterhin regelmäßig mit angstbesetzten Situationen, um sicherzugehen, dass du dich immer noch deinen Ängsten stellst.
- Falls sich wieder irgendwelche Rituale einschleichen sollten, lass mich oder deine Eltern davon wissen.

EINUNDZWANZIG

Bei meiner nächsten Therapiestunde berichtete ich Sarah von der Party. Komischerweise hielt sich ihre Bewunderung in Grenzen.

»Warum sind Sie jetzt bitte nicht stolz auf mich, obwohl ich die ganzen Schnäpse getrunken habe?«

Über ihrem vollgeschriebenen Block wurde Sarahs Blick ganz schmal.

»Ich arbeite für das Gesundheitsamt, also die Einrichtung, die für das allgemeine Wohlbefinden und die Gesundheit der Menschen verantwortlich ist. Weißt du, wie viel unseres Budgets jährlich dafür draufgeht, jugendliche Komasäufer auf der Intensivstation zu betreuen?«

Ich pfefferte die Holzraupe, mit der ich gespielt hatte, zurück in den Spielzeugeimer. »Aber ich hab mich absichtlich etwas ausgesetzt, von dem ich gewusst habe, dass es mich krank macht. Ich hab mich ganz eigenständig konfrontiert.«

»Ich glaub nicht, dass du den ganzen Sambuca ... das war's doch, oder?«

Ich nickte, erst trotzig, dann ein bisschen verschüchtert und verschämt.

»Nun, ich glaube nicht, dass du so viel getrunken hast, um dich zu konfrontieren.«

»Tja, ich hab Ihnen aber gesagt, dass das der Grund war, und wenn Sie's mir nicht glauben, ist mir das auch egal.«

Ich verschränkte die Arme vor der Brust.

Mir war es nicht egal.

Jedenfalls nicht völlig.

Sarah ließ uns ein bisschen in der Stille schmoren, ihr allerliebster Trick. Dann sagte sie: »Erstens: Du weißt, dass du zu deinen Medikamenten nicht trinken darfst, selbst wenn die Dosis jetzt wirklich minimal ist.« Sie zählte es mir an den Fingern auf. »Zweitens: Ich finde es unwahrscheinlich, dass du dich auf eigene Initiative einer so extremen Sache aussetzt, in einer Umgebung wie der einer Party. Und drittens hast du mir gerade von deinem Treffen mit diesem Oli erzählt und es hat sich angehört, als hätten das und die Reaktion deiner Freunde darauf dich äußerst mitgenommen.«

»Und?« Wetten, sie kam sich gerade vor wie Miss Marple. Wetten, sie malte sich gerade aus, sie wär mitten in der Agatha-Christie-Weihnachtsverfilmung.

»Und«, sagte Sarah, wie immer die Ruhe selbst. »Ich glaube, du hast so viel getrunken, um den unguten Gedanken zu entkommen, die du wegen deinen Freundinnen hattest.«

Ich schüttelte den Kopf, abwehrend, abwehrend. »Ich hab keine unguten Gedanken über meine Freundinnen gehabt. Die sind total cool und verständnisvoll und großartig.«

»Und wo glauben sie, dass du heute Nachmittag bist?«

Ich lief rot an. Ich gab keine Antwort.

»Wo?«

»Tja, es sind ja gerade Ferien.«

»Wo glauben sie denn, dass du sonst am Montagnachmittag bist?«

»Sie glauben, ich hab die letzte Stunde frei«, erzählte ich meinen Zehen.

Sarah machte ein triumphierendes Gesicht. Das bestand aus einer sacht gelupften Augenbraue und einem selbstzufriedenen Grinsen, das sie nicht ganz im Zaum halten konnte.

»Ich hab Montag die letzte Stunde frei! Das ist nicht gelogen.«

»Aber du gehst nicht gleich nach Hause, oder? Du kommst zu mir.«

»Bitte, dann ist es nicht die komplette Wahrheit, na und?«

Meine Haut war ganz piksig. Ich kam mir vor wie ein Igel mit aufgestellten Stacheln, bereit zum Kampf oder zur Selbstverteidigung oder eben für das, was Igel mit aufgestellten Stacheln so machen. Oder sind die immer aufgerichtet und sie rollen sich einfach zu einem Ball zusammen? Diese Frage trieb mich so sehr um, dass mir erst völlig entging, dass Sarah ein Sandwich herbeigezaubert hatte.

Sie legte es vor sich auf den Tisch und sofort hatte sich jeder andere Gedanke – über Oli, über Guy, über die Mädels – in Luft aufgelöst.

Mir wurde übel.

»Nein, Sarah, heute nicht, bitte.«

Sie lächelte mich flüchtig an. »Ich hab dich vorgewarnt, dass wir weiter Konfrontation machen müssen – um zu sehen, wie du auf der niedrigeren Dosis damit fertig wirst. Also, hast du zu Mittag gegessen?«

»Ja«, schwindelte ich.

»Nun, ein Sandwich geht immer noch, oder?«

Ich wollte es nicht berühren. Ich konnte es schon sehen, sein Gift, wie es für alle anderen Augen unsichtbar durch die Kartonverpackung leuchtete. Ich streckte langsam die Hand aus und ergriff die Packung. Mit zitternden Fingern drehte ich es um und las das Mindesthaltbarkeitsdatum.

Sofort ließ ich es fallen. »ZWEI Tage abgelaufen? Sarah, im Ernst? Da ist Fleisch drin!«

Sarah hob es vom Boden auf und legte es wieder auf den Tisch. »Wie ist gerade die Zahl, Evie?«

»Warum machen Sie das? Sie haben mich nicht vorgewarnt. Nie haben Sie mir gesagt, dass es heute ist. Bitte, tun Sie's weg!«

»Die Zahl, auf der Angstskala von eins bis zehn?«

Meine Handflächen waren bereits schweißnass. Mein Hals fühlte sich an, als trüge ich eine Boa constrictor als Schal. Und ich war mir ziemlich sicher, dass ich mich dem sicheren Untergang nicht näher gefühlt hätte, wenn die vier apokalyptischen Reiter durch die Tür galoppiert gekommen wären.

Ich schluckte, von Hass auf Sarah erfüllt. »Acht von zehn.« Es war mehr gekrächzt als gesprochen.

»Okay, acht ist ziemlich hoch. Atme mit mir, Evie.«

Sie atmete übertrieben tief ein und aus. Ich versuchte, es ihr nachzutun, doch die Schlange um meinen Hals zog sich zu.

»Warum?«, fragte ich. Geflüstert.

»Warum hast du solche Angst? Du hast es schon mal gemacht. Nichts Schlimmes ist passiert.«

Binnen einer Sekunde war meine Angst in Zorn umgeschlagen. »Das war was ganz anderes! Das war nur einen Tag abgelaufen und es war Schinken, kein Hühnchen! Noch nicht mal normale Leute essen abgelaufenes Hühnchen! Und es ist was passiert, ich hab mich den ganzen Tag schlecht gefühlt!«

»Von der Panik, nicht vom Sandwich.«

»Dafür gibt's keinen Beweis. Mir war definitiv übel, und ich bin mir sicher, das Sandwich war schuld. Und wenn ich es damals gemacht habe, warum muss ich es jetzt noch mal tun?«

Die Tränen standen schon in den Startlöchern und warteten auf den Startschuss. Mein Herz fühlte sich an, als wäre es an ein Stromaggregat angeschlossen. Ein Aggregat, das vom Erdmittelpunkt aus befeuert wurde.

Sarah hatte ihre ultragelassene Stimme hervorgekramt. »Ich hab dir schon erklärt, dass mit dem Zurückschrauben der Medikation wieder erhöhte Angstzustände auftreten werden. Es ist von äußerster Wichtigkeit, dass wir mit den Konfrontationen weitermachen, damit du dir selbst beweisen kannst, dass alles auch ohne Medikamente läuft.«

»Warum kann ich sie dann nicht einfach weiterschlucken?«

»Kannst du«, beruhigte mich Sarah. »Aber du hast mir gesagt, du möchtest sie absetzen. Das war deine Entscheidung.«

Sie hatte recht. Ich hasste die Medikamente.

Warum ich die Medikamente absetzen wollte

Ich verabscheute es, dauernd im Unklaren zu sein darüber, wer ich wirklich war. Was war Evie? Und was war die Chemie, die in mein Gehirn eingriff? Ich verabscheute es, wie mir davon nachts die Füße brannten. Wie ich im Sommer Waschlappen in Eiswasser tunken und sie mir um die Zehen wickeln musste, nur um sie so weit runterzukühlen, dass ich endlich schlafen konnte. Ich verabscheute es, so krank zu sein, dass ich sie nehmen musste, obwohl ich das erforderliche Mindestalter noch bei Weitem nicht erreicht hatte. Ich verabscheute es, dass ich eigentlich nie begriff, was sie mit meinem Hirn eigentlich veranstalteten. Ich verabscheute es, wie aufgedunsen sie mich machten. Ich verabscheute es, dass es zu gefährlich war, sie auf einen Schlag abzusetzen, und dass ich richtiggehend gefangen war mit ihnen. Ich verabscheute es, dass, falls ich je schwanger sein und sie noch nehmen würde, das Baby im Bauch von ihnen geschädigt werden könnte. Ich verabscheute es, dass ich mich, seit ich sie nahm, nie mehr glücklich oder unglücklich gefühlt hatte, sondern einfach nur … taub …

Aber in diesem Moment, in diesem klammen Therapieraum, verabscheute ich nichts so sehr wie die Vorstellung, dieses Sandwich zu essen.

»Nicht das ganze«, verhandelte ich mit zitternder Stimme, hinter der meine Verräter von Gefühlen nur darauf lauerten, hervorzubrechen.

»Nur ein Dreieck.«

»Drei Bissen.«

»Eine Hälfte, das hast du schon mal geschafft.«

»Damals hatte ich nicht so schreckliche Angst.«

»Genau darum geht's. Komm schon, Evie, du bist stark, du bist mutig. Was ist das Schlimmste, was passieren könnte?«

»Ich ... Ich ... ich werd krank.« Und damit kamen die Tränen und ich schluchzte sie so vehement raus, dass mir der Atem wegblieb.

»Dann wirst du eben krank, na und?«

»Dann muss ich mich übergeben.«

Sarah zuckte die Achseln. »Na und? Das Leben geht weiter.«

»Lassen Sie das!«

»Was soll ich lassen?«

»Mir mit Logik zu kommen. Das hat bei mir noch nie gezogen und jetzt zieht's auch nicht.« Meine Hände schlotterten so sehr, dass sie ein Fall fürs Erdbebenfrühwarnsystem waren. Meine Stimme wurde lauter. »Glauben Sie, ich weiß nicht, wie unlogisch das ist? Glauben Sie, ich sag mir nicht ständig, wie bescheuert es ist, und drück mir nicht permanent selbst rein: ›Sei doch nicht so unlogisch, Evie, du versaust dir dein Leben.‹« Ich schmetterte die Hände auf den Tisch, nur um etwas Energie abzubauen. »Nur weil es unlogisch ist, ist es noch lange nicht weniger bedrohlich!«

Sarahs Stimme blieb ruhig, sie war das komplette Gegenteil von mir.

»Nur ein Dreieck.«

»Ach, Scheiß drauf.« Und ich ergriff das widerliche, stinkende abgelaufene Sandwich, riss die Verpackung auf und schob mir so viel davon in den Mund, wie irgend ging.

»Braves Mädchen.«

Ich kaute los, aber mein Mund war so voll. Zwei Tage abgelaufen, zwei Tage abgelaufen, ZWEI TAGE ABGELAUFEN. Ich verschluckte mich.

»Komm schon, Evie, kau weiter und schluck dann.«

Keine Spucke in meinem Mund. Die Mayonnaise schmeckte säuerlich. Ich röchelte.

Gift, Gift, Gift, Gift, Gift.

»Weiterkauen, einfach weiterkauen.«

Ich dachte an alles andere als an das, was sich in meinem Mund befand. Ich versuchte, mir einen stillen See vorzustellen. Als das nicht klappte, stellte ich mir die ganzen Leute auf der Welt vor, die schlimmere Probleme hatten als ich. Richtige Probleme. Kranke Menschen. Einsame Menschen. Arme Menschen. Verhungernde Menschen. Verhungernde Menschen, die dieses Sandwich sofort essen würden. Hungernde Menschen wären dankbar für dieses Sandwich. Sie wüssten noch nicht mal, was ein Ablaufdatum ist. Weil sie wirkliche Probleme hatten, während ich nur ein selbstmitleidiges, egoistisches, blödes, blödes, SCHWACHES, verweichlichtes Gör war.

O Gott, das Sandwich, das hatte ich immer noch im Mund. In eine klebrige Paste verwandelt, die sich mir ans Zahnfleisch pappte und wie ein Kloß unter meiner Zunge klebte.

Zwei Tage abgelaufen.

Ich stellte mir vor, wie sich die Bakterien im Hähnchenfleisch vermehrten, wie sich die Mikroben in der Soße ausbreiteten, wie der Salat verwelkte. Und all das war jetzt in meinem Körper, meinem schwachen blöden Körper.

Nein. Ich konnte es nicht. Wie viel davon hatte ich schon geschluckt?

Nein. Nein. NEIN.

Ich spuckte es aus, mitten auf den Tisch. Über den Taschentuchspender. Ich keuchte, röchelte vor mich hin. Ein Brotbrocken, der mir im Hals stecken geblieben war, purzelte auf die Holzoberfläche, spuckeverquollen. Ich würgte, jetzt würde ich mich wirklich übergeben. Drinnen behalten, drinnen behalten, drinnen behalten. Ich hasste Sarah. Ich hasste die Welt. Ich schnappte mir ihr Wasserglas und trank es leer. Ich versuchte, das Wasser im Mund herumzuschwenken, doch der war so voll mit Wasser, dass es mir das Kinn runterrann. Mir war, als erstickte ich, ich schmiss das Glas um und machte alles nass.

Dann brach ich auf dem Industrieteppich zusammen und schnappte nach Luft. Ich gab mir solche Mühe mit dem Luftbekommen, aber die Schluchzer … die Schluchzer blieben mir im Hals stecken und versperrten dem Sauerstoff den Weg.

»Evie. EVIE? Beruhig dich. ATMEN, EVIE.«

Die Augen quollen mir aus dem Schädel. Ich konnte so ein seltsames, Esels-iih-aah-gleiches Geatme hören. Das war meins. Wo war die Luft abgeblieben? Gleich würde ich umkippen.

Sarahs Hand lag um meine. Drückte sie fest.

»Hör mir zu. Hör auf meine Stimme. Wir atmen ein bis drei. Auf geht's, eins, zwei, drei …«

Ich gab mir alle Mühe, aber da brach schon wieder ein Schluchzer hervor und versiegelte mir die Luftröhre.

»Hör auf zu weinen, Evie, hör mir zu. Wir atmen ein bis drei, eins, zwei, drei …«

Ich konzentrierte mich auf ihre Stimme und schaffte es, einmal kurz nach Luft schnappen.

»Gut gemacht. Jetzt bis fünf – eins, zwei, drei, vier …«

Bis vier hielt ich durch, doch dann blubberte ein weiterer Schluchzer heraus. Ich verschluckte mich an nichts.

»Einatmen auf drei …
… ausatmen auf fünf …
… einatmen auf drei …
… und aus auf fünf …
… und ein auf drei …
… und aus auf fünf …«

Bald war mein Heulen zu einem Winseln abgeflaut.

Bald kam meine Atmung zurück.

Bald konnte ich vom Teppich aufstehen.

Bald würde ich meine Freundinnen auf einen Kaffee treffen und so tun, als wäre nichts passiert.

ZWEIUNDZWANZIG

Bevor ich mich mit den Mädels zu einem Ferien-Update traf, ging ich zum Umziehen nach Hause. Mein Pulli war vorne voller Spucke, ich hatte mir die Schminke weggeheult und mein Pony hatte sich in tränennasse Klumpen unterteilt.

Beim Aufschließen schickte ich ein Stoßgebet gen Himmel, dass Mum nicht da war. Sie machte die Buchhaltung bei dem Maklerbüro unten an der Straße und ihre Arbeitszeiten waren undurchschaubar für mich, manchmal vormittags, manchmal nachmittags. Sie schien nicht daheim zu sein und so schlich ich mich hinein. Rose war auch nicht da. Nur die Standuhr im Flur war zu hören.

Diesmal war das Glück auf meiner Seite.

Ich hängte mich über die Kloschüssel, ließ mir vom schalen Putzmittelgeruch den Magen umdrehen und hustete heraus, was noch vom Sandwich geblieben sein mochte. Als ich mein Ziel erreicht hatte, legte ich mich aufs Bett und überprüfte mich auf Krankheitsanzeichen. Nicht leicht, weil Krankheit und Angst im Allgemeinen dieselben Symptome haben. Es ist ein Teufelskreis. Ich esse was, dann kommt die Sorge, ob ich krank werde, das setzt dann wieder Adrenalin frei, was mir auf den Magen schlägt und mir die Hände zittern lässt. Dann denk ich natürlich, dass ich wirklich krank bin, krieg noch mehr Angst und fühl mich noch kränker.

Und immer so weiter. Tag für Tag. So viel vergeudete Lebenszeit.

Ich konzentrierte mich auf meine Atmung, versuchte, meinen Körper zu beruhigen. Mit der Zeit wurde er ruhiger. Ich war nicht krank, dachte ich. Ich hatte das Hühnchen noch rechtzeitig ausgespuckt. Oder vielleicht hätte es mich ohnehin nicht krank gemacht. Vielleicht war das Sandwich völlig okay gewesen. Vielleicht waren Mindesthaltbarkeitsdaten sowieso total übertrieben und ich sollte mein Leben nicht danach ausrichten.

Vielleicht ... das Wort der Hoffnung.

Vielleicht würde ich nicht mein ganzes Leben ruinieren, sondern nur meine Teenagerjahre.

Vielleicht würde ich eines Tages sein wie alle anderen.

Vielleicht würde ich eines Tages glücklich sein.

Ich putzte mir die Zähne, bis ich Blut ausspuckte. Ich stand unter der kochend heißen Dusche, bis ich Tomatenhaut hatte. Ich putzte mir noch mal die Zähne. Nachdem ich mir die Haare geföhnt hatte und mit einem Hauch Make-up im Gesicht verließ ich das Haus wieder. Ich würde gerade noch pünktlich kommen.

Wie ich so in die durchweichten Blätter trat und versuchte, die letzten Angstreste zu verscheuchen, dachte ich daran, wie Sarah die Stunde beendet hatte.

Als ich fertig geweint hatte, hatte sie sich auf die Armlehne meines Sessels gesetzt und bohrende Fragen gestellt.

»Deine neuen Freundinnen, Evie, wie sind die so?«

Ich dachte an gestern und rang mir ein kleines Grinsen ab.

»Sie sind Spinster Girls.«

»Was? Was soll das bedeuten?«

Ich lächelte wieder. »Ein Witz für Eingeweihte.«

»Aha.« Sie hielt inne. »Warum hast du's ihnen nicht erzählt?«, fragte sie.

Weil ich sie dann verlieren würde. Sie würden es nicht verstehen. Sie würden mich anders behandeln. Nie mehr würde ich ihnen »normal« vorkommen, selbst, wenn ich nie mehr durchdrehte. Wenn sie's erst mal wüssten, würden sie ständig drauf lauern ... warten ... sich fragen, wann ich ausrasten würde. Ich brauchte niemanden mehr, der mich so ansah. Ich war vollauf versorgt mit Mum, Dad, Jane und allen an meiner alten Schule.

»Kam halt nie die Sprache drauf.«

»Hast du je mit irgendwem auf dem College drüber gesprochen, dass du zu mir gehst? Hast du's je irgendwie auch nur angedeutet?«

Und sogar in diesem Zustand wurde mir beim Gedanken an Guy ganz gefühlsduselig zumute. Ich lächelte wieder.

»Guy.«

»Guy?«

»Einem Jungen, der Guy heißt.«

Sarah gab keinen Kommentar dazu ab, dass ich schon wieder einen neuen Jungen zur Sprache brachte. Sie musste den Überblick verloren haben. Es war mein Leben und ich verlor langsam selbst den Überblick. War das immer so? Oder hatte mein Leben so lange auf Pause gestanden, dass es jetzt rasch vorspulte, um die anderen einzuholen?

»Und was hast du Guy erzählt?«

»Ich hab ihm nicht richtig was erzählt. Er war bei der Party, als ich die Schnäpse getrunken hab, die Sie so ablehnen. Er hat sich um mich gekümmert. Und als ich ausgerastet bin aus Angst, mich zu übergeben, da war er ... nett. Er hat erwähnt, er hätte mal einen Freund mit psychischen Problemen gehabt.«

So nett. So völlig Guy-untypisch nett.

»Vielleicht solltest du mal überlegen, ob du nicht etwas offener damit umgehst, Evie? Die Leute sind heutzutage weitaus verständnisvoller als früher.«

Ich dachte daran, wie ich später die Mädchen zum Kaffee

treffen würde. Wie wir reden würden und lachen. Wie sehr ich es genoss, mich mit ihnen normal zu fühlen.

»Hmm.«

Und ich würgte noch mal, nur um sie vom Thema abzubringen.

DREIUNDZWANZIG

In der ersten Stunde Filmtheorie nach den Ferien war Oli nicht da. Ich war spät dran und fand seinen Platz neben mir auffallend leer vor. Er hätte ein blinkendes Leuchtschild draufhaben können: »Du bist ein schlechter Mensch, du bist ein schlechter Mensch.«

Ich hätte ihm eine Textnachricht schicken können und fragen, wie es ihm geht.

Tat ich aber nicht.

Ich saß einfach nur da und folterte mich mit meiner eigenen Selbstsüchtigkeit, indem ich mir ausmalte, wie sehr er litt. Jedoch immer noch, ohne zum Telefon zu greifen.

Vorne auf der Klassenzimmerleinwand lief ein Film. Während des Unterrichts sollten wir keine Filme sehen – das war Hausaufgabe. Aber Brian war verkatert – an einem Montag –, und so hatte er das Licht ausgeschaltet und *Dogville* angemacht, diesen völlig verkorksten Film mit Nicole Kidman.

Natürlich musste da auch eine Vergewaltigung drin vorkommen, was mich total nervte. Das war oft so bei diesen »bedeutenden« Filmen. Als könne eine Geschichte nicht bedeutsam sein, wenn keine Gewalt gegen Frauen drin vorkam. Das war so eine Filmregel. Wenn eine Frau sich für eine Rolle hässlich macht, gewinnt sie automatisch einen Oscar. Wenn ein Drehbuchautor eine Vergewaltigung reinstopft, ist der Film automatisch »bedeutend«.

Die Zeit kroch voran und ich tippelte mit dem Fuß auf dem Teppich – aufgeregt wegen des bevorstehenden Mittagessens, aufgeregt wegen des Wiedersehens mit Guy. Während der

Ferien hatte ich nichts von ihm gehört ... aber vielleicht war er schüchtern? An ihn zu denken lenkte mich von meiner ganzen Selbstzerfleischerei wegen Oli ab. Würde es peinlich werden? Peinlich definitiv, aber auf gute Art.

Schließlich läutete es und ich steuerte unseren üblichen Platz auf dem Rasen neben der Schulraucherzone an. Es war weniger los als sonst, bis auf die entschlossensten unter den Rauchern hatten sich alle vom schneidenden Wind abschrecken lassen. Ich fragte mich, wie lange wir das hier noch durchhalten wollten – jeden Tag wurde es kühler. Da war er ja. Wieder mit seiner Beanie auf dem Kopf. Ganz allein, weil die anderen noch nicht da waren. Ich setzte mein hübschestes Grinsen auf – das mit dem geschlossenen Mund und dem gesenkten Kopf, bei dem ich total sittsam ausschaue, weil ich so klein bin.

»Hey«, sagte ich und setzte mich neben ihn, mit vor Nervosität schlotternden Knien.

Er blickte nicht auf. »Ach, hi«, sagte er mit der denkbar geringsten Begeisterung der Welt.

Ich biss mir auf die Lippe. »Ähm ... hat dir die Party gefallen? Ich hab dich seitdem gar nicht mehr gesehen ... ich bin so betrunken gewesen.« Ich hörte mich kichern, auf dümmlichste Art. Guy öffnete seinen Rucksack und zog seinen Tabak und die Papers raus.

»Klar«, entgegnete er mit sogar noch weniger Begeisterung als vorher, was ein Meisterwerk der Wissenschaft war, ganz ehrlich. »Warst du wohl.«

»Danke, dass du dich um mich gekümmert hast ...«

»Egal.« Er streute etwas Tabak aufs Paper und rollte los, während ich auf seinen Mützenhinterkopf starrte. Völlig perplex.

Peinliche Stille senkte sich über uns. Oder vielleicht nur über mich? Guy saß einfach nur da und rauchte.

Hatte ich mir da nur was zusammengesponnen? Der Gedanke brachte mich den Tränen nah. Mein Brustkorb schien sich einzuziehen, als wollte er mein Herz eindrücken. Immer wieder unternahm ich Anläufe, den Mund zu öffnen, doch die Scham ließ ihn gleich wieder zuklappen.

»Öhm ... Guy?«

»Was?« Er sah mich an, aber er hätte es auch gleich lassen können. In seinem Gesicht lag gar nichts – keine Wärme, keine Zuneigung.

»Äh ... Da kommt Amber.«

Ich zwinkerte den ersten Tränenanflug zurück und sah sie näher kommen. Sie schlotterte und zerrte an ihren Mantelärmeln – sie sagte, kein Mantel sei je lang genug für sie. Sie grinste über beide Ohren.

»Das errätst du nie!«, rief sie und ignorierte Guy völlig, was ich tunlichst auch hätte machen sollen.

»Was?«

Sie joggte die letzten Schritte und schmiss ihre Tasche neben uns aufs Gras.

»Wo steckt Lottie?«

»Die hatte mit Jane und Joel Philosophie einmal quer übers Schulgelände.«

Amber ließ sich neben mich plumpsen und lächelte mich strahlend an. »Sie muss SOFORT herkommen.«

»Warum?«

»Weil ... ich die hier gemacht habe.« Und sie langte in ihre Tasche wie ein Zauberer in den Zylinder und zog ein paar kleine, laminierte Kärtchen heraus. Eine davon warf sie mir zu.

Guy schielte herüber. »Was ist das?«, fragt er.

»Das ist unsere Mitgliedskarte für die Spinster Girls«, antwortete Amber.

»Eure was?«

Ich wendete Ambers Meisterwerk in den Fingern. Ich hatte gewusst, dass sie Kunst machte, aber ich hatte noch nie was von ihren Sachen gesehen. Das Kärtchen in meiner Hand war umwerfend. Sie hatte mit schwarzer Kalligrafie gearbeitet und die ganze Vorderseite mit ineinander verschlungenen, verschachtelten Katzen in Tusche bedeckt, von denen jede ihre eigene Sprechblase hatte: »Ich bin ironisch.«

»Wow«, sagte ich zu Amber, ohne Guy zu beachten. »Mädel, du bist so was von begabt. Ich liebe die ironischen Katzen.«

Ambers Gesicht nahm die Farbe ihrer Haare an. »Dreh mal um.«

Ich drehte die Karte um und fand dort meinen Namen. *Evie – Spinster Girl Nummer zwei.*

»He!«, rief ich. »Warum nur Nummer zwei?«

Sie lachte. »Nummer eins bin ich, ich hab die Karten gemacht.«

»Ich find sie sagenhaft«, sagte ich ihr aufrichtig. »Ich glaube, das ist mein absolutes Lieblingsstück.«

Guy lehnte sich zu mir und mir stellten sich sämtliche Körperhaare auf. Er warf einen Blick auf die Karte, die ich am liebsten versteckt hätte. Doch was für ein Spinster Girl wär ich gewesen, wenn ich nicht mal stolz auf meine Mitgliedskarte war? Besonders vor Typen wie Guy, den ich mittlerweile für den Inbegriff eines Armleuchters hielt. Schien ihn eh nicht groß zu scheren ...

»Mädchen sind seltsam.« Er rückte von mir ab und ließ mich die Lücke fühlen.

Ich sah ihn giftig an. »Wir sind hier nicht die Seltsamen, glaub mir.«

Amber warf mir einen fragenden Blick zu und ich schüttelte einfach den Kopf. Vielleicht sollte ich ihr von Guy und der Party erzählen? Aber damit würde ich durch den Bechdel-Test fallen. Starke unabhängige Frau sein war ja schön und gut, aber richtig schwer wurde es, wenn das verwirrende Verhalten eines Jungen einen aus dem Konzept brachte.

»Da kommt eure Freundin«, verkündete Guy. »Ist die krank?«

Lotties Schatten kam herbeigeschlurft, Joel und Jane hinter ihr her. Lottie sah tatsächlich anders aus, hauptsächlich weil sie ungeschminkt war, während sie sich sonst den Eyeliner wie Gesichtscreme auftrug. Sie trug auch nur ein schlichtes, übergroßes Karohemd statt ihrer üblichen spitzenbesetzten, perlenbestickten Aufmachung. Die ganzen Ferien hindurch hatte sie Trübsal geblasen und es sah nicht danach aus, als würde sich da bald was dran ändern.

»Du bist hier der einzig Kranke«, murmelte ich in Guys Richtung.

»Bitte?«

»Nichts.« Und ich richtete meine Aufmerksamkeit auf Lottie.

»Alles klar, Lottie Bottie?«, fragte Amber, als die sich mit einem Seufzer zwischen uns pflanzte.

»Ja, Leute, mir geht's gut.«

»Hörst dich aber nicht gut an«, informierte ich sie.

»Nun, weißt du, mein Freund hat sich immer noch als nicht mein Freund herausgestellt.«

Ich sah Guys interessierte Miene, aber sagen tat er nichts. Das wusste ich, weil ich ihm alle fünfzehn Sekunden einen schrägen Blick zuwarf, um zu checken, ob er wohl mich ansah. Tat er nicht. Weil das Ganze offensichtlich nur eine Ausgeburt meines bekloppten kleinen Hirns gewesen war.

Amber zog eine dritte Mitgliedskarte heraus. »Hier, das wird dich aufheitern.«

In dem Moment, als Lottie sie sah, wurde sie tatsächlich etwas heiterer. »Das ist der Hammer«, erklärte sie und hielt sie gegens Licht. Jane und Joel kamen eng umschlungen herbeigehumpelt.

»Was ist der Hammer?«

Amber antwortete. »Unsere Spinster-Girls-Mitgliedsausweise.«

Sie sahen einander an. »Eure was?«

»Unsere Spinster-Girls-Ausweise«, wiederholte Lottie. Sie reichte sie dem Pärchen, das gerade versuchte, sich zu setzen und Janes Kopf in Joels Schoß zu platzieren. »Wir besetzen das Wort neu.«

»Schon cool, irgendwie«, sagte Jane und drehte den Kopf, um zu prüfen, ob sie auch ja dieselbe Meinung hatte wie ihr Freund.

»Kapier ich nicht«, sagte Joel. »Bedeutet ›Spinster‹ nicht so etwas wie alte Jungfer mit Katzen?«

Amber verdrehte die Augen. »Verrat mir nur eins, Joel. Gibt's eine männliche Entsprechung einer alten Jungfer mit Katzen?«

»Ich raff nicht, was du meinst.«

»Gibt's irgendein grässliches Wort, das Männer beschreibt, die keinen Partner gefunden haben?«

»Öhm ...« Joel wirkte bereits gelangweilt, aber davon ließ Amber sich nicht beirren. Sie war in Topform, noch nie hatte ich sie so glücklich erlebt.

»Genau! Und deshalb besetzen wir es neu. Spinster Girls ist der neue coole Ausdruck für tolle Mädchen, deren Leben nicht nur um Männer kreist.« Sie bedachte Jane mit einem ganz besonderen Blick – den die gar nicht bemerkte, weil sie viel zu beschäftigt damit war, Joels zerrupfte Augenbraue mit ihrem Finger nachzustreichen.

»O wie cool«, sagte Joel emotionslos, damit man auch ja verstand, wie uncool er es fand. »Egal jetzt, geile Party letzte Woche, was?«

Meine Haut begann zu prickeln. Hatte Guy Joel erzählt, was um ein Haar zwischen uns geschehen war? Spielte er darauf gerade an?

»Aber, Mann, Amber, du warst ja völlig hinüber«, fuhr Joel fort. »Ich hab ja nicht geahnt, wie schwierig es ist, Kotze aus lockigen Haaren zu kriegen.«

Amber wollte schon kuschen, entschied sich aber dagegen. »Na und?«

Jane drehte sich um und sah zu Guy, der bereits seine zweite Selbstgedrehte qualmte. »Wie fandest du's, Guy? Ich hab dich kaum gesehen.«

Ich sah ihn auch an, mit klopfendem Herzen. In der Herbstsonne sah er verboten gut aus. Sie modellierte seine Wangen und ließ sein dunkles Haar mehr golden als schwarz wirken.

Guter Gedanke
Vielleicht dreht er sich gleich um, blickt mir tief in die Augen und sagt: „Eigentlich war es einer der schönsten Abende meines Lebens. Hätten wir nur noch fünf Minuten länger gehabt, Evie."

Guy blies eine Rauchwolke aufwärts in die frischkalte Luft.
»War okay. Ziemlich öde.«
Er sah mich noch nicht mal an.

Unguter Gedanke
Du hast dir alles nur eingebildet. Du hast Wahnvorstellungen.

Ich ließ mich ins Gras sinken, als wäre ich gerade angeschossen worden, und scherte mich noch nicht mal um die Kälte, die mir in die Knochen drang.

Was war passiert? Warum verhielt er sich so? Hatte ich es mir wirklich nur eingebildet? War das die Rache des Schicksals wegen Oli? Und warum mochte ich ihn deshalb umso mehr?

Erst bekam ich gar nicht mit, was Joel gesagt hatte.

»Das ist sagenhaft, den habt ihr doch schon in der Tasche!«, sagte Jane gerade.

Benommen setzte ich mich auf. »Was?«, fragte ich.

Joel hatte einen ganz feuchten Blick vor Aufregung. »Ich hab erzählt, wir machen hier einen Bandwettbewerb. In ein paar Wochen. In der Cafeteria. Der Gewinner kriegt einen Tag gratis in einem richtigen Aufnahmestudio.«

Guy zeigte die erste menschliche Regung, seit ich mich zu ihm gesetzt hatte. »Echt, Mann? Die werden wir so was von abzocken!«

»Ja, schon, oder?« Sie reckten sich zueinander und klatschten sich ab.

»Kommt ihr auch, Mädels?«, fragte Joel. »Du kannst deinen Typen mitbringen, Lottie, wenn du willst.«

Lottie hob noch nicht mal den Kopf. »Na großartig«, flüsterte sie.

Janes Blick war genauso aufgeregt wie der von Joel. »Wir können uns alle bei mir daheim fertig machen«, sagte sie zu uns Mädels. Amber verdrehte die Augen, aber nur so leicht, dass Jane es nicht mitbekam.

»Spitzenidee«, sagte sie. Ich warf ihr einen Blick zu.

»Klingt toll, Jane«, sagte ich. Ich sah die anderen an. »Aber ... öhm ... ich weiß gar nicht, ob wir hingehen ...«

Es klang so gar nicht nach unserem Ding, besonders nach dem Konzert in der Kirche. Das hier würde ja wohl kaum was anderes sein, oder? Die Schulcafeteria war als Location auch nicht ansprechender als der Gemeindesaal. Und ich verspürte wirklich keinen Drang danach, »Stirb, Schlampe, stirb« ein zweites Mal zu hören oder Guy auf der Bühne zu erleben, wenn er sich so verhielt ...

... und wie aufs Stichwort ...

»Blödsinn«, fiel Guy mir ins Wort. Ich drehte mich um und er sah mich endlich an – schaute mir genau in die Augen, mit einem kleinen Lächeln im Gesicht. »Du kommst ja wohl definitiv, Evie. Was anderes lass ich nicht zu.«

Er zwinkerte, und plötzlich war mir gar nicht mehr nach Heulen zumute.

VIERUNDZWANZIG

Ich erzählte ihnen davon.

Nicht von mir natürlich. Aber von Guy, bei unserem Spinster-Girls-Meeting gleich nach der Schule bei mir zu Hause.

»Mann, ist dein Zimmer aufgeräumt, Evie«, sagte Amber beim Reinkommen. »Habt ihr eine Putzfrau oder irgendeinen anderen bürgerlichen Albtraum?«

Dabei war ich extra vor ihnen ins Zimmer geprescht und hatte noch ein bisschen Unterwäsche auf dem Teppich verteilt, aber das hatte offenbar auch keinen Unterschied gemacht.

Lottie war genauso von den Socken. »Bist du Jesus? Nur in Jesus' Zimmer könnte es so ordentlich sein.« Sie schnüffelte: »Hier riecht's nach Nadelwald.«

Das lag an meinem keimtötenden Spray. Ich hatte mich auf einen Spritzer am Tag runtergebracht, aber tja, der Geruch war wohl hartnäckig. Für mich roch es nach Sicherheit.

»So sieht's hier sonst nicht aus«, schwindelte ich. »Mum hat mich die Woche zum Aufräumen gezwungen.«

Tatsächlich war das genaue Gegenteil der Fall. Mum war dafür verantwortlich, dass ich *nicht* aufräumte.

Zum Glück lenkte meine Filmwand sie ab. Amber stand mit in den Nacken gelegtem Kopf da und verrenkte sich den Hals, um bis in die oberste Reihe meines monströsen Filmregals zu schauen. Es nahm die ganze Wand ein – vom Boden bis zur Decke mit DVDs vollgestopft. »Himmel, Evie, wie viele Filme kann ein Mädchen haben?«

»Ich mach Filmtheorie«, sagte ich wie nebenher. »Ich muss mir eine Menge Filme anschauen.«

»Ja schon, aber wow ... Du hast ja wohl jeden, der je gedreht wurde. Setzt du je einen Fuß vor die Tür?«

Nein, tat ich eben nicht, darum ging's ja.

Sie begannen, in meiner Sammlung herumzukramen, welche herauszuziehen und zu fragen, ob sie sie ausborgen konnten. Ich nickte und ging runter, um Kakao zu machen. Mum und Dad saßen in der Küche. Beide hatten ein Glas Rotwein vor sich stehen.

»Ach, hallo!«, sagte ich und beugte mich auf eine schnelle Umarmung hinab. »Was macht ihr denn so früh hier? Ich hab ein paar Freundinnen oben, ist das okay? Sie bleiben nicht zum Essen oder so.« Mum würde sauer sein und ich wappnete mich schon mal innerlich dafür. Sie wurde immer ganz gestresst, wenn ich Leute ohne ewig lange Vorwarnung zu mir einlud; hatte mir aber nie erklärt, warum. Nur, dass es »respektlos« sei.

Hinter seiner Brille lächelte Dad mir lauwarm zu. Jeder seiner Gesichtsausdrücke war lauwarm. Eine Nebenwirkung seiner 60-Stunden-Arbeitswoche. Eine andere war sein dünner Geduldsfaden. Ich erinnerte mich noch an den Tag, als ich mich mit dem Springseil ans Bett gefesselt hatte, damit sie mich nicht in die Schule zwingen konnten. Mum hatte es mit Flehen, Weinen, Betteln und Rose-Reinschleifen zwecks Erzeugung eines schlechten Gewissens probiert.

Dad war einfach mit einem Eimer Wasser hineingekommen und hatte gebrüllt: »Wenn du unbedingt sauber sein willst, dann geb ich dir sauber«, und ihn über mir ausgekippt.

In unseren Familientherapiesitzungen danach hatte er gemeint, er hätte geglaubt, der Schock würde mich da rausreißen. Aber ich war auf dem Bett geblieben, mit klappernden Zähnen, bis Mum eingeknickt war und versprochen hatte, ich müsse nicht hin. Ich hatte ein zweistündiges Bad gebraucht, um wieder warm zu werden.

Jetzt saßen beide am Kopfende des Küchentischs und machten geschäftsmäßige Gesichter.

»Schön, dass deine Freundinnen da sind«, sagte Mum. »Obwohl es nett gewesen wäre, du hättest mich vorher gefragt.«

Ich verkniff mir mühsam die Grimasse. »Wir unterhalten uns nur in meinem Zimmer.«

»Trotzdem, es ist immer noch mein Haus. Ich weiß gerne, was hier passiert. Das weißt du.«

»Gut, dann bitte ich sie zu gehen.«

Meine Eltern wechselten einen zur Perfektion eingeübten Blick, den für dann, wenn ich »schwierig« bin.

»Sprich nicht so mit deiner Mutter«, sagte Dad mit resignierter Stimme.

Ich seufzte. »Wie denn?«

»Wie eben, so aufmüpfig.«

»Soll ich sie jetzt wegschicken oder nicht?«

»Muss nicht sein, frag einfach nächstes Mal vorher nach.«

»Schön, mach ich.« Ich ging an ihnen vorbei zum Wasserkocher und trug ihn zum Auffüllen zur Spüle. Während er aufkochte, sah ich, wie sie mich anstarrten.

»Was ist los?«

»Wir hatten heute unser Gespräch mit Sarah«, sagte Dad, ohne mir in die Augen zu schauen, wie immer, wenn es um Sarah ging.

»Oh ...«

Ich hatte in punkto Schweigepflicht eingewilligt, dass meine Eltern sich regelmäßig mit Sarah treffen durften, damit sie über meine Ziele und Strategien auf dem Laufenden bleiben konnten.

»Sie hat uns vom Sandwich erzählt«, sagte Dad.

»Wir sind wirklich stolz auf dich, Evelyn.« Zum erstem Mal heute lächelte Mum mich an, als hätte ich eine Eins geschrieben oder so. Hatte ich wahrscheinlich auch, eine Eins im »Vortäuschen von Normalsein«. Obwohl kein normaler Mensch dieses Sandwich gegessen hätte.

»Danke.« Ich holte das Kakaopulver raus und schaufelte es in drei Becher. Immer wenn ich aufblickte, sah ich ihre Augen auf mir …

»Also, sie wollte, dass wir noch mal über die Medikation sprechen«, sagte Dad laut.

»Pssst«, unterbrach ich ihn etwas verzweifelt und wies auf mein Zimmer direkt über seinem Kopf. Dads Stimme war schon immer ziemlich durchdringend gewesen. »Meine Freundinnen sind da oben, die hören dich noch.«

Dad wirkte perplex. Er drehte sich zu Mum, die mit den Schultern zuckte. »Na und?«, fragte er.

»Und …«, sagte ich und goss das kochende Wasser auf die Schokolade. »Die wissen von dem Kram nichts …«

»Warum nicht? Warum hast du's ihnen nicht gesagt?«

»Nur weil …«

Peinliches Schweigen.

»Ich bin heute extra früh heimgekommen, damit wir das gemeinsam besprechen können«, sagte Dad. »Ich hab wirklich gehofft, dass wir zusammen einen Plan entwerfen können.« Er stellte sein Glas mit einem Klirren ab.

»Aber ihr habt mir nichts davon erzählt!«, protestierte ich.

»Tja, und du hast uns nichts davon erzählt, dass deine Freundinnen vorbeikommen.«

»Wääh!« Ich hatte zu viel Wasser eingegossen und auf die Arbeitsplatte gesifft. Ich schnappte mir ein Blatt von der Küchenrolle, um es aufzuwischen. Beide sahen ganz geschockt aus, dass ich so gebrüllt hatte. »Als ich so richtig krank war, habt ihr da nicht davon *geträumt*, dass ich nach der Schule noch Freundinnen mitbringe? Habt ihr nie Angst gehabt, dass das nie passieren würde? Dass ich überhaupt nie wieder zur Schule gehen, geschweige denn nette, normale Freundinnen haben würde? Jetzt hab ich's gemacht, euer Traum ist in Erfüllung gegangen und ihr wollt nur mit mir darüber reden, wie krank ich bin.« Ich versenkte das durchweichte Tuch im Mülleimer und starrte sie von oben herab böse an. So verharrten wir für eine Weile, bis Dad einknickte, mit seinem Stuhl nach hinten rückte und aufstand, um mich noch mal zu umarmen.

»Du hast ja recht, Schätzchen.« Er drückte mich so fest, dass meine Rippen knirschten. »Geh wieder hoch, amüsier dich mit deinen Freundinnen.«

Über seine Schulter hinweg sah ich zu Mum. »Mum?«

Mum war auch sichtlich aufgetaut. Wenn auch nicht ganz so sehr. Es war so lange her, dass ich das letzte Mal Besuch gehabt hatte, dass ich ganz vergessen hatte, was für ein Mordsthema das doch war.

»Viel Spaß, Liebling. Aber um acht ist Abendessen, könnten sie bitte gegangen sein, wenn ich mit dem Kochen anfange? Und du hättest trotzdem fragen sollen.«

»Ich weiß, ich weiß.«

Mit drei Heißgetränken trat ich wieder in mein Zimmer.

»Das war ja eine Eeeewigkeit, Evie«, sagte Lottie so heiter und fröhlich wie den ganzen Tag noch nicht. »Wir haben schon mal *Thelma & Louise* eingelegt, ich dachte, der passt zu unserer ersten Sitzung.«

<u>Unguter Gedanke</u>
Du hast den Film, der im Player gesteckt hat,
nicht zurück in die Hülle getan. Jetzt verkratzt er.
Was bist du nur für ein Mensch, so was zu machen?

Ich lächelte. »Gut gedacht.«

Amber hatte sich wie gewöhnlich auf dem Boden ausgebreitet, ihre langen Beine belegten den halben Teppich. »Den Film hab ich noch nie gesehen«, gestand sie verlegen.

Lottie feuerte ein Kissen auf sie ab. »Was? Du hast *Thelma & Louise* nicht gesehen? Der ist doch ... wie die Bibel!«

»Die Bibel ist ein Buch«, stellte ich klar. »Und religiös.«

»Wurscht, es ist wie die Filmversion der Bibel. Die Bibel der starken Frau.«

Amber tauchte unter dem Kissen auf. »Bei uns sucht immer mein kleiner Bruder die Filme aus«, sagte sie. »Ihr wollt gar nicht wissen, wie oft ich mir *Star Wars* antun musste.«

Ich verzog das Gesicht. »Kinder schauen immer noch *Star Wars*?«

»Was soll ich sagen, mein Bruder ist völlig hirnamputiert.«

»AMBER!«, brüllten Lottie und ich.

Sie zuckte die Schultern. »Ich kann noch nicht mal sagen, dass es mir leidtut.«

Vorsichtig stieg ich über meine beiden Freundinnen hinweg und verteilte die Getränke, um mich dann aufs Bett zu kauern und in die Ecke zu quetschen. Halb sahen wir hin, halb schlürften wir, während Thelma und Louise sich in der Bar betranken. Als die Vergewaltigungsszene kam, schmiss Lottie ein weiteres Kissen nach dem Bildschirm. »Ach, Mann, den Teil hatte ich völlig vergessen.«

»Welchen Teil? Die komplette Motivation für die Handlungen der Figuren?«, fragte ich.

»Ja, ach, können wir uns vielleicht unterhalten, so lang die geht? Ich hab von Männern eh gerade so die Nase voll.«

»Hey!«, rief Amber. »Ich hab's noch nie gesehen!«

»Thelma wird vergewaltigt, und deshalb knallt Louise ihn ab«, teilte Lottie ihr mit.

Just als sie das sagte, erschien Susan Sarandon auf dem Bildschirm und knallte den Kerl ab.

»Danke auch fürs Versauen.«

»Du wirst's überleben.« Lottie wandte sich vom Bildschirm ab. »Mir geht's mies«, verkündete sie. »Unser erstes Treffen als Spinster Girls und ich will mich eigentlich total eigenständig fühlen und über die Gläserne Decke diskutieren oder was auch immer, und stattdessen muss ich ständig nur an Tim denken. Als würde er auf meinem Hirn rumtanzen.« Sie verstummte und dachte darüber nach. »Auf meinem Hirn tanzen und auf mein Herz pissen.«

Ich lächelte sie betrübt an. »Mit solchen Metaphern wird Cambridge dir sofort seine Tore öffnen.«

Sie antwortete mir mit einem noch betrübteren Lächeln. »Ja, oder? Nun, es gibt wohl kaum einen mächtigeren Quell der Kreativität als ein gebrochenes Herz.«

Auf dem Bett rückte ich näher an sie heran. »Ist dein Herz wirklich gebrochen?«

»Keine Ahnung. Ja, vielleicht. Vielleicht ist es auch nur verstümmelt. Wirklich ganz grässlich entstellt.«

Amber drehte sich herum und tätschelte ihr das Bein. »Möchtest du drüber sprechen?«

»Ja, vielleicht ... nein! Aaach, ich bin kein besonders gutes Spinster Girl, was?«

»Kein Spinster Girl würde je über ein anderes richten«, sagte ich, überrascht von der Weisheit in meiner Stimme. »Du darfst darüber sprechen, was dich beschäftigt – dafür sind Freundinnen doch da.«

Sogar ich konnte erkennen, wie ich hier mit zweierlei Maß maß, dafür brauchte ich noch nicht mal Sarahs Hinweis.

Lotties Augen wurden wieder feucht. »Was täte ich nur ohne euch?«

Ich schlang meinen Arm um sie. »Komplett den Verstand verlieren, ein Kaninchen häuten, es dir auf dem Kopf ausbreiten, dich vor dieses Fenster stellen und dabei ›I want you back‹ von den Jackson Five singen?«

Sie kicherte und ihre Tränen versiegten sofort. »Klingt sehr verlockend.«

»Rache ist immer verlockend«, sagte Amber. »Fragt nur meinen Adoptivbruder.«

»AMBER!«

»Mir tut's nicht leid.«

Und wir lachten alle wie die Besessenen.

»Aber du weißt schon, wie die beste Form der Rache aussieht?«, fragte Amber, leerte ihren Kakao und stellte den Becher auf meinen Dielenfußboden ... ohne den Untersetzer zu benutzen, den ich ihr gegeben hatte. »Mit deinem Leben weiterzumachen und absolut großartig zu werden, damit er sieht, was er verpasst hat.«

Ich schüttelte den Kopf und verkniff mir mühsam den Hinweis auf den Untersetzer.

»Nein, da stimm ich nicht zu. Du solltest für dich selbst großartig werden, nicht, weil du willst, dass sich irgendein Idiot in einem Jahr in den Arsch beißt, dass er dich hat sitzen lassen.«

»Ach, aber genau deshalb ist es ja die beste Form der Rache«, sagte Amber. »Wenn sie erst mal so weit sind, sich in den Arsch zu beißen, hast du sie längst komplett vergessen.«

»Ich hab eigentlich gehofft, ich wär jetzt schon großartig«, winselte Lottie und wir kicherten.

»Klar bist du das«, sagte ich.

»Also, wie komm ich dann zu meiner Rache?«

»Indem du dich nicht drum scherst.«

»Das will ich ja, aber mein Herz lässt mich nicht. Es leidet am Stockholm-Syndrom.«

»Gib ihm Zeit. War ja erst vor einer Woche.«

Wir wandten uns wieder dem Film zu und Lottie schien ganz vertieft zu sein. Sie drehte sich auf den Bauch und stemmte die Füße gegen die Wand. Aber jetzt war mein Kopf nicht mehr dabei. Ich grübelte immer noch über diesen Morgen mit Guy nach – wie er sich aufgeführt hatte, als sei gar nichts passiert, wie er mich mit seinem Schweigen gequält hatte, wie er gewusst hatte, dass ich genervt war, und mir dann gesagt hatte, ich solle zum Bandwettbewerb kommen … wie ich mir immer wieder ausmalen musste, was wohl passiert wäre, wenn wir bei der Party nicht gestört worden wären.

Vielleicht sollte ich den Mund aufmachen? Vielleicht sollte ich es mit meinen Freundinnen besprechen. Es ging nicht um mich im Speziellen. Vielleicht konnte ich sie damit testen?

Ich seufzte. »Zwischen mir und Guy ist irgendwas passiert«, plapperte ich zu meiner Überraschung heraus.

Thelma und Louise waren sofort vergessen. Lottie und Amber drehten sich synchron zu mir um.

»Ist nicht wahr«, sagte Lottie und hielt sich den Mund zu.

»Wäh, wie das?«, fragte Amber angeekelt.

Also berichtete ich ihnen davon. Von unserem seltsamen Heimweg, davon, wie er mich auf der Party so komisch angesehen hatte. Ich versäumte jedoch, ihnen von meiner Aufregung wegen Oli zu erzählen. »Und dann«, sagte ich, »wollten wir uns gerade küssen, aber da sind Jane und Joel reingeplatzt, mit Amber … und dann heute, ihr habt ihn ja heute mitgekriegt, er hat so getan, als wär gar nichts passiert. Und ich hab die ganzen Ferien nichts von ihm gehört.«

Lottie schnitt eine Grimasse. »Was für ein Depp.«

»Guy eben«, sagte Amber. »Was hast du denn geglaubt, was passiert? Klar, er schaut gut aus, aber man sieht ihm an, dass er nichts als Ärger bringt.«

Lottie grinste mich schief an. »Genau deshalb mag sie ihn ja.«

»Hey, das ist nicht der Grund, weshalb ich ihn mag. Ich weiß ja noch nicht mal, ob ich ihn überhaupt mag.«

»Ich mag ihn ganz bestimmt nicht«, sagte Amber. »Evie, der findet sich so was von toll, besonders, wo jetzt nach diesem ätzenden Konzert die ganzen kleinen Mädchen auf ihn stehen. Und er ist der totale Kiffschädel. Mal ehrlich, warum?«

Lottie nickte getragen. »Amber hat recht. Ich meine, Liebes, er nimmt Drogen. Wie groß soll das Warnschild auf seiner Stirn bitte noch sein?«

»Aber doch nur Gras …« Mir war selbst nicht klar, wieso ich hier für ihn in die Bresche sprang. »Das zählt nicht wirklich als Droge, oder?«

»Versuch mal, der Polizei das klarzumachen«, entgegnete Lottie, nahm ihren Becher hoch und trank einen Schluck. »Erklär das mal den Hausaufgaben, die er nicht macht, den Hobbys, die er aufgegeben haben dürfte, und seinen Hirnzellen, die irgendwo in einem Hirnzellenleichenhaus liegen, so tot, wie's nur geht.«

»Ich … Ich …« Ich hatte keine Ahnung, was ich darauf sagen sollte.

Amber entknotete ihre Beine und setzte sich zu mir aufs Bett.

»Warum magst du ihn überhaupt? Mal ehrlich, hast du ihn überhaupt gemocht, bevor dir aufgegangen ist, dass er dich mögen könnte?«

»Ich … äh …«

»Weil für mich hört es sich ganz danach an, als würd er ein Spielchen mit dir treiben«, fuhr sie fort, ohne mich aussprechen zu lassen. »Es gibt nichts Attraktiveres, als wenn jemand dich attraktiv findet. Wenn's nicht gerade jemand mit Gesichtsbehinderung ist. Klingt, als hätte er irgendeine bescheuerte Aktion gestartet, dir eine Karotte unter die Nase gehalten, und als du dann gerade reinbeißen wolltest, hat er die Karotte wieder versteckt und jetzt willst du die Karotte umso mehr.«

»Ähm ... Ich ... also ... was ist hier die Karotte?«

»Sein Penis«, unterbrach Lottie und die beiden brachen wieder in Gelächter aus.

Ich lachte nicht. An Guys Penis hatte ich bisher gar nicht gedacht. Seltsam, aber er musste wohl einen haben, und der musste die ganze Zeit in seiner Jeans gesteckt haben. Das musste ja komisch sein, den die ganze Zeit DORT zu haben, Tag für Tag. Ich hatte noch überhaupt nie richtig über irgendwelche Penisse nachgedacht, geschweige denn einen gesehen. Schautafeln mal nicht eingerechnet. Vermutlich hatte Jane mittlerweile den von Joel gesehen. Und Lottie hatte definitiv ein paar gesehen. Waren die Penisse von Männern etwas, das ich wollen sollte? Zum Millionsten Mal wünschte ich mir, ich hätte eine normale Teenagerzeit gehabt, damit ich besoffen auf Partys in Garagen anderer Leute auf Penisse getroffen wäre, in einem Alter, in dem ich noch darüber hätte kichern dürfen. Jetzt würde ich mich ihnen gegenüber ganz erwachsen verhalten müssen ... wenn ich überhaupt je einen zu sehen kriegen würde. Hätte ich Guys gesehen, wenn wir nicht unterbrochen worden wären? Nein, das hätte ich auf keinen Fall zugelassen.

Penisse haben Krankheiten.

»Evie, du wirst ja rot«, neckte Lottie, mit ganz rot gelachtem Gesicht.

»Nein, werd ich nicht.«

»Doch, wirst du.«

»Nein.«

»Doch.«

Amber hakte ein. »Ich komm nicht mehr mit bei dir, Evie.

Erst Ethan, dann Oli, jetzt Guy ... dein Herz ist ganz schön nachgiebig, was? Wie so luftiges Plundergebäck.«

»He!«, sagte ich getroffen. »Das ist unfair. Ethan war ein Sexfanatiker ... Oli, tja, da wisst ihr, was war, und was Guy angeht, hab ich ja noch keine Ahnung, wie ich dazu steh.« Ich verschränkte beleidigt die Arme. Ich war hier ja nicht absichtlich ein Plundergebäck. Ich wollte nur irgendwie mit wem zusammen sein und dass ein Junge von mir glaubte, dass ich halbwegs annehmbar war und nicht verrückt. Das war doch normal, oder?

Amber hob eine rostrote Augenbraue. »Nur die Ruhe, Eves, sonst denken die Leute noch, du magst ihn wirklich.«

Ich seufzte. »Keine Ahnung. Woher soll man das wissen? Warum kann nicht einfach Gott mit einem riesigen Styroporfinger vom Himmel aus auf irgendeinen Kerl deuten und sagen: »Der da, Evie, in den da sollst du dich verlieben. Der ist kein Arschloch, ich hab's für dich gecheckt.«

»Gott«, begann Lottie, während sie sich umdrehte und mit ihrem Kopf die Sicht auf den Film versperrte, »... hat noch wichtigere Dinge zu tun.«

Ich grinste trocken. »Ach ja, und was?«

»Na, wie die Welt zu retten.«

»Klappt aber nicht besonders gut, oder?«

Sie grinste ebenfalls. »Genau, und deshalb müssen wir einspringen. Indem wir mit unseren knallharten Spinster-Girls-Sitzungen gegen Ungleichheit und Benachteiligung kämpfen!«

»Stimmt«, sagte ich. Dann dachte ich wieder an Guy. »Glaubst du, das ist alles Teil des Ungleichheitsplans? Uns mit Liebesscheiß so auf Trab zu halten, damit wir viel zu beschäftigt damit sind, auf die nächste Nachricht zu warten, um unsere BHs zu verbrennen und uns als Premierminister aufstellen zu lassen?«

»Wenn das der Fall ist«, sagte Amber, »dann spielt ihr zwei beide der Ungleichheit direkt in die Hände.«

Ich sah sie Augen rollend an. »Ach, komm schon, Frau Löwenherz. Wart nur, bis *du* bei einer Party mal um ein Haar geküsst wirst.«

Amber sah kummervoll drein. »Das wär mal was.«

Und so kam es, dass wir den Rest des Abends – bis zu ihrem Rausschmiss durch meine Mutter – damit zubrachten, Amber von ihrem guten Aussehen zu überzeugen, statt das Patriarchat zu bekämpfen …

FÜNFUNDZWANZIG

Rose schlappte an meinem Zimmer vorbei, als ich gerade am Aufräumen war.

»Warum sprühst du dein ganzes Bett mit Desinfektionsmittel ein?«, rief sie mir vom Flur aus zu. Ich ließ die Flasche sinken und sah errötend zu ihr rüber.

»Ich hatte Freundinnen da. Die haben auf meinem Bett Kekse gegessen.«

Rose rang sich ein gequältes Lächeln ab von der Sorte, die man normalerweise nur bei Erwachsenen sieht, nicht bei Tweenagern. »Du weißt, was ich jetzt sagen werde.«

»Nein, was wirst du sagen?« Meine Stimme klang schmollig, wie die von jemandem in Rose' Alter.

»Was Logisches – so wie, dass es völlig okay ist, die Brösel einfach vom Bett zu fegen und sie auf dem Boden liegen zu lassen. Dass du nicht krank wirst, nur weil wer auf deinem Bett isst ... Dass du wahrscheinlich sogar die Krümel im Bett haben könntest, ohne dass die Erde aufhört, sich zu drehen.«

»Tja, wer weiß das schon so genau?«

»Nein, Evie!« Sie kam herein und kauerte sich auf mein Bettende. »Das würde sie nicht.«

Ich machte einen letzten raschen Sprüher, auf mein Kissen, nur zum Abschluss. Mein Zimmer stank nach Waldesfrische. Hätte mich kaum überrascht, wenn hinter meiner Schranktür Robin Hood gehockt hätte. Ich sah Rose flehentlich an. »Du weißt doch, was ich von Logik halte.«

»Mit der Logik ist's aber nun mal so ...« Rose rollte sich zusammen wie eine Katze. »Sie ist tatsächlich ziemlich logisch.«

»Scheiß auf die Logik, die ist einfach nicht fantasievoll genug.«

Sie kicherte.

Ich verstaute das Spray wieder in der Schachtel unter meinem Bett und setzte mich neben sie, zog sie auf eine Gratis-Kopfmassage an mich. Sie stöhnte und drängte sich gegen meine Finger.

»War's nett mit deinen Freundinnen?«, fragte sie.

Ich lächelte. »Eigentlich ja. Wir hätten eigentlich über Feminismus diskutieren sollen, aber dann haben wir nur über Jungs rumgejammert, die uns nicht anrufen. Ich wünschte, ich wär wieder so alt wie du.«

»Nein, tust du nicht.« Ich spürte, wie sie sich unter meinen Fingerkuppen verspannte.

»Alles okay, Rose?«

»Ich hab gehört, wie du und die Eltern darüber gesprochen habt, dass ihr deine Medikamente noch mehr zurückschraubt.«

»Das nennt man Themenwechsel. Ist denn alles okay, Rose?«

Sie seufzte. »Bestens. Also, wie geht's dir mit der Medikamentensache?«

»Wir sollen da nicht drüber sprechen. Du bist beeinflussbar, schon vergessen?«

»Du räumst ein bisschen mehr auf als normal.«

»Tja, und du weichst meinen Fragen mehr aus als normal.«

»Touché.« Sie rollte sich zur Seite und betrachtete meine Filme. »Wie wär's, wir schauen einfach einen Film an und hören auf, einander auszuquetschen.«

Ich nickte. Ich konnte auch später noch weitermachen, wenn sie im Bett war. Was sie nicht weiß, macht sie nicht heiß, dachte ich. Oder Mum, oder Sarah. Es war einfach nur ein bisschen Spray.

> <u>Unguter Gedanke</u>
> Aber es ist ja nicht nur ein bisschen Spray, oder, Evie?
> Du willst die ganze Flasche leer sprühen.

Ich lächelte zu Rose hinab und strich ihr noch mal über die Wange.
»Film klingt super.«

Ich wartete ab, bis alle eingeschlafen waren, dann kroch ich aus dem Bett und zog langsam die Schachtel darunter hervor.
Eine Diele knarzte. Ich erstarrte.
Wieder Stille.
Ich zog das Spray hervor und meinetwegen auch ein bisschen Putzmittel und einen Microfaserlappen aus meinem Geheimvorrat – ich meine, die hatten hier gegessen! Mein Telefon brummte los. In der Stille des Hauses klang es viel zu laut, wie es wütend auf meinem Nachttisch herumvibrierte. Ich schnappte es mir, damit es Ruhe gab.
Eine Nachricht.
Eine Nachricht von Guy. Auch bekannt als Ignorbert Ignoriermich.

Du kommst aber schon zum Bandwettbewerb, oder?

Meine Zähne lächelten als Erstes, dann mein ganzes Gesicht. Wenn jetzt jemand hereingekommen wäre, hätte ich wohl einen seltsamen Anblick geboten – wie ich hier in der Dunkelheit kauerte, wie verrückt grinste und eine Flasche Putzmittel umklammert hielt.
Ich verbarg das Putzmittel wieder unter meinem Bett und kroch unter die Decken.
Lächelnd schlief ich ein.

GENESUNGSTAGEBUCH

Datum: 6. November

Medikation: 5 mg Fluoxetin   Jetzt als widerlich schmeckender Saft, weil die Tabletten nicht noch kleiner zerteilt werden können

Gedanken/Empfindungen: Ob Guy mich wohl mag? Könnte ich mich in ihn verlieben? Wird sich je wer in mich verlieben? Er vielleicht? Liebe=Akzeptanz. Wird mich je jemand akzeptieren, wie ich bin? Moment mal, was bin ich hier bitte für eine grottige Feministin ...?

Es fängt wieder an, hm? Darf aber keiner wissen.

Hausaufgaben:
- Sag sofort mir oder deinen Eltern Bescheid, wenn sich Selbstmordgedanken gleich welcher Form einstellen.
- Führe dein Genesungstagebuch so gewissenhaft wie möglich.
- Halte deine Gefühle und Gedanken fest und sei wachsam bezüglich neuer Rituale und unguter Gedanken. Dann können wir gemeinsam damit arbeiten.
- Weiter so, Evie! :)

SECHSUNDZWANZIG

Der Herbst war noch kaum richtig angekommen, da stellte sich schon der Winter ein, über Nacht quasi. Er fegte durch unsere Stadt wie ein verspäteter Partygast, der sein mieses Zeitmanagement durch überstürztes Trinken und peinliches Benehmen kompensiert. Von einem Tag auf den anderen schlug es von warm und goldgetönt um auf eisig und grau. Binnen weniger Tage wurden die Sommerkleider ins Hintere des Kleiderschranks verbannt und bis April in den Winterschlaf versetzt. Die Mädchen zogen durch die Internetshops, um vergeblich den perfekten Stiefeletten hinterherzujagen. Wir zogen unsere längst vergessenen Wintermäntel hervor und fanden dort die Quittungen und benutzten Taschentücher vom letzten Jahr in die Taschen gekuschelt.

In meinem Wintermantel gab es keine alten, gebrauchten Taschentücher. So eklig wäre ich nie.

Oli war immer noch nicht in die Schule zurückgekehrt. Ich machte mir Sorgen um ihn. Ich machte mir Sorgen um ihn, aber bei ihm melden tat ich mich nicht.

So abrupt wie der Wechsel der Jahreszeiten hatten sie auch meine Medikamentendosis herabgesetzt. Auf praktisch null.

»Also, wenn du dich plötzlich richtig niedergeschlagen und potenziell selbstmordgefährdet fühlst, musst du mich sofort anrufen«, sagte Sarah, als wir den neuen Genesungsplan durchsprachen. »Eine seltene Nebenwirkung beim Entzug, aber es kommt vor.«

»Danke«, sagte ich trocken. »Nur immer her mit den frischen

Sorgen für das Mädchen mit der Angststörung, das gerade seine Medikamente absetzt.«

»Ich bin stolz auf dich«, sagte sie. Und an ihrem Gesicht konnte ich ablesen, dass sie das auch so meinte. »Also, ich bin dann mal eine Woche im Urlaub, also fällt eine Stunde aus. Ich weiß, der Zeitpunkt ist nicht optimal, aber du hast deine Notfallnummer, oder? Und du kannst immer zu deinem Hausarzt.«

Ich spürte, wie mir flau wurde ... Ich hasste es, wenn Sarah nicht da war. Dass sie noch ein anderes Leben hatte, ein normales, mit Ferien und Leuten, mit denen sie auch ohne medizinische Ausbildung sprechen konnte, dieser Gedanke war einfach nur seltsam.

»Ich komm sicher super zurecht«, sagte ich lächelnd. Und dachte: *Keine Ahnung, ob ich das werde, aber ich mag es, wie stolz Sie gerade aussehen.*

Die Morgen dauerten jetzt länger, weil ich sorgfältig meinen Medikamentensaft auf den Löffel gießen musste. Bald würde völlig Schluss damit sein.

Rose erzählte Mum von der Putzschachtel unter meinem Bett, die daraufhin verschwand. Danach sprach ich zwei Tage lang kein Wort mit Rose und verbrachte meine ganze Freizeit mit den Mädchen. Allein Amber hätte schon jeden aus dem Stimmungstief gerissen.

»Leute«, sagte sie eines windigen Mittwochs und knallte ihre Tasche auf den Tisch. Wir hatten uns in eine gemütliche Ecke der Cafeteria zurückgezogen. »Ratet mal, was ich gemacht habe! Eine Tagesordnung für das Spinster-Girls-Meeting heute Abend.«

Lottie und ich blickten von unserer Tic-Tac-Toe-Partie auf.

»Eine Tagesordnung?«, fragte Lottie.

Amber nickte, mit einem Kopf, der so rot war wie ihr Haar.

»Um unsere Ziele etwas zu bündeln. Ihr zwei habt die beiden letzten Treffen komplett damit ausgefüllt, über Jungs rumzujammern. Das ist zwar schön und gut, aber ich glaub, irgendeine Form von Tagesordnung muss her.«

Amüsiert bohrte ich mir die Zunge in die Wangenhöhle.

»Punkt eins: Geschichte der Suffragetten – Diskussionsthema: *Waren sie Terroristinnen oder Heldinnen?*«, sagte ich mit der Stimme einer BBC-Nachrichtensprecherin. »Punkt zwei: *Warum antwortet Guy nicht auf meine Nachrichten?*«

Lottie verdrehte die Augen. »Hat er's schon wieder gemacht? Dir erst geschrieben, dann auf deine Antwort nicht reagiert?«

Ich nickte. »Jupp. Neulich Abend hat er mir geschrieben und mich wegen des neuen Woody-Allen-Films gefragt. Eh klar. Guy? Woody Allen? Egal, jedenfalls hab ich gedacht, er will mich vielleicht fragen, ob wir ihn sehen wollen. Aber als ich geantwortet hab – und ich darf hinzufügen, erst nach einer guten halben Stunde Wartezeit – und gemeint hab, er hat gute Kritiken, da kam nix. Null. Nicht die Bohne.«

»Du darfst nicht mehr antworten.«

»Ich weiß.«

»Warum antwortest du immer noch?«

Ich ließ den Kopf auf den Tisch sinken. »Keine Ahnung.«

Amber ließ ihre Tasche erneut auf den Tisch knallen wie ein Richter seinen Hammer.

»Seht ihr!«, sagte sie und ihr Gesicht war womöglich sogar noch röter geworden. »Genau deshalb brauchen wir eine Tagesordnung!«

Ich blickte auf und lächelte sie an. »Ich könnte dir gar nicht mehr recht geben.«

Als wüsste er, dass ich gerade eine bewusste Anstrengung unternommen hatte, nicht mehr an ihn zu denken, kam Guy durch die Doppeltür der Cafeteria. Warum sehen Typen wie

Guy in Duffelcoats dermaßen gut aus? Das war eine schreiende Ungerechtigkeit. Er hatte Joel und Jane im Schlepptau – in ihren dicken Winterjacken buchstäblich ineinander verschmolzen. Sie entdeckten uns und steuerten auf uns zu.

Guy setzte sich neben mich und ich fühlte die kalte Luft von draußen von ihm abstrahlen. Er stank nach Rauch.

»Dem Raucher wird im Winter einiges abverlangt«, verkündete er, ohne sich mit einem Gruß aufzuhalten. »Es ist so scheißkalt da draußen.«

Ich richtete mich in meinem Sitz auf, bemerkte dann, dass Relaxtsein gefragt war, und verkrümmte mich wieder. »Warum rauchst du dann?«, fragte ich.

Er sah mich direkt an. »Weil's cool ist.«

»Keine Ahnung, ob der Lungenkrebs dir da zustimmen würde.«

Er zuckte die Achseln. »Bis ich fünfundzwanzig bin, hör ich auf.«

»Mit Coolsein?«

Ich sah, wie er sich einen abquälte, um nicht zu lächeln. »Nein«, sagte er. »Cool bin ich bis zum Ende.«

Joel und Jane zogen los, um sich eine gemeinsame Tüte Pommes zu kaufen, und Amber reichte Lottie und mir je ein Blatt. »Hier ist meine Tagesordnung.«

»Himmel«, sagte ich und überflog sie. »Du hast echt eine richtige Tagesordnung aufgestellt.«

Guy beäugte sie. »Ist das wieder was für euren Leckschwesternverein?«

Amber stellte ihre Stacheln auf. »Für die Spinster Girls, ja! Und das ist ein total beleidigender Ausdruck, du Schwanzgesicht! Wir treffen uns nach der Schule bei mir daheim.« Über seinen Kopf hinweg warf sie mir einen »Was zum Teufel findest du an dem?«-Blick zu. Er beinhaltete jede Menge gezieltes Stieren.

Ich las die Seite flüchtig durch und liebte Amber sogar noch mehr als vorher. Sogar eine 15-Minuten-Pause für »Käsecracker« hatte sie eingebaut.

Das Thema des heutigen Abends jedoch war unerwartet. »Wir diskutieren über Menstruation?«, fragte ich.

Guy verschluckte sich fast an seiner Cola Zero.

Amber nickte und Guy starrte uns zu Tode erschreckt an. »Ihr Mädels wollt einen ganzen Abend damit verschwenden, über euren Ölwechsel zu labern?«

Amber funkelte ihn an, während ich so rot wurde wie … tja, die Periode.

»Ist ja nicht unsere Schuld, dass wir bluten.«

Wir verzogen alle das Gesicht. »Unnötiger Gebrauch des Wortes ›bluten‹«, flüsterte Lottie und wir brachen beide in Gelächter aus.

»Das ist ja widerlich«, sagte Guy.

»Du bist widerlich.«

»Ich bin hier nicht der Freak, der drei Tage durchbluten kann, ohne draufzugehen.«

Amber funkelte ihn noch mal an. »Mit DEM hier am Tisch sag ich kein Wort mehr.«

Guy machte einen auf unschuldig. »Wer, ich?«

»Ja, du.«

»Also, ganz ehrlich, Amber, das trifft mich jetzt zutiefst. Mir war gerade so richtig nach einer offenen, tabulosen Diskussion über die Menstruation während des Essens.« Er zog ein ungesund aussehendes Weißbrotsandwich hervor und biss zufrieden hinein.

Amber wartete ab, bis er richtig kaute. »Deine Mum menstruiert auch, schon gewusst?«

Guy erstickte beinah an seinem Bissen.

»Vielleicht blutet sie gerade jetzt in diesem Moment«, fügte

Amber hinzu und verfolgte befriedigt, wie er sich in einem wüsten Hustenanfall verlor.

Besorgt klopfte ich ihm auf den Rücken, bis er aufhörte. Jede Berührung mit ihm schickte mir kleine Glühwürmchen den Arm hinauf. Jane und Joel kehrten mit ihren Pommes zurück und betrachteten das Chaos.

»Was ist hier los?«, fragte Jane mit Blick auf Guys vorquellende Augen und Ambers selbstzufriedenes Grinsen.

Lottie antwortete, den Blick auf die Tagesordnung gesenkt, wo sie sämtliche Os mit Bleistift ausgemalt hatte. »Amber hat Guy nur gerade in Erinnerung gerufen, dass seine Mutter menstruiert.«

»Igitt«, sagte Joel, genau zur selben Zeit, als Jane »Iiih« sagte.

Amber sammelte sich ihre Tagesordnungen wieder ein, wodurch Lottie versehentlich auf Ambers weiterkritzelte statt auf der ihr entrissenen, und stand ruckartig vom Tisch auf.

»Eure Mums haben auch Perioden. Alle unsere Mütter. Eines der Dinge, über die wir heute Abend diskutieren, ist die unreife Einstellung der Gesellschaft der Menstruation gegenüber. Mädels, wir sehen uns nach der Schule bei mir.«

Sie schritt davon und ließ uns völlig geplättet zurück.

Guy ruckelte seinen Stuhl zurecht, bis sein Bein meines berührte.

Sogar durch die Jeans fühlte es sich verdammt gut an.

SIEBENUNDZWANZIG

Lottie nahm den Keksteller in Augenschein und ließ sich alle Zeit der Welt, einen auszusuchen.

»Ich weiß, dass das Thema des heutigen Abends die Periode ist, aber muss sich das auch noch in der Keksauswahl niederschlagen?«

Amber schaute hinab auf den Teller voller sorgfältig im Kreis arrangierter Linzer Augen.

»Oha«, sagte sie bestürzt. »Ist mir gar nicht aufgefallen.«

Lottie und ich lachten uns kringelig.

»Danke«, sagte ich. »Das war's dann für mich mit den Linzer Augen, ein für alle Mal.«

Und Amber stimmte ein.

Ihr Zimmer war eine Schande für alle anderen Zimmer weltweit. Ich musste mir buchstäblich einen Pfad zu ihrem Bett frei pflügen durch all die abgelegten Kleider, vertrockneten Ölfarbenpaletten und verkrumpelten Papiere. Wie konnte jemand derart Organisiertes derart schlampig sein?

<u>Unguter Gedanke</u>
Was für ein Schwein muss man sein, so zu hausen?

<u>Unguter Gedanke</u>
Wann ist dieser Teppich zuletzt gesaugt worden?

<u>Unguter Gedanke</u>
Du wirst krank, du wirst krank, du wirst krank!

Ich hörte auf zu lachen, mein Herz raste schon.

Schnauze, Hirn!, befahl ich mir und zwang mich, mit den Händen über den Boden zu reiben, als eine Art Privatkonfrontation. Essen tat ich danach allerdings nichts mehr. Den ganzen Abend über aß ich nichts mehr. Nur für den Fall.

Amber zog ihre Decke um uns, bis wir einen einzigen großen Klumpen bildeten.

<u>Unguter Gedanke</u>
Wann wurde diese Decke zuletzt gewaschen? Brauch ich das wirklich, dass die mich berührt?

Ich wollte hochspringen und sie abwerfen, aber wie sollte ich das tun, ohne aufzufallen? Amber hatte bereits die Tagesordnungen ausgeteilt, und da wir spürten, wie wichtig ihr das war, sparten Lottie und ich uns die Witze, und ich atmete wegen der Bettdecke tief durch.

Sie räusperte sich. »Also«, sagte sie, ein wenig nervös. »Ich erkläre dieses Treffen der Spinster Girls hiermit offiziell für eröffnet. Diskussionsthema des heutigen Abends ist die Menstruation.« Lottie ließ ihr Linzer Auge sinken. »Nun, ihr denkt vielleicht, es sei seltsam, dass ich dieses Thema anschneide, aber könnt ihr verstehen, warum?«

Lottie und ich blickten einander an. »Sollen wir darauf antworten?«, fragte ich.

Amber nickte. »Öhm ...« Ich zermarterte mir das Hirn. »Weil jede Frau sie hat? Weil uns das wohl zu Mädchen macht?«

Sie strahlte mich an. »Ja. Ganz richtig.«

»Krieg ich einen Sticker?«

»Klappe. Nein. Wie gesagt, die Periode macht uns zu Mädchen. Die halbe Erdbevölkerung hat sie. Unserer – jetzt mal ehrlich – unfassbaren Fähigkeit, zu menstruieren und Babys in uns wachsen zu lassen, verdankt jeder Mensch auf dieser Welt sein Leben. Und trotzdem ist das einzige Ding, das uns zu Frauen macht, das einzige Ding, das Leben schafft, genau das, worüber nicht gesprochen werden darf. Was läuft da falsch? Ihr habt Guy ja heute Mittag erlebt, er hat mich megaeklig gefunden, allein weil ich darüber geredet habe. Wie krank ist das bitte?«

Ich rieb mir über die Wange. »Ist aber auch ein bisschen eklig, oder?«

Sie schüttelte entschieden den Kopf. »Nein, wir sind nur darauf konditioniert, das zu denken.«

»Sind wir das?«

»Ja.«

Lottie stellte ihren Plastikteller ab. »Da ist was dran. Siehe die Bindenwerbungen. Warum müssen die immer blaue ›Ersatzflüssigkeit‹ für Menstruationsblut nehmen? Wenn ich in meiner Binde blaue Pampe finden würde, wär ich doch sofort beim Notarzt!«

»Ha«, sagte ich. »Da hab ich noch nie drüber nachgedacht. Warum nehmen die keine rote Pampe? Oder braune?«

»Die ganze Binden-/Tamponwelt ist ein wahres Minenfeld der Falschheit«, sagte Lottie. »Denkt nur mal dran, wie die vermarktet werden. Die kommen alle nur als niedliche kleine Packungen, die bewerben, wie ›diskret‹ sie doch sind.«

Ich nickte nachdenklich. »Stimmt. Ich kauf immer die kompakten, damit ich sie unterwegs zum Klo in der Hand verstecken kann, damit's ja keiner mitkriegt.«

Amber deutete aggressiv auf mich. »Genau richtig.«

»Du hast mich fast ins Auge gepikst.«

Sie ignorierte mich. »Denkt doch mal nach. Wir alle machen es. Diese blümchengemusterten Winzdinger kaufen, um die

Tatsache zu verheimlichen, dass wir unsere Tage haben. Aber auf der ganzen Welt hat fast jede Frau drei Tage im Monat ihre Tage, und wir alle verstecken es. Das ist so schräg. Etwas, das wir alle haben, etwas, das so natürlich ist, etwas, bei dem wir alle ausrasten würden, wenn es mal nicht passierte ... wird immer noch als peinlich betrachtet.«

Lottie kicherte. »Kennt ihr diese Tamponwerbung im Fernsehen? Wo sie die Menstruation ›Mutter Natur‹ nennen und so tun, als wär sie so eine verknöcherte prüde Tante mit Twinset und Perlenkette, die einem ständig alle lustigen Sachen wie Musikfestivals versaut?«

Ich kicherte mit. »Und habt ihr die Werbung für dieses neue Mittel speziell gegen Regelschmerzen gesehen? Ich hab aufs Etikett geschaut und das ist nur stinknormales Ibuprofen, sonst nichts. Aber es kostet zwei Öcken mehr und der einzige Unterschied ist: Die Verpackung ist rosa.«

Amber fuhr wieder den Zeigefinger aus.

»Ehrlich, Amber, ich brauch noch eine Schutzbrille mit dir!«

Wieder ignorierte sie mich vor Aufregung. »Das ist total gestört, oder? Die Periode selbst wird als grässliches, verbittertes altes Ding vermarktet, und das Zeug, das wir kaufen, um damit umzugehen, ist komplett rosa und mädchenhaft und ganz im Stile von ›Hey, Mädel, du kannst trotzdem nach Rosen duften und Kickboxen gehen.‹«

Lottie nickte. »Ganz richtig. Warum nicht einfach ehrlich sein? Menstruation nervt, warum sie zuduften und mit Blümlein überstreuen? Mir wär's viel lieber, die würden Tampons in schwarze Schachteln mit Gratis-Schokoriegel drin verpacken.«

»Mit kleinen Sprüchen drauf, so wie ›Schönen Dank auch, Eva!‹ oder ›Der Fluch der Weiblichkeit‹«, fügte ich hinzu.

Die anderen lachten so laut, dass ich ganze zehn Minuten hindurch stolz auf mich war. Was ein Glück war, weil Amber mit ihrer gewohnten Pünktlichkeit die Käsecracker-Pause einläutete. Ich sah ihnen zu, wie sie ihre Hände in die Schüssel mit Flips tauchten und sich die neongelbe Schmiere über die Finger verteilten. Lottie schleckte sie gierig ab, bevor sie sie wieder in die Schüssel tunkte. Mein Magen stülpte sich um. Galle stieg in meinem Hals auf.

»Du keine, Evie?«, fragte Amber mit orangem Mund.

Ich schüttelte den Kopf. »Ich bin voll, danke.«

»Sicher?« Sie hob die Schüssel und wedelte mir damit unter der Nase herum. Mein Magen bäumte sich wieder auf, drehte eine Pirouette, verknotete sich.

Meine Rettung kam in Form eines fiesen kleinen Bruders, der durch ihre Zimmertür gepresscht kam. Er war in ein Badehandtuch gewickelt, sein nasses Haar stand in die Höhe. Niedlich wär er gewesen, wenn er nicht geschrien hätte:

»Amber ist eine dicke fette LESBE!«

»CRAIG! RAUS AUS MEINEM ZIMMER!«

»Lesbe! Lesbe! Lesbe!«

»RAUS!«

»Rothaarige Lesbe! Du hast nie einen Jungen in deinem Zimmer, oder?«, gackerte er. »Leckschwester! Leckschwester!«

Lottie und ich sahen einander ratlos an.

»RAUS HIER, DU DUMMES BALG!«

»Wenigstens hab ich keine roten Schamhaare. Die fliegen überall im Bad rum. CLOWNSPERÜCKENSCHAMHAAR!«

Genau da flog die Schüssel durchs Zimmer und säte Käseflips auf dem Teppich. Ich ging in Deckung. Lottie ebenfalls. Aber Craig traf die Schüssel direkt ins Gesicht. Sein Mund verharrte kurz in einem offenen O des Schocks. Dann setzte das Geheule ein.

»MUUUUUUUUUUUUUUUUUUUM!«

Binnen einer Sekunde stand Ambers Stiefmutter in der Tür.

Als sie ihn flennen sah und den winzigen Kratzer oberhalb seiner Augenbraue, schaltete sie in den fünften Gang. Sie fiel auf die Knie. »Himmelherrgott, Craig. Geht's dir gut? Was ist passiert?«

Mit wackeligem Finger deutete er auf Amber, die dastand und auf ihre Hand starrte, die eben noch die Schüssel gehalten hatte. »Ich wollte ihm nicht wehtun. Ist doch nur aus Plastik!«

»AMBER! Raus hier, aber sofort!«

Und sie schleifte sie schon fast aus ihrem Zimmer. Die Tür fiel schwer hinter ihnen zu. Wir hörten Gebrüll. Wir hörten Gekreische.

Lottie und ich wussten nicht, wo wir hinsehen sollten. Eine Zeit lang konnten wir selbst einander nicht ansehen. Wir starrten nur auf die ganzen Ölgemälde, die Amber nachlässig an die Wand gepinnt hatte. Von Kunst hatte ich nicht viel Ahnung, aber die sahen sehr gut aus, sehr nach Vincent van Gogh, nur ein bisschen finsterer. Dort hinten in der Ecke gab es eins, das ihre Mutter zeigen musste, dem Haar nach zu schließen. Ihr Gesicht war ganz unten klein in die Ecke gedrängt, der Rest war schwarz.

»Sollen wir verschwinden?«, flüsterte ich, als das Gebrüll anschwoll.

»IMMER HÄLTST DU NUR ZU IHM!«

Lottie sah sich nach einem Fluchtweg um.

»Wie denn? Wir müssten an ... denen vorbei. Gott, ist der Bruder ein ätzendes Drecksbalg.«

»Stiefbruder«, verbesserte ich.

»MICH VOR MEINEN FREUNDINNEN BLAMIERT!«

»Lass uns einfach eine Weile hier sitzen und hoffen, dass es vorübergeht«, sagte ich.

Wir begannen beide, auf unseren Handys rumzuspielen.

»DU KANNST MIR KEINEN HAUSARREST GEBEN, ICH BIN SECHZEHN.«

»HALT DIE KLAPPE, HALT DIE KLAPPE, HAAALT DIE KLAPPE!«

»ICH HASSE DICH. NEIN, ICH ENTSCHULDIGE MICH NICHT. ICH HASSE IHN. KAPIERT? ICH HASSE DICH, DU KLEINES MONSTER.«

Mein Smartphone piepste und ich drückte hastig drauf, damit Ambers Familie es nicht mitbekam.

Eine Nachricht. Von Lottie.

Ich könnte sterben, so peinlich ist das.

Wir lachten uns beide lautlos schief.

Der Streit flaute ab und Craigs Geheule wurde leiser. Durch das Holz der Tür hörten wir gegrollte Entschuldigungen. Dann trat Amber wieder herein, mit tiefrosa Gesicht und fleckigen Wangen. Vorne waren ihre Haare ganz tränendurchweicht.

»Also, Leute«, sagte sie total heiter, als hätte es in der Geschichte ihres Lebens noch nicht ein außergewöhnliches Vorkommnis gegeben. »Ich hab mir gedacht, jede von uns sollte einen Brief an den Abgeordneten in unserem Wahlkreis schreiben mit der Bitte, die Tamponsteuer zu senken.«

Lottie und ich wechselten einen weiteren bedeutungsvollen Blick über Ambers Lockenkopf und nickten vereint.

»Superidee.«

»Hervorragend.«

»Warum sollen wir überhaupt Steuern auf Tampons bezahlen?«, fragte Lottie. »Das ist eine Frauensteuer. Wir kaufen die ja nicht, weil wir's so gerne wollen.«

Amber grub sich durch die Klamottenberge einen Pfad zu ihrem Laptop frei, der unter einem Müllhaufen verborgen lag.

»Super, dann such ich mal die Adresse. Ihr habt Papier und Stifte, oder?«

Wir setzten uns hin und schrieben in halb zufriedener Stille. Amber kritzelte eifrig und durchbohrte mit ihrem Kuli beinah das Blatt.

Der arme Mensch im Sekretariat, der ihren Brief lesen musste, tat mir jetzt schon leid. Aber die bekamen wohl eine ganze Menge fehlgeleitete Wut ab. Amber hielt einen Moment lang inne und Lottie und ich sahen sie erwartungsvoll an.

»Ich bin nicht lesbisch«, sagte sie betrübt. »Falls ihr geglaubt haben solltet, dass Craig da die Wahrheit gesagt hat. Nicht, dass daran was falsch wäre, aber ich bin's einfach nicht. Es kotzt mich kolossal an, dass ich nur, weil ich mich wegen der Frauenrechte aufrege und nicht mit den ganzen pornosüchtigen Widerlingen auf dem College was anfangen will, von allen automatisch in diese Schublade gesteckt werde. Das ist in so vielerlei Hinsicht so was von daneben, dabei ist es ohnehin keine üble Schublade ...«

»Ich glaub, auf die Worte deines arschigen Bruders solltest du nicht allzu viel geben«, sagte ich, obwohl ich mich ertappt fühlte, weil ich mir bezüglich Amber genau diese Frage schon gestellt hatte.

»Guy denkt es auch. Für den ist das hier der Leckschwesternverein.«

Lottie schnalzte aufgebracht mit der Zunge. »Aber Guy ist ein hirnverbrannter Idiot. Stimmt doch, Evie, oder?«

»Hmmm«, brachte ich heraus.

Amber atmete heftig aus. »Damit fangen wir jetzt lieber gar nicht erst an. Kommt schon, wir schreiben weiter unsere Briefe.«

Ich war etwas überfragt, was ich schreiben sollte. Ich hatte noch nie an einen Abgeordneten geschrieben.

Mein Brief an unseren Abgeordneten zum Thema Menstruation

Sehr geehrter Herr Abgeordneter Chris Briggs!

Ich weiß, dass Sie wahrscheinlich voll damit beschäftigt sind, Wutbriefe über Mülltrennung und so weiter zu beantworten – sähe unserer Stadt ähnlich. Alle hängen einander ständig wegen dem Grüngürtel in den Ohren.

Ich weiß, wie wichtig das alles ist und dass Sie den Leuten zuhören müssen, um wiedergewählt zu werden, aber ich habe mich gefragt, ob Sie das mal für einen Moment beiseiteschieben könnten? Und daran denken, wie viel schwieriger es doch wäre, Entscheidungen zu treffen und alle bei Laune zu halten, wenn Ihr Penis jeden Monat vier Tage lang bluten würde ...

Mein Telefon piepste und ich schrieb versehentlich über die Zeile hinaus. Es war eine Nachricht von Guy.

Wie läuft's denn so beim Ölwechseltreff?

Die Mädchen blickten von ihren Briefen auf. »Wer ist es?«, fragte Lottie.

Ich verzog das Gesicht und tat so, als wär ich nicht begeistert. »Nur eine Nachricht von Guy.«

Amber verdrehte die Augen. »Schreib ihm zurück, du hast jetzt keine Zeit für seinen Scheiß, weil du gerade den Mann als solchen bekämpfst.«

Ich las die Nachricht noch einmal und unterdrückte ein Lächeln.

»Wisst ihr was?«, sagte ich. »Vermutlich hätte ich viel mehr Zeit und Energie für den Kampf gegen den Mann als solchen, wenn ich mich auf Guys Scheiße gar nicht einlassen würde.«

»Dann lass dich nicht darauf ein.«

Ich zuckte die Schultern. »Ich kann nichts dagegen machen. Das sind die Hormone oder so.«

Lottie lächelte mich wissend an. »Eher die Pheromone.«

Ich wollte gerade rot werden, doch Ambers vernichtendes Starren hielt mich davon ab. »Ich schwör's euch, wir halten keine Stunde durch, ohne dass ihr zwei über Jungs sprecht. Ich dachte, meine Tagesordnung würde den Abend garantiert jungsfrei halten.«

»Hey, wir tun, was wir können«, sagte Lottie. »Aber ich dachte, kein Spinster Girl würde je über ein anderes richten?«

»Weiß ich. Es bringt mich nur einfach auf die Palme.«

»Merkt man«, sagte ich, und Amber musste über sich lachen.

»Also«, sagte sie und stand wieder auf. »Was steht in unseren Briefen?«

Wir unterhielten uns noch eine halbe Stunde lang über die Menstruation – die anderen beiden erzählten davon, wie sie sie zum ersten Mal bekommen hatten. Ich blieb stumm, lachte nur mit ihnen mit. Dann diskutierten wir über die Spinster-Girls-Clubregeln und beschlossen, dass wir uns bei unseren Treffen mit dem Vorsitz abwechseln und jedes Mal ein feminismusrelevantes Diskussionsthema vorbereiten sollten, das uns alle interessierte. Amber verschwand kurz, um aus dem Arbeitszimmer ihres Vaters ein paar Briefmarken zu klauen, um die Briefe aufzugeben.

Lottie gähnte und ließ sich aufs Bett sinken.

»Ich glaube kaum, dass ich je zuvor so ausgiebig über meine Periode nachgedacht habe«, sagte sie.

»Ich auch nicht«, log ich.

Meine erste Periode und was ich ihnen nicht darüber erzählte

Ich war ziemlich spät dran gewesen. Ich hatte so lange Zeit nicht anständig gegessen, dass mein Körper es nach hinten verschoben hatte. Trotzdem kam sie, während ich schlief. Ich wachte auf und fand meine Bettdecke mit einem bräunlich-rötlichen Zeug beschmiert vor. Die ganze Nacht hatte ich im Blut gelegen.

Mum wachte von meinem Schreien auf.

»Das ist was ganz Natürliches«, sagte sie. »Komm schon, Evie, so ist das als Frau. Du solltest stolz sein. Es heißt, dass du jetzt eine Frau bist.«

Die Keime von außerhalb hatte ich im Griff. Das hatte ich gelernt. Indem ich verheimlichte, wie oft ich mir die Hände wusch, von meinem Taschengeld Desinfektionsspray kaufte und unter meinem Bett hortete. Aber wie sollte ich diese neuen Keime in meinem Inneren kontrollieren?

Jeden Monat graute mir davor. Vor dem Blut. Was sollte ich mit dem Blut machen? Auf der Packung stand, man konnte den Tampon acht Stunden lang drinlassen? Acht? Acht Stunden lang Blut in sich gerinnen lassen? Ich benutzte Binden. Ich wechselte sie in der Sekunde, in der ein Fleck drauf war. An schweren Tagen stellte ich mir nachts den Wecker auf jede Stunde, damit ich aufstehen und sie wechseln konnte. Ich musste mehr Taschengeld lockermachen, um Damenbinden zu kaufen. Viel blieb mir am Monatsende nicht übrig. Aber eigentlich auch egal. So oft verließ ich das Haus nun wirklich nicht.

Jedes Mal, wenn die Periode vorbei war, reinigte ich mich von innen – um sicherzugehen, dass das Blut weg war. Ich sprühte mir mit dem Duschkopf hinein. Ich verwendete mein Restgeld, um mir Intimwaschlotion zu kaufen. Der traute ich allerdings nicht viel zu, also verwendete ich zusätzlich Seife. Einmal badete ich sogar in Geschirrspülmittel …

… eines Tages begann es da unten zu riechen. Ich wusch noch mehr. Am Ende des Tages stank es. Und tat weh. Allein das Runterziehen der Unterhose war die Hölle.

Mum hörte mein Wimmern durch die Badezimmertür. »Evie, lass mich rein!«, brüllte sie hindurch. Nach einer Stunde Betteln wackelte ich zur Tür und schloss auf, weinte vor Scham, schluchzte vor Schmerz. Sie brachte mich zum Arzt und dort wurde bakterielle Vaginose bei mir diagnostiziert.

»Was hast du da gemacht, Evie?«, fragte die Ärztin und sah mich ganz streng über ihre halbe Brille an. »Hast du dieses ganze Zeug da in dich reingeschoben?«

»Ich wollte nur sauber sein.«

»Das ist absolut unnötig.«

Ich blickte von meinem zusammengeknüllten Taschentuch auf. »Was meinen Sie damit?«

»Dich da drinnen sauber zu machen, meine ich«, sagte die Ärztin. »Deine Vagina hat den komplexesten Selbstreinigungsmechanismus, den es gibt. Sie reinigt sich selbst, als wär da ständig eine ganze Truppe von Hausfrau-Ninjas am Werk.«

Ich war zu sehr außer mir, um über die Ninjas zu lächeln. »Bitte sagen Sie mir, wie.«

Sie lächelte traurig und erklärte mir Begriffe, bei denen die Leute – besonders Männer – immer das Gesicht verziehen. Wörter wie pH-Wert und Ausscheidung. »Wenn du dir da unten Seife reinstopfst, erreichst du nur, dass du die Saubermacher aus dem Gleichgewicht bringst«, sagte sie. »Es schlimmer machst. Die fangen dann an, diese seltsamen neuen Chemikalien zu bekämpfen.«

»Wie soll ich es denn dann sauber machen? Wie oft?«

Wenn meine Eindringlichkeit sie beunruhigt haben sollte, tat sie es jedenfalls nicht genug, um sie mehr tun zu lassen, als mir ein Antibiotikum zu verschreiben. Das fiel ihr ein paar Monate später ziemlich auf den Kopf. Als ich in die Geschlossene eingewiesen und eine Zwangsstörung bei mir diagnostiziert wurde.

Sorgfältig notierte ich mir ihre Anweisungen, wie ich mich sauber halten sollte – nur außen, täglich, mit einem feuchten Waschlappen.

Ich hatte ein neues Problem.

Ich nahm Antibiotika.

Jeder weiß, wie die einem das Immunsystem kaputt machen. Wochenlang setzte ich kaum einen Fuß vor die Tür.

Ich aß so wenig, dass meine Periode völlig ausblieb. Wegen der musste ich mir keine Sorgen mehr machen.

Lottie und ich verabschiedeten uns am Ende von Ambers Straße voneinander. Unter der Straßenlaterne wirkte Lotties Gesicht ganz orange. Mit dem ganzen Eyeliner sah sie aus wie ein Halloweenkürbis.

»Also, du bist dann als Nächste dran«, sagte ich. »Mit Thema-Aussuchen fürs nächste Treffen.«

»Ich glaub, ich nehm was ... weniger Plastisches.«

»Gute Idee.«

»War aber interessant.«

»Ja.«

»Gott, ich hasse meine Tage. Die Woche irgendwann bin ich wieder dran. Findest du's nicht auch so schrecklich?«

Ich senkte den Blick auf meine roten Schnallenschuhe – die waren unter der Straßenbeleuchtung auch orange geworden – und nickte.

»Wirst du Guy zurückschreiben?«

Ich hob den Kopf. Sie machte nicht automatisch so ein missbilligendes Gesicht wie Amber, sobald sein Name aufkam.

»Denk mal schon. Aber ich wart erst mal ab.«

Lottie legte den Kopf schief. »So kompliziert sollte es eigentlich nicht sein, hm? Die Liebe? Die sollte nicht Spielchen bedeuten und Nichtwissen und Auf-Anrufe-Warten.«

»Ich weiß.«

Ich schrieb Guy, bevor ich ins Bett ging.

Treffen war spitze. Und dein Abend so?

Bis ich das Licht ausknipste, hatte ich zwanzigmal auf mein Handy geschaut.

Eine Antwort kam nicht.

ACHTUNDZWANZIG

Wär ich eine von diesen Leuten, die ich so hasse, dann hätte ich Guys Verhalten in der Woche vor dem Bandwettbwerb als »schizophren« bezeichnet. Erst schreiben, dann nicht antworten. Intensiver Blickkontakt, gefolgt von einem Nachmittag, an dem er mich nicht mal mit dem Arsch anguckte. Er hatte mehr Hochs und Tiefs als ein Känguru oder ein Flummi. Und war deutlich weniger unterhaltsam.

Montags rannte er mir nach der Schule die halbe Straße nach, auf der ich nach Hause spazierte, weil ich keinen Termin bei Sarah hatte. Neben mir bremste er ab, knallrot und mit verschwitzten Haaren.

»Hey, Evie«, röchelte er. »Gehst du heim?« Er klappte vornüber und hustete wie wild.

»Du solltest das Rauchen aufhören«, entgegnete ich, immer noch sauer, weil er auf meine letzte Nachricht nicht geantwortet hatte. »Du klingst wie ein alter Mann.« Ich musterte ihn von Kopf bis Fuß, um möglichst abschätzig zu wirken. »Siehst auch aus wie einer. Wird das da schon eine Glatze?«

Guys Hände fuhren panisch in sein Haar. »Ha, da hab ich dich aber erschreckt, was?«

»Nicht lustig, Evie.« Aber er lächelte und wir spazierten einträchtig heimwärts. Er war wie ein kleiner Junge, wirbelte Blätterhaufen auf und schnappte sich ganze Hände voll, um damit nach mir zu werfen. Ich kreischte und dachte noch nicht mal an den ganzen Dreck, der da dranklebte.

»Hast du früher dieses Spiel mit den Rosskastanien an der

Schnur gespielt?«, fragte ich, als wir an einer Gruppe Fangen spielender Schulkinder vorbeikamen.

Sein Gesicht wurde sogar noch kindlicher. »O Gott, DAS. Da war ich früher der absolute Champion. Da konnte mir keiner was vormachen.«

»Wie kannst du dir bitte selbst auf Kastanien was einbilden?«

Er zuckte die Schultern. »Ich hasse falsche Bescheidenheit. Wenn du weißt, dass du toll bist, dann steh auch dazu.«

»Ich glaub, du hast in der Schule nicht genug auf die Schnauze gekriegt.«

»Sollte man das?«

Ich nickte. »Nur ein kleines bisschen, um dich zurechtzustutzen.«

»Hat das wer bei dir gemacht?«

Ich dachte an die Gerüchte über mich, als ich nach der Zeit in der Psychiatrie wieder in die Schule zurückgekehrt war. Ich dachte an das Geflüster, an die Namen, die sie absichtlich zu laut gesagt hatten. »Psycho.« »Die Irre.« Jane, wie sie mich in der Toilette getröstet hatte, als mich wer »Bertha« genannt hatte, nach der verrückten Frau von Mr Rochester aus unserer Schullektüre *Jane Eyre*.

»Nicht besonders«, log ich. »Vielleicht, weil auch ich ein Meister mit der Kastanie war.«

Guy lächelte sein Lächeln, das unters Suchtmittelgesetz hätte fallen müssen. »Mich würdest du nicht besiegen.«

»Wetten?«

Sein Lächeln reichte ihm jetzt bis in die Augen, ließ sie zu kleinen Schlitzen werden, wie bei der Grinsekatze. »Hiermit fordere ich dich, Evelyn, zum Duell. Waffe der Wahl: die Kastanie.«

Ich stupste mir mit der Zunge in die Wange. »Ich will dich

aber nicht zu sehr verstören, wenn du deine Niederlage erleidest.«

»Ach, vertrau mir, ich verliere nie.«

Und seine Hand lag in meiner, zog mich die Straße entlang. Seine Finger fühlten sich erdig an, ganz abgenutzt vom jahrelangen Gitarrenspiel, rau, wie Jungenhände eben sein sollten.

Ich kicherte. »Wo gehen wir hin?«

»Zu mir, die Duellausrüstung holen.«

Wir gingen zu ihm nach Hause? Zu Guy nach Hause? Also wo er wohnte? Zu ihm heim? Mein Herz startete einen Adrenalintango. Er nahm mich mit zu sich nach Hause!

Er lebte nur zwei Straßen weiter, in einer Straße, die genauso aussah wie meine, mit reihenweise abgeschirmten Stadtvillen, die alle gleich aussahen bis auf die paar, bei denen die Leute ihre Originalität durch ungewöhnliche Haustürfarben unter Beweis stellten. Zum Beispiel neongrün, wow!

Guys Haustür war einfach nur normalrot. Würde er mich mit rauf in sein Zimmer nehmen? Würde ich seine Eltern kennenlernen?

Unguter Gedanke
Seine Eltern werden mich hassen.

Unguter Gedanke
Sein Zimmer wird ein entsetzlicher Saustall sein und dann kann ich ihn nicht mehr leiden.

Unguter Gedanke
Was, wenn ich mit in sein Zimmer gehe und er meint dann, das heißt, dass ich mit ihm ins Bett gehe?

Er ließ meine Hand los. »Wart kurz, bin in fünf Minuten wieder da.« Er verschwand durch die Normalverbrauchertür.

»Ja, okay«, sagte ich, im Grunde zu mir selbst.

<u>Noch üblerer Gedanke</u>
Er hat dich nicht reingebeten. Du bist ihm peinlich
und er kann dich nicht ausstehen.

»Halt die Klappe!«, herrschte ich mich selbst an.

Ich zog mein Handy raus, um meine Zeit damit zu vergeuden, unsere Nachrichten noch mal zu lesen. Ich zählte, wie viele er mir und wie viele ich ihm geschickt hatte. Ich hatte genau zwei mehr geschickt, was bedeutete, dass ich ihm auf zwei nicht antworten durfte, um nicht übereifrig zu wirken. Ich schabte mit der Schuhspitze im Kies herum, zeichnete kleine Bogen, bedeckte sie wieder, malte sie erneut.

Guy hatte sich umgezogen, einen dunkelblauen Kapuzenpulli, der seine Augen aus dem Kopf springen und ein Tänzchen hinlegen ließ. Natürlich nur im übertragenen Sinn. Er hielt Bindfaden, einen Schraubenzieher und eine Schere hoch.

»Auf zum nächsten Park.«

Ich kicherte wieder und bedeckte das Herz, das ich gezeichnet hatte, mit einer schnellen Bewegung meiner Chucks.

Auf dem Weg diskutierten wir die Regeln. Jeder von uns sollte sich eine Kastanie suchen, bei der es dann auch blieb. »Dieser Kastanienkampf läuft mit K.-o.-System«, sagte Guy ernst. »Lass Weisheit walten bei der Soldatensuche. Er wird siegen – oder sterben.«

»Meine Kastanie ist eine Frau, kein Mann.«

Er brach in Gelächter aus. »Dieser Alte-Jungfern-Club färbt auf dich ab.«

Ich versetzte ihm einen Tritt.

»Gut, das war wohl verdient«, meinte er.

Zu Winteranfang gibt es manchmal Tage, an denen die Sonne vergisst, dass sie sich eigentlich mit einem guten Buch bis April in den Winterschlaf begeben sollte. Obwohl die stets verlässliche Erde gehorsam die Blätter gelb und orange färbt, ist die Sonne gelegentlich flatterhaft. Und wenn das passiert, wird man mit den schönsten aller Tage belohnt – mit einer Sonne, die die ganze Farbpalette zum Leuchten bringt und allem einen Hoffnungsschimmer verleiht, sogar solch jämmerlichen Vorstadtparks wie unseren.

Unter dem größten und besten Rosskastanienbaum des Parks sahen wir schon die Kinder herumwuseln.

»Wer als Erster da ist!«, brüllte Guy und wir warfen uns beide in Richtung der Sonne, rissen einander an unseren Rucksackschlaufen zurück, versuchten, trotz unserer Atemlosigkeit noch zu lachen. Kaum angekommen, fiel ich suchend ins Gras, ungeachtet der Blicke der umstehenden Kinder. Ihre Taschen waren schon ausgebeult mit den braunen Kastanien, wahrscheinlich den letzten der Saison, ihre Hände ganz voll damit und sogar zwischen die Finger noch welche geklemmt, um so viel Kastanie in sich reinzuquetschen wie irgend möglich. Aber sie blieben Amateure – sie hatten sich nur die allergrößten ausgesucht. Jeder Kastanienmeister wusste, je größer die Kastanie, desto schwächer.

»Du hast drei Minuten, deinen Krieger zu suchen«, rief Guy ernsthaft, von der anderen Baumseite her.

»Wer hat dich hier zum Oberschiedsrichter ernannt?«

»Das Universum.«

Ich entdeckte eine lebhaft aussehende Kastanie unter einem Haufen gebräunter Blätter. Ihrer Haut nach zu urteilen, war sie schon eine Weile aus ihrem stacheligen Kokon herausgeschlüpft. Schön und zäh. Ich tauchte meine Hand in den Berg aus verwesenden Blättern und zog sie heraus.

Unguter Gedanke
Machst du dir gar keine Gedanken wegen deiner Hände, Evie?

Guter Gedanke
Nö. Verzieh dich.

Ich drückte an der Kastanie herum, überprüfte sie auf mögliche Schwachstellen. Sie hatte keine. Früher hatte ich meine im Ofen gebacken, um sie zu härten.

Aber das hier war eine Hardcore-Partie ohne Bandagen, Kastanienkampf ohne exotische Hilfsmittel, ohne CGI.

»Hab eine«, trällerte ich.

Guy hielt zwei in den Händen und beäugte sie eingehend unter ständigem Gemurmel.

»Bist du der Kastanienflüsterer oder was?«

Er grinste und ließ die abgelehnte auf den Boden fallen. »Ich bin der Flüsterer von so manchem.«

»Ja. Stuss. Du bist der Stussflüsterer.«

»Wir spielen hier drüben.« Guy führte mich zu einem fast wäldchenartigen Abschnitt, genau neben der Wiese. Ein paar Bäume waren kreisförmig ineinandergewuchert. Die Hälfte der Blätter klammerte sich immer noch trotzig an die Äste und bildete ein Dach aus fleckigem Sonnenlicht. Ein gefällter Stamm diente als provisorische Bank, eine versengte Stelle auf dem Boden erinnerte an vergangene Lagerfeuer.

»Ist das toll hier«, sagte ich und sah durch die Lücken zum Himmel empor. »So etwa stell ich's mir in Enid-Blyton-Geschichten vor. Mit Trollen und Feen und so.«

Guy setzte sich auf den Stamm und zog den Schraubenzieher aus der Tasche. Er hielt seine Kastanie gegen das Licht und suchte nach der besten Stelle für das Bohrloch. »Joel und ich sind hier oft, um einen durchzuziehen.«

Ich verdrehte die Augen. »Enid Blyton wär sicher geehrt.«

»Wär sie tatsächlich. In ihren Geschichten geht's ziemlich offensichtlich um Drogen. Wie hieß der Typ gleich, Mondgesicht? Der ist doch ganz klar einfach nur high. Die ganze Zeit stopft der sich mit diesen Knallkeksen voll, wetten, dass das Haschkekse sind? Und wetten, auf dem Wunderweltenbaum wächst nichts als Marihuana.«

Ich hätte nicht erwartet, dass er diese Bücher früher gelesen hatte, obwohl man Enid wohl einfach schlecht entkommen konnte. »Das Problem mit Leuten, die Drogen nehmen«, sagte ich, »ist deren Illusion, die ganze übrige Welt tät's auch.« Ich setzte mich neben ihn auf den Stamm – gerade so weit weg, dass unsere Hintern sich nicht berührten.

»Du solltest mal welche nehmen, ist der Hammer.«

»Glaub mir eins, mein Hirn fährt auch ohne chemische Zusatzstoffe schon genug Achterbahn mit mir.«

Guy rutschte näher, bis wir Wange an Wange saßen. Er blickte von seiner halb durchbohrten Kastanie auf, um mir auf seine ganz besondere Weise zuzulächeln. »Du, das glaub ich dir sofort.«

Ich wurde rot, während er seine Kastanie fertig machte – eine Schnur durchfädelte und unten einen festen Doppelknoten machte. Ich nahm ihm das Werkzeug ab und machte mich an meine eigene Kastanie.

»He!«, protestierte ich, als ich ihn dabei ertappte, wie er seine über dem Feuerzeug rösten wollte. »Schummeln verboten!«

Bald waren wir startklar. Wir stellten uns gegenüber auf, die Kastanien bereit zum Kampf.

Guy sah mich mit erhobener Augenbraue an. »Ist das jetzt strange? Definitiv strange, oder?«

»Sei still, Loser!«, entgegnete ich, zielte und schmetterte meine Kastanie gegen seine. Ein Volltreffer, der seine am Faden voll ins Schwingen brachte. »Voll rein!«, brüllte ich begeistert.

Guy knickte mit dem Oberkörper vornüber wie ein Schussopfer. »Waaaah, Hilfe«, rief er. »Sie hat mich erwischt, ich bin getroffen.«

Ich boxte triumphierend in die Luft und drehte eine kleine Pirouette.

»Gut, jetzt ich. Ich bin getroffen, aber nicht besiegt.«

Wieder stellte sich Guy mir gegenüber auf und plötzlich wurde mir ganz mulmig zumute – ich fürchtete um meine Kastanie, wollte, dass es ihr gut ging. Ich blickte zu ihm auf und sah, dass er mich anstarrte. Ich hielt die Luft an und starrte zurück. Da waren graue Flecken in seiner Iris, Flecken, die in seinen blutunterlaufenen Augen sonst nicht zu erkennen waren. Aber heute waren seine Augen klar, durchdringend, sahen mich fragend an. Ich wollte sein Gesicht näher an meinem haben. Ich wollte, dass seine Nasenspitze gegen meine rieb, mich sanft liebkoste und dann seinem Mund wich.

Kein Mund hatte je meinen Mund berührt. Sechzehn und absolut ungeküsst. Und nicht, weil niemand mit mir zum Prom gehen wollte oder so, sondern weil mir der Gedanke, die Lippen eines anderen Menschen zu küssen, immer ein absoluter Horror gewesen war ... bis jetzt.

Nun pulsierten meine Lippen von all dem Blut, das in sie hineingerast kam. Guy legte den Kopf ein wenig schief, grinste frech und rückte noch näher.

Ich schloss die Augen und spürte, wie die Sonnenlichtflecken sich mir durch die Augenlider brannten.

KRACH.

Meine ganze Hand wurde durch den Aufschlag erschüttert. Die Splitter meiner zerborstenen Kastanie regneten wie Hagelkörner auf meine Finger nieder. Meine leere Schnur baumelte nutzlos herum.

Guy brach in Jubel aus.

»ER HAT'S WIEDER GESCHAFFT! EIN SCHLAG UND DAS WAR'S! DIE MENGE RAST VOR BEGEISTERUNG. DER KASTANIENCHAMPION HEISST GUY SMITHFIEEEEEEEELLLD!!« Er drehte eine Siegesrunde durchs Wäldchen, die Arme gen Himmel gereckt.

Meine Körperteile wussten nicht, wer hier am verwirrtesten sein sollte – mein Hirn, mein Herz, meine leeren Lippen, meine zitternden Hände. In meiner Erniedrigung brachte ich nur ein Lachen zustande. »Revanche!«, brüllte ich und hoffte, mit Lautstärke meine Enttäuschung zu übertönen. »Ich verlange eine Revanche!«

»NIEMALS!«

Er schob sich rugbymäßig an mir vorbei, packte mich und warf mich kopfüber über seine Schulter, um so seinen Siegestanz fortzuführen.

»Lass mich runter!«, quietschte ich mit so mädchenhafter Stimme, dass ich mich hätte in Grund und Boden schämen sollen.

Guy warf mich ab und ich schlug dumpf rücklings im Gras auf. Er landete auf mir drauf – fing sich mit seinen Händen ab. Sein Gesicht war genau über meinem, sein Körper drückte mich zu Boden. Ich konnte jeden Grashalm im Rücken spüren, jeden Sonnenstrahl im Gesicht, jede einzelne Pore seines gemeißelten Gesichts zählen.

Sein Mund war näher als zuvor. Diesmal jedoch wagte ich es nicht, die Augen zu schließen. Ich sah zu ihm auf, fragte ihn mit meinem Blick.

Was machen wir hier? Willst du mich küssen? Wirst du mich küssen?

Guy schien überfordert. Er verlagerte sein Gewicht auf einen Ellbogen und strich mir mit der freien Hand zögerlich übers Gesicht. Von meiner Schläfe abwärts die Wange hinunter, bis er neben meinem Mund verharrte. Mir blieb der Atem weg ...

Würde er? Würde er?

Guy setzte sich auf. »Hab doch gesagt, ich gewinne.«

Enttäuschung durchsickerte mich, als hätte ich mich mit zu viel Hoffnung vollgepinkelt. Ich blinzelte ein paarmal und stand dann auch auf, bürstete mir mit den Händen die Jeans ab. »Reines Glück.«

»Ich geh dann besser mal.«

Einmal Krameinpacken, ein »Man sieht sich«, ein Winken, und schon war Guy nicht mehr der Junge, der mich gerade küssen wollte, sondern ein Fleck in der Ferne.

Ich hätte ihm nicht schreiben sollen. Er war zwei im Rückstand. Ich war zwei voraus. Ich saß eine Weile unter den Bäumen, sah zu, wie die Sonne unterging, der Tag zu Ende. Ging alles noch mal in Gedanken durch. Schreiben konnte ich ihm vermutlich schon. Nach all dem, was passiert war, sollte das in Ordnung gehen.

Bevor ich zu viel drüber nachdenken konnte, schickte ich schnell eine Nachricht ab.

Hey, Kastanienkönig, war lustig heute.

Kein Küsschen. Absichtlich kein Kuss – genau wie er. Als ich durch die kühle Luft heimging, kam mir ein Gedanke.

Neuer Gedanke
Wenn ich auf dem Rückweg jede
Straßenlaterne berühre, antwortet er.

Ich streifte jede einzelne im Vorbeigehen mit der Hand und prüfte dabei regelmäßig mein Telefon. Keine Nachricht. Und so begann ich, jede zweimal zu streifen.

Mein Telefon scherte sich nicht darum.

Als ich durch die Haustür kam, hatte ich sechsmal an jeden Laternenpfahl geklopft und »Antwort, Antwort, Antwort, Antwort, Antwort, Antwort« gemurmelt. Keine Ahnung, warum es die Sechs war. Aber sechs fühlte sich einfach ... richtig an.

Als ich reinkam, schaute Rose im Wohnzimmer fern.

»Wo warst du?«

Ich sah sie böse an. Ich hatte ihr ihren Verrat noch nicht verziehen. »Warum? Damit du's Mum auch erzählen kannst?«

Ihr Gesicht fiel in sich zusammen. »Ich hab's für dich getan, als ich ihr von der Putzschachtel erzählt hab, Evelyn. Ich mach mir Sorgen um dich. Du kommst mir so ... angespannt vor.«

»Mir geht's gut.«

»Wollen wir zusammen einen Film schauen? Ist ja noch früh.«

Das wollte ich, wirklich. Gerade wollte ich ein paar Titel vorschlagen, als ich mich bremste. Ich war noch nicht ganz bereit, meine Wut loszulassen.

»Heut nicht«, sagte ich freundlich, und weil sie eine tolle Schwester ist, verstand sie sofort. Aber traurig sah sie trotzdem aus.

»Okay.«

Beim Abendessen immer noch keine Nachricht. Danach auch keine. Vorm Schlafengehen auch nicht.

All das Gute, was mir im Bauch herumgesprudelt war, hatte sich ausgeblubbert. Der Nebel in meinem Hirn hatte sich verzogen. Kaum lag ich im Bett und versuchte zu lesen, stürzten sich die unguten Gedanken auf mich.

> **Unguter Gedanke**
> Blätter hast du angefasst. Blätter!
> Da hat womöglich ein Hund draufgepinkelt!

> **Unguter Gedanke**
> Er hat dich nicht geküsst, weil du wegen der Blätter nach Hundepisse gestunken hast.

> **Unguter Gedanke**
> Rosskastanien sind giftig. Du hattest sie in der Hand, und dann hast du gegessen und du hast dir nur einmal die Hände gewaschen, und du hast vielleicht nicht abgewaschenes Gift von deinen Händen in deinen Mund übertragen.

> **Unguter Gedanke**
> Du wirst krank. Du wirst krank. Du wirst krank.

Ich stieg aus dem Bett und kraxelte verzweifelt in die Dusche, um den Schweiß abzuwaschen, der mir aus allen Poren troff. Meine Beine schlotterten zu sehr, als dass ich hätte stehen können, und so kauerte ich mich in eine Ecke und ließ das brühend heiße Wasser über mein Gesicht fließen, mir die Schminke in die Augen rinnen. Ich schnappte mir meinen Luffaschwamm und schrubbte und schrubbte mir die Hände. Immer wieder würgte ich winzige Bröckchen Nichts herauf und sah zu, wie sie kreisend im Ausfluss versanken.

Ich weinte so laut, dass es mich überraschte, dass meine Familie mich durch die Wassersturzbäche nicht hörte. Aber niemand klopfte. Sie konnten es nicht gehört haben. Ich wusste, dass ich mich rasch zusammenreißen musste – ich konnte nicht länger als zwanzig Minuten im Bad bleiben, ohne Verdacht zu erregen. Ich zwang mich, mit dem Flennen aufzuhören, und machte mich ans Zähneputzen, verwendete zwei verschiedene Mundwassersorten.

Als ich wieder in mein Zimmer zurücktapste, so sauber wie seit Ewigkeiten nicht, traf es mich mit voller Wucht.

Üblerer Gedanke
Ach, Evie, es kommt wirklich, wirklich wieder, was?

NEUNUNDZWANZIG

Der Tag darauf. Keine Nachricht. Kein Zusammentreffen. Falls Guy zur Schule gekommen war, mied er die üblichen Treffpunkte.

Am nächsten Tag saß er beim Mittagessen bei uns, sagte aber kein Wort. Er ließ sich einfach auf den Stuhl neben Joel plumpsen, der lautstark die Setlist erläuterte und über öde Verstärker schwadronierte.
    Nicht ein einziges Mal schaute Guy mich an.

Noch ein Tag später. Zwei Tage bis zum Konzert. Ein weiterer Tag des eisigen Schweigens.
    Dann surrte genau um ein Uhr nachts mein Handy und riss mich aus dem Schlaf.

Du kommst aber schon noch hin, oder?

Ich antwortete nicht. Aber ich lächelte meinem Telefon zu.
    Vielleicht bestand mein psychisches Leiden aus chronischer Blödheit.
    Oder Wahnvorstellungen.
    Oder stinknormaler Hoffnung.
    Hoffnung ist doch ein psychisches Leiden?

DREISSIG

Sechsmal berührte ich jede Straßenlaterne, an der ich vorbeikam – dankbar, dass Jane mich immer noch alleine zur Schule gehen ließ, weil ich es so in aller Ruhe machen konnte. Ich hatte angefangen, das Haus zwanzig Minuten früher zu verlassen, um alles unterzubringen.

Ich hatte meine Geldreserven geopfert und einen Riesenbottich antibakterielles Handgel gekauft, das ich in meinem Schulspind versteckte.

Ich war zappelig und verunsichert und verlor binnen Tagen an Gewicht, weil ich mir alle Kalorien wegsorgte.

Ich hätte diesen Notfallvertretungsmediziner anrufen sollen. Ich hätte meine Familie informieren sollen. Ich hätte es ihnen noch nicht mal persönlich sagen müssen, ich hätte einen Zettel auf dem Tisch hinterlassen können.

Liebe Familie
Es ist wieder da. Ich hab's nicht mehr im Griff. Schickt Hilfe.
Evie.

Tat ich aber nicht.

Rationale Gründe, weshalb ich es niemandem sagte

1. Öhm ...

Irrationale Gründe, weshalb ich es niemandem sagte

1. Sie waren alle so stolz auf mich; darauf, wie ich es hinbekam. Neulich Morgen, als ich mir gerade vorsichtig meine Medizin auf den Löffel gegossen hatte, da hatte Dad mir doch tatsächlich so auf den Rücken geklopft, dass ich gekleckert hatte. »Du machst das so toll, Eve«, sagte er. »Jetzt dauert's nicht mehr lange.«
2. Vielleicht ist es gar nicht »wieder da«. Ich funktionierte ja noch. Ich ging noch zur Schule, traf meine Freunde, machte meine Hausaufgaben. Ja, okay, ich wusch mich ein bisschen mehr, aber äußerlich führte ich noch ein normales Leben. Gleich einem Schwan, der auf einem Teich hinweggleitet, war ich ein normaler Mensch, der durchs Leben schwimmt, nur dass eben unter der Wasseroberfläche meine Füße wie verrückt paddelten und sich abstrampelten, damit ich nicht unterging. Solange ich Sachen unternahm, war die Zwangserkrankung nicht wirklich zurück, oder?
3. Und ich machte ja nicht wirklich dieselben Dinge wie früher. Besonders, nachdem meine Putzschachtel konfisziert worden war. Straßenlampen hatte ich vorher noch nie berührt. Und man bedenke, wie dreckig Straßenlampen sind – schließlich pinkeln da buchstäblich jeden Tag die Hunde dran. Ich berührte sie trotzdem. Vielleicht war das sogar ein Zeichen des Fortschritts? Vielleicht führte ich da meine höchsteigenen Konfrontationsübungen durch? Vielleicht sollte ich hier einen kleinen Scherz einfügen, so à la, was manche Menschen sich vormachen, das macht ihnen so schnell keiner nach.
4. Falls es wieder da wäre, müsste ich wieder die Medikamente hochschrauben. Dann hätte ich versagt. Dann

würde ich sie für immer nehmen. Ich würde nie wissen, wer ich bin.
5. Falls es zurück wäre, dann hätte die ganze Therapie versagt. Wenn es zurückgekommen wäre, dann wäre es immer so wie jetzt. Ich würde ständig kämpfen müssen, Tag für Tag, um nicht die Rutsche nach Spinnerhausen runterzugleiten. Allein der Gedanke war schon erschöpfend. Und falls es nicht zurück war, dann war ich geheilt. Dann war ich wieder normal. Dann war ich genau wie alle anderen. Alle anderen mit ihren einfachen Leben und normalen Problemen und glücklich, glücklich, glücklich, glücklich.
6. Falls es zurück wäre, dann fänden es meine Freundinnen vielleicht raus. Dann würden sie vielleicht nicht mehr meine Freundinnen sein wollen. Wie Jane.

»Evie? Evie? Geht's dir gut?«

<u>Unguter Gedanke</u>
Wenn ich nur einmal mit dem Finger um den ganzen Rand von Janes Spiegel fahre, geht heute Abend alles gut.

»Evie?«, fragte Jane noch mal.

»Hä?« Ich schreckte von meinem Spiegelbild zurück und sah sie in der Ecke stehen.

»Geht's dir gut, Evie?«, fragte Jane ein zweites Mal. »Du hast meinen Spiegel gestreichelt.«

Amber katapultierte sich neben mich ins Spiegelbild und schlang mir einen Arm um den Hals.

»Weil sie so wahnsinnig toll aussieht, oder, Evie?«

Ich betrachtete Amber und mich nebeneinander – wir hätten nicht unterschiedlicher sein können. Sie war so lang und wildmähnig und hatte sich schrillen grünen Lidschatten um die

Augen geschmiert. Ich war so klein und kurvig (also, kurvig gewesen), mein blondes Haar war so glatt wie immer, so viel ich es auch mit Volumenshampoo waschen mochte. Also gerade sehr, sehr häufig.

»Alles ... alles okay, Jane, ich bin hier gleich fertig«, sagte ich.

»Gut«, mischte sich Lottie ein. Ihr Gesicht bestand hauptsächlich aus Eyliner. »Ich muss noch meine lebensnotwendige achte Mascaraschicht auftragen.«

Ich war ratlos, wie ich unter all dieser Aufmerksamkeit noch meine Spiegelberührungen durchziehen sollte, und so räumte ich zögerlich das Feld für Lottie.

<u>Unguter Gedanke</u>
Du hast's kaputt gemacht, jetzt geht der Abend in die Hose. Alles wird nur noch falsch laufen.

Nein, wird's nicht, sagte ich mir. *Ich mach's einfach fertig, wenn keiner hinschaut.*

<u>Unguter Gedanke</u>
Nein, du musst es jetzt machen. Jetzt, jetzt, jetzt, jetzt, JETZT!

Ich trommelte mir mit den Fingernägeln auf dem Arm herum, ließ sie ein nervöses Kratztänzchen auf meiner Haut aufführen. »Hast du jetzt entschieden, was du anziehst?«, fragte ich Jane, die deswegen den ganzen Nachmittag rumgestresst hatte.

Jane schüttelte mit Grabesmiene den Kopf. »Nein. Was ich auch anzieh, ich seh fett aus.«

»Du bist nicht fett, du Idiotin. Das zu sagen, ist wirklich fetten Leuten gegenüber total unfair.«

Jane hatte ihre Einladung zum gemeinsamen Fertigmachen für den Bandwettbwerb bei ihr daheim aufrechterhalten. Überraschenderweise hatten Amber und Lottie ihr Kommen zugesagt und wir hatten alle gemeinsam Take-away-Pizza gegessen – ich hatte meinen Anteil in meiner Handtasche versteckt. Ich meine, schon mal gemerkt, wie ungepflegt diese Lieferpizzaleute sind?

Es war seltsam, wieder in Janes Zimmer zu sein. Früher hatte ich dort den größten Teil meiner Zeit zugebracht, mich in ihrer Wand voller Schmetterlingsaufkleber verloren und mich durch ihre Instrumentensammlung gewühlt. Jetzt waren die Schmetterlinge wütenden schwarzen Postern von mir völlig unbekannten haarigen Bands gewichten. Wo einst die Klarinette gewesen war, stand jetzt eine E-Gitarre. »Joel bringt's mir bei«, hatte sie gesagt. Die Luft stand vor lauter Haarspray und Parfüm und nicht ausreichend Sauerstoff für alle.

Ich sehnte mich verzweifelt danach, das Fenster zu öffnen, aber auf dem Hinweg war es so kalt gewesen, dass es schon in der Lunge wehtat.

Kalte Luft ist wenigstens sauber. Und frisch. Wie Luft sein sollte.

»Zieh doch das rote Top an«, schlug ich vor.

»Beißt sich das nicht mit meinen neuen Haaren?«

»Klar, das ist ja das Gute.« Janes neue Frisur war rot, was zu ihren blonden Augenbrauen und ihrem zartrosa Teint wirklich so gar nicht passte. Es war auch so richtiges Blutrot. Aber ich brachte den Hinweis nicht über mich, dass es so aussah, als blute ihr Kopf. Früher hätte ich es ihr wohl gesagt, aber jetzt käme es fies rüber … jetzt, wo wir nicht mehr richtige Freundinnen waren.

»Schwarz? Vielleicht könnte ich mein schwarzes Spitzenoberteil anziehen.«

»Ja, das ist echt schön«, sagte ich.

»Aber in Schwarz stech ich für Joel gar nicht so raus, oder?«

Amber, die sich gerade in Parfum ertränkte, verdrehte die Augen.

»Und um nichts anderes geht's ja heute Abend, was? Dass du Joel auffällst.«

Jane fühlte sich eindeutig auf den Schlips getreten. »Und in welcher Band spielt dein Freund so?«, gab sie bissig zurück.

»Mädels, kommt schon«, stöhnte ich.

Amber ignorierte mich. »Ich bemesse meinen Wert nicht danach, ob ich einen Freund habe und was der so macht.«

»MÄDELS!«

»Schön für dich!«, sagte Jane.

»HÖRT AUF JETZT!«

Taten sie. Aber es folgten eine peinliche Stille und der Austausch von wenigstens zwei giftigen Blicken.

»Guuuut«, murrte Jane. »Dann wird's wohl das schwarze Top.« Ihr Gesicht war reichlich verkniffen.

»Das ist echt schön«, sagte ich und linste wieder zum Spiegel, fragte mich, wann ich zur Tat schreiten konnte.

»Ja, ist es wirklich«, sagte Amber zu unser aller Überraschung. Ich lächelte ihr ein schwaches Danke zu und sie lächelte betreten zurück. »Tut mir leid, Jane«, fügte sie aufrichtig hinzu.

Jane wirkte erleichtert. »Mir tut's auch leid.«

Lottie – die dem Ganzen keine Aufmerksamkeit geschenkt hatte – pfefferte ihren Mascara zurück in die Tasche. »*Voilà*«, verkündete sie. »Jane, wir haben einen Wein mitgebracht. Hast du einen Korkenzieher?«

Jane, die sich gerade ihr Top über den Kopf zog, nickte. Ich sah ihren Schwabbelbauch – sie hatte tatsächlich zugenommen. Warum war mir das nicht aufgefallen? »Ja, unten in der Küche«, antwortete sie aus dem Inneren des Oberteils.

»Ich komm mit runter«, sagte Amber. »Wir bringen Gläser mit.«

Sie verschwanden. Jetzt, wo Janes Kopf noch stoffverhüllt war, sah ich meine Chance gekommen, sprang quer durchs Zimmer und fuhr schnell mit dem Finger über den Spiegelrahmen. Mein Magen wurde ganz weich vor Erleichterung, und eine Sekunde lang konnte ich es genießen ... bis er sich fast sofort wieder verknotete.

Unguter Gedanke
Und noch mal. Du musst den Spiegel noch mal anfassen.
Nur zur Sicherheit.

Ich streckte die Hand danach aus, wie in dieser Szene im Disneyfilm *Dornröschen*, in der Prinzessin Aurora ständig wie in Trance versucht, das Spinnrad zu berühren.

»Evie?«

Ich schnellte herum. Jane stand genau hinter mir.

»Evie? Geht's dir wirklich gut?«

Schuldbewusst ließ ich die Hand fallen. »Alles gut ...« Meine Stimme quietschte. »Was soll nicht gut sein mit mir?«

Jane zog die Augenbrauen zusammen. »Du wirkst ... angespannt. Hibbelig. Ist alles okay? Ich meine ...« Sie tippte sich an den Kopf. »Hier drinnen?«

Das war Janes altes Gesicht, das, was ich in Erinnerung hatte. Offen und liebevoll und wie sie sich auf die Lippe biss, wenn sie sich um mich Sorgen machte. Damals wäre es so leicht gewesen, es ihr zu erzählen. Meiner besten Freundin zu erzählen, dass ich vielleicht gerade durchdrehte, dass ich nicht wusste, wie ich es meinen Eltern sagen sollte. Und dass ich vor allem einfach ständig nur an diesen Jungen denken musste. Guy, Guy, Guy, Guy, Guy in Endlosschleife.

Es mochte Janes altes Gesicht sein, aber die Persönlichkeit war immer noch die der neuen Jane ...

»Mir geht's gut«, sagte ich, auf diese stockende Art, die man absichtlich verwendet, um »Mir geht's gar nicht gut« zu sagen. Ein Test.

Jane fiel durch. Sie hakte noch nicht mal nach, senkte nur die Augen auf ihren neuen schwarzen Teppich und sagte: »Die hassen mich.«

Sofort fühlte ich mich so alleine.

»Sei nicht blöd, die hassen dich doch nicht«, entgegnete ich hohl.

Obwohl ich mich verriet, indem ich nicht fragte, wen sie meinte.

»Doch, tun sie. Die glauben, ich bin die total stereotype Freundin. Amber hasst mich wie die Pest.«

»Amber hasst dic ganze Welt.« Ich hatte keine Ahnung, wieso ich sie immer noch tröstete. Mangels Alternative vielleicht. »Die ist bei uns allen immer ganz komisch mit Jungs. Sie hat unsere Mitgliedsausweise für die Spinster Girls gemacht, du weißt doch.«

Jane zerrte an ihrem Oberteil, versuchte, es über die Speckröllchen über dem Hosenbund zu kriegen. »Ich hab nur gedacht, wenn ich sie einlade, dann sehen sie, dass ich cool bin, weißt du?«

»Und werden sie auch ... tun sie auch, echt.«

»Weiß nicht.« Sie blickte wieder betreten auf den Teppich. Vielleicht las ich zu viel hinein, aber zum ersten Mal erschien es mir, als sei Jane neidisch auf mich. Neidisch auf die Freundschaften, die ich geschlossen hatte, die Identität, die ich entwickelte, von allen anderen unabhängig. Trotz des Schönheitsfehlers namens Guy.

Wir hörten von unten Gläserklirren und Gekicher. Der Wein war unterwegs.

Jane ging an mir vorbei zum Spiegel. »Die neuen Haare sind

okay, oder? Hinten ist es irgendwie fleckig, weil ich am Scheitel was nicht erwischt hab. Ich hab's selbst machen müssen ...«

»Ach ... nein, das sieht man nicht.«

Sie sah verdrossen drein und legte den Kopf auf die Seite. »Als Joel es gesehen hat, hat er gemeint, wir sollten mal wieder jeder ein bisschen Zeit mit seinen Freunden verbringen. Er meint, wir kleben zu viel aufeinander.«

Aha! Joel stand also hinter ihrem plötzlichen Ausbruch an Freundschaftsgeist. Mit einem Schlag war ich so wütend auf sie – dass dieser Umschwung auch auf Joels Konto ging, nicht auf ihres. Wütend, dass sie nicht merkte, wie sehr ich litt ... oder dass sie es bewusst nicht merken wollte. Weil sie es schon viel zu oft gesehen hatte. Sie hatte ihre Schmerzgrenze erreicht.

»Ach, tja, also, ist ja schon wichtig, dass man Freunde hat, oder?« Ich versuchte, Mitgefühl für sie aufzubringen, meinen versteckten Ärger zu beschwichtigen.

»Ja. Keine Ahnung, was ich ohne dich tun würde, Evie.« Das klang leer. Gezwungen. Ich musterte gemeinsam mit meiner Freundin ihr Spiegelbild. Sie hatte sich in den letzten Monaten optisch so sehr umgekrempelt. Andere Haare, neue Piercings, schräge Outfits – aber das fiel mir überhaupt nicht groß auf, zog gar nicht meinen Blick auf sich. Es war die Art, wie sie sich hielt, ganz ohne ihre Aufsässigkeit, ihren Witz. Es war, als hätte sie jemand langsam von Technicolor auf Sepia umgeschaltet.

»Wie läuft's denn so zwischen dir und Joel?«, fragte ich.

»Wieso?«

»Ich frag ja nur.«

»Tja, bestens. Großartig. Toll. Wart nur ab, bis du dich mal verliebst, Evie.« Ich warf ihrem Hinterkopf einen höhnischen Blick zu. »Aber, wie Joel schon sagt, Freundschaften sind auch wichtig. Deshalb hab ich euch heute Abend alle eingeladen.«

Auf Joels Vorschlag hin …

Die Tür ging auf und Lottie und Amber kamen mit Wein und Gläsern hereinstolziert.

»Wir haben Merlot!«, tat Lottie kund, stellte ihn tollpatschig auf dem Teppich ab und schüttete ihn nachlässig in vier Gläser um. Ein wenig ging auch auf den Teppich. Keiner sagte etwas. Vielleicht fiel es niemandem auf außer mir. »Den hab ich meinen Eltern geklaut. Wir werden dem Schulbandwettbewerb etwas Klasse verleihen, indem wir Rotwein trinken. Wir werden die gediegensten Damen des Abends sein.«

Ich wies auf Amber, die sorgfältig eine weitere Rotweinflasche in eine leere Colaflasche umleerte. »Nicht, wenn uns wer aus der trinken sieht.«

»Quatsch«, sagte Lottie. »Das ist Wegzehrung. Das kriegt niemand zu sehen. Wir gehen einfach durch die Nebenstraßen.«

»Wirklich verdammt stilvoll.«

»Wohl wahr. Kommt, jetzt aber Prost!«

Die übervollen Gläser wurden herumgereicht und wir stießen miteinander an.

»Darauf, dass Joels Band heute gewinnt?«, schlug Jane vor.

Lottie lachte wie eine Gewitterhexe. »Nie im Leben. Wir trinken auf die Schwesternschaft.«

Und noch mal stießen wir an.

Mittlerweile war meine Dosis noch niedriger als bei der Party damals. Und das hier war kein Schnaps. Also leerte ich mein Glas so schnell, wie man Rotwein eben trinken kann, ohne das Gesicht auf verräterische Immer-noch-Minderjährigen-Art zu verziehen.

Bei der Kälte dauerte es ewig, bis wir aus dem Haus kamen, mit den zehn Mantel-und-Schal-Schichten, die man sich anlegen musste. Aber als wir nacheinander vor Janes Haustür traten, waren wir froh, dass wir sie hatten.

Lottie quietschte leise auf. »Das ist kälter als flüssiger Stickstoff! Lass mal den Wein rüberwachsen!«

Amber gehorchte, Lottie trank und reichte weiter. Ich tat nur so, als tränke ich, näherte ihn aber nicht meinen Lippen. Ich konnte einfach nicht mit anderen aus einer Flasche trinken. Und außerdem war mir schon ein bisschen schwummrig vom Wein bei Jane, dem aus den schönen, sicheren Gläsern.

»Das ist so kalt«, sagte ich, um meinen Nichtalkoholkonsum zu übertünchen. »So kalt, dass es mir gerade wissenschaftlich unmöglich ist, meine Arschbacken zu entspannen.«

Amber und Lottie brachen in Gelächter aus. »Wie überaus gediegen und stilvoll, Schwester!«

»Jetzt tut nicht so, als würden eure Arschbacken nicht vor Eisigkeit aneinanderkleben!«

»Ach, meine sind so verkrampft, dass ich dazwischen Walnüsse knacken könnte«, sagte Lottie, und wir lachten wieder. Wir hüpften zwischen Seitengässchen hin und her, wichen einer Straßenlampe nach der anderen aus und der Weinpegel in der Flasche sank und sank.

Jane war in irgendeinen Monolog über Joels Setlist ausgebrochen. Wir lauschten pflichtbewusst mit ausgeblendetem Ton, bis sie sagte:

»Guy redet ständig von dir, Evie.«

Um ein Haar wäre ich einfach stehen geblieben. Wäre ich ein Hase, meine Löffel hätten sich sofort senkrecht aufgerichtet. Wäre ich eine Meerkatze, hätte ich mich rasant auf die Hinterbeine gestellt. Bevor ich antworten konnte, stöhnten Lottie und Amber schon auf.

»O nein, Jane, erzähl ihr doch nicht so was«, sagte Lottie.

»Ja, wo sie doch zwei ganze Stunden durchgehalten hat, ohne ihn zu erwähnen.«

»Klappe!« Ich drehte mich zu Jane und fragte so nebenbei wie möglich: »Ach ja? Und, was sagt er so?«

In meinen Ohren hatte ich mich total desinteressiert und vage angehört, aber die anderen stöhnten noch lauter. »O Mann, jetzt haben wir den Salat.«

»Was hat er gesagt, Jane?«, sagte Amber mit Kieksstimme. »Kannst du's mir noch mal sagen? Kannst du's mir aufschreiben? Wie interpretierst du diese Punkte am Ende des Satzes, die er verwendet hat? Was mögen die wohl zu bedeuten haben? Glaubst du, er mag mich?«

Ich knüppelte ihr mit der leeren Cola-/Weinflasche über den Schädel. »Mann, seid leise! So schlimm bin ich jetzt auch wieder nicht.«

»Doch, bist du.«

»Na ja, vielleicht schon. Aber das ist seine Schuld.«

Jane sah uns verwirrt an. »Was geht da ab?«

Amber fuchtelte dramatisch mit den Armen. »Du meinst, Evie hat dir noch nicht von ihrem romantischen Kastanienwettstreit erzählt?«

»Gefolgt von völliger Funkstille?«, ergänzte Lottie.

»Oder dem Beinahkuss auf der Party?«, fragte Amber.

»Gefolgt von völliger Funkstille«, ergänzte Lottie.

»Oder der unnötigen Abweichung von seiner üblichen Heimwegroute, damit er mit ihr auf einem Zaun sitzen und über nichts plaudern kann.«

»Gefolgt von völliger Funkstille.«

»Oder wie er über jeden Typen herzieht, mit dem sie vielleicht ausgehen würde ...«

»Vor folgender völliger Funkstille.«

Ich zog ihnen beiden eins mit der leeren Flasche über.

»Aua!«

»Wenn ihr hier ein Muster aufzeigen wolltet«, sagte ich, »hättet ihr euch weitaus kürzer fassen können.«

»Moment mal«, sagte Jane. »Zwischen dir und Guy ist was gewesen?«

Warum hörte ich seinen Namen nur so gern? Warum war ich nur so jämmerlich?

»Hast du nicht zugehört?«, fragte Amber. »Der führt sich ihr gegenüber derart wetterwendisch auf, dass ich mich echt frage, wieso der nicht wegen seiner Verwandlungskünste in Hogwarts aufgenommen worden ist.«

Wir traten aus einer Gasse heraus hinein in die Straße neben dem Schulgebäude. Überall waren billige Autos geparkt, aus denen Schüler in Richtung der beleuchteten Schule strebten.

»Er redet aber viel von ihr«, beharrte Jane.

»Tut er sicher«, sagte Amber. »Aber das macht ihn noch lange nicht zum netten Kerl.«

»Ich unterliege nicht der Illusion, dass er ein netter Kerl ist«, protestierte ich.

»Aber warum bist du dann so besessen von ihm?«

»Ich bin nicht ... also ... ich kann nicht anders. Und ich hab's euch doch gesagt, ich hab die Nase voll jetzt. Ich schreib ihm nicht mehr. Was mich angeht, ist er gestorben.«

Jane rückte näher an mich ran und flüsterte mir etwas zu, als wären wir alte Freundinnen. Was wir wohl auch waren. »Nun, du bist für ihn aber definitiv nicht gestorben.«

Ich ließ mich ein wenig zurückfallen, als wir auf die Schule zuspazierten. In der Dunkelheit, in ihrem Windschatten, streifte ich jeden verbliebenen Laternenpfahl sechsmal.

Bevor die Musik losging, würde ich mir die Hände waschen müssen.

EINUNDDREISSIG

Es war seltsam, abends in der Schule zu sein. Es fühlte sich unwirklich an oder verboten oder irgendwie so. All die vertrauten Gesichter waren da, aber in der Dunkelheit wirkte jeder fremd.

»Gottchen, ist das voll«, bemerkte ich, als wir auf den Schulparkplatz kamen und die Menschenmenge sahen.

»Sag mal, Jane«, sagte Lottie. »Du kennst Evie doch schon seit Ewigkeiten. Hat sie immer dieses Vokabular von anno dazumal wie ›Gottchen‹ draufgehabt oder ist das eine relativ frische Erscheinung in ihrer sprachlichen Entwicklung?«

»He!«, protestierte ich, als Jane über meinen Kopf hinweg antwortete, mit im Mondlicht leuchtenden Zähnen, weil sie so breit lächelte.

»Das ist nichts Neues. Ihr Lieblingsausdruck war immer: ›Ach du grüne Neune!‹«

»Das ist ein zu Unrecht in Vergessenheit geratener Ausdruck«, führte ich ins Feld. »Außerdem kann ich nichts dafür. Ich schau mir eben viele alte Schmachtfilme an. Damals haben sie halt noch anständig gesprochen ... mit Stil.«

Janes Handy surrte und sie wühlte in ihrem Mantel danach. »Joel«, sagte sie, obwohl keine von uns gefragt hatte. »Er meint, sie sind die Vorletzten. Sie sind backstage, aber vielleicht können sie zu uns rauskommen.«

»Backstage?« Selbst im Dunkeln konnte ich sehen, wie sich Ambers Augenbraue hob.

»Na ja, im Fotografiesaal. Den verwenden sie als Green Room.«

»Green Room?« Ambers Augenbrauen drehten durch.

Ich hakte sie rechts und links von mir ein, wie zänkische Geschwister. »Kommt, wir holen unsere Karten.«

Wir reihten uns ein, löhnten jeder unseren Fünfer Eintrittsgeld, der irgendeiner hiesigen Hilfsorganisation zugutekam, und bekamen die Hand abgestempelt. Die Cafeteria sah jetzt, wo die Tische alle an die Wand gerückt waren, deutlich größer aus. Ich war ziemlich beeindruckt – es gab eine richtige Bühne und Beleuchtung und überall Lautsprecher, die von den Musiktechnikschülern aufgestellt worden waren.

»Ach, schaut mal, da gibt's 'ne Bar!«, sagte Lottie und deutete an die Stelle, wo sonst Pizza und Pommes verkauft wurden.

»Die ist nur für den letzten Jahrgang«, sagte Jane. »Für die, die schon achtzehn sind.«

Lottie rümpfte die Nase. »Scheiß drauf.« Sie linste ans Ende der Schlange. »Den Typen an der Bar, den kenn ich. Der ist bei mir in Philosophie. Der ist ein Jahr über mir, aber der nimmt Philosophie noch als Wahlfach dazu. Teddy heißt er.«

»Teddy?«, fragte ich. »Nicht im Ernst.«

»Todernst. Seine Mum ist total besessen von dem Klassiker *Betty und ihre Schwestern*. Teddy ist ganz süß, oder? Wenn ihr mir alle einen Fünfer gebt, dann versuch ich, uns was zu organisieren.«

Wir rückten gehorsam mit dem Geld raus und Lottie bahnte sich einen Weg durch die Menge. Teddy war sofort hin und weg, als er sie zur Bar kommen sah, und versuchte verzweifelt, nicht auf ihren entblößten Bauch zu starren. Fünf Minuten später überreichte sie uns allen Plastikbecher voller Wodka Lemon.

»Ich glaub, ich mag ihn«, sagte sie. »Der Name Teddy allein macht schon, dass ich mich in ihm vergraben und ihn so richtig knuddeln möchte.«

Ich nippte an meinem Drink.

Unguter Gedanke
Woher willst du wissen, dass der Plastikbecher sauber ist?

Unguter Gedanke
Die Hände hast du dir immer noch nicht gewaschen.

Mein Nippen wurde ein verkrampftes Schlucken und der saure Nichtgeschmack ließ mich zusammenzucken. »Glaubst du, der hat einen Pelz auf der Brust?«, fragte ich in der Hoffnung, mich abzulenken.

»Es gibt nur einen Weg, das rauszufinden.« Sie grinste und stieß mit ihrem Plastikbecher mit mir an, wobei sie meinen Becher mit ihrer Spucke noch weiter kontaminierte. Ich ging mal davon aus, dass der Alkohol sich selbst reinigte, und leerte den Rest meines Drinks, spülte ihn noch ein wenig in meinem Mund herum. So als Mundspülung quasi.

Jane faltete ein Programm auseinander und quietschte beim Anblick von Joels Foto auf.

»Schaut mal«, kiekste sie und zeigte uns das Bild. »Die haben mehr Platz gekriegt als alle anderen.« Ich folgte ihrem Finger und sah, wie Guys Gesicht mir entgegenstarrte, aus den körnigen Tiefen der miesen Kopie.

»Ich muss mal«, sagte ich zu ihnen und kämpfte mich zu den Toiletten durch. Ich musste eigentlich nicht, aber eine Horde Mädchen hatte bereits die Waschbecken in Beschlag genommen, um vor den Spiegeln ihre Schminke aufzufrischen. Einfach nur dazustehen und auf ein Waschbecken zu warten, würde seltsam aussehen, und so ging ich in eine Kabine und stand einfach nur da, wartete die Zeit ab, die man zum Pinkeln brauchte. Und weil ich wusste, dass ich mir gleich die Hände waschen würde, zog ich an der Kette und sah zu, wie die saubere Schüssel sich durchspülte.

Die Musik setzte gerade ein, als ich mich an jemandem vorbei zu den Waschbecken schob. Ein Geträller, wie es nur von einem weißen, Akustikgitarre spielenden Dreadlockträger gutbürgerlicher Herkunft erzeugt werden kann, hallte von der weißen Fliesenwand wider. Ich pumpte sechsmal am Seifenspender.

Anleitung zum Händewaschen auf Evie-Art

- Drück sechsmal auf den Seifenspender. Eins, zwei, drei, vier, fünf, sechs.
- Reib die Hände gegeneinander, bis sich ein dicker Schaum gebildet hat.
- Konzentrier dich erst darauf, die Daumen zu schrubben, dann jeden Finger einzeln nacheinander.
- Lass deine Finger ineinandergreifen und reibe die Handflächen fest gegeneinander – mit schmerzverzerrtem Gesicht, wenn die Seife in die paar offenen Stellen auf deiner Haut kommt.
- Reib die Handrücken gründlich gegeneinander.
- Zum Schluss die Handgelenke: Bilde ein O mit den sauberen Fingern, um die Seife wie einen Armreifen zu verschmieren.
- Dann abspülen. Erst heiß. Dann kalt. Dann so heiß wie erträglich. Dreh das Wasser mit dem Ellbogen ab.
- Verwende den Ellbogen, um den Händetrockner anzuschalten, lass die Hände drunter, bis sie knochentrocken sind.

Auf dem Rückweg griff ich mir ein Programm und schlug es bei Guys Foto auf. DA war er. Sein blödes, nicht auf Nachrichten antwortendes Gesicht, total gequält und verschattet und sexy. Ich bemerkte, dass mir die Hände zitterten. Ich fand die Mädchen fast ganz vorne in der Menge. Lottie hielt sich dramatisch die Ohren zu, offensichtlich zu Ambers Erheiterung.

»Dieses Mädchen«, rief Lottie über die Musik hinweg. »Muss mal gesagt kriegen, dass Musikhören ein angenehmes Erlebnis sein soll.«

Wir zuckten kollektiv zusammen, als das Mädchen auf der Bühne wieder an einer besonders hohen Note scheiterte. Ich blickte suchend zur Lärmquelle. Meine Vermutung bestätigte sich: Die blonden Haare des Mädchens waren zu Dreads gezwirbelt und sie trug doch tatsächlich einen richtigen Schal. Ihre Gitarre war mit Sixties-Blümchen verziert.

Amber sah auch hin. »Klarer Fall von Zwangsstörung«, sagte sie, und das Blut gefror mir in den Adern. Sie hielt kurz inne, ehe sie zur Pointe überging: »Dem Zwang, kein Klischee auszulassen.«

Ich gab vor zu lachen, während ich überlegte, ob ich nicht zu den Toiletten zurück- und weinen gehen sollte.

Der Song ging zu Ende, gefolgt von lauwarmem Applaus.

»Danke«, sagte das Dreads-Mädchen strahlend. Sie schickte sich noch zu einer Verbeugung an, wurde aber von der Folgeband von der Bühne geschubst. Eine Jungsgruppe, alle in schicken Anzügen mit schmalen Krawatten.

»Moment mal«, sagte ich zu den anderen. »Das ist doch Ethan.«

Ambers und Lotties Köpfe drehten sich hastig zur Bühne. »Wusste gar nicht, dass der Schlagzeug spielt«, sagte Amber, als Ethan sich hinter seinem königsblauen Drumkit niederließ.

Ich zuckte die Achseln und sah zu, wie er mit Kabeln rumfummelte und seine Stöcke wirbelte. »Ja, tut er. Und Violine. Ich frag mich, wie er zwischen seiner Sex-Reha noch die Zeit dazu findet.«

»Ist das der Kerl, den du bei Annas Party angeschleppt

hast?«, fragte Jane, die ihr Handy immer noch operativ an der Hand befestigt hatte.

»Jupp.«

»Der ist doch niedlich, oder?«

»Jupp.«

Vielleicht war es der Wein. Vielleicht war es der Wodka. Vielleicht war es der Anblick von Ethans auf ärgerliche Weise sexy wirkendem Frettchengesicht auf der Bühne – aber mir wurde plötzlich ganz heiß und wuschig zumute. Der Leadsänger trat ans Mikro und meinte: »Hallo zusammen, wir sind ›DIE HOCHSTAPLER‹.« Und damit legten sie mit einem spitzenmäßigen Cover von »Back in Black« los.

»WAHNSINN«, brüllte Lottie und die Aufregung stieg ihr richtig ins Gesicht. »Tatsächlich mal was zum Tanzen!« Und noch bevor eine von uns Gelegenheit hatte, die Flucht zu ergreifen, hatte sie uns schon nach vorne gezerrt und wie verrückt zu zappeln begonnen.

Zu einem anständigen AC/DC-Cover nicht zu tanzen, ist schwer und alle um uns herum hatten dasselbe Problem. Genauso schwer ist es, zu AC/DC nicht wie ein besoffener Opa auf einer Hochzeit zu tanzen, und alle um uns herum hatten dasselbe Problem, kippten nach vorne und wirbelten im Kreis und formten einen kreischen Mädchenzirkel, in dem wir alle zu den »Hey Hey Hey«-Abschnitten die Haare schüttelten. Mitten im Schüttelprozess sah ich auf die Bühne und voll in Ethans Augen. Ich grinste und er zwinkerte mir zu. Ich streckte ihm die Zunge raus und kehrte zum Haareschütteln zurück. Da bemerkte ich Amber. Sie machte nicht mit. Sie hatte die Arme um sich gewickelt und wackelte peinlich berührt mit dem Kopf. Ich nahm ihre Hand und wedelte damit herum, grinste wie verrückt, damit sie mein Grinsen erwiderte – doch in dem Moment, als ich sie fallen ließ, war ihre Hand schon wieder auf ihrer Brust. Was ehrlicherweise bedeutete, dass ich meine Hände völlig grundlos dreckig gemacht hatte.

»Was ist los?«, schrie ich durch die Musik. »Warum tanzt du nicht?«

»Nichts ist«, sagte sie auf diese Mädchenart, die besagt, dass irgendetwas ganz bestimmt ganz und gar nicht stimmt.

»Sag's mir.«

»Ich mag einfach nicht tanzen. Ich bin zu groß. Jeder schaut mich an.«

Ich sah mich um in einem Raum voller Leute, von denen niemand Amber anschaute. »Nein, tun sie nicht.«

»Doch, tun sie.«

»Back in Black« war vorbei und die Band stürzte sich in ein weiteres bombastisches Cover von »Walk This Way«. Alles kreischte und jubelte.

»Komm schon«, rief ich ihr zu. »Das ist Aerosmith. Lottie versucht sich am Moonwalk.« Lottie hatte sich einen Platz auf der Tanzfläche frei geräumt und wackelte albern rückwärts herum, von Jane mit der Handykamera dokumentiert.

Amber lächelte gequält. »Geht schon. Ich beschaff uns noch was zum Trinken.«

Ich wollte ja Mitgefühl für sie aufbringen, aber die Band war zu gut, die Musik zu mitreißend. Ich drängte mich zu Lottie durch und legte mit einem seltsamen Hip-Hop-Move los, der allein dem Alkohol und nicht die Spur meinen tänzerischen Fähigkeiten geschuldet war.

»Juuhu, zeig's ihnen, Evie«, brüllte Jane, und ich zog sie an mich und wir zappelten umeinander herum, sprangen auf und ab. Ich hatte so viel Spaß, dass ich gar nicht mehr richtig darüber nachdachte, inzwischen schon die Hände von zwei Leuten berührt zu haben.

»Ich liebe Coverbands«, sagte Lottie und schwenkte das

feuchte Haar herum. »Ist doch viel besser, Musik zu hören, die man schon kennt.«

»Ja, aber Coverbands können nicht gewinnen, oder?«, fragte Jane und rückte nah an uns heran, um auch gehört zu werden. »Wär ja unfair. Joels Band schreibt ja alle Songs selbst.«

»Tut mir leid, Jane«, sagte Lottie lächelnd. »Aber zu ›Stirb, Schlampe, stirb‹ tanzt sich's einfach nicht gut.«

Sogar Jane musste lachen. Bis Amber herbeigestürmt kam und sogar noch verdrossener dreinschaute als zuvor. »Dein Kumpel wollte mir nichts verkaufen«, sagte sie zu Lottie mit einem Gesicht, das ihren roten Haaren um nichts nachstand.

»Sei unverzagt, dem werd ich Abhilfe schaffen«, sagte Lottie und strebte mit ihrem ganz persönlichen Hopserlauf der Bar entgegen. Wir übrigen drei verfolgten, wie sie Teddy mit ihrem höchsteigenen Charme für sich gewann. Er lachte ihr unentwegt zu und schob sich ständig die dunkelblonden Haare aus dem Gesicht. Dann kraxelte Lottie über die Bar, stellte sich neben ihn und mischte sich selbst die Getränke. Er lachte noch mehr und half ihr beim Einschenken. Sie drückte ihm noch einen betörenden Kuss auf die Lippen, hüpfte wieder über die Bar und schaffte es, sich alle vier Becher zwischen die Finger zu klemmen.

»*Voilà*«, verkündete sie und reichte uns jeweils einen Becher unrechtmäßig erworbenes Gut.

»Ich glaub, Teddy könnte ein klein wenig verliebt in dich sein«, sagte ich, nahm mein Getränk und schüttete es fast komplett in mich hinein. Wir sahen, wie er voll des Verlangens zu Lottie herüberschmachtete und die Schlange durstiger Menschen vor sich völlig ignorierte.

Lottie lächelte selbstzufrieden. »Na, der kann schon was, oder?«

»Über Tim hinweg?«, fragte ich.

Sie streckte mir die Zunge raus. »Über wen noch gleich?«
»Braves Mädchen.«
»Auf, wir tanzen.«
Ethans Band hatte ihr drittes und letztes Cover in Angriff genommen – Bon Jovie, »Living on a Prayer«. Alles rastete aus, sogar die zögerliche Amber. Ich exte meinen Drink, schmiss mir gedankenlos den Becher über den Kopf und legte die energiegeladenste Moscheinlage hin, die die Welt je gesehen hatte. Ich liebte, liebte, LIEBTE dieses Lied. Es ging darum, das meiste aus dem zu machen, was man hatte, einfach durchzuhalten, auch wenn alles gegen einen war.

»Take my hand«, sang der Frontmann und Lottie und Amber und ich und sogar Jane streckten unsere Hände in die Mitte unseres Kreiscs und hielten einander fest, bevor wir die Finger in die Luft reckten.

»Woah-Oooh!«, übertönten wir die Musik.

Du schaffst es, Evie, dachte ich und ging völlig in dem durchgeknallten Gitarrensolo auf. Wodka und Wein und Kitschrock pulsierten in mir und ich wirbelte herum und hüpfte in die Luft und strahlte meine Freundinnen an.

»OOON A PRAYER!«, kreischte ich allen entgegen, spürte, wie die Euphorie durch mich hindurchfetzte, als rupfe man Streifen von der Küchenrolle ab.

Dann wurde ich von hinten umklammert, und alles wurde schwarz. Er flüsterte mir ins Ohr, so dicht, dass ich ihn trotz der Band hören könnte.

»Rat mal, wer da ist?«

Ich nahm seine Hände runter und drehte mich zu ihm um.

»Hi, Guy«, grinste ich. Ich freute mich so, ihn zu sehen. Ich freute mich so, sie alle zu sehen.

»Du siehst glücklich aus, Hübsche«, brüllte er mich an und beglotzte mich von oben bis unten, was vonseiten eines weniger jungen und attraktiven Menschen einfach nur eklig gewesen wäre.

Hübsch? Hatte er mich gerade hübsch genannt?

»Tanz mit mir«, brüllte ich zurück, schnappte seine Hand und wirbelte mich unter seinem Arm. Doch er blieb steif und aufrecht und sah mich befremdet an.

»Ich tanz doch nicht zu Bon Jovi. Sag mir jetzt nicht, die Kacke gefällt dir auch noch.«

Tat sie, aber so richtig. Aber jetzt nicht mehr.

»Allen anderen ja auch«, sagte ich mit Geste zu den Mädchen, die sich hinter mir an den Händen hielten und sich im Kreis drehten, und all den anderen Leuten, die genauso eifrig den Text mitgrölten wie ich.

Guy schaubte so höhnisch, wie er es vermochte. »Ich fass es einfach nicht, dass die eine Coverband für den Wettbewerb zugelassen haben.«

»Das ist kein richtiger Wettbeweb. Das ist ein Schulkonzert für den guten Zweck.«

Sofort ging mir auf, dass dies wohl der falsche Satz gewesen war. Guys Spott wurde noch spöttischer, wobei seine Nasenlöcher ganz spitz wurden.

»Nun, wenn das so ist, brauchst du mir ja wohl auch kein Glück wünschen, oder?« Er drehte sich um und verschwand in der Menge.

Mein Hochgefühl verließ mich, als hätte wer den Stöpsel über dem Ausguss gezogen, und ich sank auf der Tanzfläche in mich zusammen. Sofort lag Ambers Arm um mich. »Was wollte denn der Herr Armleuchter?«

»Öhm ... nichts.«

Lotties Arm legte sich um meine andere Schulter. »Wow, Evie, du wirkst echt, als hättest du eine Stimmungstransplantation hinter dir.«

Amber funkelte finster in die Menge, in der Guy gerade verschwunden war. »Guy ist ein professioneller Stimmungschirurg. Der sollte den Doktor in Stimmungsvermiesung haben.«

Ich zuckte die Schultern. »Schon okay. Er kann einfach Bon Jovi nicht leiden.«

»Ein weiterer Beweis dafür, was für ein Idiot er ist«, stöhnte Lottie. »Komm schon, der letzte Refrain!«

Sie zogen mich in eine Umarmung und kreischten mir den Text so laut in die Ohren, dass ich dachte, mir platzt gleich das Trommelfell. Ich kicherte und stimmte ein und zog Jane mit in die Runde, doch mein Herz fühlte sich an wie ein Luftballon, den man auf dem Jahrmarkt kauft und der dann am nächsten Tag in deinem eintönigen Zuhause schon halb auf dem Teppich hängt.

Obwohl gegen die Regeln, wurde die Band um eine Zugabe gebeten. Sie zauberten »Mr Brightside« von den Killers aus dem Hut und die Stimmung erreichte nie gekannte Höhen. Am Ende brach die ganze Schule in Applaus und Jubelpfiffe aus. Die Band verbeugte sich. Ethan erhob sich schweißnass hinter seinem Schlagzeug. Durch die Menge hindurch schaffte er es irgendwie, mein Gesicht zu finden, und obwohl zwischen uns so ewig Eiszeit geherrscht hatte, zwinkerte er mir noch mal zu.

Überrascht winkte ich zurück.

Die Beleuchtung sprang wieder an und mit ihr irgendeine öde Hintergrundmusik, zu der Ethans Band ihre Ausrüstung abbaute und die von Guy und Joel ihre auf. Die Zuschauer kamen wieder zu sich, blinzelten ins grelle Licht und schickten sich, Teddy an der Bar zu überschwemmen.

Jane warf ihre Arme um mich und ihren schweißnassen Körper gegen mich. »Sie sind die Nächsten, Evie, o Gott, ich drück ihm ja so die Daumen.«

Ich spähte über ihre Schulter. Joel schien kein bisschen auf

Daumendrücken aus, er wirkte einfach nur grenzenlos angeödet, also eigentlich wie immer.

Guy sah mich nicht an. Niemanden. Er machte einen Schmollmund wie ein Kleinkind, das zu Weihnachten nicht das Gewünschte bekommen hat.

<u>Vernünftiger Gedanke</u>
Was findest du eigentlich an dem, Evie?

Doch der Wodka schob ihn über Bord. Der Wodka oder die Lust oder die Liebe oder sein baumelnder Karottenpenis oder wie auch immer.

Ein drängendes Bedürfnis ziepte mir durch den Bauch und ich schob Jane beiseite, im plötzlichen Bewusstsein, was jetzt zu tun war.

»Ich muss schon wieder«, teilte ich den anderen mit.

»Ach, super«, sagte Amber. »Ich muss auch.«

Ich lächelte mit zusammengebissenen Zähnen. »Super ...«

Den ganzen Weg zur Schultoilette hindurch jammerte sie und es ging mir auf den Geist. Ich war ohnehin schon sauer auf sie, weil sie mitkam, mir dazwischenfunkte ...

»Ich find's so schrecklich, wie groß ich bin, das ist echt, als könnte ich bei Konzerten nie einfach nur Spaß haben. Ich weiß, dass alle hinter mir nur denken: ›Geil, jetzt stehen wir hinter der orangen Giraffe ...‹ Und trotzdem krieg ich noch nicht mal Alk von dem Teddy-Typen. Das ist nur, weil Lottie Titten hat, oder? Aber wenn ich Titten hätte, würd's auch wieder nicht klappen, weil die nur jedem voll ins Gesicht hängen würden ...«

Wieder die übliche Warteschlange. In der ganzen Geschichte des Universums hat es nie eine Damentoilette von ausreichendem Format gegeben.

»Die Band war aber schon gut, oder? Hör nicht auf den bekloppten Guy. Ich hör mir tausendmal lieber Coversongs an als seinen Scheißdreck. Verknallst du dich noch mehr in ihn, wenn er erst auf der Bühne steht?«

»Komm, Amber, so vorhersagbar bin ich jetzt auch nicht.«

»Du bist ein Mädchen, er ist ein Kerl auf der Bühne. Alles, was dann kommt, ist hunderprozentig vorhersagbar.«

Eine Kabine wurde frei, ich verriegelte die Tür hinter mir und zählte leise bis sechzig. Sechzig Sekunden ist solider Pinkeldurchschnitt, oder? Ohne irgendwas getan zu haben, schloss ich wieder auf und wusch mir die Hände. Aber nicht richtig. Ich konnte es nicht richtig machen, besonders nicht, wenn Amber ihre gleich neben mir wusch. Noch nicht mal Seife benutzte. Nur Wasser. Was sollte Wasser schon ausrichten?

Ich konnte sie fast nicht verstehen, als wir in die Cafeteria zurückkehrten.

<u>Unguter Gedanke</u>
Kehr um, kehr um, du warst noch nicht fertig, du musst umkehren!

»… Ach, schau, die fangen gleich an. Herrgott noch mal, Jane schaut aus, als macht sie sich gleich ins Hemd. Danke, dass du da vorhin bei uns dazwischengegangen bist. Tut mir leid, dass ich so fies war … Sie ist einfach so … weiß auch nicht … aber mir ist klar, dass ihr befreundet seid …«

»O nein!«, keuchte ich, klatschte mir dramatisch die Hände ins Gesicht und blieb wie angewurzelt stehen.

Amber blieb ebenfalls stehen. »Was ist los?«

Ich klopfte mir total übertrieben gegen die Hosentaschen. »Ich bin ja so blöd. Ich glaub, ich hab mein Geld im Klo liegen lassen.«

Mein Geldbeutel war in meiner Clutch. Wie schon den ganzen Abend.

»Soll ich mit zurück?«, fragte Amber.

Gerade als sie das sagte, gingen die Lichter wieder aus. Ein Akkord kratzte durch die Luft. Ich blickte auf. Der war aus Joels Gitarre gekommen. Sie legten los.

»Nein, geht schon, ich komm gleich nach.«

Noch bevor sie Einspruch erheben konnte, war ich schon von der Menge und der ohrenbetäubenden Musik verschluckt worden.

Der wütende Auftakt zu »Stirb, Schlampe, stirb« hallte schwach von den Toilettenwänden wider. Ich drückte auf den Seifenspender, eins, zwei, drei, vier, fünf, sechs ... Moment mal, hatte ich mich verzählt? Blöder Wodka. Ich seufzte, schabte die Seife runter und fing noch mal von vorne an.

Eins. Zwei. Drei. Vier ... Hatte ich bei drei gepumpt? Echt? War ich mir da sicher? Ich musste mir sicher sein.

Ich schabte die Seife ab und begann noch mal, zählte bei jedem Druck auf den Spender laut mit.

»Eins«, sagte ich langsam und bewusst. »Zwei. Drei ...«

Gott sei Dank waren alle draußen und schauten der Band zu. Dann drehte und kreiste und rieb ich die Handrücken zusammen und flocht die Finger ineinander und machte all die Dinge, die man tun sollte, wenn man sich bei der Arbeit im Krankenhaus nicht mit dem Norovirus anstecken will.

Ich war so erleichtert. Und doch, gerade als ich mich aus der Tür schieben wollte ...

<u>Unguter Gedanke</u>
Mach's noch mal, Evie, nur zur Sicherheit.

Das war der Punkt, wo ich zu meinen »Bewältigungsstrategien« hätte greifen sollen – um die Dinge wieder den »Sorgenbaum« durchlaufen zu lassen. Den Gedanken wahrzunehmen, mich wieder ins Hier und Jetzt zu bringen und dann wieder raus zum Bandwettbewerb zu gehen; ängstlich zwar, aber in dem Wissen, dass ich es nicht gewinnen lassen würde.

Schon mal gemerkt, dass Sätze, die mit »das war der Punkt, wo« beginnen, niemals damit enden, dass jemand dem Punkt entsprechend handelt?

Die Erleichterung von vor zehn Sekunden löste sich in Luft auf und wurde ersetzt durch das dringende Bedürfnis, sich noch mal zu waschen. Genau, wie wenn man so dringend pinkeln muss, dass man schon auf einem Bein hüpft. Aber mir war klar, wenn ich es wieder täte, würde die Erleichterung auch nicht lange halten. Und das nächste Mal sogar noch kürzer.

Mein Gesicht verkrampfte sich und ich stieß ein solch hohles, leeres Schluchzen aus, dass es sich noch nicht mal nach mir anhörte. Mein Schluchzer rann langsam die weißen Kacheln der verlassenen Toilette hinunter und löste sich auf im Gewummer von Guys Band.

Noch ein Schluchzen brach aus meiner Kehle heraus und purzelte mir aus dem Mund. Ich kippte nach vorne, umklammerte mir den Bauch, verzwirbelte mich zwischen Aufregungsknoten und Enttäuschung und dem Gefühl des Verlorenseins – so schrecklich verloren – und es gab nur eine Möglichkeit, es wieder weggehen zu lassen …

Ich benutzte meinen Handrücken, um mir die Tränen zurück in die Augen zu schieben, und schritt langsam auf das nächste Waschbecken zu.

Ich wusch mir wieder die Hände.

Es fühlte sich gut an. So dermaßen gut.

Als ich fertig war, lächelte ich mich im Spiegel an. Bitte

sehr – alles erledigt, Evie –, jetzt raus mit dir, geh zurück und amüsier dich mit deinen Freundinnen.

Unguter Gedanke
Fass den Wasserhahn von jedem Waschbecken sechsmal an, dann wird der Abend gut.

Die Tränen drängten sich zurück. Ich sah meinem Spiegelbild beim Weinen zu – diesem elenden Mädchen, wie es mit irrem Blick in den Spiegel schaute und die Arme um sich gewickelt hatte.

»Nein, mach ich nicht«, sagte ich dem Mädchen im Spiegel. Es klang wie ein Winseln. Wenn jetzt jemand reingekommen wäre, hätte er oder sie mich wahrscheinlich auf der Stelle eingewiesen.

Unguter Gedanke
Fass den Wasserhahn von jedem Waschbecken sechsmal an, dann wird der Abend gut.

Ich war zu erschöpft zum Kämpfen. Ich sah mir zu, wie ich von Waschbecken zu Waschbecken zog, auf die Hähne tippte und leise mitzählte.

Wieder machte sich Erleichterung in meinem Bauch breit. Jetzt war ich fertig. Jetzt würde alles gut werden mit meinem Abend. Ich würde da rausgehen und mit meinen Freundinnen zusammen sein und der nicht sehr guten Band zuhören und so tun, als wären sie eigentlich gar nicht so übel, genau wie alle anderen auch.

Ich wuschelte mir durch die Haare, hauchte mir einen Luftkuss zu und beeilte mich, endlich die Toilette zu verlassen.

Gerade als ich die Tür aufdrückte ...

> <u>Unguter Gedanke</u>
> .Du hast dir die Hände schmutzig gemacht, als du diese ganzen Wasserhähne angefasst hast. Geh und wasch sie noch mal. Mach schon, nur noch dieses eine Mal. Nur zur Sicherheit.

Ich weinte zehn Minuten lang, bevor ich wieder nachgab.

Ich verpasste den größten Teil des Auftritts.

Ich hatte schon wieder etwas von meinem Leben verpasst, nur wegen mir.

Und trotzdem: Als ich aus der Toilette trat, war mein Make-up tadellos.

ZWEIUNDDREISSIG

Guy und Co. waren schon beim letzten Lied. Das Publikum war ... öhm ... so halbwegs begeistert. Es schien zwei Lager zu geben. Ein paar Hardcore-Metaller, d. h. Joels und Guys Kumpels, hatten das Gebiet direkt vor der Bühne für sich beansprucht. Ein paar klammerten sich doch tatsächlich Unterstützung suchend an der Kante fest bei ihren Versuchen, sich das Hirn durch die Nasenlöcher rauszuquetschen ... ein auch als »Headbanging« bekanntes Phänomen. Die restlichen Hardcores hatten einen kleinen Moshpit gebildet und warfen sich in einem brutalen Kreis umher, schubsten einander und rupften sich an den T-Shirts. Lottie und Amber standen zögerlich am Rande und bemühten sich nach Möglichkeit um Jane, die sich immer wieder mit unnötigem Kraftaufwand in die Mitte des Geschehens warf und kreischte: »Joel, ich liebe dich!«

Doch die übrige Menge erschien befremdet oder einfach nur wenig angetan. Vor Teddys Bar hatte sich eine lange Schlange gebildet und die Cafeteria war deutlich leerer als während des Auftritts der Hochstapler.

Mein Blick wanderte zur Bühne. Zu Guy. Seine Augen waren geschlossen, seine Finger umklammerten das Mikrofon. Mein Magen stürzte sich in die eigene Grube. Die Musik blendete ich beinahe aus – auch gut, denn zu den Dingen, die ich an Guy attraktiv fand, zählte eines ganz bestimmt nicht: sein musikalisches Werk.

Gerade fasste ich ins Auge, mich zu meinen Freundinnen zu gesellen, wog ab, wie groß die Wahrscheinlichkeit sein mochte, mit fremdem Schweiß bespritzt zu werden, als ich von rechts und links einen Finger in die Rippen gebohrt bekam.

»He!« Ich wirbelte herum und da stand Ethan. Sein stoppelbärtiges Gesicht strahlte noch vor Bühnenadrenalin. Sein Lächeln war ansteckender als der Norovirus.

»Hey, Fremde«, sagte er und beleuchtete die ganze nördliche Hemisphäre mit seinem Grinsen.

Ich konnte nicht anders, ich musste zurücklächeln, unsere Geschichte hin oder her. »Alles klar, Sexsüchtling? Klasse Auftritt übrigens!«

»Darüber wollte ich mit dir reden.«

»WAS?« Guys Schlagzeuger hieb immer wieder in einer Art »Solo« auf die Becken ein, und ich verstand kein Wort.

Ethan beugte sich zu mir, die schwarze Krawatte baumelte ihm lose vom Hals. »ICH HAB GEMEINT, DARÜBER WOLLT ICH MIT DIR REDEN.« Er legte seine Hände trichterförmig um mein Ohr, sein Atem kitzelte mein Haar. »Ich wollte mich entschuldigen. Ich war ein Depp. Kein Sexsüchtiger.«

Da musste ich einfach lachen. »Ich hab's verkraftet«, brüllte ich.

»Das seh ich. Du siehst gut aus, Evie.« Er legte herausfordernd den Kopf schief.

»Du hättest mich mal vor zehn Minuten sehen sollen«, sagte ich im vollen Wissen, dass diesen Witz nur ich verstehen konnte.

»Warum, hast du da an dir rumgefingert?«

»Klar«, gab ich ungerührt zurück. »So machen wir Mädchen das immer. Sobald die Jungs das Zimmer verlassen, fingern wir alle an uns rum, nur um euch eins auszuwischen.«

Er lachte so breit, dass ich zwei Plomben in seinem Mund ausmachen konnte – was mich ihm gegenüber wieder etwas ernüchterte.

»Du hast mir gefehlt, Evie.«
»Ich bin immer noch in deinem Soziologiekurs.«
»Ja, aber da schaust du mich nur noch finster an. Immer wenn ich von einer schrägen Psychokrankheit höre, bist du die Erste, der ich davon erzählen möchte.«
Vermutlich meinte Ethan das nicht böse, deshalb lächelte ich ihm zu. »Ach ja, Ethan, und jedes Mal, wenn ein Typ beim ersten Date nicht jemand anderen schnackselt, bist du der Erste, dem ich davon erzählen möchte.«
»Hast du eben das Wort ›schnackseln‹ verwendet?«
»Was stimmt nicht mit ›schnackseln‹?«
»Noch nicht mal meine Mutter würde das Wort ›schnackseln‹ verwenden.«
»Nun, wenn sie das hätte, wäre dein Drang, Leute zu schnackseln, vielleicht etwas geringer. Leute, mit denen du nicht ausgehst. Während du mit ihnen ausgehst.«
Er lachte so heftig, dass ich noch eine weitere Plombe auf der anderen Mundseite erspähte. »Triffst du dich gerade mit wem, Evie?« Er fragte wie ein Freund, aber jetzt hatte er seinen schwitzigen Arm um mich gelegt.
»Öhm, eigentlich nicht.« Doch mein Blick glitt instinktiv zu Guy. Er starrte mich direkt an. Von der Bühne aus, durchdringend. Unsere Blicke kreuzten sich, bevor er Ethan anschaute.
Dann drehte Guy mir seinen Rücken zu, damit ich sein Gesicht nicht mehr sah.
Ethan hatte alles mitbekommen. »Wow, was geht bitte ab zwischen dir und diesem Typen?«
»Welchem Typen?«
»Dem grottigen Sänger, den du gerade gefickblickt hast?«
»Er ist kein grottiger Sänger. Und nichts. Was interessiert's dich überhaupt?«

Ethan wackelte mit den Augenbrauen. »Ich könnte dir helfen, ihn eifersüchtig zu machen.«

Guy sah schon wieder zu mir herüber. »Hä? Was? Wie denn?«, fragte ich, nicht ganz bei der Sache.

»So etwa.«

Er fasste mich um die Taille, drehte mich herum und Ethans Lippen lagen auf meinen, einfach so. Ich hatte immer befürchtet, meine Lippen würden gar nicht wissen, was zu tun war, aber jetzt küssten sie Ethan einfach zurück und ich hatte noch nicht mal Bedenken wegen Keimen oder darüber, wann Ethan sich wohl zuletzt die Zähne geputzt hatte.

Bis hinterher.

Ich schubste ihn weg. Fest. Obwohl es sich gut angefühlt hatte.

»Ethan, du kannst nicht einfach so Leute küssen«, brüllte ich. »Das ist sexuelle Belästigung!«

Er grinste achselzuckend. »Ach was, ich hab ja was wiedergutzumachen bei dir.« Er griff noch mal nach mir und drehte mich herum. »Siehst du, hat geklappt!«

Die Band hatte ihren letzten Song beendet und Guys Ausdruck war mörderisch, seine Augen völlig verknotet. Seine Finger zitterten ums Mikrofon und er hatte sich dermaßen versungen, dass es den Höhepunkt des Songs versaut hatte.

Ich brachte es nicht über mich, ihm in die Augen zu schauen. »Ethan, was hast du getan?« Ich schlotterte. »Ethan, was zum Teufel hast du getan?«

Er zuckte noch mal mit den Achseln. »Dir. Einen Gefallen. Versprich mir, dass du nicht zu ihm gehst. Lass ihn kommen.«

»Schreibst du jetzt auch Beziehungsratgeber neben deiner Tätigkeit als sexueller Belästiger?«

»Wie dem auch sei. Ich muss dann mal eben diesen beknackten Wettbewerb gewinnen und mich dann aus dem Mädchenfundus hier bedienen.«

»Vielleicht gewinnst du ja gar nicht«, rief ich ihm hinterher, doch er war bereits in der gewaltigen Menschenmenge untergegangen.

Jemand zog mir von hinten an den Haaren. Es war Amber, die meinen Kopf zu sich zerrte.

»WARUM ZUM TEUFEL KÜSST DU HIER ETHAN?!«

DREIUNDREISSIG

»Autsch, du tust mir weh.«

»Mir egal«, sagte Amber, die mich immer noch am Haar zu ihrem Platz nahe der Bühne schleifte. »Was machst du da bitte? Das ist Ethan! Das Sexmonster! Der sollte für dich gestorben sein, schon vergessen?«

»Er hat mich geküsst«, murrte ich.

Die letzten metallischen Akkordbündel vibrierten und verhallten. Die Band war fertig. Amber ließ mich los, damit wir in den lustlosen Applaus mit einstimmen konnten. Ich klatschte und versuchte verzweifelt, Blickkontakt mit Guy herzustellen, doch der war schon von der Bühne gestürmt.

<u>Guter Gedanke</u>
Ist er eifersüchtig? Hat Ethans sexuelle Belästigung ... funktioniert?

Wir klatschten und gingen gleichzeitig zurück, gelangten wieder zu Jane, die kreischte und gellende Pfiffe ausstieß.

»WUUUUUUHUU, ZEIGT'S IHNEN, JUNGS!«

Der Rest des Moshpits machte mit, brüllte nach einer ZUGABE. Joel stand ganz vorne auf der Bühne, sog alles in sich auf. Er riss sich sein T-Shirt vom Leib.

»ICH LIIIIIIEEEBE DICH, JOEL!«

Ich sah mich um und bemerkte, dass der Rest der Cafeteria das Höflichkeitsklatschen eingestellt hatte.

»Sonst klatscht keiner«, sagte ich zu Amber.

»Weil sie echt scheiße waren. Meine Ohren haben eine einstweilige Verfügung gegen mich beantragt. Also, meine

Musik ist das ja eh nicht, aber diesmal waren sie noch deutlich mieser als im Gemeindesaal. Hast du mitgekriegt, wie Guy ständig danebengesungen hat?«

»Nein ... ich war ...«

Auf der Schultoilette rumzwangen bis zum Gehtnichtmehr.

»Dich an Ethans Gesicht festkleben?«, schlug Amber vor.

»Ich hab's dir doch gesagt. Er war derjenige, der mich geküsst hat.«

»Schon gut. Ich verlier echt den Überblick bei dir. Und bei Lottie ... die wohl über ihren Herzschmerz hinweg ist.« Amber wies zur Bar. Wo es eine Warteschlange gab. Und keinen Teddy.

»Sie wollte noch eine Runde organisieren und ist nie zurückgekehrt. Und hat mich in der Gesellschaft von Courtney Love zurückgelassen.« Sie wies auf Jane, die einen Teufelsgruß nach dem anderen machte und sich als Letzte noch einen ab kreischte. »Ich wünschte, ihr zwei würdet mal damit aufhören, ständig abzuhauen und mich sitzen zu lasssen wie ein richtiges Spinster Girl statt wie ein selbsterwähltes, neu besetztes. Es ist schlimm genug, eins achzig groß und rothaarig zu sein, ohne dass man allein rumsteht wie die einsamste Leuchtboje auf der verlassensten Insel des Erdballs.«

»Tut mir leid. Ich bin nur ... auf der Toilette aufgehalten worden. Und dann hat Ethan mein Gesicht gekapert.«

»Nun, solltest du's drauf angelegt haben, Guy eifersüchtig zu machen, es hat geklappt.«

ES HAT GEKLAPPT?

»Tja, er ist von der Bühne gerannt, oder? Ich hab alles beobachtet. Weil es eben das ist, was ich tue: anderen Leuten dabei zuschauen, wie sie einander attraktiv finden.«

Ich klopfte ihr mitfühlend auf die Schulter. »Bitte sag mir jetzt nicht, du bist darauf eifersüchtig, wie Ethan mich angegriffen hat.«

»Bitte sag mir jetzt nicht, dass du irgendwas in punkto Guy unternehmen willst.«

»Ich ...«

»Der tut dir nicht gut, Evie!« Sie sagte es derart giftig, dass ich mir vorkam, als würde ich geschimpft.

Unguter Gedanke
Die ist ja nur eifersüchtig.

Fieser Gedanke
Nur, weil sie keiner küssen will.

Unguter Gedanke
Die will dich ja nur kontrollieren.

»Weißt du, was auch schlecht für mich ist?«, herrschte ich sie an. »Dass du mir STÄNDIG vorschreibst, was ich zu tun und zu lassen habe.«

Ihr Mund klappte auf.

»Evie ... komm schon.« Ihre kastanienfarbenen Augenbrauen zogen sich verletzt zusammen. »Ich schau ja nur nach dir.«

»Nun, lass einfach gut sein damit.« Ich drehte mich auf dem Absatz um.

»Wo willst du hin?«

»An die Luft.«

»Aber du kommst morgen zu dem Spinster-Girls-Treffen, oder?«

Doch ihre kummervolle Stimme verpuffte einfach im Nichts.

VIERUNDDREISSIG

Schuldig, schuldig, schuldig.
Grässlich, grässlich, grässlich.
Ich war ein grässlicher Mensch. Ich sollte mich schuldig fühlen.
Ich war auch SO SAUER.
Warum fing sie ständig mit Guy an? Warum zogen sie mich ständig mit ihm auf? Ich wollte ja einfach nur einen Jungen, der mich mochte, einen, den ich auch mochte. Das war doch so ein normaler Wunsch – warum hängten sie sich da ständig rein? So abwertend? Wenn sie schon bei der Sache hier so abwertend waren, konnte man sich ja ausmalen, wie eklig sie wären, wenn ich ihnen von mir erzählte.
Ich zwängte mich durch die Menge. Ich musste raus aus dieser stickigen Cafeteria.
Ich stellte mir vor, wie meine Freundinnen auf mich reagieren würden ... allein die Vorstellung brachte mich schon auf.

Was Amber sagen würde:

»Reg dich ab. Wasch dir einfach nicht die Hände.«

Was Lottie sagen würde:

»Sorry, Evie, wir wollten dich ja einladen, aber du ... kannst mit so was ja nicht sonderlich gut umgehen, oder?«

Was alle immer sagen:

»Reiß dich zusammen.«
　»Das ist doch völlig sinnlos.«
　»Du willst dich ja nur wichtigmachen.«
　»Hör doch auf. Ist ganz einfach.«

Als ich schließlich in die kalte Nachtluft trat, keuchte ich schon fast. Ich raste um die Ecke der Cafeteria und fand ein dunkles Plätzchen. Ich lehnte mich an die Wand und atmete fünfmal ganz tief durch.
　Ein, aus, ein, aus. Komm schon, Eves, jetzt nicht weinen. Denk dran, was Sarah gesagt hat ... wenn du dich an Zusammenbrüche erst gewöhnt hast, wird man sie schwer wieder los.
　Blöde Sarah. Blöde Sarah mit ihrem blöden normalen Hirn. Wie ich sie hasse.
　Ich ließ mich an der Wand hinuntergleiten, bis ich auf dem kalten, nassen Gras saß.
　Nicht weinen. Mir war noch nicht mal klar, über was ich mich derart aufregte.
　»Na, wen haben wir denn da?«
　Die Stimme ließ mich zusammenschrecken. Seine Stimme. Aus der Dunkelheit schälte sich Guys kantiges Gesicht.
　»Guy, ich krieg gleich einen Herzschlag!«
　Er kam näher und wurde immer sichtbarer, je mehr ihn das Licht von drinnen erfasste. Aus seinem Mund hing eine Selbstgedrehte, in seiner Hand war eine Bierdose.
　»Was sitzt du da so alleine?«
　Ich sah mich um. Im Grunde kauerte ich in einem Loch in der Wand – ich hätte nach einer PIN-Nummer fragen und Bargeld ausgeben können. Es gab keinen vernünftigen Grund, sich an einem Samstagabend in ein Loch in der Schulmauer zu drücken.

Ich antwortete aufrichtig: »Ich versteck mich vor der
Er lächelte – betrübt – und setzte sich neben mich, wo
die Bierdose zwischen uns platzierte.
»Warum denn das? Du scheinst dich doch da drinnen ganz
gut amüsiert zu haben ...« Er sprach nicht weiter. Er klang so
traurig wie sein Lächeln. Er nahm sein Bier und bot es mir an.
Ich schüttelte den Kopf.
»Ich hab genug.«
»Schön.«
»Ethan hat mich geküsst. Ich hab nicht geschnallt, was da
passiert.«
Ein schwaches Kopfnicken signalisierte, dass er mich gehört
hatte. Antworten tat er nicht. Nicht gleich. Er drückte seine
Zigarette aus, nahm einen Schluck Bier und stierte in die Finsternis.
Unwillkürlich musste ich sein Profil anstarren – es war geradezu hypnotisch. Schon hatte ich vergessen, wie ich Amber angebrüllt hatte, ich fragte mich auch nicht mehr, wo Lottie abgeblieben war, und quälte mich nicht mehr wegen meines kaputten Hirns herum. Guy anzusehen wirkte wie ein Dimmschalter auf mein Hirn, die Welt um mich herum stellte sich auf lautlos.
Endlich sagte er etwas. »Ich wünschte, das wär mir egal.«
»Dir ist es nicht egal?«
Wieder senkte sich Schweigen auf uns und ich versuchte, die Dunkelheit ähnlich interessant zu finden wie Guy. Dann seufzte er und streckte einen Arm aus. Er fiel auf meine Schulter und zog mich eng an seinen Körper. Meine ganze rechte Seite berührte seine linke Seite und das jagte kleine Elektrostöße durch mich hindurch. Ich konnte ihn riechen, Rauch und Honig. Mein Gesicht lag gegen seinen Hals gedrückt.
»Es ist mir nicht egal«, flüsterte er.
Guys Hand fand mein Gesicht und zog es an seins. Meine

Lippen bebten. Und dann, in einer Mauernische eines Schulgebäudes, trafen meine Lippen zum zweiten Mal auf die eines Jungen. Alles um mich herum verschwamm. Guys Kuss war zunächst weich, aber dann wurden seine Lippen immer fester. Seine Hand griff mir nach hinten ins Haar, zog mein Gesicht genau vor seins. Dann stöhnte er auf, packte mich und hob mich mühelos in seinen Schoß. Instinktiv schlang ich meine Beine um seine Hüfte. Als seine Zunge sich in meinen Mund verirrte, verschwendete ich noch nicht mal einen Gedanken daran. Stattdessen stöhnte ich ebenfalls auf, ganz leise.

Guy zu küssen machte alles wieder wett, was ich in den letzten drei Jahren verpasst hatte.

Guy zu küssen war wie das Beste aus hundert okayen Küssen auf einen Schlag.

Guy zu küssen gab mir das Gefühl, gar nicht mehr Evie zu sein. Es markierte das Ende von alldem und den Anfang von normal.

Hoffte ich zumindest, hoffte ich, hoffte ich.

Das laute Geklirre eines Einstiegsakkords ließ uns auseinanderfahren – unsere Lippen wenigstens. Unsere Gesichter drängten sich noch aneinander. Ich drehte mich in Richtung der Cafeteria und sah durch die riesige Fensterwand, wie die Lichter erneut ausgingen.

»Wir verpassen die letzte Band«, sagte ich.

»Mir egal.«

Er küsste mich wieder – ich ließ seine Küsse auf meine Wangen regnen, auf meine Nase und meinen Hals. Er schob meine Haare zurück, um freien Zugang zu meiner Haut zu haben. Ich liebte den Ausdruck auf seinem Gesicht – als könne er sein Glück nicht fassen, dass er mich küssen durfte. Als müsse er das meiste herausholen. Ich lachte und entzog mich ihm ein wenig.

»Möchtest du nicht rein und schauen, ob ihr gewinnt?«

Sein Gesicht sackte etwas ab, und mein Magen gleich mit.
»Wir gewinnen nicht.«
»Wie willst du das wissen? Ihr wart doch gut.«
»Wie willst du das beurteilen? Du hast doch das meiste vom Set verpasst.« Ich sah zu ihm hoch, hinter seinen Augen flackerte es verwundet. »Weil du mit diesem Typen zusammen warst.«
»War ich doch gar nicht!«, protesierte ich. »Ich war ... auf der Toilette ... ich hatte zu viel getrunken. Mir war ein bisschen schlecht.«
Guy drehte sich von mir weg und lehnte sich gegen die Wand.
»Egal.«
Sofort schaltete ich auf Panik um.

Unguter Gedanke
Du hast es versaut. Na klar hast du's versaut, du versaust ja immer alles.

Unguter Gedanke
Du hast seinen Auftritt verpasst, weil du gerade im Bad rumgezwängelt hast. Weil du komplett gestört bist.

Unguter Gedanke
Wie kommst du drauf, dass du normal sein könntest?
Wie kommst du drauf, dass du normal sein könntest?

»Ich ... ich ...« Ich wusste nicht, was ich sagen sollte. Guy setzte sein Schweigen als Strafe ein. Mein Magen verknotete sich vor lauter Drang, es wieder besser, es wiedergutzumachen. Meine Hände vermissten ihn schon, sie wollten wieder die Erlaubnis zurückerhalten, ihn anzufassen. Meine Augen legten eine Sonderschicht im Blinzeln ein, gaben alles, um die an die Pforte klopfenden Tränen drinzuhalten.

Bitte mach's wieder gut, mach's wieder gut, mach's wieder gut.

Er sah mich nicht an. Bevor er mich noch weinen sah, stand ich auf und wischte mir die Erde von der Hose. »Ich geh dann wieder rein«, sagte ich.

»Egal.«

Keine Bewegung. Jetzt würde ich wirklich weinen.

»Na dann, tschüss ...« Ich blieb noch ein paar Sekunden stehen, nur zur Sicherheit.

»Tschüss.«

Ich stolperte übers Gras und ließ mich von den Cafeterialichtern zurückführen. Die Anstrengung, die Tränen zurückzuhalten, machte das Atmen schwer. Ich würde mich eben bei Jane abmelden und dann nach Hause gehen. Und dort konnte ich weinen, so viel ich wollte. Und verdauen, was auch immer da passiert war.

Gerade als ich ins Licht treten wollte, auf den Schulhof, da hörte ich ihn.

»Evie.«

Ich drehte mich um, ein bisschen angenervt. »Was willst du, Guy?« Schon hatte ich mich zurückgedreht, damit er mich nicht weinen sah.

»Dich.«

Er zog mich zurück und ich drehte mich wie eine Tänzerin in seine Arme. Er zog mich an seine Brust und küsste mich übergangslos weiter. Ruppig war es, köstlich, und er drückte mich gegen die Schulwand, hielt mich mit seinem Körper dort fest. Seine Hände lagen in meinem Haar, glitten dann aber abwärts, bis er meine Arme hinaufstreichelte und sie ganz einfach hinter meinen Rücken schob. Wir küssten uns und küssten uns und küssten uns zur Hintergrundmusik einer unbekannten

Band. Noch nie zuvor war ich so in irgendeinem Moment aufgegangen. Immer hatte ich alles um mich herum wahrgenommen, hatte mein Hirn uhrwerkgleich getickt, wo ich auch ging und stand, was auch immer ich tat. Aber zu diesem Zeitpunkt, genau da, da versank ich im Augenblick. Es gab keine Gedanken, nur Gefühle und Geschmack und Empfindungen und mich, die plötzlich so sehr in Guys Mund hineinkicherte, dass wir stoppen mussten.

Er zog den Kopf zurück – gleichermaßen genervt wie belustigt wegen meines Gekichers. »Was ist los?«

Ich kicherte wieder. »Fragen Joel und die anderen sich nicht, wo du bleibst? Ihr sollt hier doch gerade an einem Wettbewerb teilnehmen.«

Er ließ einen Finger meinen Arm bis zur Schulter hochgleiten, der hinter sich eine Hänsel-und-Gretel-Spur aus Gänsehaut hinterließ.

»Ja, die wundern sich wahrscheinlich.« Er grinste los. »Deswegen sollten wir auch gehen. Jetzt.« Er zog mich fort in die Dunkelheit. Ich lachte noch mehr.

»Wo gehen wir denn hin?«

»Fort.«

»Fort wohin?«

»In dunklere Gefilde mit mehr Privatsphäre.«

Ich spürte, wie sich von meinen Zehen aus ein angenehmer Schauer ausbreitete, den ich bis in den Rücken spürte.

Hand in Hand gingen wir ungefähr Richtung zu Hause, denselben Weg, den ich mit den Mädchen gegangen war. Aber diesmal legten wir an jeder Straßenlaterne eine Kusspause ein. Als wir schon fast bei mir daheim waren, zog mich Guy durch die Hecke einer kleinen hübschen Grünanlage mit einem Kriegsdenkmal in der Mitte. Ich bekam eine Mondlichtdusche ab, weil der Stein das Silber des Himmels widerspiegelte. Ein paar durchweichte Papierblumen vom Gedenktag vergangene Woche waren auf den Stufen verteilt. In der Dunkelheit sahen sie richtig echt aus.

»Wie schön das hier ist, hier war ich noch nie«, sagte ich.

Guy gab keine Antwort. Er drückte mir nur die Hand und manövrierte mich aufs feuchte Gras. Ich lag auf dem Rücken, er mit seinem ganzen Gewicht auf mir und er küsste mich, als flöge morgen die ganze Welt in die Luft. Sagenhaft, wie sich das anfühlte –, der Himmel über meinem Gesicht, seine Zunge in meinem Mund, seine Hände, die sich seitlich mein Oberteil hochstahlen – inzwischen hatte ich wirklich überall Gänsehaut. Ich fuhr ihm mit den Händen durchs Haar und er gab wieder dieses seltsame Stöhnen von sich. Zu meiner Überraschung – meiner angenehmen Überraschung – schien ich meine Sache ganz gut zu machen. Lag vielleicht an all den Jahren, die ich Leuten in Filmen beim Küssen zugeschaut hatte. Ich hatte es mir via Hollywood-Osmose angeeignet.

Langsam wurden die Dinge mit Guy etwas weniger jugendfrei. Seine Hände verirrten sich gefährlich nah an meinen Brustkorb und meinen BH und den Inhalt meines BHs, der noch nicht ganz bereit für ihn war.

Wie sagt man »Stopp«, wenn man gerade vollauf mit Küssen beschäftigt ist?

Doch als er keine drei Zentimeter mehr von meinem BH-Bügel entfernt war, klingelte auf einmal sein Telefon.

Guy rollte von mir herunter und hielt sein Smartphone in die Höhe, während ich dalag und ihn ansah. Es war ein wenig wie in der Wiesenszene in *Twilight*, wenn man sich die Bierdosen im Gras mal wegdachte. Und die graffitibedeckte Bank da drüben. Und tja, also, ich war mir ziemlich sicher, dass Guy gerade einen Ständer hatte, weil mir irgendwas ins Bein gepikst hatte und ich wirklich nicht glaubte, dass Edward Cullen auf der Wiese einen Ständer hatte, weil das die Stimmung, mal ehrlich, doch ziemlich hinübergemacht hätte.

»Wer ist es?«, fragte ich, plötzlich verlegen, und drapierte mich um.

Guys Gesicht war vom künstlichen blauen Licht erleuchtet. Er gab keine Antwort, sondern tippte einfach drauflos.

Das kann ich genauso, dachte ich. Ich zog mein eigenes Handy hervor. Eine Nachricht von Amber. Die hatte ich völlig vergessen.

Evie, es tut mir leid. Wo bist du? Wie kommst du nach Hause? Ich bin bei Jane und Joel. Kommst du morgen zu Lotties Spinster-Girls-Meeting?

Ich las es stirnrunzelnd. Ich war wohl immer noch ein bisschen sauer. Wegen dem, was sie über Guy gesagt hatte. Sie kannte ihn nicht, nicht so gut wie ich. Heute Abend war er so süß gewesen ... irgendwie.

Bin mit Guy weg. Ich weiß, wie du das findest, aber bitte, behalt es kurz mal für dich. Wir sehen uns morgen ... Ich hielt einen Moment inne und fügte dann hinzu: Und mir tut's auch leid.

Ich verstaute mein Handy wieder in der Tasche und sah zu Guy auf. Sein Gesicht war wieder dunkel. Mein Magen veranstaltete eine unbehagliche Vorwärtsrolle. »Was ist?«

Er zuckte die Achseln. »Wir haben nicht gewonnen. Sondern die Band von deinem Lover.«

Sein Ton ließ die unbehagliche Vorwärtsrolle noch eine Rolle rückwärts hinlegen.

»Der ist nicht mein Lover, ich hab dir doch gesagt, ich ...«

Guy fiel mir ins Wort. »Also, mal ehrlich, wer lässt bitte bei einem Bandwettbewerb eine Coverband gewinnen? Die haben keinen einzigen Song selbst geschrieben. Wo ist bei denen denn der eigene Beitrag?«

»Na ja, ich ... nirgends, vermutlich ...«

Seine Lippe wölbte sich höhnisch. »Ach, halt doch die Schnauze, Evie! Ich weiß, wie gut du die fandest. Ich hab doch gesehen, wie du bei ihrem Scheißauftritt getanzt hast. Unseren hast du dir noch nicht mal angesehen!«

»Ich ... ich ...«

Er stand abrupt auf. »Joels Eltern sind nicht da, er hat ein paar Leute bei sich. Ich bring dich schnell rum, dann geh ich dahin.«

»Oh ... okay.« Ich stand auch auf.

Er preschte durch die Büsche voran, und ich musste halb rennen, um ihn einzuholen.

Was war los? War ich jetzt schuld? Warum lud er mich nicht zu Joels Party ein? War ich doch schlecht im Küssen? Regte er sich wirklich so auf, weil er nicht gewonnen hatte? Ethans Band war viel besser ... Waren wir jetzt zusammen? Warum hielt er nicht meine Hand? Was wollte er von mir? Vielleicht sollte ich über meinen Schatten springen? Damit es wieder so wurde wie vor einer Viertelstunde?

Ich passte mein Tempo seinem an und ergriff sanft seine Hand. Guy sah zu ihr herunter. Er drückte sie schlapp und ließ sie dann fallen wie die heißeste Kartoffel in der ganzen Fritteuse und ging weiter.

Schweigend hasteten wir durch die Dunkelheit – mein Hirn arbeitete auf Hochtouren hoch eine Million.

Was geht hier vor sich? Was hab ich gemacht? Bin ich dran schuld? Gewöhnlich bin ich an allem schuld. Mag er mich noch?

Als wir bei mir angekommen waren, hatte ich mich mit der Tatsache abgefunden, dass ich alles kaputt gemacht hatte. Ich hielt mühsam die Tränen zurück, von der schieren Anstrengung wackelte mir schon der Unterkiefer. Rose hatte noch das Licht an. O Gott – wie sollte ich es an ihr vorbeischaffen, ohne dass sie mich weinen sah? Dann würde sie es Mum und Dad erzählen und sie würden mir wieder die Dosis erhöhen, und ich hätte wieder versagt, wie ich bei allem versagte; als wäre das Leben nur ein einziger gewaltiger Test, den ich immer wieder an die Wand fuhr.

»Also dann«, sagte ich, ohne ihn ansehen zu können. »Mach's gut.«

Ich drehte mich um – die Tränen saßen schon in den Startlöchern, warteten nur auf das Kommando, zwei Stunden lang hemmungslos loszukullern …

»Evelyn.«

Guy küsste mich wieder fest. Und all meine Tränen verwandelten sich in Keuchen. Und mein Herz … das schlug so hoch, das war so randvoll mit Erleichterung und Glück.

Er grinste mir zu, seine Zähne knallten fast gegen meine.

»Ich hatte so einen schönen Abend«, flüsterte er.

Und weg war er.

Rose lag im Bett und las eine meiner Filmzeitschriften. Sie sah mich an ihrer Türspalte vorbeischleichen. »Evie? Was ist los? Dein Lächeln seh ich sogar von hier!«

Ich hielt an und streckte meinen Hals durch den Spalt. »Oh, hi, Rose. Mir geht's gut. Und dir? Netten Abend gehabt?«

Sie legte die Zeitschrift ab. »Warum sprichst du mit mir, als hättest du ein Vorstellungsgespräch?«

»Ach … tu ich das?«

»Tust du. Und eben wieder.« Sie lächelte, obwohl es ein bisschen traurig aussah. »Irgendwas war zwischen dir und Guy, oder?«

»Ich weiß nicht, was du meinst.«
»Komm rein und erzähl's mir.«

Sie schien sich so für mich zu freuen – sich so aufrichtig, schwirrend für mich zu freuen, dass ich ihr das mit der Putzschachtel vergab und zu ihr unter die Decke stieg.

»Nun ...« sagte ich. »Alles fing damit an, dass Ethan mich geküsst hat.«

»ETHAN?«

»Ja.«

Wir flüsterten und kicherten, bis die Zeit nichts mehr zu bedeuten schien. Rose war so toll wegen Guy. Sie kapierte es, nehm ich an. Was für eine große Sache das war.

Gerade als sie an meiner Schulter einschlafen wollte, fiel mir etwas ein.

»Hey? Solltest du nicht heute Abend bei Rachel übernachten?« Rachel war ihre beste Freundin, und ich hatte vage in Erinnerung, dass Mum von ihrer Eislauf-und-Übernachtungs-Party gespochen hatte.

»Ach ... das ...«, sagte Rose schläfrig. »Sie ist krank geworden ... Ich freu mich so für dich, Evie.«

Rose schlief ein.

Vorsichtig knotete ich uns auseinander und steckte die Decke fest um sie. Ihr kleines Gesicht sah so friedlich aus. Sah ich so auch aus, wenn ich schlief? War das die einzige Zeit, zu der mein Gesicht so gelassen aussah? Wenn mein Hirn nicht bei Bewusstsein war, um mich zu schikanieren? Ich schlich in mein Zimmer und kletterte ins Bett.

Ich hatte mich im Gras umhergerolllt, ich hatte in einem verschwitzten Moshpit getanzt, ich hatte Guys Zunge in meinem Mund, seine unsauberen Hände auf meinem Körper gehabt.

Nichts davon wollte ich abwaschen.

Unguter Gedanke
Dann bedank dich mal schön, Evelyn.

Sollte ich tatsächlich. Mein guter Abend. Mein großartiger, perfekter Abend – der war meine Belohnung gewesen. Fürs Spiegelanfassen, fürs Straßenlampenanfassen auf dem Hinweg. Ich hatte getan, was das Universum mir aufgetragen hatte, und dafür hatte es mich belohnt.

Man sollte sich immer bedanken.

Ich zog jeden Film einzeln aus dem Regal, berührte ihn sechsmal und flüsterte dabei *Danke*.

Als ich fertig war, ging bereits die Sonne auf.

GENESUNGSTAGEBUCH

Datum: 19. November

Medikation: 5mg Fluoxetin jeden zweiten Tag

Gedanken/Empfindungen: Ist doch total egal??!!

Hausaufgaben:
- Ruf die Notfallnummer an, falls du während meiner Abwesenheit Hilfe brauchst.
- Führ dein Genesungstagebuch.
- Mach deine Achtsamkeitsübungen.

FÜNFUNDDREISSIG

Als ich aufwachte: keine Nachricht von Guy.
Dann fiel es mir ein.

> Unguter Gedanke
> Du hast dich seit gestern nicht gewaschen.

> Unguter Gedanke
> Du hast AUF DER ERDE gelegen.

> Unguter Gedanke
> Ab in die Dusche, Evie. Auf, geh, geh, GEH!

Ich wickelte mich in ein Handtuch und tappte raus auf den Flur. Mum wartete mit einem Stoß Wäsche auf mich.
»Ich hab dich gestern gar nicht heimkommen hören«, sagte sie.
»War noch zur ausgemachten Zeit, aber spät war's trotzdem.«
»War's schön?«
»Ja.« Ich versuchte, an ihr vorbeizugehen. »Ich geh mal duschen.«
Sie machte auch einen Schritt zur Seite und verstellte mir den Weg wie ein Türsteher. »Evie, ich versuch, mit dir zu reden!«
Ich war ohnehin schon ziemlich in Panik gewesen, aber dass sie mir hier Steine in den Weg rollte, machte es noch dringender. Ich musste es tun, ich musste es tun. Jetzt, jetzt, jetzt, jetzt, jetzt.

»Das seh ich.« Ihr Blick fiel auf meine Hände. Scheiße! Ich hatte vergessen, sie unter dem Handtuch zu verstecken. Ich wollte sie schnell wegziehen, doch sie hatte sie sich schon geschnappt.

»Evie, was zum Teufel hast du mit deinen Händen gemacht? Die sind ja total wund und rot!«

»Mum, ich komm noch zu spät.«

»Hast du sie wieder gewaschen?«

»Jeder wäscht sich die Hände, Mum, sofern man kein Schwein ist.«

Dusche, Dusche, Dusche, ich musste unter diese Dusche. Warum hielt sie mich auf, warum, WARUM? Die Tränen kitzelten schon. Meine Hände zitterten in ihren. Sie stachen.

»Du weißt, worauf ich hinauswill.«

»Das ist nur der Wetterumschwung«, protestierte ich.

»Evelyn, morgen früh ruf ich als Allererstes bei Sarah an und sag ihr Bescheid. Zum Glück hast du schon einen Termin.«

Mein Mund klappte auf. »Nein!« Sarah würde merken, dass ich die Kontrolle verlor, und dann würde sie wieder die Medikamente hochfahren und ich hätte versagt, und dann müsste ich wieder ganz von vorne anfangen mit dem Gesundwerden. Und das hieße, dass ich nicht mehr die Laternen anfassen konnte ... wo ich doch gerade rausgefunden hatte, wie ich mein Leben gut machen konnte ... Und das Schlimmste, sie würden mich wieder daran hindern, Sachen sauber zu machen, und das konnte ich nicht, das würde ich nicht. Nicht jetzt. Noch nicht. Nicht, wo mein Leben gerade angefangen hatte.

»Das werde ich.«

»Bitte, lass mich einfach duschen.« Inzwischen weinte ich. Sie warf mir diesen Blick zu, den ich so hasste, der, bei dem sie nett sein wollte, aber insgeheim ihren Ekel und ihre Enttäuschung verbarg, als könnte sie immer noch nicht fassen, wie wenig ich mich im Griff hatte. »Ich komm zu spät zu meinen Freundinnen.«

»*Brauchst* du diese Dusche?« Ihre Stimme war richtig streng. Ich hasste sie so sehr. Ehrlich, sie ging voll auf in dieser »liebevolle Strenge«-Strategie.

»Ja, tu ich. Bitte!«

Betteln, das tat ich, ich bettelte. Wie hatte ich letzte Nacht noch so glücklich sein können? Wenn alle mich nur in Ruhe und mich tun und lassen ließen, was ich wollte, dann wäre ich glücklich.

»Wann hast du zuletzt geduscht?«, beharrte sie.

Nein – so würde sie mir jetzt nicht kommen. Nein. »LASS MICH IN FRIEDEN!«, brüllte ich so laut, dass sie geschockt meine Hände losließ. Ich ergriff meine Chance und schoss an ihr vorbei ins Bad.

»Evie? Evie, NEIN!«

Ich verriegelte die Tür, mein Herz klopfte wie wild. Ich ließ mein Handtuch fallen und drehte das Wasser auf. Ich stand schon drunter, bevor es überhaupt warm geworden war, weinte in die Wasserströme, ließ mein Tränenshampoogemisch den Abfluss runterfließen. Mum hämmerte gegen die Tür, doch ich summte los, um es auszublenden.

So, Evie, jetzt musst du dich so richtig gut einseifen, hm? Die Seife ist antibakteriell, damit sterilisierst du deine oberste Hautschicht und kriegst das ganze Ekelzeug von gestern ab. Und dann vielleicht das Aprikosenpeeling? Überall? Und dann noch mal die antibakterielle Seife, und die dringt dann richtig tief in die Poren ein, damit auch ja alles rausgeht.

Das tat ich und es fühlte sich großartig an.

Ich wollte es noch mal machen. Also machte ich es.

Das Hämmern hörte auf, mein Weinen verebbte. Um meinem Hirn eine Aufgabe zu geben, ließ ich mir vollauf triftige Gründe einfallen, weshalb Guy nicht geschrieben hatte.

Vollauf triftige Gründe, weshalb Guy nicht geschrieben hatte

1. Sein Handyakku ist leer.
2. Er hat bei Joel übernachtet und sein Aufladegerät nicht dabei.
3. Er hat nicht das Gefühl gehabt, schreiben zu müssen, weil er ja gesagt hat: »Ich hatte so einen schönen Abend«, und das ist normalerweise das, was man schreiben würde.
4. Er ist völlig überwältigt von der Macht seiner Gefühle und braucht etwas Zeit.

Ich schäumte mich zum dritten Mal ein und konzentrierte mich diesmal voll auf die Unterseiten meiner Finger- und Fußnägel. Ich setzte mich in die Dusche, damit ich nicht hinfiel, als ich schrubbte wie der Teufel.

5. Er ...

Das Wasser wurde eiskalt und ich schnappte nach Luft. Es jagte Schockwellen durch meinen Körper. Ich schrie auf. Es war so kalt. Es musste aufhören. Ich wollte aufstehen, doch ich rutschte aus, richtete mich mühsam auf, beregnet von eiskaltem Wasser. Ich musste zum Hahn – musste machen, dass es aufhörte. Ich reckte mich hoch und kam heran, schob den Regler zur heißen Seite, versuchte, das Warme wiederzuholen. Doch es wurde höchstens noch kälter. Das Türgehämmer fing wieder an.

»Evie, komm raus, eh du erfrierst«, brüllte Mum.

Sie hatte das warme Wasser abgedreht. Diese ätzende, grauenhafte, gemeine Sau.

Meine Hände zitterten so sehr, dass ich kaum den Hahn abdrehen konnte. Mit einem letzten Ziehen schaffte ich es und fiel wieder zu Boden, schlotternd wie wild.

»Evie, komm sofort da raus!« Meine Zähne klapperten. Ich war immer noch voller Seife. Ich hasste sie, ICH HASSTE SIE. Ich humpelte raus auf den Linoleumboden, schnappte mir mein Handtuch und schrubbte mir damit den meisten Schaum vom Körper. Die Tür bummerte wieder.

»Schon gut, schon gut.« Ich konnte kaum atmen vor Wut. Ich wickelte das Handtuch um mich und warf die Tür auf.

»ZUFRIEDEN?«, kreischte ich Mum ins Gesicht, bevor ich mich an ihr vorbeischob und wütend in mein Zimmer stapfte.

»Evelyn, komm zurück. Das macht mir Sorgen hier. Wir müssen reden.«

»Nein, ich muss mir was anziehen, bevor ich an Unterkühlung draufgeh«, brüllte ich und knalle meine Zimmertür zu. Meine erste Tat war der Griff nach meinem Smartphone. Nur für den Fall, dass er mir während meiner Dusche geschrieben hatte. Alles wäre gut, wenn er nur schrieb. Alles wäre gut, wenn nur wer was für mich fühlte.

Mein Display war auf herausfordernde Weise leer.

Ich schrie auf und pfefferte es quer durch mein Zimmer. Die Ränder des Displays zersplitterten beim Aufschlag auf den Holzboden.

Rose kam rein, ohne anzuklopfen. »Evie, was ist los? Mum steht im Flur und weint.«

»Geh bloß weg von mir«, brüllte ich so laut, dass Mum es auch mitbekam. »Hat sie nicht Schiss, ich setz dir einen Floh ins Ohr? Dass meine Nähe allein dich AUCH IRRE MACHT?«

»Sie versucht nur, dir zu helfen, Evie«, sagte Rose leise.

»Ach, ich hab ja gewusst, dass du auf ihrer Seite bist.« Ich warf Kleider über mich – Schicht über Schicht, um mich aufzuwärmen. Ich erhaschte einen Blick auf mich im Spiegel und hatte einen flüchtigen Gedanken, der rasch in der Wut unterging.

<u>Flüchtiger Gedanke</u>
Bisschen mager siehst du wieder aus, Evelyn.

Ich sollte mein Gewicht halten, drei Mahlzeiten am Tag essen. Und ja, vielleicht hatte ich in letzter Zeit nicht so viel gegessen, weil ich einfach nicht hungrig war. Erstens das und zweitens kann einen Essen ja auch krank machen, oder? Ich zog noch einen zusätzlichen Pulli drüber und wickelte mir einen Schal sechsmal um den Hals.

»Ich bin auf deiner Seite, das sind wir alle«, sagte Rose.

»Du klingst wie der Unterhändler bei einer Geiselnahme.«

Ihr Gesicht wurde ganz zerfurcht vor verletzten Gefühlen, aber das war mir egal. Außerdem war ich noch viel verletzter! Ich konnte kaum aus den Augen sehen, so sehr weinte ich.

»Wo gehst du hin?

»Weg.« Ich zog eine Bommelmütze auf.

»Weg wohin?«

»Zu meinen Freundinnen.« Wir hatten bei Lottie ein Spinster-Girls-Treffen ausgemacht.

»Können wir uns nicht hinsetzen und einfach ein bisschen reden? Bis Mum sich abgeregt hat? Wir machen uns Sorgen um dich, Evie.«

»Nein.«

»Du machst es schlimmer.«

»Himmel, Rose. Kannst du dich nicht mal altersgemäß verhalten? Kannst du keine normale Schwester sein und mir helfen, über die Regenrinne abzuhauen? Du bist so eine brave Streberin.«

Rose brach in Tränen aus und das brach mir das Herz – aber noch mehr wegen mir. Wegen der Seife, die überall von mir abblätterte, wegen der Nachricht, die nicht auf meinem Telefon war, und wegen des Jungen, der noch viel mehr als Seife von mir abblättern ließ. Ich konnte es nicht mehr ertragen, ich konnte mir da nicht auch noch Schuldgefühle draufladen.

Ich ergriff mein zersplittertes Handy, zog an meiner heulenden Schwester vorbei und sprengte aus dem Haus, gefolgt von Mums Rufen: »Evie? EVIE?«

SECHSUNDDREISSIG

»Evie!«

Lotties Mutter breitete die Arme weit aus. Sie roch nach Kräutern und ich mochte sie nicht anfassen. Instinktiv wich ich einen Schritt zurück und heuchelte einen Huster.

»Oh, halten Sie sich lieber fern von mir, Ms Thomas, ich bin total erkältet.« Ich lächelte süßlich und schniefte einen dick aufgetragenen Schniefer.

»Ach, du Arme. Ja, du hast ein bisschen rote Augen. Soll ich dir einen Echinazin-Tee machen? Amber ist schon oben. Ich bring ihn dir dann rauf?«

»Ach, danke, ich brauch nichts, echt.«

Ich lächelte noch mal und schob mich durch den Perlenvorhang vor der Treppe. Vor Lotties Zimmertür blieb ich erst einen Augenblick stehen, um mich zu sammeln. Mein Gesicht sah nicht mehr allzu verheult aus, nicht nach den zwei Runden um den Block, bis ich mich ausgeschluchzt hatte. Und meine Hände zitterten nicht mehr ganz so sehr. Ich brauchte das hier, ich brauchte die Mädchen. Ich musste normal sein und mit meinen Freundinnen lachen und mit Leuten sprechen, die mir nah waren, ohne sie zum Weinen zu bringen damit, wie gestört ich doch bin.

Lottie hatte einen Stoppelbart-Ausschlag.

»Teddys Pelz ist wohl doch ein bisschen weniger flauschig als der von einem richtigen Teddybär?«, fragte ich und tat ihr meine Ankunft mit einem Klaps auf ihren Rücken kund. Amber sah mich mit einem schmalen, ängstlichen Lächeln an und rückte auf dem Sitzsack ein wenig zur Seite, um mir Platz zu machen. Ich wollte kein böses Blut zwischen uns und so setzte ich mich neben sie und lächelte sie warm an.

Lottie hingegen verdrehte die Augen. »Keine Teddywitze mehr übrig! Amber hat sie schon alle vor deiner Ankunft gerissen.«

Ich stupste sie mit dem Fuß an. »Und …?«

Lottie zauberte einen Taschenspiegel hervor, seufzte und wühlte auf ihrem Nachttisch nach einer Gesichtscreme. »Also … Ich glaube, meine Trauerphase wegen Tims und meiner eingebildeten Beziehung ist offiziell beendet.«

»Und die Beziehung zwischen dir und Teddy offiziell eröffnet?«

Sie grinste. »Mag sein. Aber egal … was hör ich denn da über dich und Guy? Und Ethan? Bist du gestern Abend komplett verrückt geworden oder bist du einfach nur blöd?«

Ich hatte noch nicht für mich geklärt, ob ich blöd war oder nicht. Komplett verrückt war ich auf jeden Fall – aber das nach außen hin zu verbergen klappte noch ganz gut. Er hatte sich immer noch nicht gemeldet – nun, hatte er auch nicht versprochen.

»Na ja, tja, also, war wohl irgendwie großes Drama gestern Abend.« Und diesen Morgen auch, aber darüber würde ich mich ausschweigen.

Lottie massierte etwas Creme auf eine besonders gereizte Stelle auf ihrer Wange. »Irgendwie großes Drama? An einem Abend mit zwei verschiedenen Jungs rumzumachen? Selbst ich hab so eine Leistung nie vollbracht. Hattest du dieses illegale Pheromon-Parfum drauf, von dem ich im Internet gelesen hab, bei dem alle Männer dich wollen?«

»Hör mal, Frau Fleckengesicht!« Ich schmiss mit einem Stück Sitzsackfüllung nach ihr, das aus einem Loch im Stoff quoll. »Vielleicht lag's auch nur an meiner natürlichen Großartigkeit, meinem Charme, meinem Sex-Appeal?«

Lottie warf noch einen prüfenden Blick in den Spiegel. »Oder einer der Typen ist bekennender Sexsüchtling und der andere ist auf ganz seltsame sadomasochistische Weise besessen von dir. Wie dem auch sei – haben du und Amber euch schon wieder vertragen?«

Neben mir wurde Amber ganz steif. Ich drehte mich langsam zu ihr um. »Ich glaub schon.«

Zu meiner Überraschung kullerte eine Träne Ambers Wange hinunter. »Entschuldige, Evie. Bitte sei nicht mehr böse auf mich. Tut mir leid, dass ich dir gesagt habe, was ich von Guy halte. Ich mag ihn einfach nicht, aber ich hör auf, dir das zu sagen.« Noch mehr Schuldgefühl kam in meinen Bauch getröpfelt und ich spielte mit meinen Händen herum. Warum brachte ich alle zum Weinen? War ich eine von diesen biestigen Frauen, die gar nicht merken, wie fies sie sind? Ich versuchte doch nur, ein normales Leben zustande zu bringen – ich wollte doch niemandem wehtun. Aber die Leute ließen mich einfach nicht in Ruhe.

»Schon okay«, sagte ich gehemmt. »Wein doch nicht.«

Ich wollte sie umarmen.

<u>Unguter Gedanke</u>
Umarmen kannst du sie nicht, dazu müsstest du sie anfassen.
Und du hast gesehen, wie's in ihrem Zimmer aussieht.

Ersatzweise tätschelte ich ihr sanft den Rücken und trug auf meinem geistigen Kalender schnellstmögliches Händewaschen ein. Lottie lächelte uns an.

»Tja, schon ein bisschen peinlich das alles, oder? Gut, dass ich die passendste Tagesordnung der Welt für unsere heutige Sitzung habe.« Sie erhob sich und wühlte in einem Haufen abgelegter Kleidung herum. »Moment …« Nach ein bisschen mehr Gewühl riss sie ein Klemmbrett heraus. »Da hätten wir's. Gut ...« Sie räusperte sich. »Diskussionsthema der Spinster Girls ist heute ... bitte einmal Trommelwirbel ... *Feminismus und der Umgang mit Jungs.*«

Amber und ich warfen einander »Was soll das jetzt wieder?«-Blicke zu – unsere ersten verschwörerischen Freundschaftsblicke seit vergangenem Abend. Das machte alles gleich viel besser.

»Kapier ich nicht«, sagte ich.

»Ich auch nicht«, sagte Amber. »Klingt wie eine einzige Megaausrede für dich und Evelyn, eure Knutschgeschichten von gestern vom Stapel zu lassen.«

Lottie wies auf sie. »Aber darum geht's ja gerade! Du hast mich überhaupt auf die Idee gebracht. Du bist dauernd so sauer über unser Jungsgejammer und so sauer auf Jane, dass sie wie ein entschlossener Virus an Joel klebt. Obwohl eigentlich Evie diejenige sein sollte, die sich am meisten aufregt – weil sie diejenige ist, deren beste Freundin sie war.« Lottie fuchtelte herum wie ein Universitätsprofessor. »Hier läuft irgendwas falsch – und ich vermute mal, es hat mit Feminismus zu tun. Denn wenn Frauen einander hassen und ihre jeweiligen Entscheidungen abwerten, dann ist normalerweise die Ungleichheit schuld dran.«

»Ich dachte, Frauen wären die Opfer von Ungleichheit?«, sagte ich, etwas verunsichert, worauf Lottie hier hinauswollte.

»Sind wir auch«, sagte Lottie weise. »Aber zugleich sind wir selbst die schlimmsten Unterdrücker. Unser eigener größter Feind. Hier, ich erklär's euch.« Sie schlug eine Seite auf ihrem Brett um. »Habt ihr zwei schon mal den Begriff ›benevolenter Sexismus‹ gehört?«

»Spar dir bitte die Bandwurmwörter, Miss Cambridge«, erwiderte Amber. »Ich mach Kunst, nicht Linguistik.«

»Ich erklär's ja.«

»Aber möglichst einfach.«

»Okay.« Lottie räumte sich etwas Haar aus dem Gesicht.

»Also, wir wissen alle, wie offener Sexismus aussieht. Zum Beispiel, wenn Jungs sagen: ›Mädchen sollten daheim bleiben‹ oder ›Du kannst doch nicht Fußball spielen‹ oder ›Du bist eine dreckige Hure, weil du mich dieses ganze Sexzeug mit dir machen lässt, weil ich zu viele Pornos gucke, und bitte, sag mir nicht, was du denkst, weil du nur als Sexobjekt existierst‹. Das ist offener Sexismus, oder? Ganz offensichtlich. Okay?«

»Ooookay«, lächelte ich.

»Aber ich hab auf meinem Smartphone von was gelesen, das sich ›benevolenter Sexismus‹ nennt. Das ist wie getarnter Sexismus, versteckter Sexismus – und etwas, dessen sich sowohl Jungs, *aber auch Mädchen* schuldig machen. Die Sache ist, wenn wir's machen, glauben wir dabei noch nicht mal, dass wir sexistisch sind, was es sogar noch gefährlicher macht.«

»Wie denn sexistisch?«, fragte Amber. »Was tun und denken wir denn unbewusst so Sexistisches?«

»Falsch ist, wie wir über die Geschlechter denken«, sagte Lottie und blätterte noch eine Seite auf dem Klemmbrett um. »Wir glauben, dass Männer und Frauen von Natur aus unterschiedlich sind. So ungefähr, dass Frauen sanftmütiger sind und zerbrechlicher – und dass das biologisch begründet ist und nicht zu ändern. Das glauben viele von uns, aber … genau das ist benevolenter Sexismus, weil genau diese Einstellung es ist, die uns möglicherweise kleinhält. Nehmen wir doch mal an, dass wir als Erwachsene allemal so richtig gute Jobs haben. Und dann sagt Evies Chef im Meeting ganz offen: ›Ach, Evie, ich kann dich leider nicht befördern, weil du nicht so klug bist wie ein Mann.‹ Tja, dann könntest du ihn in Grund und Boden klagen wegen Sexismus und jeder würde dir recht geben.« Lottie atmete tief durch. »Aber wenn bei dir eigentlich eine Beförderung anstehen würde, aber du über Leichen gehen müsstest dafür und ... tja, wenn es dir peinlich wäre, so zu handeln, damit die nur ja nicht denken, du wärst eine ›Kampflesbe‹ oder eine ›gemeine Ziege‹ oder ›unweiblich‹, und deshalb einfach nur lieb lächelst und dann nicht befördert wirst ... Dann ist das der benevolente Sexismus, der dir Steine in den Weg rollt. Du hast geglaubt, weil du eine Frau bist, solltest du dich nicht auf bestimmte ›männliche‹ Weise verhalten. Ihr seht, das ist nicht leicht zu erkennen! Und die Frauen sind genauso sexistisch – obwohl es ihr Leben schlechter macht.«

Unguter Gedanke
Wenn du keinen Job kriegst, Evie, dann nur, weil du eine durchgeknallte Vollirre bist, die nicht mal das Haus verlassen kann. An benevolentem Sexismus liegt's dann bestimmt nicht.

»Ich glaub, ich hab's kapiert«, sagte ich nach einigem Nachdenken. Wieder mal neidisch auf Lotties überlegene Geisteskraft.

»Ich auch«, sagte Amber. »Aber ich seh nicht, was das jetzt mit Jungs oder Beziehungen zu tun hat.«

»Nun, darüber hab ich nachgedacht. Was, wenn wir alle im Grunde benevolente Sexistinnen sind? Ohne es wahrzuhaben?«, fragte Lottie. »Ihr wisst, wie toll ich Tim gefunden habe. Tja, das lag daran, dass er so männlich war und so reich und ich mir so beschützt vorgekommen bin bei ihm. Ich hab gesagt, jeder Mann sollte so sein. Das ist sexy. Und als ich das hier gelesen hab, hab ich auf einmal gedacht: ›O je, klarer Fall von benevolentem Sexismus!‹ Also, zumindest, was meinen Sexdrive angeht. Und dann hab ich gedacht: ›Wie kannst du überhaupt Feministin sein, wenn du mit wem zusammen bist? Ist das überhaupt möglich?‹ Weil wir ja diese ganzen verqueren Vorstellungen davon haben, wie Jungs und Mädchen ›sein sollen‹, und das beeinflusst wiederum, auf wen wir anspringen und wie wir uns in Beziehungen verhalten.«

Amber verschränkte die Arme vor der Brust. »Klar, kann man das. Ich würde nie zulassen, dass ich mich in so einen Alphatrottel verliebe. Nicht, nachdem dieser Fußballidiot mich hat hängen lassen.«

Ich legte den Kopf schief. »Das sagst du jetzt so, Amber. Aber, ohne dir zu nahe treten zu wollen, warst du schon mal verliebt?«

Amber kippte die Kinnlade runter. »Was hat das bitte damit zu tun?«, fauchte sie.

»Das ist jetzt nicht fies gemeint«, ruderte ich zurück. »Aber irgendwie ist es leicht, seine Prinzipien hochzuhalten, solange man keinen Kerl hat, auf den man so richtig steht und der einen zu Kompromissen zwingt, ohne dass man's überhaupt mitkriegt.«

Lottie nickte aufgeregt. »Genau das meine ich. Unser Bedürfnis, geliebt, attraktiv, begehrenswert zu sein – was auch immer. Das ruiniert unser Urteilsvermögen. Nehmen wir zum Beispiel mal Evelyn ...«

»Ich weiß nicht, ob ich hier als Beispiel herhalten möchte.«

»Nun, ich zieh dich aber heran. Schaut sie euch an – sie hat uns geholfen, diesen Club auf die Beine zu stellen. Du bist Feministin, oder?«

Jetzt war es an mir, zu nicken. »Na klar. Feministin und Spinster Girl, genau wie ihr.« Ich grinste Amber kurz zu, aus Angst, dass ich ihr mit meinem Kommentar wieder auf den Schlips getreten sein könnte.

Lottie fuhr fort. »Aber dann sieh dir doch mal an, wie du dich aufführst, wenn Guy in der Nähe ist ...«

»Hä?«, sagte ich, völlig vor den Kopf gestoßen. »Was meinst du mit ›wie ich mich aufführe‹?«

»Nimm's mir nicht krumm, Eves, und ich hab den Bericht über gestern Abend ja noch gar nicht gehört, aber ich kann's mir im Grunde denken. Er behandelt dich wie Scheiße. Er hat den Daumen drauf und führt sich auf wie das Alphatier ... und du kannst gar nicht anders, du findest ihn nur noch toller deshalb. Weil du auch eine benevolente Sexistin bist. Du findest es sexy, wie arrogant und leitwolfmäßig er ist – weil du konditioniert darauf bist, dass Jungs genauso sein sollen. Wenn er anfinge zu weinen und dir total schmalzig und mädchenmäßig zu kommen – wie dieser Oli-Typ – dann wärst du gleich über alle Berge.«

Wenn Guys Nichtmelden schon ein Kratzer in meinem ohnehin angeschlagenen Selbstbewusstsein war, dann war das hier der Dolchstoß. Und jede Erinnerung an Oli tat jetzt einfach zu sehr weh. Er war immer noch nicht wieder zur Schule gekommen.

»He!«, winselte ich. »Das ist dermaßen unfair!«

Lottie zuckte die Achseln. »Schau, ich bin doch genauso! Ich bin genauso ein Wrack, was das angeht. Genau darüber wollte ich heute mit euch diskutieren. Können wir das wieder hinbiegen? Wie können wir Ambers Entschlossenheit, uns immer treu zu sein, auch dann aufrechterhalten, wenn wir gegen unseren Willen auf sexy Bad Boys mit unterirdischen Vorstellungen stehen?«

»Ich weiß, wie«, sagte Amber. »Einfach wachsen, bis man eins achtzig ist und sich die Haare rot färben. Dann bleiben diese sexy Bad Boys schön außer Reichweite.«

»Aha«, sagte ich lachend, obwohl es eigentlich traurig war, wie betrübt sie das sagte. »Dann bist du nur mangels Alternativen Feministin?«

Sie schaute ganz elend aus der Wäsche. »Sehr wahrscheinlich.«

Lotties Augen leuchteten, ihr Lächeln war riesig. »Das ist großartig, Leute, ganz großartig!«

»Ich fühl mich grad gar nicht so großartig«, sagte ich.

»Ich mich auch nicht«, sagte Amber.

»Aber darum geht's ja. Es ist nie leicht, unangenehme Wahrheiten über sich rauszufinden. Aber das ist der erste Schritt zur Besserung!«

»Und, was machen wir jetzt?«, fragte ich.

»Zuallererst essen wir mal die Kekse, die ich unten in der Küche hab. Zweitens denken wir uns eine Regel aus, von der wir alle glauben, dass wir sie in unser Beziehungsverhalten integrieren können. Und dann stellen wir sie zu einem Manifest zusammen. Dann geben wir unser Bestes, auch danach zu handeln ... selbst wenn der Typ Wallehaar und sexy Augen hat und immer die Hände auf so männliche Art um unser Gesicht legt.«

»Das hat Guy gestern Abend auch bei mir gemacht«, gab ich zu.

»Na bitte!« Lottie wirkte so stolz auf sich, dass ich ihr gerne einen Tritt verpasst hätte. »Ich verspreche dir, Evie, am Ende dieses Treffens wirst du Guy nie wiedersehen wollen!«

Aber das ist nicht das, was ich möchte, dachte ich.

Amber und ich gingen einen Teil des Rückwegs zusammen. Ich trödelte, weil ich meinen Eltern nicht gegenübertreten wollte. Ich würde ohnehin die ganze Strecke noch mal gehen müssen, wenn Amber weg war – aber diesmal mit Sechsfachberührung der Laternenpfähle.

»Nun denn«, sagte Amber und zog ihre Baskenmütze tiefer, um die scharfe Eisluft abzuwehren. »Was ist denn jetzt zwischen Guy und dir wirklich passiert?«

Mein gesplittertes Telefon lag in meiner Manteltasche noch immer im Dornröschenschlaf.

»Hab ich euch doch schon erzählt.«

»Du hast uns erzählt, ihr habt euch geküsst. Aber du hast eine aggressive Regel nach der anderen zu unserem Manifest hinzugefügt.«

Ich zog unser behelfsmäßiges Regelwerk aus der Tasche.

Feministisches Dating: Ein Leitfaden der Spinster Girls

1. Wenn wir von jedem Mann erwarten, dass er einen Waschbrettbauch und Bizeps mitbringt, können wir ihnen auch nicht übel nehmen, wenn sie sich uns als Strichmännchen mit Riesentitten wünschen. Versuch, anständige Männer mit anständigen HERZEN gut zu finden statt Schwanzgesichter mit Muckis.
2. Hab keine Angst davor, in einer Beziehung zu sein wie folgt, nur weil du von Jungs gemocht werden willst: pampig, nervig, eigensinnig, ehrgeizig, intolerant und unabhängig. Sei nicht fies, aber gib auch nicht vor, du wärst ein passiver Cupcake backender Roboter.
3. Lass deine Freundinnen/dein Leben NICHT einfach sausen, nur weil du verknallt bist.
4. Tu nicht so, als würdest du eines der folgenden Dinge mögen, nur weil du glaubst, du solltest es: Fußball, Rugby, Actionfilme, Analsex (Lotties Beitrag), Heavy Metal … Du magst, was du magst.
5. ~~Wenn ein Junge dich küsst und sich dann nicht meldet, darfst du sein Gesicht mit einem Zirkel durchbohren.~~ (Diesen letzten Beitrag meinerseits hatten Amber und Lottie nicht zugelassen.)

»Zu dem Letzten steh ich aber immer noch«, sagte ich störrisch.

»Also, was war? Ihr habt geknutscht und jetzt ignoriert er dich?«

Meine Augen liefen über vor Frustration, vor Verwirrung, vor Verletzung. »Ja. Ich bin so ein Depp. Du darfst mir gern sagen, was für ein Depp ich bin. Ich weiß, wie wild du drauf bist.«

Amber nahm meine Hand – was schön gewesen wäre, wenn ich nicht gewusst hätte, dass sie ihre Hände nicht mit Seife wusch. Zu Hause würde ich mir meine schrubben müssen. Ich wusste nicht, was ich zuerst machen sollte – die Laternen oder das Waschen. Wahrscheinlich die Laternen. Meine Eltern würden mich nach dem Großen Gespräch, das mir zweifellos blühte, nicht noch mal rauslassen. Mein Telefon hatte das ganze Treffen hindurch geklingelt, doch ich hatte es einfach ignoriert.

»Du bist kein Depp«, versicherte mir Amber. »Und außerdem, denk an den Teil vom Leitfaden, den wir abgesegnet haben ... *Mädchen müssen versuchen, sich nicht von Jungs übers Herz pinkeln zu lassen – aber Herzensangelegenheiten sind immer kompliziert, also solltet ihr immer füreinander da sein.*«

Ich lächelte sie bekümmert an. »Bisschen lang für einen Aufkleber fürs Autoheck.«

»Gut. Ich kann Autoaufkleber nicht leiden. Die haben immer so was Gönnerhaftes.«

Ich drückte ihre Hand und ließ sie gleich wieder los. »Du hast recht. Wir haben uns geküsst und ich fand es toll. Jetzt meldet er sich nicht. Ich bin wirklich ein Depp.« Die Zurückweisung tat so weh und ich konnte sie mir nicht mal erklären. Ich war so normal gewesen in seiner Gegenwart, mal abgesehen von dem Ausrutscher bei der Party war alles total im

Rahmen des Üblichen. War mein Party-Ausraster für ihn schon so abstoßend? Aber warum hatte er mich dann geküsst?

»Ach, Evie.« Sie legte ihren Arm um mich, und ich ließ es geschehen, weil unsere Mäntel dick waren und es keinen Hautkontakt gab. »Er ist der Depp, nicht du. Ich wollte, ich könnte dir das klarmachen.«

»Es ist nur, weil er denkt, ich bin verrückt. Und mit einem verrückten Depp möchte er nicht zusammen sein.«

Sie lachte und machte einen beruhigenden Laut. »Was redest du denn da? Du bist nicht verrückt! Klar, du schaust schräge Filme, die kein Mensch kennt, und manchmal redest du daher wie meine Oma, aber du bist toll! Davon abgesehen völlig normal. Warum sagst du bitte so was?«

Ich brach in Tränen aus und sie umarmte mich, ein Ausdruck völliger Verwirrung in ihrem Gesicht. Völlig ahnungslos.

»Evie, hey, ist ja alles gut. Was stimmt denn nicht? Du kannst es mir sagen!«

Jetzt wäre der perfekte Zeitpunkt gewesen, es ihr zu sagen. Es überhaupt wem zu sagen. Zu sagen: »Ich geh gerade völlig unter und ich brauch jemanden, irgendwen, der mir einen Rettungsring zuwirft.« Zu sagen: »Ich dachte, es wär weg, aber das ist es nicht, und ich hab solche Angst vor dem, was es bedeutet.« Zu sagen: »Ich möchte doch nur normal sein, warum lässt mein Kopf mich nicht einfach normal sein?«

Doch ich konnte es nicht. Es wäre die Bestätigung gewesen, dass ich nicht normal war, dass es mir nicht besser ging. Ich war an dem langweiligen Alltagsleben gescheitert, das alle anderen mit links meisterten.

»Alles okay«, sagte ich in ihren Haarbausch und fragte mich, wann ich mir das vom Gesicht waschen konnte. »Ich hab ihn nur wirklich gemocht.«

Als ich schließlich nach Hause kam, starrten meine Hände vor Schmutz. Starrten vor Schmutz nach fast zwei Kilometern Laternenanfassen und Eiseskälte.

<u>Unguter Gedanke</u>
Du musst sie waschen. Egal, was sich jetzt
mit deiner Familie abspielt, du musst sie waschen.

<u>Drängender Gedanke</u>
Und außerdem musst du unbedingt fertig duschen.

<u>Drängender Gedanke</u>
Bist du auch sicher, dass du jede Straßenlaterne berührt hast?
Vielleicht solltest du noch mal zurück und es wiederholen,
nur zur Sicherheit?

Zögerlich stand ich vor der Türschwelle, unschlüssig, womit ich anfangen sollte. Meine Hände waren so schmutzig ... aber noch eine Straßenlampenchance würde es nicht geben. Wenn ich vielleicht jede zwölfmal anfasste statt sechs, würde Guy sich dann melden? Oder dafür sorgen, dass es mir besser ging? Aber ich hatte schon solches Herzrasen wegen meiner Hände ...

... Die Haustür ging auf und entschied für mich. Mums Gesicht erschien im Türrahmen – mit Leichenbittermiene.

»Evelyn, komm rein.«

»Aber ...«

»Keine Diskussionen. Komm rein. Sofort.«

Sie zerrte mich ins Haus, verteilte ihre Erreger über meinem ganzen Arm.

»Aua, Mum, das ist doch jetzt echt unnötig!«

»Wir haben eine Familienbesprechung. In der Küche.«

Drängender Gedanke
Du musst jetzt sofort die Hände waschen, Evie.

»Fein, okay«, sagte ich so heiter wie möglich. »Ich geh nur mal eben auf die Toilette ...«

»Nein. Ich lass nicht zu, dass du dich da wieder einsperrst und dir die Hände blutig wäschst.«

NEIN, NEIN, NEIN, NEIN, NEIN, NEIN, NEIN, NEIN, brüllte ich innerlich.

»Ich muss pinkeln! Lässt du mich nicht pinkeln gehen?« Meine Stimme brach.

»Nein. Weil du nicht musst. Du versucht nur, wieder deine Rituale zu machen.«

»Na schön, dann pinkel ich mich eben ein. Lass doch dein eigenes Kind sich einpinkeln.«

»Kein Problem. Die Küche hat einen Linoleumboden.«

»Das nennt man Kindesmisshandlung.«

»Nein, Evie. Das nennt man ›sich um dich sorgen‹.«

Ich schluchzte schon, bevor ich überhaupt in der Küche war. Als ich Rose am Tisch sah, die nun endlich doch, wenn auch aus tragischem Anlass, ins Nichtgeheimnis eingeweiht worden war, heulte ich laut auf. Dads Krawatte war gelockert, das Haar stand ihm zu Berge, weil er sich ständig mit der Hand durchfuhr. Nur mein Dad würde sonntags eine Krawatte umbinden.

»Evelyn, setz dich«, sagte er, wie er es wohl tat, wenn er bei der Arbeit jemanden entlassen muss. Das ist sein Beruf. Ein professioneller Entlasser – oder »Leistungsevaluierer«, wie er es nennt. Firmen heuern ihn an, damit er entscheidet, wen sie aus Ersparnisgründen loswerden können, und dann lassen sie Dad die ganze Drecksarbeit für sie machen. Deshalb verlangt er auch so viel dafür. Und deshalb hat er wahrscheinlich auch eine kranke Tochter. Rache des Schicksals.

Wetten, er wünschte, er könnte mich feuern …

»Ich muss mir nur mal die Hände waschen«, flehte ich piepsig. »Die sind … eiskalt?«

Er lehnte sich in seinem Stuhl zurück und pflückte ein Sockenpaar von der Heizung, das dort vor sich hin trocknete. »Da kannst du sie aufwärmen.«

Ich sprintete los, es war die einzige Möglichkeit. Ich stürzte mich auf die Spüle und Dad kippte seinen Stuhl nach hinten und raste hinter mir her. Ich hatte es bis zum Wasserhahn geschafft, als er mich um den Bauch fasste und nach hinten zog.

»Neeeein«, kreischte ich heftig weinend. »Lass mich bitte, lass mich. Bitte. Bitte!«

Er strich mir sanft übers Haar, versuchte, mich zu beruhigen. »Evie, das ist doch nur zu deinem Besten. Weißt du noch? Du brauchst das nicht machen. Du bist nicht schmutzig. Du wirst nicht krank.«

»Bin ich, bin ich, BIN ICH. Bitte lass mich, bitte. Ich fang an zu schreien …« Was für eine großartige Idee. Ich schrie, so laut ich konnte – es hallte von den Wänden wider, bohrte sich durch sämtliche Trommelfelle. Dad ließ mich instinktiv los und ich ergriff meine Chance, rannte wieder zur Spüle. Binnen einer Sekunde waren meine Hände unter dem Wasserstrahl. Ach, die Erleichterung, die süße Erleichterung. Ich konnte spüren, wie all die Bakterien von mir heruntertropften, den Ausguss hinunter, mich in Ruhe ließen. Ich drückte einen großzügigen Platscher Spüli in meine Hände und verteilte es an den schlimmsten Stellen …

Waschen, waschen, waschen … zwischen jedem einzelnen Finger … extra sorgfältig an den Daumengelenken … Handflächen gegeneinander … Rücken an Rücken …

Ich weinte nicht mehr. Mir ging es gut.

Dann fiel mir auf, dass keiner mich bremste.

Ich drehte mich nach meiner Familie um, das Wasser lief noch.

Sie starrten mich alle an, sahen mir zu, wie ich meine Haut brutal bearbeitete, aussah wie eine Meth-Süchtige. Mum war zu Boden gesunken – hielt sich die Ohren zu, versuchte, ihre eigene Tochter nicht erleben zu müssen. Mein Vater schüttelte langsam den Kopf, Enttäuschung breitete sich wie eine Blutpfütze über sein Gesicht aus.

Und Rose ... Rose ...

Ihre Augen waren ganz groß vor Schock, glänzten vor besorgten Tränen. Eine lag losgelöst auf ihrer Wange.

»Evie?«, flüsterte sie. »Was tust du da?«

Ich drehte den Hahn ab. Scham hüpfte und hallte mir durchs Mark. »Sorry wegen eben«, sagte ich. »Ich musste nur mal kurz ...«

»Rose«, flüsterte Mum. »Geh ins Wohnzimmer. Entschuldige, ich hab einen Fehler gemacht. Du bist doch noch zu jung für das hier.«

»Aber ich will bleiben.« Rose stand auf und umarmte mich fest. Ich spürte die Wärme ihres Körpers, ihre Arme um meinen Rücken. Trauer durchbrandete mich.

»Rose, Mum hat recht. Alles okay, ehrlich.«

»Aber du bist nicht okay, oder?«

»Doch«, beharrte ich

Dad stand auf. »Du bist nicht okay, Evelyn. Wir glauben, dass du einen Rückfall hast. Wir haben Sarah angerufen, wir werden morgen alle zusammen nach der Schule zu ihr gehen.«

Rückfall ...

»Nein«, flüsterte ich. »Nein, nein, nein, nein, nein.«

Was sie einem über Rückfälle sagen

Alles Teil der Genesung, sagen sie.
Nichts, wessen man sich schämen müsste, sagen sie.
Das bedeutet nicht, dass du versagt hast, sagen sie.
Das bedeutet nicht, dass es dir nie wieder besser gehen wird, sagen sie.
Achte auf die Warnzeichen, sagen sie.
Das kann sehr schnell kommen, sagen sie.

»Nein«, sagte ich, lauter diesmal. »Ich hab keinen Rückfall. Ihr täuscht euch.«

Mum hielt sich noch fester die Ohren zu. »Evie, schau dich an. Schau dir doch deine Hände an.«

Tat ich. Sie bluteten.

»Na und? Dann halt ich mich einfach sauber, damit ich nicht krank werde – wäscht sich nicht jeder jeden Tag? Kaufen sich die Leute nicht alle dieses Desinfektionsgel für die Hände und kippen sich's drüber, wenn sie in den Zug steigen? Die Welt ist total schmutzig, Mum. Was ist falsch daran, wenn ich mich sauber halte?«

Sie schüttelte den Kopf, dachte vermutlich so etwas wie: »Ich fass es nicht, dass das jetzt wieder kommt.«

»Wir haben das schon hundertmal durchgekaut, Evelyn«, ergriff Dad das Wort. »Es ist die Tatsache, wie oft du es tust, die Tatsache, dass es schon wieder dein Leben beherrscht.«

»Ihr seid es, die mein Leben beherrschen«, brüllte ich so laut, dass Rose die Arme entfaltete und auf einen Küchenstuhl sank. »Ihr seid die Einzigen, die hier stören. Ich geh zur Schule, ich komm mit meinem Stoff zurecht, ich hab Freundinnen, die Jungs mögen mich. Ich werd nur verrückt, weil IHR MICH DAUERND ABHALTET.«

»ZU DEINEM EIGENEN SCHUTZ«, brüllte Dad zurück.
»Ach, halt doch die Klappe und geh wieder ein paar Leute feuern. Ist das auch zu deren eigenem Schutz? Ist es das, was du dir erzählst?«
»Morgen gehen wir zu Sarah und dann erhöhen wir wieder deine Dosis. Nur, bis diese Episode hier überstanden ist.«
»Nein!« Nicht die Medikation. Wo ich die endlich so gut wie los war.
»Doch.«
»Ihr könnt mich nicht zwingen.«
»Wir holen dich gleich nach der Schule ab.«
Ich würde da nicht hingehen, ich würde da nicht hin.
»Schön«, sagte ich, damit sie Ruhe gaben. Und während sie noch feste am Taumeln waren – Rose, die weinte, Dad, der vor sich hin schäumte, Mum, die noch auf dem Boden hin- und herschaukelte –, sah ich meine Chance gekommen.
Ich flüchtete aus der Küche, die Stufen rauf, ins Badezimmer und unter die Dusche.
Kaum traf mich das Wasser, ging es mir besser.

Warum ich nicht zugeben wollte, dass ich einen Rückfall hatte

Ich hatte wirklich gedacht, mir ginge es besser. Ich hatte wirklich geglaubt, es sei weg. Von den Medikamenten wegzukommen, war wie das letzte Kapitel in einem Buch voller Albträume, das ich vor drei Jahren aus dem Regal gezogen hatte. Es war das Kapitel einer einmaligen Geschichte, der ersten und einzigen Aufführung von *Als Evie verrückt wurde*.
Wenn ich jetzt einen Rückfall hatte, dann bedeutete das,

dass ich irgendwann wieder einen haben würde. Und noch einen ...
Wenn ich einen Rückfall hatte, dann bedeutete das, dass es »chronisch« war.
Ich hatte es am Hals.
Ich würde immer so sein.
Genauso war ich.
»Krank«, das war ich.
»Verrückt«, das war ich.
Und ich wollte ja nur einmal am Morgen duschen wie jeder andere. Und zur Schule gehen, ohne dass es sich anfühlte wie die anstrengendste Sache der Welt, wie jeder andere. Und meine Zähne zweimal täglich putzen, wie jeder andere. Und in den Zug steigen, wie jeder andere. Und mich nicht ständig ganz krank vor Angst fühlen, wie jeder andere. Und mich gelegentlich entspannen, wie jeder andere. Und mich mit meinen Freundinnen amüsieren, wie jeder andere. Und geküsst werden, wie jeder andere. Und mich verlieben, wie jeder andere. Und nicht jeden Tag weinen, wie jeder andere. Und keine Muskelkrämpfe und Dauerschmerzen haben vor lauter Stress, wie jeder andere. Und Hamburger mit den Händen essen, wie jeder andere. Und ...

Mein Handy ging los – surrte dumpf auf meinem Nachttisch.
Er war es. Endlich meldete er sich.

Ich muss ständig an gestern Abend denken.

Ich hätte nie gedacht, dass ich an diesem Abend noch lächeln könnte. Aber das brachte mich zum Lächeln und ich war dankbar für diesen zart herbeitrippelnden Lichtstrahl im ohrenbetäubenden Chaos, das sich mein Leben nannte.

Genau da fiel meine Entscheidung. Wenn sie mich wieder zu Sarah schleiften, wo sie mich wieder in Schubladen stecken, mit Diagnose-Schlüsseln klassifizieren und durch eine Liste von Symptomen definieren würden ... *Evelyn, du bist nicht wie jeder andere. Du bist falsch. Wer du bist, ist falsch. Das muss behandelt werden.*

... nun, dann würde ich aus dem Normaltun das Maximum rausholen, solang es noch ging.

Ich schrieb zurück – wartete noch nicht mal die obligatorischen fünf Stunden ab, wie ich sollte.

Ich auch nicht. Was machst du morgen?

Sofort eine Antwort.

Meine Eltern sind den ganzen Abend weg. Kommst du vorbei?

SIEBENUNDDREISSIG

Am nächsten Morgen zog ich meine Schlafzimmervorhänge zurück und juchzte auf. Draußen war alles gefroren! Endlich war der erste Frost da!

> <u>Guter, wenn auch nicht hilfreicher Gedanke</u>
> Der friert den ganzen Dreck ein. Er reinigt die Luft.

Ich liebte den Winter – mit seiner frischen kalten Luft und seinen juwelenbesetzten Grashalmen und wie sich alle daheim einigelten und einander in Ruhe ließen.

Aber ich hasste den Winter auch. Die Grippezeit und die alljährlichen Norovirusgeschichten, mit denen sie einen in den Provinzblättern bombardierten und mich daran hinderten, in der Cafeteria überhaupt noch irgendwas zu essen oder Türklinken anzufassen, ohne meine Hand zuerst mit dem Pulliärmel zu bedecken.

Ich wurschtelte mich aus dem Schlafanzug und begann mit der überaus heiklen Aufgabe, Klamotten für den Besuch bei Guy auszusuchen ... Rock? Bisschen arg offensichtlich? Und Strumpfhosen wären beim Ausziehen der Horror. Aber Jeans ja auch ... und würde ich überhaupt irgendwas ausziehen? Da klopfte es sacht an meine Tür.

»Moment«, sagte ich aus dem Inneren eines Karohemds, bei dem ich mich nicht entscheiden konnte, ob ich damit jetzt unkompliziert aussah oder wie frisch aus dem Kuhstall.

»Ich bin's, Mum.« Sie kam hereinspaziert, ohne abzuwarten, und setzte sich ans Bett. »In dem Hemd holst du dir den Tod.«

»Deshalb zieh ich's ja aus.«
»Dein Dad und ich holen dich um zehn nach vier von der Schule ab. Wir treffen uns auf dem Parkplatz und dann fahren wir alle gemeinsam zu Sarah.«
»Cool«, sagte ich.
Ohne mich, dachte ich.
»Ich bin richtig stolz auf dich, Evie. Mir ist auch aufgefallen, dass du heute Morgen nicht geduscht hast. Das ist wirklich mutig.«
Die meisten Leute würden denken, das ist wirklich eklig ...
Außerdem entsprach es nicht ganz der Wahrheit. Ich hatte meinen Wecker auf 4:45 Uhr gestellt, mich ins Bad geschlichen und mich gründlich überall mit dem Waschlappen abgeschrubbt, während alle anderen schliefen. Leicht war's nicht gewesen – wie vorhergesehen hatten sie sämtliche Shampoos und Seifen konfisziert, genau wie letztes Mal –, aber ich hatte das Schränkchen unter dem Waschbecken bis ganz hinten durchsucht und noch eine versiegelte Flasche Handwaschseife gefunden.
Jetzt stank ich nach Honig-und-Hafer-Handseife.
»Hmmm.« Ich zog mir einen coolen, leicht durchsichtigen Pulli über, den ich ganz vergessen hatte und der so richtig perfekt war. Würde Guy total gefallen, besonders wenn ich mir dazu passend noch die Haare zurückband ...
»Wär schön, wenn du noch mit Rose sprechen könntest. Sie war ziemlich aufgewühlt wegen gestern Abend.«
Ich versuchte, nicht darauf anzuspringen, indem ich mich darauf konzentrierte, mich kopfüber zu kämmen.
»Ich war auch aufgewühlt.«
»Ich weiß ... aber du hättest etwas umsichtiger sein können.«
Ich biss mir auf die Lippe.

Unguter Gedanke
All die Jahre und deine Mutter denkt immer noch, du könntest da irgendwas kontrollieren.

Unguter Gedanke
Rose ist ihr wichtiger als du.

Unguter Gedanke
Weil Rose nicht kaputt ist ...

»Tut mir leid, Mum. Ich werd versuchen, mich nächstes Mal besser im Griff zu haben.« Meine Kurzangebundenheit entging ihr völlig.

»Danke. Wir schaffen das, Evie, das ist nur eine kurze Sache. Hab einen schönen Tag, wir sehen uns um vier.«

»Nein, tun wir nicht«, sagte ich zur Tür, als ich mir sicher war, dass sie mich nicht mehr hören konnte.

Ich konnte es kaum erwarten, hier rauszukommen. Ich konnte es kaum erwarten, zur Schule zu gehen. Da war Guy! Und ich ging mit zu ihm nach Hause! Und meine Freundinnen waren da – und ich konnte den ganzen Tag normal sein. Gott, der Frost war wunderschön. Ich schlitterte auf vereisten Stellen herum und sah zu, wie mein Atem beim Verlassen des Mundes zu Kristallen wurde.

Und da war Guy tatsächlich – wartete bei einer Straßenlaterne auf mich, die anzufassen ich kein Bedürfnis hatte, weil ich mich so über den Frost freute. Ich schlitterte aus und blieb stehen.

»Guy?«, fragte ich, obwohl er es ganz definitiv war.

Er blickte auf und lächelte auf eine Weise, die in mehreren amerikanischen Staaten illegal ist.

»Morgen, Eves.«

Er küsste mich gleich, ohne große Umschweife. Seine Lippen waren kalt, was mich sogar noch glücklicher machte, sogar noch wilder darauf, ihn weiterzuküssen. Er entzog sich und legte einen Arm um mich, führte mich an mehreren Laternenpfählen vorbei, die ich noch nicht mal registrierte. »Also, kommst du später mit zu mir?«

Ich nickte, mein Herz flatterte wie wild.

»Wird sicher toll.« Er drückte meine Hand, was romantisch oder aggressiv hätte sein können, je nach Stimmung.

Ich war in beiden Stimmungen. Ich schluckte schwer.

»Toll«, echote ich.

Den ganzen Schulweg über beobachtete ich ihn, fand ihn mit jedem Schritt attraktiver. Er war ein Junge, und sein Arm lag um mich. Das war etwas, das ich bei anderen Mädchen bewundert hatte. Und er war ein gut aussehender Junge ... mit seinen seltsamen – aber guten – Nasenschlitzen und seinen seltsamen – aber guten – dunklen Ringen unter den Augen.

Er sagte nichts. Sollten wir was zueinander sagen?

Ich unternahm einen gehemmten Versuch, meine eigene Stimme zu benutzen. »Und, wie war Joels Party?«, fragte ich.

Er grinste. »Legendär.«

»Ah.«

Schweigen. Paranoia senkte sich auf mich herab.

»Wär schön, wenn du da gewesen wärst.«

Die Paranoia löste sich auf.

Auch seine Arme waren seltsam, aber gut – ganz sehnig und gewölbt und eiskalt in seinem Band-T-Shirt und ohne Jacke. Ich wollte seinen Arm streicheln – der Drang, ihn zu berühren, war überwältigend. Ich strich sanft darüber, schickte mir dabei selbst kleine elektrische Stöße die Hand rauf.

Guy hustete und zog seinen Arm weg.

Paranoia senkte sich auf mich herab.

Ich tat, als wär mir gar nichts aufgefallen, und beobachtete ihn aus den Augenwinkeln. Er kramte in seiner Jeanstasche herum, zog eine verknautschte Selbstgedrehte raus, zündete sie an und zog einmal tief daran. Er pustete mir den Rauch mitten ins Gesicht und lachte über meinen Hustenanfall.

»Nicht komisch, du Arschloch!«

Die Paranoia löste sich auf.

Als wir uns der Schule näherten, zog er mich in eine Gasse.

»Wir kommen zu spät«, sagte ich, doch Guy brachte mich mit seinem Mund zum Schweigen. Für jemanden, der derart dauerbreit war, hatte er eine Menge Energie. Er drückte mich gegen einen zugemoosten Gartenzaun und presste meinen Körper immer nur noch fester dagegen, während er meinen Mund und mein Gesicht und dann meinen Hals abküsste – was schlichtweg das beste Gefühl war, das ich je gehabt hatte. Ich erwiderte seine Küsse – ahmte vorsichtig nach, was er tat, und erwiderte sein Stöhnen.

»Der Tag kann nicht schnell genug rumgehen«, flüsterte er mir ins Ohr. »Ich kann's kaum erwarten, dich in mein Bett zu kriegen.«

<u>Spontaner Gedanke</u>
Hoooooooooorrooooooooooorrrrrr!

<u>Nächster Gedanke</u>
Genau das willst du doch, Evie. Wie alle anderen sein.
Er behandelt dich wie ein normales Mädchen und normale Mädchen gehen mit Typen, die aussehen wie Guy, eben ins Bett.

Ich versuchte mich an einem Zurückflüstern, doch schon das erste Wort kam als Krächzen.

»Ich kann's auch kaum erwarten.«

Noch mehr Küsse. Die Warnglocke – die signalisierte, dass in zehn Minuten die Schule losging – hallte in der Ferne. Widerwillig zog ich mir Guys Mund vom Hals. »Wir müssen los.«

»Nein, müssen wir nicht.« Seine Lippen kehrten genau dahin zurück, woher sie gekommen waren.

»Wir kommen zu spät.«

»Na und?«

»Ich komm ungern zu spät.«

Er machte einen Schritt von mir weg und feixte. »Du bist so eine Streberin.«

Guy drehte sich um und spazierte auf die Schule zu. Ich stand da, von Panik ergriffen, mit einem Hals, der sich fragte: »Hallo, wo sind jetzt diese Lippen hin?«

»He!«, rief ich und wieder senkte sich die Paranoia herab. »Wo gehst du denn hin?«

»Zur Schule«, sagte er, ohne sich umzudrehen. »Musterschülerin Evelyn darf niemals zu spät kommen.«

»Ich kann zu spät kommen! Ich kann so was von zu spät kommen.«

Ich wollte nicht zu spät kommen, aber ich wollte auch nicht, dass Guy mich nicht ansah.

»Tja, jetzt kann ich nicht mehr zu spät kommen.«

Seinen Arm legte er nicht mehr um mich, und als wir durchs Schultor traten, da schwöre ich, dass er einen Schritt von mir wegrückte. Oder vielleicht auch nicht. Das war ja das Blöde, ich konnte mich nie auf meine Wahrnehmungen verlassen. Aber zwischen uns klaffte eine mindestens menschengroße Lücke, das war Tatsache. Guy ging zügig und bald waren wir drinnen, inmitten von Schülern, die an Schließfächern vorbeitröpfelten und Ordner umklammernd durch die Gänge strömten. In Erwartung eines romantischen Abschieds oder wenigstens eines Abschiedsworts blieb ich stehen.

Guy ging einfach geradeaus weiter, den Flur hinunter, bis er in der Menge verschwunden war.

Ich berührte meine Lippen. »Dann mach's gut«, sagte ich zu mir selbst, ohne auch nur ansatzweise zu begreifen, was das alles sollte.

Es läutete. Der Unterricht begann.

Ich bekam ein Gefühl im Bauch. Einen Drang, es alles wegzuwaschen.

Ich kam zu spät zu Soziologie.

ACHTUNDDREISSIG

Oli war wieder da.

Er saß auf seinem üblichen Platz in unserem Filmtheorie-Raum, neben mir, stocksteif und kerzengerade.

Mein Herz schnitt sich aus seinen Arterien frei und plumpste mir in die Füße, als wäre es mit flüssigem Blei gefüllt. An seiner Stelle machte sich Schuldgefühl breit und begann, Aufruhr durch meinen Blutkreislauf zu pumpen.

Ich ließ mir viel Zeit für den Weg zum Tisch. Jeder Schritt war von einem furchtbaren Gefühl begleitet und in mir schnurrte noch mal unser erstes Date ab ... wie schändlich ich mich verhalten hatte ...

»Hi«, sagte ich verlegen.

»Ach, hi, Evie.«

Oli blickte auf und es war, als würde ich mich selbst ansehen. Seine Augen waren übergroß vor lauter ernsthafter »Ich? Alles okay, wirklich!«-Überzeugung, seine Hände knoteten sich in- und übereinander, als hielte er darin einen unsichtbaren Feuerball, seine Augen schossen und flitzten umher beim Versuch, irgendwie all die neue, überreichliche Information zu verarbeiten, und unter dem Tisch wackelte sein Bein so heftig, dass er versehentlich mit dem Bein dagegenknallte und der Kuli runterrollte.

»Da bist du ja wieder«, sagte ich und wusste genau, wie schwer es heute für ihn sein musste, wie er die Tage auf dem Kalender runtergezählt haben, wie anstrengend das für ihn sein musste ... obwohl natürlich weniger zermürbend als die Erkenntnis, dass das jetzt immer so weiterginge, immer wieder und wieder, bis es hoffentlich irgendwann seinen Schrecken verloren haben würde.

»Ja, da bin ich wieder. Ich ... äh, mir ging's nicht so gut.«

Ich nickte und setzte mich hin. »Das ist blöd, geht's jetzt besser?«

Ein strahlendes aufgesetztes Lächeln. »Oh ja, viel besser, danke.«

Brian kam hereingeholzt und ließ gleich einen völlig unangemessenen Monolog darüber vom Stapel, wie übels er am Wochenende gefeiert hatte. Olis Bein neben mir war wie Wackelpudding. Bei all dem Gezitter musste er um die fünfhundert Kalorien pro Minute verbrennen.

Mein Bein begann mitzuwackeln. Genau das hatte ich befürchtet.

Unguter Gedanke
Es ist ansteckend, du fängst dir seinen Irrsinn ein.

Noch üblerer Gedanke
Oder vielleicht holt er sich deinen?

Brian begann, uns einen vage an Unterricht erinnernden Vortrag über Schleichwerbung zu halten. Abwesend langte ich in meine Tasche und zog mein antibakterielles Handgel heraus. Mum hatte vergessen, meine Tasche zu kontrollieren.

Oli sah, wie ich es mir in die Hände massierte. Meine aufgerissenen, sich schuppenden Hände.

»Hast du ... äh, bist du erkältet?«, flüsterte er.

»Ich?« Ich schaute hinunter, was ich da tat, ich hatte es kaum gemerkt. »Oh nein ... nur, meine Hände ... die vertragen den Winter nicht so gut ...«

Er starrte sie auf eine Art an, bei der ich mir ganz nackt vorkam. Sie waren wirklich ein Horror – seit wann sahen die so aus? Um meinen Daumen war kam noch Haut übrig – die hatte ich völlig abgezupft. Meine Hände waren nur schuppige Haut und offene, nässende, gereizte Wunden. Die verbliebene Haut war so trocken, dass sie schon reptilartig aussah – schuppig mit weißen Fusseln. Gereizte rote Haut glänzte durch die Flecken, die ich mir weggeschrubbt hatte.

Warum war das Guy nicht aufgefallen? Er hatte meine Hände überall auf sich gehabt, in seinen eigenen Händen.

»Evelyn? Geht's dir gut?«

Olis basilikumgrüne Augen sahen mich bohrend an und ich wollte nur noch losweinen. Seine eigene Nervosität war verschwunden, hatte sich verwandelt in Sorge um mich. In seinem Blick lag kein Ekel, keine Verwirrung. Er sah von meinen Händen zu meinem panischen Gesicht, voll aufrichtigem Verständnis.

Er hatte es begriffen. Er wusste Bescheid. Ein gebrochener Mensch findet den anderen wie ein Peilsender.

Aber ich war nicht gebrochen, mir ging's gut. Und ich konnte es einfach nicht ertragen, wenn er mich so anstarrte.

Ich schob meinen Stuhl zurück und stand einfach auf.

»Evie?«, fragte Oli.

»Wo willst denn du hin?«, bellte Brian.

Hier konnte ich nicht bleiben. Mir blieb die Luft weg bei Olis Mitleid, beim Gedanken an das Mitleid von allen anderen. Wenn die das wüssten ... wenn die das rausfänden – zuerst kommt immer das Mitleid ... und dann die Genervtheit, dass es dir immer noch nicht besser geht, obwohl sie dir doch so viel Verständnis entgegengebracht haben.

»Mir ist ein bisschen schlecht.« Ich stopfte alles in meine Tasche zurück und wuchtete sie mir auf die Schulter. War nicht gelogen.

»Nun, dann geh halt.« Brian entließ mich mit einem Winken seiner knorrigen Hand.
Ich flüchtete.

Ich tigerte durch die leeren Flure und versuchte, Frieden mit meinen Gedanken zu schließen. Seltsam, hier umherzuziehen, wo alle anderen Unterricht hatten – ihre Leben lebten, sich keine Sorgen machten über Straßenlampenberühren und danach den Dreck wieder loswerden. Ich linste in ein paar Fenster und sah, wie dort Unterricht vonstattenging. Ich starrte Schüler an, wünschte mir, ich wäre sie, wünschte, ich hätte ihre harmlosen Probleme. Solang sie nur nicht meine waren.

Wenn meine Mum Krebs hätte oder mein Dad von einem Auto überfahren würde oder so etwas, dann wäre ich nicht schuld daran. Das wäre der Horror, aber gleichzeitig hätte es nichts mit mir zu tun, weil das Leben ungerecht ist und solch schlimme Dinge eben einfach passieren. Aber ich … ich und meine Probleme, die existierten nur, weil ich nicht stark genug war. Weil ich schwach war und mich nicht zusammenreißen konnte wie alle anderen. Ich wusste, Sarah wäre da anderer Meinung, aber so fühlte es sich an …

Ich schob mich durch die Brandschutztür und durchquerte das gefrorene Schulgelände, schreckte ein paar Eichhörnchen auf.

Was würde heute Abend bei Guy passieren? Grob wusste ich, was er geplant hatte … sich so weit Richtung Sex mit mir bewegen, wie ich ihn ließ. Warum ging ich dahin? Warum nicht zu Sarah?

Ich wusste es nicht genau.

Wenn ich alle anderen davon überzeugen konnte, wie normal ich doch war, dann würde ich mir vielleicht selbst glauben und gesund werden?

Und ich mochte ihn wirklich … nahm ich mal an.

Ich hatte ihn geküsst, ohne wegen der Krankheitserreger auszurasten. War das jetzt Liebe? Wenn ich mit ihm zusammen war, vergaß ich meine Rituale. Vielleicht hieß die Lösung hier Liebe? Wenn ich mit Guy schlief und mich verliebte, würde die Liebe mich vielleicht heilen, so wie sie immer alle anderen heilte? Wie in all den Filmen, die ich gesehen hatte. Bei all den Leuten darin hatte die Liebe es am Ende wieder gerichtet. In *Die Liebe meines Lebens* wird sie der Liebe wegen wieder unverkrüppelt. In *Wie ein einziger Tag* sorgt die Liebe dafür, dass das alte Pärchen genau gleichzeitig stirbt. In *Matrix* erwacht Neo von den Toten, weil Trinity ihm ihre Liebe gesteht. *Titanic* lassen wir besser mal beiseite … Alle Geschichten beruhen auf wahren Gegebenheiten, also könnte mein fehlgesteuertes Hirn vielleicht auch heil gemacht werden, wenn mich jemand liebte? Vielleicht würde diese Gewissheit mir den Rest des Universums weniger unsicher erscheinen lassen?

Einen Versuch war es wert.

Unguter, aber vernünftiger Gedanke
Geschlechtskrankheiten, Geschlechtskrankheiten. Wie find ich raus, ob er sich auf Geschlechtskrankheiten hat testen lassen?

Aaaah! Ich knickte auf dem juwelengeschmückten Gras ein und hielt mir die Ohren zu. Mein blödes Hirn! Mit seinem ständigen, STÄNDIGEN Bombardement aus Gedanken und »Was wäre wenns« und Sorgen und Einschüchterungen.

Ich wollte schreien. Ich wünschte mir, ich könnte schreien, genau hier, nahe der Schulraucherecke, und den ganzen Unterricht stören. Es einfach rauslassen. Schreien. Es loswerden.

Aber ich konnte nicht.

Also brachte ich meine Hände auf den Schultoiletten im billigen Schulseifenschaum zum Bluten.

NEUNUNDDREISSIG

Es war so eisig, dass keiner mit der Wimper zuckte, als ich noch mit Handschuhen in die Cafeteria kam. Jane saß auf Joels Schoß und flocht verspielt Joels Mähne in kleine Zöpfchen, während er so tat, als gefiele es ihm nicht. Amber und Lottie kicherten vor einem Blatt Papier in sich hinein und hatten ihren ganzen Kunstkram vor sich ausgebreitet.

Guy war nicht da.

»Hallo«, sagte ich in die Runde. »Was gibt's zu lachen?«

Lottie blickte auf und lächelte zur Begrüßung. »Wir malen gerade die Frucht von Jane und Joels Liebe.«

Jane strahlte mich über den Tisch hinweg an. »Wir dürfen's erst sehen, wenn's fertig ist!«

Ich zog mir einen Stuhl neben Amber heran und beäugte ihr Meisterwerk. Um ein Haar hätte ich laut geschnaubt. Sie hatte ein abstoßend hässliches Baby gezeichnet, das hinten Joels Pferdeschwanz und vorne Janes volle Lippen hatte. Das Baby verkündete mittels Sprechblase: »Heil dir, Satan!«

Jane entging mein Beinahe-Schnauben nicht. »Was? Ist es schlimm?«

Amber sah mich bedeutungsvoll an. »Wunderschön«, sagte ich mit ganz quietschiger Schwindelstimme.

»Wir hätten so süße Kinder«, sagte Jane zu Joel, dem die Augen vor Panik fast aus dem Gesicht quollen. Falls ich mir das nicht einbildete.

»Wo warst du heute Morgen?«, fragte Amber seufzend. Sie tippte ihren Pinsel in weiße Farbe und übertünchte vorsichtig die beleidigendsten Elemente ihres Gemäldes.

Öhm, mit Guy in der Gasse rumknutschen.
»Bin mit Guy hergegangen. Der wohnt bei mir ums Eck.«
Joel hob den Kopf und sah mich forschend an. Ich starrte zurück, versuchte, ihm ins Hirn zu gucken. Er war sein bester Freund. Hatte Guy mich je erwähnt? Ihm gesagt, dass er mich mochte?

Amber wirkte nicht angetan. »Hat er bis neun Uhr früh durchgehalten, eh er einen durchgezogen hat?«

»Öhm, nein«, gab ich zu. »Wo steckt er überhaupt?«, fragte ich so natürlich wie möglich. Das Ergebnis war eine quiekende Operettenstimme.

»In der Nähe«, antwortete Joel. Er hielt einen Moment inne und schaute mich genau an. »Ich wär vorsichtig an deiner Stelle, Evie ...«, fing er an, doch Lotties Gekicher funkte uns dazwischen. Ich sah wieder zum Bild rüber und fragte mich, was Joel hatte sagen wollen. Vorsichtig wegen Guy? Warum? Hatte er tatsächlich eine Geschlechtskrankheit? Lottie kicherte noch mal. Amber hatte der Liebesfrucht gerade einen Hitlerbart gemalt, obwohl sie die restlichen Fiesheiten überpinselt hatte.

Jane spähte über den Tisch. »Was ist denn? Zeigt mal her jetzt«, sagte sie und schnappte es sich. Einen Moment war sie still, dann lachte sie laut los.

»Joel, Schätzchen, schau! Wir haben einen kleinen Adolf bekommen!«

Joel riss den Blick von mir, schaute drauf und lachte leise.

»Ich lieb es ja so«, sagte Jane und strahlte sie an.

»Ach Mann«, sagte Amber. »Hätt ich gewusst, dass du Spaß verstehst, dann hätte ich die ›Heil dir, Satan!‹-Sprechblase dagelassen.«

Jane lachte noch mehr. »Du hättest ihm noch Joels Pferdeschwanz verpassen sollen.«

Amber wurde rot. »Hab ich ja.«

»Du hast gekniffen, ich fass es nicht! Unser Kind fühlt sich im Stich gelassen!«

»Ich ... öh ...« Amber rang nach Worten. Es war schön, mitzukriegen, wie sie sich völlig gegen ihren Willen für Jane erwärmte. Als wäre Amber der Eisberg und Jane der Fön, der langsam gefrorene Klumpen von ihr runtertaute.

Ich sah mich nach Guy um. Ich fühlte mich ganz krank beim Gedanken an heute Abend. Aber ich fühlte mich auch wild entschlossen. Und ein bisschen aufgeregt. Hauptsächlich krank ... Vielleicht brütete ich gerade was aus? Die Luft in der Kantine miefte von all den Leibern, die in sie hineingestopft saßen, an der Fensterfront tropfte das Kondenswasser hinunter und ließ die Aussicht auf die vereisten Fußballplätze draußen verschwimmen. Hatte da wer geniest? Hatte da wer einen Schnupfen? Würde ich mich anstecken? Ich konnte keinen Schnupfen haben. Heute Abend durfte ich nicht krank sein.

Ich schniefte. Ein bisschen verstopft fühlte es sich an. O Gott – ich hatte mich erkältet!

Lottie blickte zu mir hoch – ohne es zu merken, hatte ich mit meinen behandschuhten Händen auf dem Tisch rumgetrommelt.

»Geht's dir gut, Evie? Du klimperst auf der Klaviatur der inneren Anspannung.«

»Mir geht's gut«, sagte ich.

Mir ging's nicht gut. Nichts war gut. Ich würde einen Schnupfen kriegen und dann zu verrotzt sein für Guy und meine Chance verpassen, mit ihm zu schlafen und mich normal zu machen. Und dann würde ich heimmüssen und dann würden sie mich in die Psychiatrie zurückkarren und mir sagen, ich hätte einen Rückfall, und das würde bedeuten, dass ich auf ewig krank war und für immer sein würde ...

Meine Brust hob und senkte sich dramatisch, mit kurzen, scharfen Keuchern.

»Evie?« Lottie legte ihre Hand auf meine, um dem Trommeln ein Ende zu machen. Vielleicht war sie erkältet? Übertrug sie es gerade auf meine Handschuhe? Jetzt konnte ich mir nicht mehr das Gesicht abwischen. Da sprängen ihre Erreger von meinen Handschuhen runter und mir in die Nase und da würden sie dann brüten und mich krank machen und alles versauen. »Mal im Ernst, geht's dir gut? Du bist kreidebleich.«

Ich beachtete sie gar nicht. Ich brauchte einen Schlachtplan.

Mein Schlachtplan

1. In die Stadt gehen und dieses Nasensprayzeugs kaufen, das den Schnupfen im Keim erstickt.
2. Je eine halbe Flasche in jedes Nasenloch, nur zur Sicherheit.
3. Bisschen Ibuprofen, um das Kopfweh zu verhindern, das ich von der Überdosis Nasenspray garantiert kriege.
4. Die Handschuhe verbrennen.
5. Irgendwas auftreiben, worunter ich meine schuppigen Hände verstecken kann, wenn die Handschuhe verbrannt sind.
6. Vielleicht in Englisch gehen.
7. Mum und Dad schreiben und ihnen versichern, dass ich sie auf dem Parkplatz treffe.
8. Vielleicht doch Englisch schwänzen, damit ich mich in der Schultoilette waschen kann und für Guy gut rieche.
9. Ihn nach Englisch treffen.
10. Mich durch den Hinterausgang rausschleichen, damit meine Eltern mich nicht sehen.

11. Zu Guy nach Hause gehen. Ihn mit meinem natürlichen Charme betören.
12. Ihn irgendwie dazu bringen, mir einen schlagenden Beweis dafür zu liefern, dass er keine Geschlechtskrankheit hat.
13. Mit ihm schlafen????
14. Erkennen, dass ich bin wie alle anderen auch.
15. Mit meinem liebevollen Freund gemeinsam zu mir gehen in dem Wissen, dass ich auf wundersame Weise geheilt worden bin. Mum und Dad erklären, dass ich nicht mehr zu Sarah muss.
16. Sein wie alle anderen, bis in alle Ewigkeit.

Ich konnte Lotties Hand auf meiner spüren. Mein Herz war gejagt und gehetzt und gequält und verletzt. Ich sah Jane und Amber auf der anderen Tischseite kichern. Ich sah Joel mit seinem Handy rumspielen. Ich sah Grüppchen von Freunden, überall an jedem Tisch, wie sie Witze rissen und lernten und quatschten und einander verarschten und einfach nur lebten, lebten, lebten.

Es war, als flattere zwischen ihnen und mir ein feiner Vorhang.

Sie waren auf der einen Seite – der Normalseite.

Ich war auf der anderen.

»Eves?«, riss Lottie mich aus meinen Gedanken.

Ich schlug ihre Hand weg und schenkte ihr mein bestes »Mir geht's gut, wirklich«-Lächeln.

Und damit ging ich. Das Nasenspray wartete auf mich.

VIERZIG

Er schrieb mir den ganzen Tag nicht. Ich quälte mich mit dem Gedanken, wo er wohl stecken mochte.

- Er hat genug von dir.
- Er hat sich umentschieden.
- War alles nur ein Witz.
- Er hat dich dabei gesehen, wie du draußen auf der Straße ein völlig heiles Paar Handschuhe in den Müll geschmissen hast.
- Er hat gesehen, wie du auf dem Rückweg von der Apotheke auf jede Straßenlaterne geklopft hast.
- Er glaubt nicht, dass du wirklich mit ihm ins Bett gehst.
- Er ist Oli über den Weg gelaufen und Oli hat ihm gesagt, dass du spinnst.

Ich ging nicht zum Nachmittagsunterricht. Stattdessen durchstreifte ich die leeren Schulflure, knetete meine malträtierten Hände, raste ins Bad, um mein Haar und mein Make-up zu überprüfen und mir brennende Seife in die offenen Wunden zu reiben. Mit schmerzverzerrtem Gesicht, unter Weinen. Danach musste ich mich neu schminken. Mein Magen war völlig verknotet – auf die Weise, für die man bei den Pfadfindern Abzeichen kriegt. Vielleicht wurde ich gerade wirklich krank? Ständig musste ich aufs Klo, was bedeutete, dass ich mich stets aufs Neue kontaminierte und mich wieder waschen musste.

Mein Verstand hatte sich völlig verflüchtigt. War geflüchtet. War vor mir abgehauen und hatte in einem der umliegenden Körper um Asyl gebeten. In der letzten Stunde, in der ich Englisch hätte haben sollen, wanderte ich die einzelnen Trakte ab und fuhr mit meinem neu behandschuhten Finger über die Wände.

<u>Unguter Gedanke</u>
Wenn du es einmal um den ganzen Englischtrakt schaffst, ohne einmal den Finger von der Wand zu nehmen, dann klappt es mit dir und Guy.

Ich merkte gar nicht, wie Amber auf mich zusteuerte. Wir knallten ineinander wie die Billiardkugeln, ihr Feuerhaarwust peitschte mir ins Gesicht. Meine Hand verlor den Kontakt zur Wand.

PANIK, PANIK, PANIK!

Ich bürstete mich so schnell wie möglich ab und legte sie hastig wieder an die Wand, in der Hoffnung, die zwei Sekunden würden den Bann nicht brechen.

»Evie? Was tust du da? Hast du keinen Unterricht?«, fragte Amber und zog sich ihre unfallzerknautschte Jacke zurecht. »Und übrigens, aua! Das hat echt wehgetan. Für jemand, der so klein ist, hast du verdammt harte Knochen.«

»Hi, Amber.« Ich lehnte mich an die Wand, damit ihr nicht auffiel, wie ich mich dran festhielt. »Und was machst du hier?«

»Ich muss zum Zahnarzt.« Ihr Blick wurde schmal. »Und ich hab zuerst gefragt.«

»Ich? Ach ... mir war halt eben mal nach Schwänzen.«

»Du? Schwänzt? Frau Superbrav-Einserabo?«

»Ja.«

»Evie.« Sie packte mich am Mantel und ich fuhr zusammen, drückte mich rücklings gegen die Wand. »Können wir reden?«

»Musst du nicht langsam zum Zahnarzt?« Meine Stimme wackelte.

»Gleich. Evelyn, was hast du heute Abend vor? Guy ist beim

Mittagessen aufgekreuzt, kaum warst du weg. Ich hab mitgekriegt, wie er zu Joel gemeint hat, du kommst später vorbei.«
»Tja, vielleicht tu ich das auch.«
»Was? Wie das? Obwohl er sich das ganze Wochenende nicht gemeldet hat?«
»Macht ja nichts!«
Amber rückte näher, ihre Haare kitzelten mich. »Nein? Ich versuch ja, mich rauszuhalten, Evie, echt. Aber du machst es mir nicht leicht. Ich hab mich mit Joel über Guy unterhalten und er hat gesagt, der sei ein bisschen seltsam drauf, seit seine Eltern sich letztes Jahr haben scheiden lassen. Vielleicht ist es nicht das Schlauste, was mit ihm anzufangen. Und Lottie und ich, wir machen uns Sorgen um dich. Du wirkst so angespannt ...«
»Ihr habt euch hinter meinem Rücken über mich unterhalten?«

<u>Unguter Gedanke</u>
Darüber, was für ein Freak du bist. Darüber, wie sie dich möglichst schmerzlos loswerden können.
Und dabei gelacht.
Höhnisch gelacht.

»Ja, haben wir«, sagte Amber schlicht. »Wir machen uns beide Sorgen darüber, was Guy mit dir anstellt.«
»Er mag mich.«
»Er hat eine seltsame Art, dir das zu zeigen.«
Da konnte ich nicht zustimmen. Er hatte mich schließlich geküsst, oder nicht? So zeigte man es doch wohl. Er hatte sich bei dieser Party um mich gekümmert – so zeigte man es auch.
»Mir geht's gut«, wiederholte ich und klopfte hinter meinem Rücken verzweifelt gegen die Wand. Eins, zwei, drei, vier, fünf, sechs, eins, zwei, drei, vier, fünf, sechs.

»Schau her, wir sind für dich da oder wie auch immer. Nur, sei bitte vorsichtig, okay?«

»Ich bin immer vorsichtig.«

Zu vorsichtig. Das ist ja das Problem.

Sie lächelte mir müde zu und ließ meinen Mantel los. »Also, dann geh ich mir besser mal den Mund von einem bohrerbewaffneten Sadisten malträtieren lassen.«

»Pass auf, dass deine Zahnarztpraxis auch die Instrumente anständig sterilisiert«, sagte ich, plötzlich erfasst von Sorge um sie. »Damit die dir nicht einen Gummihandschuh mit fremder Leute Spucke drauf in den Mund schieben.« Ich wollte gerade nach ihr greifen, damit sie kapierte, wie wichtig das war … doch dann brachte ich es nicht über mich, sie zu berühren.

Amber verzog das Gesicht. »Wääh, igitt. Jetzt freu ich mich so richtig auf den Zahnarztbesuch. Danke, Evie.«

Sie wandte sich zum Gehen, doch ich änderte meine Meinung und schnappte sie im letzten Moment, zerrte sie zurück. Obwohl ich dafür die Wand loslassen musste.

<u>Unguter Gedanke</u>
Jetzt musst du noch mal ganz von vorn anfangen.

»Warte«, sagte ich. »Du kannst dich dort nach ihrer Sterilisationsmethode erkundigen. Dann sagen sie es dir. Und wenn du ein bisschen Aufstand machst, dann zeigen sie dir ihre Reinigungsanlage und du kannst dir selbst ein Bild machen.«

»Aaaah ja.«

<u>Unguter Gedanke</u>
Spinnerspinnerspinnerin.
Du führst dich gerade auf wie eine komplette Spinnerin.

Ich ließ sie los. »Du weißt schon ... manchen Leuten ist so was wichtig ...«

»Evie, geht's dir wirklich gut?« Ihre Stimme war so ruhig, so voller Fürsorge, dass ich sie direkt anschauen musste. Ihr Blick war weich.

Und wie die tiefe Wintersonne so durchs Fenster hineingestrahlt kam, da leuchtete ihr rotes Haar auf wie das eines Engels in einem Buntglasfenster.

»Ich ... ich weiß nicht.«

»Ich muss nicht zu diesem Zahnarzt, weißt du?«, sagte sie leise. »Ich freu mich da jetzt nicht riesig drauf. Wir können zusammen auf einen Kaffee gehen. Bisschen quatschen.«

»Ich ...«

Ambers Augen glitten an meinem Kopf vorbei und verfinsterten sich. Ich drehte mich um und sah das Objekt ihrer Abneigung.

Guy kam den Gang hinuntergeschlendert. Mein Herz drehte durch. Ich ließ die Wand komplett los.

»Na, wenn das mal nicht Evelyn Crane ist«, sagte er, blieb stehen und schlang einen Arm um mich. Seine Berührung war wie ein Beruhigungssaft. Die Anspannung des Tages schmolz dahin und landete tropfend in einer Pfütze auf dem glatt polierten Quietscheboden.

»Bereit zum Aufbruch, Eves?« Ich konnte es einfach nicht glauben, dass er den Arm um mich gelegt hatte. Vor Ambers Augen! Als wär es ihm gar nicht peinlich.

Amber!

»Evelyn?« Ambers Stimme klang lehrerhaft mit dem strengen »lyn«-Nachklapp. – »Wir können immer noch auf einen Kaffee gehen.«

Guy wirkte verwirrt. Gerade, als er etwas sagen wollte, schaltete ich mich ein.

»Amber geht zum Zahnarzt«, sagte ich herrisch, als wär es ein Befehl. Stumm fügten meine Lippen ihr über seine Schulter hinweg ein »Danke« hinzu.

Das musste sie ja wohl verstehen, oder? Meine Verabredung mit Guy war zuerst da gewesen. Und sie musste ja zum Zahnarzt. Irgendwie fand ich es widerlich, dass sie dort hinbestellt worden war. Das bedeutete, dass mindestens sechs Monate vergangen waren seit ihrer letzten professionellen Zahnreinigung. Und ich hatte bei ihr daheim mal aus einem Glas getrunken.

Die Pausenglocke sprang an. Und obwohl sie das jeden Tag machte, erschreckte sie uns jedes Mal. Die Klassenzimmertüren flogen auf und wie aus einem umgedrehten Milchkarton kamen die Schüler herausgeflossen.

»Ja«, sagte Amber. »Ich bin grad unterwegs zum Zahnarzt.«

»Ich bin am Boden zerstört.« Guy zog mich mit seinem Ellbogen näher an sich heran und schob meinen Kopf in seinen Hals. »Komm, Evelyn, auf geht's.«

»Klar«, sagte ich und mein Herz wurde ein Trommelschlag aus Nervosität und Verwirrung und Furcht. »Können wir hinten raus? Ich brauch noch was aus meinem Schließfach.«

Und vorne warten meine Eltern auf mich …

»Klaro.«

Er lotste mich weg, weg von Amber.

»Tschau«, rief sie. So wie sie mich dabei anschaute, kam ich mir vor wie in diesem *The Green Mile*-Film, wo der Mann zum elektrischen Stuhl geführt wird.

»Tschau«, winkte ich.

Als ich sie das nächste Mal sah, war ich im Krankenhaus.

EINUNDVIERZIG

Kaum hatten wir das Schulgelände verlassen, küsste er mich.

»Komm her«, knurrte er und zog mich an sich. Seine Hände fuhren mir über den Rücken, seine Zunge drang in jeden Winkel meines Mundes vor. Wäre mein Irrsinn eine Halsentzündung, dann wäre Guy das Halsbonbon gewesen, das den ganzen Schrott in meinem Hirn einfach wegschmolz. Ein grandios schmeckendes Halsbonbon, eins von denen, bei denen man Halsweh heuchelt, damit einem die Freundin eins von ihren abgibt.

Als er sich wieder entzog, barg er mein Gesicht in seinen Händen und blickte mich durchdringend an. Ich konnte nur zurückstarren und die Liebe – oder was auch immer das jetzt war – durch meinen Bauch springen spüren.

»Ich hab mich schon den ganzen Tag auf dich gefreut.«

»Das hättest du mir ja auch mal sagen können«, sagte ich, ohne nachzudenken.

»Wie bitte?«

»Ich auch.«

»Bestens.« Er nahm meine Hand und zog mich mit. Er schwenkte sie hin und her, worüber ich kichern musste.

Die Wintersonne schien hell, aber es war immer noch so kalt, dass der Frost nicht gewichen war. Wir knirschten uns quer durch die Gassen, hinterließen mit jedem Schritt angetaute Blätter. Es war perfekt. Ich musste immer weiterlächeln. Die Luft war sauber, ich war drauf und dran, mich in einen Jungen zu verlieben, wir hielten Händchen und ich war zu glücklich, um mich überhaupt zu fragen, ob er sich die Hände gewaschen hatte.

Ich hatte es geschafft. Das hier war normal. Sogar besser noch. Vielleicht gingen sogar andere Mädchen an mir vorbei und BENEIDETEN mich – statt umgekehrt.

Als wir uns seinem Haus näherten, legten die mexikanischen Springbohnen in meinem Bauch mit einer Art sponsorenfinanziertem Springwettbewerb los. Guy spürte mein Zögern und blieb stehen, mitten in seiner Auffahrt.

»Was ist los?«, fragte er und drückte mir die Hand.

Die ehrliche Antwort

Ich hab eine Heidenangst.

Ich hab Zweifel, ob ich das hier aus den richtigen Gründen mache.

Magst du mich überhaupt?

Werde ich das hier bereuen?

Wird es wehtun?

Bin ich überhaupt bereit dafür?

Was ich sagte

»Bist du sicher, dass deine Eltern nicht da sind?«

Er grinste und drückte noch fester zu. »Jupp. Meine Mum und ihr Freund sind in London im Theater.«

»Ach, super.« Keine Chance, dass sie uns unterbrachen … was gut war, vermutete ich mal.

»Außerdem haben die nie was dagegen, wenn ich Mädchen mitbringe.«

WAS??

»Oh …«

Was für Mädchen? Was für Mädchen? Wie viele? Hatte er ein Kondom benutzt? Liebte er sie noch? Hatte er sie überhaupt gemocht? Hatte er seine Bettwäsche gewechselt?

Der Atem stockte mir im Hals. Guy ließ meine Hand fallen, um aufzuschließen, was auch ganz gut war, denn sie zitterte.

Er bat mich herein, richtig wie ein Diener, mit ausladender Geste. »Willkommen in meinem bescheidenen Heim.«

»Cool«, quietschte ich und trat über die Schwelle.

Er führte mich schnurstracks in sein Zimmer. Keine Tour durchs Wohnzimmer, kein Knutschen auf der Couch, noch nicht mal die höfliche Frage, ob ich ein Glas Wasser wollte. Nur die Stufen rauf, meine Hand fest in seiner und rein durch die Tür.

Ich hatte noch kaum was von seinem Zimmer mitbekommen, da drückte er mich schon gegen die Tür und fing an, mich zu küssen. Die Wände waren rot, das Bett ungemacht, es roch ein bisschen nach schalem ... Irgendwas. Guys Küsse waren anders als vorher – wütender, drängender. Ständig knabberte er mir an der Unterlippe, seine Bartstoppeln kratzten mich am Kinn. Es war schön, aber nicht schön. Ich fühlte mich gleichermaßen erregt wie zu Tode erschreckt und überfordert – wie ein Biskuitrollen-Rezept ... für das Verlieren der Jungfräulichkeit.

Ich zwang mich dazu, mich beruhigungshalber aufs Hier und Jetzt zu konzentrieren, auf die ganzen unterschiedlichen Empfindungen, die da über meinem Körper explodierten. Da gab es Guys Küsse, die meine Lippen kitzeln ließen und meine Eingeweide ganz schlapp werden ließen vor lauter Wohlgefühl.

Da gab es das Gewicht seiner Hand auf meiner linken Brust, wie er sie sanft durch mein Top drückte. Da gab es die Geräusche, die er machte, die Stöhner und Grunzer. Da gab es die Geräusche, die ich machte – ein gelegentliches Schnappen nach Luft, wenn er etwas Neues ausprobierte.

Und langsam verlor ich mich im »Hier und Jetzt« und ließ das Leben einfach mit mir machen.

Er manövrierte mich zu seinem Bett und beugte mich rücklings darüber, bis wir mit ineinander verschlungenen Gliedmaßen auf seine durchsackende Matratze fielen. Er hielt meine Arme hinter meinem Kopf fest und beregnete mich mit Küssen – mein Gesicht, meinen Hals, meine Arme.

Ich seufzte auf.

Plötzlich zog ich ihm sein T-Shirt über den Kopf, ließ mich von seinem Körpergewicht zermahlen, fuhr ihm mit meinen Fingernägeln den Rücken entlang. Der Zustand meiner Hände fiel ihm nicht auf – als Nächstes hatte er schon mein Top hoch- und mir über den Kopf gezogen, bedeckte meine kalte Haut mit seinem warmen Mund.

»Du hast so geile Titten«, sagte er, bevor er sie durch meinen BH hindurch küsste. Und ich zuckte zusammen, weil das nicht die romantischste aller Aussagen war.

Was Guy stattdessen hätte sagen können

Du bist wunderschön/unglaublich/perfekt –
Ich verlieb mich in dich.
Bist du bereit für das hier?

Er langte um meinen Rücken herum, und wie von Zauberhand war auf einmal mein BH offen und fiel zwischen uns aufs Bett.

> *Unguter Gedanke*
> Wie hat er den jetzt so schnell aufgekriegt?

> *Unguter Gedanke*
> Noch nicht mal du kriegst deinen BH so schnell auf und du machst es jeden Tag. Normalerweise musst du die Träger runterziehen und das verdammte Teil nach vorne wurschteln, damit du ihn aufhaken kannst.

> *Unguter Gedanke*
> Das heißt, er muss es vorher schon x-mal gemacht haben, und ...

> *Unguter Gedanke*
> DEINE BRÜSTE HÄNGEN IM FREIEN! GUY AUS DER SCHULE KANN DEINE BRÜSTE SEHEN!

Rein instinktiv verkreuzte ich die Arme vor der Brust im Versuch, so viel wie möglich davon zu verstecken. Falls Guy das auffiel, ließ er sich nichts anmerken. Obwohl er meine GANZ OFFEN RAUSHÄNGENDEN Brüste kurzfristig in Frieden ließ und sich stattdessen darauf konzentrierte, meine Jeans runterzuziehen. Sie glitt nicht einfach herunter wie im Film. Ich hatte ahnungslos meine Skinny Jeans angezogen, die mir jetzt an den Waden kleben blieb und die ich abstrampeln musste, wobei ich sie auch noch komplett umstülpte. Eine Socke ging dabei mit ab, die andere nicht.

Beim Anblick meiner lila gefrorenen Beine stöhnte Guy auf und begann, sie zu streicheln, wärmte sie mit seinem warmen Mund. Wieder versuchte ich, mich darin zu verlieren, aber ich hatte zu viel damit zu tun, meine Brüste mit den Armen zuzuhalten und meine Beine zu verschränken, obwohl mir doch eigentlich bewusst war, dass das Gegenteil gefragt war. Guy fuhr mit den Händen meine Haut auf und ab. Wieder küsste er mich intensiv, um mich davon abzulenken, wie er seine Hand zwischen meine übereinandergekrampften Beine klemmte, wie einen Schlüssel in ein schwergängiges Schloss. Er fing an, mich durch meine Unterhose zu befühlen. Dann nahm er meine Hand, führte sie zu seinem offenen Hosenstall und brachte mich dazu, ihn auch anzufassen.

Meine Augen flogen auf.

Meine Gedanken waren nicht mehr zu übersehen.

<u>Völlig vernünftiger Gedanke</u>
Du bist noch nicht so weit, Evelyn.

<u>Und noch einer</u>
Du machst das hier nicht aus den richtigen Gründen. Und das weißt du auch.

<u>Und noch ein letzter</u>
Wenn er dich wirklich mag, dann wird er das auch verstehen.

Und dieses eine Mal vertraute ich meinen Gedanken.

Einen Augenblick später lag meine Hand nicht mehr in seinem Schritt und ich war auf dem Bett zurückgewichen, hatte die Knie hochgezogen, vor die Brust. Guys Mund hing offen und sah verloren aus ohne meinen darauf.

»Was soll die Scheiße?« Er machte die Augen zur Hälfte auf. »Wo gehst du denn hin?«

»Guy? Willst du mich gar nicht umwerben?«, fragte ich, bevor ich noch so richtig über meine Worte nachdenken konnte.

Seine Augen wurden schmal ... vor Verwirrung ... vor Ärger? »Hä?«

Ich kroch hastig zu meinem Pulli und zerrte ihn mir über den Kopf.

Er sah mir zu, sein Mund verwandelte sich langsam in die Karikatur eines traurigen Gesichts.

»Sollten wir nicht irgendwie wenigstens einmal zusammen weggehen, bevor wir miteinander schlafen? Wie damals in den guten alten Zeiten, als die Männer den Frauen noch den Hof gemacht haben. Oder sie umworben. Du weißt schon, wie in den alten Filmen. Da haben sie ihre Herzen erobert und sich echt einen abgebrochen, damit sie ihnen die Ehe gewähren.«

»Ehe?« Sein Gesicht wurde noch bleicher als normal.

»Ich meine, ich will dich nicht heiraten, aber meinst du nicht, du solltest dich eine Spur um mich bemühen? Nur so aus Höflichkeit. Du weißt schon, dich ein kleines bisschen ins Zeug legen, bevor du mich ins Bett kriegst.«

Er sah drein, als müsste er gerade eine richtig schwere Mathenuss knacken. Außerdem sah er so richtig angekotzt aus. Ich hatte solche Angst. Ich mochte ihn, ich mochte ihn wirklich. Aber ich brauchte die Gewissheit, dass er mich mochte, und das hieß: nachfragen.

»Magst du mich?«

»Das weißt du doch.«

»Aber was magst du an mir?«

»Hab ich dir doch gerade gesagt, du hast geile Titten.«

»Was noch?«

Er kratzte sich am Kopf, er kratzte sich doch tatsächlich am Kopf und sah mich dann auf diese entsetzliche Weise an. »Na, bis vor zwei Minuten hab ich gemocht, dass du genau die Art Fragen nicht stellst.«

»Welche Art Fragen?«

»Du weißt schon ...« Er setzte eine hohe Fistelstimme auf. »Magst du mich? Warum hast du mir nicht zurückgeschrieben? Können wir noch zum Pizza Express, bevor wir zu dir gehen? Kann ich in deiner Band singen? Sind wir jetzt zusammen?«

»Was ist falsch daran, zum Pizza Express gehen zu wollen, bevor man jemanden mit sich schlafen lässt?«, fragte ich.

Guy warf die Arme in die Höhe. »Siehst du? Ich hab gewusst, dass das passiert. Ich hab dich gemocht, aber ich hatte Schiss, dass du so anfängst. Warum muss es immer so schnell ernst werden?«

»Und Sex mit jemandem zu haben ist nicht ernst?« Mir war, als breche meine Welt zusammen.

»Na ja, schon … irgendwie … Aber, warum muss es immer so … keine Ahnung … so krass gefühlig sein?« Er warf mir noch so einen seltsamen Blick zu. »Ich hab mir eingebildet, du wärst vielleicht anders. Du bist mir immer so locker vorgekommen, du hast nicht rumgezickt, wenn ich mich nicht gemeldet hab. Du hast dich mit anderen Typen getroffen, genau wie ich andere Mädchen treffe. Du hast dich scheinbar nicht groß geschert um diesen Ethan-Typen oder die Pussycat. Ich hab gedacht, vielleicht klappt's ja … du weißt schon, so was Unverbindliches halt.«

Ich lauschte entgeistert seiner Beschreibung eines Mädchens namens Evelyn, die mit mir rein gar nichts zu tun hatte. »O Gott«, sagte ich, eher zu mir selbst. »Du denkst, ich bin die nette Schlampe von nebenan.«

Guy sah mich misstrauisch an. »Die nette was?«

Ich hatte ein dringendes Bedürfnis, meine Jeans anzuziehen. Ich begann, mich in sie hineinzuzwängen im verzweifelten Drang, meine Haut zu bedecken, irgendwas von meiner Macht wiederzuerlangen. Ich hatte mich zu sehr bemüht, für Guy normal zu sein. Ich hatte mich zu sehr bemüht, unbekümmert und heiter zu sein wie die anderen Mädchen – hatte ich geglaubt. Aber die waren gar nicht so …

Es konnte nicht einfach etwas Unverbindliches sein für ihn, oder? Das ergab einfach keinen Sinn: Er hatte mich doch irgendwie so richtig angestarrt, bevor er mich geküsst hatte, und er hatte mir so richtig ins Gesicht gesagt, dass es ihm nicht egal war ... Das ergab doch alles keinen Sinn.

»Ich glaub, ich hab mich in dich verliebt«, sagte ich, im verzweifelten Versuch, ihm ein bisschen Gefühl zu entlocken.

Das Weiße in seinen Augen wuchs fast aufs Doppelte an. Wären wir in einem Cartoon, wären ihm die Augen raketengleich auf Stielen aus dem Schädel geschossen. »Was? Evie? Jetzt nicht dein Ernst, oder? Was geht hier eigentlich ab?«

Gefühle rasten meinen Hals empor, verhedderten sich in meinem Rachen. »Ich hab gedacht, du magst mich wirklich ...«

»Ich mag dich ja. Aber ... Liebe ... bitte? Hast du den totalen Knall?«

»Du warst auf der Party so lieb zu mir.«

»Welche Party? Was? Als du so hackedicht warst? Na, da musste sich ja wohl irgendwer um dich kümmern. Kann ich ja nicht wissen, dass du da gleich durchknallst ...«

Alles, was ich sagte, regte ihn nur noch mehr auf, als wären meine Worte Stinkbomben, die ich auf ihn abschoss. »Verdammte Scheiße«, murmelte er und fuhr sich mit den Händen durchs Haar. »Das ist doch verrückt. Du bist verrückt.«

Dieses Wort. Dieses Scheißwort. Tränen rannen mir aus den Augen. Wie hatte ich gekämpft, es zu umgehen ... Er sah meine Tränen. »O Gott, flennst du jetzt auch noch? Mit so was kann ich gar nicht.« Er stand auf und zog sein T-Shirt an. Ich weinte noch mehr.

Waren das meine Optionen? Mich leicht ins Bett kriegen lassen oder verrückt sein? Eine Lüge oder alleine? Waren das die einzigen Möglichkeiten, die Jungs dir offen ließen? War es verrückt, erst etwas umworben werden zu wollen, bevor man einem Typen erlaubte, eins seiner Körperteile in den eigenen Körper reinzuschieben? War es verrückt, eine Nachricht bekommen zu wollen, nachdem man jemanden geküsst hatte? War es verrückt, die normalste Sache der Welt zu wollen – eine Beziehung? Eine, bei der das Herz sich nicht anfühlte, als wär es voller Rotz? War es verrückt, sich nicht auf dem Herz rumtrampeln zu lassen, bis es zersprang?

Oder war ich selbst schuld? Hatte ich mich einfach in ein Megaarschloch verknallt und dafür einen tollen Jungen wie Oli beiseitegeschoben, weil ich eine völlig verpeilte benevolente Sexistin war und Amber von Anfang an recht gehabt hatte?

Guy sah mir mit wachsender Ungeduld beim Weinen zu.

»Evie, hör auf. Meine Mum kommt gleich wieder.«

Ich schluckte hörbar. »Du hast gesagt, die sind im Theater.«

»Tja, sind sie nicht. Die sind essen gegangen. Um acht sind sie zurück.«

Ich rechnete es beim Schluchzen schnell durch und machte eine wegwerfende Handbewegung. »Wie hattest du dir das vorgestellt? Für nach dem Sex? Mich heimschicken, sobald du hast, was du wolltest?«

»Nein«, sagte er, aber sein Gesicht sagte Ja.

Meine Tränen wurden Zorntränen. »Du bist so was von armselig«, sagte ich und wusste, dass es die Wahrheit war, auch wenn in meinem Brustkorb immer noch Explosionsgefahr herrschte. »Ich weiß, dass du mehr fühlst, als du zeigst. Bei dir stimmt was nicht!«

Guy zuckte die Achseln – wie er es bei allem tat. Zuckedizuck-zuck auf eine »Tja, wenn's dir nicht passt, dann lass es halt«-Art.

»Und deine Band ist wirklich saudoof.«

»Saudoof? Bist du noch im Kindergarten?«

»Ich geh jetzt.«

»Schön.«

Kein »Bitte nicht«, kein »Ich hab einen schrecklichen Fehler gemacht«.
Kein »Ich hab dich schon seit unserem Kastanienkampf geliebt«.
Nur »Schön«.
Es war nicht schön. Das waren Gefühle nie.
Ich sammelte meinen Kram ein und sauste gedemütigt aus seinem roten Miefzimmer.

VIERUNDZWANZIG

Ich war schmutzig.

Mir war unbegreiflich, wie ich hatte zulassen können, dass ich derart kontaminiert wurde. In der frühen Winterdunkelheit rannte ich nach Hause, rutschte auf Eis aus, schluchzte jedes Mal, wenn ich hinfiel.

Dreckig, dreckig, dreckig, dreckig, dreckig.

Seine Bettdecke – Bettdecke! Die war wahrscheinlich seit Monaten nicht gewaschen worden. Monate! Und dieses Zimmer, dieser Geruch! Wo kam dieser Geruch her?

Ich floh achtlos an den Straßenlaternen vorbei. Die hatte ich vorher schon alle berührt und es hatte nichts gebracht. Ich war nicht normal. Guy sah in mir nichts Besonderes. Er hatte nur geglaubt, er könnte mich ins Bett kriegen.

Er hatte mich verrückt genannt ...

Mein Fuß glitt auf einer schwarz vereisten Fläche aus und mein Knöchel verdrehte sich mit Wucht. Ich schrie und knallte voll aufs Gesicht, fing den Sturz mit den Händen ab, schabte über die Pflastersteine, riss Schotter mit und schrammte ihn mir in die Handflächen.

»Nein ...«

Hier blieb ich, quer auf dem Gehweg, und wimmerte.

Er hatte mich berührt.

Ich hatte mich von Guys Dreckspfoten anfassen lassen. Ich konnte die Abdrücke seiner bohrenden Finger immer noch am ganzen Leib spüren – sie hatten nur so gewimmelt vor Krankheitserregern, vor Dreck, vor Falschheit. Er hatte gewusst, wie er meinen BH aufbekam. Das hieß, dass er andere BHs aufgemacht hatte. Das bedeutete, dass seine Finger an anderen Mädchen herumgebohrt hatten. Hatten die irgendwelche Krankheiten gehabt? Wie sollte ich das je erfahren? Guy hatte mir keine Fragen zu meiner sexuellen Gesundheit gestellt, bevor er mir den BH aufgehakt hatte. Das konnte nur bedeuten, dass er die anderen Mädchen auch nicht gefragt hatte.

Unguter Gedanke
Du könntest jetzt HIV-positiv sein.

Ich wimmerte noch einmal und versuchte, mich aufzurappeln, taumelte herum wie Bambi auf dem Eis.

Vernünftiger Gedanke
Bist du nicht, Evie, so steckt man sich nicht an. Das weißt du …

Unguter Gedanke
Na schön, dann eben Herpes. Das ist ansteckend wie Sau und wird schon durch Berührung übertragen.

Unguter Gedanke
Und HPV. HPV kriegst du jetzt ganz bestimmt.

Unguter Gedanke
Und du hast die Impfung nicht gemacht, weil du geglaubt hast, dass die die Nadeln nicht richtig sterilisieren.

Die schmutzigen Teile meines Körpers begannen wieder zu pochen. Ich konnte fühlen, wie sich die Bakterien vermehrten, die Infektionen sich in meine Haut gruben. Was hatte ich getan? Wie hatte ich erlauben können, dass mir das passierte? Ich musste nach Hause. Ich musste mich sauber machen. Jetzt.

Wenn ich mich richtig beeilte, konnte ich die Keime vielleicht im Keim ersticken ...

Also rannte ich. Mit einem verknacksten Knöchel und zwei blutigen, schottergespickten Händen rannte ich los.

Rose war im Flur, mit fleckigem Gesicht, als ich durch die Tür gepprescht kam.

»Evie! Wo warst du? Mum und Dad sind völlig durchgedreht. Die fahren herum und suchen dich!«

Ich rannte an ihr vorbei, in mein Zimmer. Sie hinterher.

»Was ist dir passiert? Hat dich wer angegriffen? Lass mich sie anrufen. Die haben deine Freundin Amber angerufen. Die hat gemeint, du wärst bei einem Jungen gewesen?«

Mein steriler kleiner Raum war unbehaglich und brachte mir gar nichts. Ich schüttelte die Bettdecke durch und warf sie auf den Boden. Da musste doch irgendwas zum Saubermachen sein. Irgendwas, das meine Eltern übersehen hatten.

Rose hinter mir hing am Telefon. »Sie ist da. Ihr geht's nicht gut, ich hab keine Ahnung, was passiert ist. Okay, ich versuch's ...«

Mir blieb nicht viel Zeit.

»Evie?«, rief Rose sanft, sah mir zu, wie ich mein Schlafzimmer auf den Kopf stellte, und sprach dabei, als wäre das ganz alltäglich. »Mum und Dad sind in zehn Minuten da. Wollen wir ein bisschen reden? Sag mir doch, was passiert ist.«

Ich zog meine untere Schreibtischschublade auf ... die Bakterien ... ich konnte spüren, wie sie wuchsen ... meine heimliche Miniflasche mit Handdesinfektionsmittel war nicht da. Sie hatten sie mir weggenommen.

<u>Unguter Gedanke</u>
Du wirst krank werden und sterben ... Wasch dich! Irgendwie wirst du's schaffen! sofortsofortsofortsofortSOFORT!

»Rose!« Ich packte sie mit weit aufgerissenen Augen. Sie zuckte zusammen.

»Was?«

»Du musst mir helfen. Etwas Schreckliches ist passiert. Wo haben Mum und Dad das Putzzeug versteckt?«

Ihr Mund ging auf, ihre Wimpern zitterten. »Evelyn, nein. Hier gibt's nichts mehr für dich. Alles ist weg. Sie bewahren hier nichts mehr auf.«

<u>Unguter Gedanke</u>
Sie lügt. Deine eigene Schwester lügt dich an. Sie hasst dich und verabscheut dich und will, dass du krank wirst und stirbst, damit sie deinen Irrsinn nicht mehr ertragen muss, weil du allen anderen das Leben versaust.

»Du lügst!«, schrie ich. »Da muss irgendwo was sein. Irgendwo müssen sie doch ihr Putzzeug haben!«

»Nein«, wiederholte sie, aber ich bekam mit, wie ihr angstvoller Blick in Richtung Elternschlafzimmer flackerte.

Das Badezimmer dahinter. Ich schob mich an ihr vorbei und rannte den Flur entlang. »Nein, Evie, nein. Bitte! Hör auf!«

Ich hastete an ihrem Bett vorbei und in die kleine Nische, die ihr privates Badezimmer war. Wie ein panisches Mädchen – nun, war ich ja auch – sank ich zu dem Schränkchen unter dem Waschbecken hinab. Und dort, dort war es. Was ich brauchte. Sprühflaschen und Gummihandschuhe und Desinfektionsspray und all die herrlichen Reinigungsmittel, die den Schmutz entfernen und die Bakterien und alles, was so falsch läuft in dieser Welt.

Ich zog eine Flasche Chlorreiniger heraus …

Evies Logik, die eigentlich nicht besonders logisch war

Wenn ich irgendwas nehme, das stark genug ist, dann könnte ich Guys Krankheitserreger alle noch erwischen, bevor sie sich vermehren. Seife allein bringt da nichts – er war zu schmutzig und die Viren hatten viel zu viel Zeit, sich auszubreiten.

Aber Chlorbleiche. Chlorbleiche tötet alles ab. Das weiß ja jeder.

Wenn ich nur einfach die Stellen chlorbleichen könnte, wo er mich angefasst hatte … dann wäre alles wieder gut und ich würde nicht krank werden und zu Sarah gehen, damit meine Eltern glücklich waren, und alles würde wieder normal werden, weil ich ja nie etwas anderes gewollt hatte als Normalsein.

Aber Chlorbleiche macht Verbrennungen … wenn ich sie verdünnte, würde es mich vielleicht nicht verbrennen? Wie eine von diesen Säure-Peelingmasken fürs Gesicht. Ich ließ meine Hand auf den Sicherheitsverschluss fallen, drehte ihn auf und schüttete etwas in das verstöpselte Waschbecken.

Rose kam hereingestürzt, als ich gerade Wasser zum Verdünnen einließ. Sie sah so gequält aus – wäre auch nur noch ein Hauch von Vernunft in mir gewesen, hätte ihr Gesichtsausdruck mir das Herz gebrochen.

»Evie, bitte, hör auf. Was auch immer du tust, hör auf!«

»Ich kann nicht«, schluchzte ich aufrichtig zurück, sah zu, wie das Becken sich mit Wasser füllte, feuerte es innerlich an, sich schneller zu füllen. Wenn ich nur eine Schicht auftragen könnte, bevor meine Eltern kamen und alles kaputt machten …

»Was tust du da?«

»Ich muss nur was abwaschen.«

Ich musste es drauftun, ich musste die Erreger aufhalten, ich musste es, ich musste, ich musste ...

Ich ließ einen Waschlappen in meine verdünnte Bleichemischung sinken. Die Bleiche sickerte in die offenen Wunden auf meiner Hand.

Ich schrie.

Der Schmerz ... dieses Stechen.

»Evie!«

Wenn ich den Schmerz nur einfach aushielte ... das würde überkrusten, aber dafür keimfrei sein, frei von Dreck, frei von Schmutz.

»Ist das Wasser, Evie?«

»Ja!« Ich wrang den Waschlappen aus und heulte wieder auf. Dann zog ich mir mit unkontrolliert zitternden Händen die Hose herunter, genau vor Rose Augen, und betupfte mir die Haut oberhalb der Beine, löschte aus, wo Guy gewesen war.

»Evie! O Gott, ist das das Chlorzeug? Hast du Chlorreiniger auf dich draufgetan? O Gott, Evie, Hilfe! So hilf doch jemand!«

Erleichterung.

Erleichterung durchflutete mich wie eine Welle aus Großartigkeit. Meine Beine sangen vor Erleichterung. Ich atmete tief durch.

Dann ging das Brennen los. Erst ein Kitzeln, dann eine heiße Flamme, die mir durch den Körper hetzte. Ich sah hinab zu meinen verwitterten Händen – sie warfen überall Blasen auf. Es tat so weh, dass ich kaum noch sehen konnte.

Ich sank zu Boden, schluchzte, wollte so sehr meinen übrigen Körper sehen.

»Mum, Dad? Sie ist da drinnen! Sie hat was gemacht! Ich glaube, sie hat Chlorreiniger auf sich getan!«

Ein Krachen. Besorgtes Gebrüll.

»In die Dusche! Sofort.«

»Evie? Was hast du getan? Was zum Teufel hast du jetzt wieder getan?«

Kaltes Wasser traf mich – es regnete auf meinen Kopf, rann mir in die Augen, vermischte sich mit den Tränen.

Ich erinnere mich an einen Gedanken, der mir kam, als ich gerade in Ohnmacht fiel.

<u>Der Gedanke</u>
Tja, das ist jetzt auch nicht normal, oder, Evie?

DREIUNDVIERZIG

Was die Ärzte sagten

»Zum Glück hat sie die Bleiche verdünnt.«
»Sie haben ganz richtig gehandelt mit der schnellen Dusche. Das hat die Verbrennungen aufgehalten.«
»Sie braucht keine Hauttransplantation.«
»Aber auf den Handflächen dürfte eine gestörte Temperaturwahrnehmung zurückbleiben.«
»Die Narbe auf dem Bein verblasst mit der Zeit.«
»Ihre jüngere Tochter Rose wird wohl etwas professionelle Unterstützung brauchen.«
»Wie ist Evelyn an den Chlorreiniger gekommen?«
»Wir verlegen sie auf die Psychiatrie, nur für ein, zwei Wochen. Evelyn, verstehst du, was das heißt?«
»Evelyn, wir erhöhen wieder deine Medikation. Wir verschreiben dir auch etwas Diazepam, damit du dich wieder ruhiger fühlst.«
»Ihre Tochter hat ein erhebliches Rezidiv ihrer Zwangserkrankung erlitten …«

GENESUNGSTAGEBUCH

Datum: 5. Dezember

Medikation: 60 mg Fluoxetin, 5 mg Diazepam 2x tägl.

Gedanken/Empfindungen: ...

Tagesablauf:

8 Uhr: Wecken
8.30 Uhr: Frühstück und Medikamente
9-11 Uhr: Therapie
11-13 Uhr: Freizeit
13-14 Uhr: Mittagsessen und Medikamente
14-16 Uhr: Besuchszeit
16-17 Uhr: Gruppenarbeit - Kunst, Gruppentherapie usw.
17-18 Uhr: Ziellos auf die Glotze starren
18 Uhr: Abendessen
18-22 Uhr: Ziellos auf die Glotze starren
22 Uhr: Medikamente und Schlafenszeit

VIERUNDVIERZIG

Besuch von Mum

Mum war die Erste. Sie durfte Schokolade und Kleider mitbringen.

Ich saß in meinem Winzzimmer, zupfte an meinen Verbänden herum und starrte auf die Uhr.

Sobald ich sie sah, brach ich in Tränen aus. »Mum, es tut mir so leid.«

Sie lächelte mich an, schwächlich und bekümmert, setzte sich auf den Stuhl neben dem Bett, den mit der harten Rückenlehne, und legte ein paar zusammengelegte Jeans und eine Tafel Alpenmilch aufs Bett. »Wie fühlst du dich?«, fragte sie die Jeans.

»Es tut mir so leid.«

»Es ist okay, Evelyn.« Aber es war nicht okay. Ich sah es an ihrem Gesicht. Der Schmerz war überall.

»Wo sind Dad und Rose?«

»Die schauen morgen vorbei.«

»Es tut mir so leid.«

Mum hob den Kopf, um mich anzuschauen, mich richtig anzuschauen. Meine magere Gestalt, die verbundenen Hände und den sterilen kleinen Schuhschachtelraum. Jetzt war sie dran mit Weinen.

»Ach Evie«, schluchzte sie, setzte sich neben mich und erstickte mein Gesicht in ihrer Halsgrube. »Was ist passiert? Du hast doch alles so gut hinbekommen.«

»Ich weiß«, schluchzte ich. »Entschuldigung. Ich hab euch hängen lassen. Ich hab alle hängen lassen.«

Sie weinte noch mehr. »Du bist doch nicht schuld«, sagte sie. Und zum ersten Mal glaubte ich ihr, dass sie das wirklich so meinte.

Wir umarmten uns und weinten und umarmten uns noch mehr.

»Was passiert jetzt mit mir?«, fragte ich und wischte versehentlich etwas Rotz auf ihre Bluse. Der Rotz störte mich gar nicht. Er war mir wirklich egal. Keine Ahnung, ob es die Medikamente waren oder die Intensivtherapie, aber ich sah die Schleimspur an und dachte einfach nur: »Ach, da ist ja Rotze.«

Mum strich mir übers Haar. »Dir wird's wieder besser gehen.«

»Das hast du letztes Mal auch gesagt.«

»Und es ist besser geworden.«

»Aber dann ist es wieder schlimmer geworden.«

»Nun, so ist das Leben halt. Nicht nur für dich. Das Leben wird besser und dann wieder schlechter, immer wieder und immer wieder, für jeden von uns.«

Es war, als hätte ich den Everest bestiegen, den Gipfel schon in Sichtweite gehabt, die Flagge in der Hand, wäre drauf und dran gewesen, sie in die Bergspitze zu bohren und zu sagen: »Juhuuu, ich hab's geschafft«, und dann hatte mich aus dem Nichts eine Lawine gepackt und mich wieder ganz an den Fuß des Berges zurückgerissen.

War es die Mühe wert, den Aufstieg neu zu versuchen? Ich war so erschöpft. Ich hatte ihn schon mal bestiegen. Wollen tat ich es nicht, aber … was blieb mir schon für eine Wahl?

Ich befreite mich aus ihrer Halskuhle. »Wie geht's Rose?« Meine Stimme bebte, vor Scham und Schuldgefühl und Sorge.

Mum seufzte und rieb sich die Augen. Sie sah fix und fertig aus. Vermutlich, weil sie auch gerade vom Berg gekullert war. »Ihr geht's nicht besonders toll, Evelyn.«

»Es tut mir so leid. Ich weiß, du wolltest nie, dass sie mich so sieht ...«

»Es ist nicht nur das ... Sie ... ach, egal.« Mum nahm die Jeans, die sie mitgebracht hatte, und legte sie völlig grundlos neu zusammen.

»Was?«, fragte ich und richtete mich im Bett auf.

»Ich sollte dir das nicht erzählen. Du brauchst Ruhe.«

»Mir geht's gut.« Ich sah mich um. »Na ja, ganz offensichtlich geht's mir nicht gut, aber gut genug, um mich um Rose zu sorgen. Mit anderer Leute Probleme kann ich umgehen – nur mit meinen eigenen nicht so.«

Mum lächelte mich wieder traurig an. »Na dann. Vielleicht kannst du ja helfen. Ich versteh ohnehin nicht so viel davon. Ich kapier diesen ganzen Internetkram nicht.«

»Internetkram?«

»Sie hatte ein Beratungsgespräch«, fuhr Mum fort und ihre Augen wurden wieder feucht. »Damit klar wird, ob sie damit umgehen kann, was sie da gesehen hat ...« Noch mehr Schuldgefühle stürzten sich im freien Fall meinen Hals hinab. »Und, also, sie war sehr aufgewühlt. Nicht wegen dir. Na ja, auch ein bisschen wegen dir ... aber ... also, sie wird in der Schule schikaniert ... sie ist vor diesem Berater zusammengebrochen und hat ihm alles erzählt. Wir mussten bei der Schule vorsprechen.«

»Was?« Ich fiel aus allen Wolken. »Ich dachte, sie hat haufenweise Freundinnen?«

»Das haben dein Vater und ich auch gedacht. Aber das sind nicht ihre Freunde. Die haben so eine blödsinnige Website erstellt, wo sie sie beschimpfen, dieser Teil ist mir nicht so klar. Aber jeden Tag hat sie nach der Schule den ganzen Posteingang voll grauenhafter Mails und Nachrichten gehabt.«

»Über was?«

»Sie hat uns ein paar gezeigt.« Mums Stimme brach wieder.

»Sie nennen sie Streberin. Oder eingebildet. Oder hässlich. Die haben sie zu einer Übernachtungsparty eingeladen und dann im letzten Moment gesagt, sie findet nicht statt. Und dann haben sie die ganze Nacht über bei ihr angerufen und ins Telefon gekichert und gesagt, die Party finde sehr wohl statt und sie wollten sie einfach nicht dabeihaben.«

Mir stand der Mund weit offen. Das Schuldgefühl in meinem Bauch glühte auf und wuchs sich zu einem Feuer aus. Einem Buschbrand aus Wut. Es entzündete jeden einzelnen Verteidigungsmechanismus in meinem Körper. Ich ballte die Fäuste und verzog das Gesicht. Meine Hände taten immer noch so richtig weh.

»An dem Abend war ich zu Hause«, sagte ich. »Mir hätte was auffallen sollen. Ist mir ja auch, aber ich hab mich von ihr überzeugen lassen, dass alles okay wäre.«

»Du hattest selbst genug um die Ohren«, sagte Mum freundlich.

»Das ist keine Entschuldigung. Sie ist meine kleine Schwester. Ich sollte mich um sie kümmern, nicht andersrum.« Ich brach wieder in Tränen aus.

So viel geht verloren, wenn man sich selbst verliert. Nicht nur dein Stolz oder deine Hoffnung. Sondern schlimmere Dinge, Dinge, die andere betreffen. Wie deine Fähigkeit, anderen zu helfen, wenn sie dich brauchen, zu merken, wenn sie leiden. Man ist zu gefangen im eigenen Leid, dem eigenen Chaos. Das war so unfair. Ich wollte nicht selbstsüchtig sein, ich wollte keine miese Schwester sein ... und trotzdem war ich es ... weil ich nicht stark genug war.

Mum machte beruhigende Laute und ließ mich weinen. Ich dachte an Rose – die perfekte, wunderbare Rose.

»Warum sollte irgendwer Rose schikanieren wollen?«, fragte ich.

Weil es ich hätte sein sollen. Ich war die Spinnerin. Ich war die Abnormale. Ich war die Nervige, die Bedürftige, die Irre, die, auf die man mit dem Finger zeigte und sagte: »Hahaha, schaut euch die Versagerin an.« Ich war diejenige, die niemals einen Hamburger mit den Händen essen und nie über Nacht bei anderen bleiben konnte, weil ich ihnen in Sachen Sauberkeit nicht über den Weg traute, und die bei Geburtstagseinladungen nicht mit Schlittschuhlaufen konnte, weil man dort Schuhe ausborgen musste ... Das waren Gründe fürs Schikaniertwerden. Doch Rose war makellos – keine einzige schlechte Eigenschaft, an der man sich festbeißen konnte.

»Weil die Leute das eben so machen«, sagte Mum schlicht und legte die Jeans ab. »Die Leute sind kaputt und deshalb quälen sie andere.«

»Aber bei Rose gibt's doch nichts, woran man sich stören könnte.«

»Die finden was – da kannst du noch so quasiperfekt sein, die finden was. Du kannst dich vor der Welt nicht schützen, Evie. Gott, ich weiß, wie sehr du dich bemühst. Aber schlimme Dinge passieren einfach, die Leute sind grausam und es gibt einfach keine Maßnahmen, die man ergreifen könnte, nach denen einen die Leute garantiert in Ruhe lassen. Man kann nur versuchen, nicht einer von diesen Menschen zu sein, der zur Schlechtigkeit auch noch beiträgt. Und deshalb bin ich stolz auf dich ...«

Ich sah sie an. »Stolz auf mich? Wegen was? Du kannst dir ja nicht gerade mein Einweisungsdiplom über die Treppe hängen.«

»Ja, stolz auf dich. Weil du trotz allem, was du durchgemacht hast, immer noch gut und warmherzig bist. Du bist nicht verbittert. Na ja, bist du schon, aber nur wegen dir selbst. Du kommst dir vielleicht kaputt vor, aber du machst nicht andere kaputt.«

»Ich mach euch das Leben zur Hölle.«

Sie grinste und umarmte mich noch einmal. »Aber nicht mit Absicht! Du hasst es, was du uns antust. Und vielleicht müssen wir uns alle mal intensiv darüber unterhalten, wie wir besser miteinander umgehen können. Wir haben mit Sarah gesprochen und sie hat uns ein paar Ratschläge gegeben. Du hast uns nicht von deinen Rückfallsymptomen erzählt. Stattdessen wolltest du sie verstecken. Und daran müssen auch dein Vater und ich Schuld haben. Nicht nur du. Vielleicht ist das nicht so das Gelbe vom Ei mit dieser liebevollen Strenge.«

Ich lachte. »Ihr könnt mich aber auch nicht einfach so machen lassen. Sonst wird's ja überhaupt nie besser.«

»Vielleicht. Aber dein Vater und ich könnten etwas mehr Verständnis zeigen, weil« – sie wies auf das Zimmer und meinen verbundenen Körper – »du hierfür nichts kannst.«

»Aber, wenn ich einfach stärker gewesen wäre ...«

»Nein«, unterbrach sie mich. »Du kannst nichts dafür.«

»Aber ...«

»Evelyn.« Ihre Stimme war so streng, dass ich den Mund hielt. »Schau mich an, hör mir zu.« Sie barg mein Gesicht in ihren Händen. »Nichts von alldem hier ist deine Schuld.«

Und ich weinte so sehr, dass ich schon glaubte, ich würde nie wieder aufhören.

FÜNFUNDVIERZIG

Besuch von Rose

Ich umarmte sie so fest, dass ich sie fast umbrachte.

»Warum hast du mir nichts gesagt?«, fragte ich und hoffte, dass ich den Schmerz schon aus ihr rauspressen würde, wenn ich fest genug drückte.

Sie erwiderte meine Umarmung. Fest. »Warum hast du mir nicht gesagt, dass es schlimmer wird?«

»Wer sind diese Mädchen? Sag's mir. Ich bring sie um. Ich kann ganz leicht auf ›vorübergehende Unzurechnungsfähigkeit‹ plädieren, dann komm ich damit durch.«

»Evie, tu mir so was nie wieder an, versprochen?«

Dad hing über unserer Umarmung und lächelte schief. »Meint ihr nicht«, mischte er sich ein, »ihr solltet euch erst mal gegenseitig eure Fragen beantworten?«

Rose und ich entknoteten uns und grinsten uns an.

»Also, ich fang mal an«, sagte ich. »Es tut mir so leid, was ich dir angetan habe ...« Ich blickte zu Dad. »Was ich euch allen angetan habe. Ich dachte, ich hätte es im Griff. Ich dachte, ich wär genau wie alle anderen.« Ich schaute hinab zu meinen ramponierten Händen. »War wohl nicht ganz richtig.«

Rose umarmte mich noch mal. »Schon verziehen, unter einer Bedingung«, sagte sie dumpf in meine Schulter.

»Welche?«, fragte ich nervös und klopfte ihr auf den Rücken. »Ich glaub, ich bin noch nicht so weit, dass ich dein Zimmer für dich putzen kann.«

Sie kicherte nur schwach. Uns war beiden klar, dass ich noch weit davon entfernt war, in Sachen Putzen irgendwas Gewöhnliches zu machen. Mein Betreuungsteam ließ mich immer noch sechsmal den Lichtschalter berühren. Scheinbar durfte ich mich ritualmäßig noch voll austoben, bis ich mich »an meinen neuen Lebensstil gewöhnt hatte«, also die Station, meine kaputten Hände, das Trauma des Rückfalls.

»Ich lass dich nicht mein Zimmer sauber machen. Aber ich möchte, dass du mir versprichst, dich nicht ständig mit allen anderen zu vergleichen.«

»Was?« Ich ließ sie los, weil ich nichts kapierte.

»Du. Evelyn. Immer dieses ›Ich wollte, ich wär so‹ oder ›Ach, wär ich doch mehr wie soundso‹. Du bist total besessen davon, normal zu sein, aber das ist total langweilig, und du bist so besonders, Evie. Versprich mir, dass du aufhörst, nicht du selbst sein zu wollen.«

Zum ungefähr millionsten Mal an diesem Tag sammelten sich Tränen in meinen Augen.

»Ich hör mich jetzt sicher wie ein Glückskeks an, aber bevor du dir Gedanken machst, ob wer dich lieben könnte, musst du dich erst mal selbst lieben.«

Dad und ich warfen uns über Rose' zerzaustem Schopf einen Blick zu.

»Ich hab's schon davor gesagt und ich werd es immer wieder sagen«, sagte ich. »Du bist zu WEISE für dein zartes Alter.«

Sie zuckte die Achseln und wackelte mit den Augenbrauen. »Klar, im Grunde meines Herzens bin ich Gandhi.«

»So weit will ich jetzt doch nicht gehen.«

Wir kicherten, bis Rose' Gesicht wieder lang wurde. Ich legte ihr meine Hand an die Wange und sie zuckte noch nicht mal zusammen, trotz meines kratzigen Verbands.

»Wie geht's dir?«, fragte ich vorsichtig. »Mum sagt, du hast die Hölle durchgemacht … ich könnte die alle umbringen.«

»Wir schauen uns gerade nach einer anderen Schule um«, sagte sie.

»So schlimm?«

»So schlimm.«

Und da blieb mir nichts, als sie zu umarmen, wie nur Schwestern einander umarmen können. Jede von uns hielt die andere so fest umklammert wie nur möglich und hoffte, die Liebe würde irgendwie durch unsere Umarmung hindurchsickern und den Schmerz der anderen lindern.

Wir waren beide überrascht, als Dad plötzlich mitmachte.

Guter Gedanke
Ich werde so geliebt und hab so ein Glück ...

Die Pflegerinnen kamen herein und verkündeten das Ende der Besuchszeit. Dad nahm seinen Aktenkoffer, legte noch eine Bonusschokolade auf meinen Stuhl und lächelte mir zum Abschied zu. Rose verharrte noch einen Augenblick.

»Deine Freundinnen«, sagte sie. »Amber und Lottie. Mum und Dad haben mit ihnen telefoniert, als du verschwunden warst. Sie möchten wissen, wie's dir geht.«

»Du hast ihnen aber nichts davon erzählt, oder?« Ich versuchte, nicht anklagend zu klingen.

Sie schüttelte den Kopf. »Nein, aber du solltest es.«

Konnte ich nicht, oder? Die würden denken, ich wär total bescheuert. Dass ich es nur wegen Guy getan hätte oder so, wie irgendein liebeskranker Depri-Teenie. Guy ... Komisch, wie schnell Liebe in Zorn umschlagen kann.

»Ich weiß nicht, Rose, die würden das nicht verstehen«, sagte ich und malte mir aus, wie ich es ihnen sagte und sie damit nicht umgehen konnten.

»Wie willst du das wissen?«

»Weiß ich einfach.«
»Ist das wegen Jane?«
»Was ist mit Jane?«, fragte ich, obwohl es mir irgendwo klar war.

Rose verdrehte die Augen. »Ich wohne mit dir im selben Haus, mir ist nicht entgangen, was die mit dir veranstaltet hat. Die war dein Fels in der Brandung, und dann hat sie dich fallen lassen wie einen vergammelten Fisch beim Weihnachtsessen.«

»Ist das ein Sprichwort?«

»Keine Ahnung. Aber so war's doch. Ich hab gesehen, wie sie dich einfach abserviert hat, obwohl du gar nicht bereit dafür warst.«

Ich kratzte mich am Auge und blickte mich in meinem Minizimmer um, fragte mich zum billionsten Mal, wie ich hier gelandet war. »Weil es so nervig mit mir war. Sie konnte mich nicht mehr ertragen. Sie hatte meinen Irrsinn satt.«

»Oder ...«, sagte Rose, »sie hat ein geradezu lächerlich mieses Selbstbewusstsein und klammert sich immer an denjenigen, der sie am meisten anbetet.«

Ich wurde ganz ruhig und verdaute erst mal, was sie gesagt hatte. Manchmal gibt es einen Nagel, der auf den Kopf getroffen werden muss, aber man hat selbst nicht das Werkzeug dafür. Genau eben, genau jetzt hatte meine erschreckend weise kleine Schwester den »Was zum Teufel ist eigentlich passiert mit Jane und mir?«-Nagel voll ins Holz gehämmert. Endlich ergab es einen Sinn. Das Leid, die Ablehnung ... das lag nicht nur an meinen Problemen, sondern auch an Janes.

Ich umarmte sie noch ein letztes Mal, mit aller Kraft. »Wie willst du als alte Frau werden, wenn du jetzt schon so weise bist?«, fragte ich. »Bist du das Orakel aus *Matrix*?«

»Es gibt keinen Löffel«, lachte sie.

»Ich lieb dich so höllisch.« Ich umarmte sie noch fester.

»Und genauso höllisch lieb ich, dass du dieses Zitat kennst. Du bist meine wahre Schwester. Was auch passiert, ich bin da für dich … und erst recht, wenn sie mich wieder rauslassen.«

»Ich lieb dich auch.«

Eine Pflegerin trat hinter sie und legte ihr eine behutsame Hand auf den Rücken, auf fürsorgliche und zugleich »Bitte raus jetzt«-Art. »Ich finde immer noch, du solltest es deinen Freundinnen erzählen.«

»Mal sehen.«

SECHSUNDVIERZIG

Besuch von Sarah

Sarah kam an dem Tag, als mir die Verbände abgenommen wurden. Ich hatte schon eine zweistündige Therapiesitzung hinter mir, um mit dem Zustand meiner Hände fertig zu werden. Aber als sie mich in meinem Zimmer antraf, starrte ich immer noch darauf, als wären sie der Ring von Mordor.

»Wie geht's deinen Händen?«, fragte sie grußlos, kauerte sich auf meine Bettkante und legte ihre Akte ab.

Ich drehte die Handgelenke nach außen und sah zu, wie sie versuchte, nicht zusammenzuzucken.

»Kennen Sie diese Paviane mit den richtig grausigen Ärschen?«, entgegnete ich, weil ich dachte, es täte vielleicht weniger weh, wenn ich einen Witz drüber riss. »Wo andere Handflächen haben, hab ich einen Pavianarsch.« Und dann weinte ich so heftig wie nie zuvor – weil Sarah da war und sie das besser aushielt als die anderen.

»Die verheilen wieder«, tröstete sie und wartete, bis ich mich ausgeweint hatte. »Die Ärzte haben gesagt, es wird wieder besser. Du hattest Glück, dass deine Familie so schnell reagiert hat.«

Durch meinen Tränenvorhang sah ich sie an. »Glück? Ich fass es nicht, dass Sie das Glück nennen. Und auch nicht, dass Sie mich eingewiesen haben.« Sie legte den Kopf schief. »Na, so ganz stimmt das ja nicht, Evelyn. Du bist ja aus freien Stücken mitgekommen ... Eingewiesen wird man nur, wenn man die Mithilfe verweigert. Du bist freiwillig hier.«

»Sonst komm ich in die Geschlossene.«

»Nun ...«

»Wie ist das jetzt gekommen?«, unterbrach ich sie mit einem hohlen Wimmern, das offensichtlich noch der erfahrensten Therapeutin an die Nieren ging. Sie saß da und hörte zu und machte mitfühlende Gesichter, während ich einmal mehr die vergangenen Wochen durchlebte. Den Bandwettbewerb, den Streit mit meinen Eltern, Guys Zimmer ...

»Das ist irgendwie so schnell ausgeartet.« Ich versuchte, meine Traurigkeit in Worte zu fassen. Den Schmerz, der einfach nicht nachließ, egal, wie viele Bilder die Kunsttherapeutin mich auch pinseln ließ. »Es ging irgendwie so schnell, Sarah. Mir ging's gut, ich war auf dem aufsteigenden Ast, und dann – ZACK – verlier ich wieder mein Leben, verlier ich wieder den Verstand. Das heißt, selbst falls es jetzt wieder aufwärtsgeht mit mir –«

»Was so sein wird«, unterbrach sie mich überzeugt.

»Selbst FALLS es jetzt wieder besser wird, was bringt's? Ich bin immer nur eine Woche davon entfernt, dass es wieder den Bach runtergeht. Immer am Abgrund des Normalen. Was dann? Was mach ich dann?«

»Du denkst dran, wie weit du schon gekommen bist, du bekommst die Hilfe, die du brauchst, und du kämpfst weiter.«

»Ich hab die Kämpferei so satt«, weinte ich. »Es ist so anstrengend, diese dauernden Versuche, zu sein wie alle anderen.«

»Meinst du, für die anderen ist es nicht anstrengend, wenn sie versuchen, sie selbst zu sein?«

»Nein«, schmollte ich, verschränkte die Arme vor der Brust und verzog gequält das Gesicht, als meine frisch entblößten Hände über meinen Wollpullover schabten.

Sarah blieb einen Moment still und sagte dann: »Wie sieht normal für dich aus, Evie?«

»Halt zu sein wie alle anderen«, antwortete ich aus dem Bauch heraus.

»Und was tun sie, diese großartigen ›alle anderen‹? Erklär mir mal genau, was die tun.«

»Ähm ... die ... öhm ... die landen nicht in der Geschlossenen.«

Sarah verdrehte doch tatsächlich die Augen. »Du bist nicht in der Geschlossenen. Du bist freiwillig hier.«

»Ja, aber die landen gar nicht erst hier.«

»Vielleicht nicht ... aber wenn sie schlechte Phasen durchmachen – was jeder tut –, dann landen sie an anderen unguten Orten – im Pub ... im Casino ... im Bett eines Fremden ... in einer schlechten Beziehung. Wenn sie wissen, was gut für sie ist, landen sie eventuell in einem Yogakurs ... oder beim Joggen im Park.«

»Was meinen Sie damit?«

»Jeder wandelt ständig am Abgrund des Normalseins. Jeder empfindet manchmal sein Leben als den totalen Albtraum, und es gibt keinen ›normalen‹ Weg, damit umzugehen.« Sarah seufzte. »Das ›Normale‹ gibt es nicht, Evelyn. Es gibt nur das, was für dich normal ist. Du jagst einem Phantom hinterher.«

Das gab mir zu denken. »Wenn also nichts normal ist, wenn wir alle nur auf unsere spezielle Art einfach monstermäßige Freaks sind – warum bin ich dann hier? Warum nehm ich Medikamente? Warum komm ich jede Woche zu Ihnen?«

Sarah stupste sich mit der Zunge gegen die Wange. »Weil dich dein Verhalten nicht glücklich macht, Evelyn. Wenn du das Haus täglich ununterbrochen in einem fort durchputzen würdest und dabei denken: ›Tja, so bin ich halt.‹ und dabei ein Liedchen pfeifen würdest, dann wär es kein großes Problem, oder? Aber du leidest darunter. Du vergeudest täglich mehrere Stunden dafür, in Angst zu leben, im Versuch, alles um dich herum zu kontrollieren. Letztendlich zu kontrollieren, wer du bist. Du musst aufhören, dich zu hassen, Evie.«

Wieder brach ich in Tränen aus, riesige, lautstarke Tränen. Ich weinte darüber, wo ich war, ich weinte um meine Hände, ich weinte um Guy, ich weinte um das Leben, das ich nie haben würde, die Ängste, die ich nie nicht haben würde, ich weinte, weil alles so schrecklich ungerecht war.

Ich weinte, weil Sarah wie immer recht hatte.

Ich dachte an meine logischen Gedanken vom Unfalltag, dem Tag in Guys Zimmer. »Ich ... Ich ...« Zwischen den Schluchzern stotterte ich mir meinen Satz zusammen. »Ich hab echt geglaubt, wenn mich jemand liebt, kommt vielleicht alles in Ordnung ...«

Sarah zupfte ihren Rock zurecht. »Dazu gibt's zwei Dinge zu sagen. Erstens, was Jungen im Teenageralter angeht, hab ich dich verdammt noch mal gewarnt.« Mum schien ihr alles über Guy berichtet zu haben. Ich war im ersten Krankenhaus total eingeknickt und hatte es ihr erzählt, während die Ärzte die Steinchen aus meinen entstellten Händen herausgezupft hatten. »Und das Zweite, was man sagen muss: Du wirst geliebt, Evelyn. Vielleicht nicht von notgeilen siebzehnjährigen Leadsängern – aber von deiner Familie. Und ... na, deine kleine Schwester hat mir erzählt, du hättest zwei Freundinnen, die sie ständig mit Anrufen bombardieren. Das ist Liebe.«

Ich wischte mir eine einsame Träne ab. »Die werden mich nicht mehr lieben, sobald sie wissen, wer ich in Wahrheit bin.«

Sie ergriff ihre Akte und machte sich bereit zum Aufbruch. »Doch, das werden sie. Aber zuallererst musst du dich selbst lieben, das ist das Allerwichtigste. Wie dem auch sei« – sie klemmte sich die Mappe unter den Arm –, »die Besuchszeit ist um, ich übergebe dich wieder den äußerst fähigen Händen hier. Du weißt, dass du mich immer anrufen kannst.«

»Ich weiß.«

»Dann bis bald.«

»Tschüss.« Sie machte sich auf den Weg, mich in meinem einsamen Zimmerchen zurückzulassen. »Sarah, warten Sie!« Ich stand vom Bett auf und holte sie an der Tür ein. »Könnten Sie ... meinen Sie, Sie könnten arrangieren, dass mich auch Nichtfamilienmitglieder hier besuchen können?«

Sie schenkte mir ein breites Lächeln frei von jeder professionellen Zurückhaltung.

»Ich schau mal, was sich machen lässt.«

SIEBENUNDVIERZIG

Alles begann mit einer Party.

Keine Ahnung, ob man eine Zusammenkunft in einem Privatzimmer in einer Jugendpsychiatrie eine »Party« nennen kann. Aber Kekse gab es definitiv – und mindestens eine Teilnehmerin war auf bewusstseinsverändernden Drogen – nur eben die von der medizinischen, sicheren, antidepressiven Sorte.

An jenem Morgen war ich so nervös, dass ich meine ganze psychiatrische Begutachtung hindurch am ganzen Leib schlotterte. Mein Arzt linste zu mir rüber, aus den Untiefen seiner roten, überquellenden Akte heraus.

»Du schlägst dich so gut hier, Evelyn. Wir freuen uns über deine Fortschritte und ich glaube, so langsam können wir uns über einen Zeitplan für deine Entlassung unterhalten.«

»Ach, super«, sagte ich, ohne richtig zu registrieren, was er da sagte.

<u>Unguter Gedanke</u>
Sie werden nicht kommen.

<u>Unguter Gedanke</u>
Nach heute werden sie dich nie mehr mit denselben Augen sehen wie vorher.

<u>Guter Gedanke</u>
Aber sie werden wissen, wer du bist ... und wenn es ihnen nicht gefällt, warum solltest du dann überhaupt mit ihnen befreundet sein wollen?

»Ist alles klar bei dir, Evelyn?«, erkundigte sich der Psychiater. »Du wirkst ziemlich nervös. Das sind gute Nachrichten!«

Ich sah ihn abwesend an. »Oh, ja, alles okay. Ich … äh … ich bekomm heute nur wichtigen Besuch.«

Er lächelte mich kurz an. »Davon hab ich gehört. Viel Glück, Evelyn.«

Er hörte sich an, als stünde ich kurz vor einer Mondmission oder so was. Vielleicht stand ich das auch.

Fünfzehn Minuten. Noch fünfzehn Minuten, dann kamen sie.

Unguter Gedanke
Dein Zimmer ist zu ekelhaft, du solltest es aufräumen.

Guter Gedanke
Nein, Evie, du hast schwer dafür gearbeitet,
es so unordentlich zu machen.

Unguter Gedanke
Die kaufen dir das mit der Zwangsstörung doch nicht ab,
wenn du die Bananenschale da im Mülleimer lässt.

Guter Gedanke
Du kannst eh nicht kontrollieren, was sie denken, wozu also die Sorgen?

Ich ließ die Bananenschale, wo sie war – obwohl sie zu riechen anfing und mich sehr nervös machte. Ich wanderte mein Zimmer auf und ab, unter ständigem Gemurmel, mit zittrigen Händen und einem Bauch, der Purzelbäume hinlegte.

Es ist so weit.

Kein Weg zurück.

Kann sein, dass du sie verlierst.

Kann sein, dass sie nicht richtig damit umgehen.
Kann sein, dass sie nicht kommen.
Was wird geschehen?
Hin und zurück, hin und zurück. Schweiß tropfte mir von der Stirn. Ich setzte mich aufs Bett. Ich stand wieder auf. Ich setzte mich wieder hin.
Lottie und Amber erschienen mit der Pflegerin in der Tür.
»Miss Crane? Ihre Freundinnen sind da.«
Ich gestattete mir einen kurzen Moment, bevor ich zu ihren Gesichtern aufblickte. Es war wie der Tag nach den GCSE-Prüfungen, wenn man den Umschlag mit den Ergebnissen in der Hand hält. Die Prüfungen sind vorbei, man kann nichts mehr tun, die Ergebnisse sind da drinnen, nicht mehr zu ändern und trotzdem wartet man eine Weile mit dem Umschlag – genießt diesen Moment der Ungewissheit, bevor man die Klebestelle aufreißt und sieht, was die Zukunft für einen bereithält.
Ich hob den Kopf.
Sie hielten gemeinsam ein riesiges, selbst gemachtes Plakat, mit den Worten »Gute Besserung, Evelyn«, die in riesigen Lettern draufgemalt waren. Amber hatte ihr fantastisches künstlerisches Talent benutzt, um eine Collage berühmter weiblicher Ikonen um den Schriftzug zu drapieren. Da waren Marilyn Monroe, Thelma und Louise, Queen Elizabeth I., Emily Pankhurst, Germaine Greer, Eleanor Roosevelt, J. K. Rowling, Sofia Coppola und Dutzende mehr – sorgsam ausgeschnitten und aufs Plakat montiert, und alle wünschten mir nur Gutes.
Ganz oben schlotterten Lotties und Ambers Hände. Sie sahen so ängstlich und traurig aus – aber auch, als gäben sie ihr Bestes, sich darüber hinwegzusetzen. Um meinetwillen.
In meinem Hals stieg ein Kloß auf, und ich hustete, um ihn loszuwerden. Ich lächelte sie an, so breit, dass es mir im Gesicht wehtat.

»Meine Damen«, sagte ich mit einer selbstgewissen Stimme, die nicht recht zur Situation passte. »Willkommen zur offiziellen vierten Versammlung der Spinster Girls. Kommt rein ...« Ich wies auf die Sitzsäcke, die ich aus dem Gemeinschaftsraum geborgt hatte. »Setzt euch.«

Sie reichten mir das Plakat, und ich konnte es nicht ansehen, weil ich sonst ungebremst losgeheult hätte. Ich umarmte sie fest und legte das wunderschöne Papier ab.

»Ich hab Kekse«, sagte ich und reichte ihnen einen Teller mit rosa Zuckerkringeln drauf, die Mum und Dad vorbeigebracht hatten. Sie wechselten einen Blick mit erhobener Augenbraue und nahmen sich je zwei. »Fein, also, das Thema des heutigen Spinster-Girls-Treffens ist ...« Ich hustete erneut. »Frauen und psychische Erkrankungen: *Treibt uns das Patriarchat buchstäblich in den Wahnsinn?*«

Lottie und Amber wechselten noch einen Blick, drehten sich zu mir und brachen in Gelächter aus.

»Was du doch für einen passenden Schauplatz für diese Diskussion gewählt hast«, sagte Lottie.

Da wusste ich, dass alles okay sein würde.

»Pssst«, sagte ich. »Ich hab einen Vortrag vorbereitet.«

Was ich über Sarah erfahren hatte

Sarah hatte mir geholfen, die ganzen Informationen für das Treffen zu recherchieren. Sie hatte ihr iPad mitgebracht und wir hatten über Psychiatriestudien und historischen Aufzeichnungen gebrütet und zusammengetragen, was ich brauchte. Sie hatte genau gewusst, wo ich suchen musste. Nach einem langen Nachmittag der Lektüre von viktorianischen Krankenhausakten hatte ich gefragt, wie das kam. Sie hatte mich frech ange-

lächelt. »Weil ich genau darüber an der Uni meine Doktorarbeit geschrieben habe.«
»Worüber?«
»Speziell über Frauen. Und inwiefern die Gesellschaft Schuld an ihrem ›Irrsinn‹ hat.«
Mir kippte die Kinnlade runter.
»Sarah, sind Sie …«
Sie grinste. »Eine mordsmäßige Feministin? Aber sicher doch. Wenn es nicht gegen die ärztliche Schweigepflicht verstoßen würde, hätte ich gute Lust, meinen eigenen Spinster-Girls-Ableger zu gründen. Das ist so eine großartige Idee, Evelyn. Wie ein Buchclub, nur für Frauenrechte. Das Gegenmittel zu diesen ganzen als Frauenclubs getarnten Hauswirtschaftsverbänden. Das könnte echt Zukunft haben.«
»Echt?«
»Echt.«
»Sarah?«
»Ja.«
»Ich geb Ihnen meine Erlaubnis. Einen Spinster-Girls-Club zu gründen, mein ich.«
»Danke, Evelyn. Kann gut sein, dass ich's mache.«

Ich teilte meine Blätter an die Mädchen aus und eröffnete meine Sitzung.
»Statistisch gesehen«, begann ich, »sind Frauen verrückter als Männer. Wenn man sich die Zahlen ansieht, reicht der schlichte Besitz einer Vagina aus, um mit größerer Wahrscheinlichkeit eine depressive Erkrankung oder eine posttraumatische Belastungsstörung zu entwickeln, und wir neigen häufiger dazu, uns selbst zu verletzen. Das könnte man nun auf unsere DNA schieben. Das könnte man nun auf unsere Hormone schieben. Aber was ich glaube, ist …« Ich machte eine

dramatische Pause. »Wir sind nicht das verrücktere Geschlecht. Ich glaube, die Welt, unsere Geschlechterrollen und die gewaltige Ungleichheit, der wir uns jeden Tag gegenübersehen, die MACHEN UNS verrückt.«

Ich holte tief Luft und Lottie und Amber nutzten die Gelegenheit zum Jubeln, Applaudieren und Pfeifen. »Wuuuhu, Evie, weiter so!«

»Pssssst«, lächelte ich. So froh, dass sie hier waren. So froh, dass sie meine Freundinnen waren. »Ich fang gerade erst an.« Und ich stand auf und tat, als wäre ich in einem Lehrvideo.

»Weiblichkeit und Wahnsinn sind quer durch die Geschichte eng miteinander verbunden. Mitte des 19. Jahrhunderts zeigen die Quellen, dass die Mehrzahl der Patienten in den Nervenheilanstalten Frauen waren. Aufgrund unserer Biologie hielt man uns ›anfälliger‹ für ›Irrsinn‹. Tatsächlich leitet sich der Begriff ›Hysterie‹ vom griechischen Wort für Gebärmutter ab, *hystéra*. So in etwa, wenn man eine Scheide hat, ist man hysterisch.« Die Mädchen lächelten. »Die Sache ist die: Diese Frauen, die sie ins Irrenhaus gesteckt haben, die waren gar nicht immer ›verrückt‹. Die passten einfach nicht in die verklemmten Vorstellungen von damals, wie eine Frau zu sein hatte. Man wurde ›verrückt‹. genannt und in eine Anstalt geworfen, wenn man beispielsweise aufbrausend war. Weil Frauen bescheiden und unterwürfig sein sollten. Wenn man Sex mochte, war man verrückt, weil Frauen unschuldig sein sollten ... Denkt ihr, das ist inzwischen anders? Denkt ihr, heute sei alles besser? Denkt noch mal nach. Schaut euch mal die Sprache an, die wir verwenden, wenn es um Frauen geht ...«

Für diesen Punkt hatte ich ein paar Cartoons gezeichnet, die ich nun austeilte. Lottie und Amber nahmen sie entgegen und kicherten über meine grottigen Kunstwerke. »Denkt mal darüber nach: Wenn sich heute ein Mädchen aus einem total legitimen Grund aufregt, dann wird sie eine ›durchgeknallte Ziege‹ genannt. Ein Mädchen ist beunruhigt über etwas Beunruhigendes, und es heißt: ›Reg dich ab, Liebes, du bist hysterisch.‹

Letzte Woche hat Guy mich ›verrückt‹ genannt, weil ich es gewagt habe, ihn zu fragen, ob er nur an Sex interessiert ist. Mädchen werden ständig ›verrückt‹ genannt.« Ich lächelte kummervoll. »Ja, in Guys Fall mag er nicht ganz unrecht gehabt haben ...« Wieder sah ich mich in meinem Kämmerchen um und Amber und Lottie lachten nervös. »Aber – er hat mich nicht als verrückt beschimpft, weil ich eine Zwangsstörung habe. Er hat mich verrückt genannt, weil ich wieder mal nicht die Rolle gespielt habe, die ich sollte. Weil ... heutzutage ... wir Frauen auch ›verrückt‹ sind, wenn wir möchten, dass Jungs uns anständig und respektvoll behandeln. Wir sind die ›anspruchsvolle Tussi‹ oder ›die durchgeknallte Ex-Freundin‹ ...«

Ich sprach den Satz nicht zu Ende. Hauptsächlich, weil Lottie und Amber sich gegenseitig kichernd in die Seite knufften.

»Wärt ihr dann so weit?«, fragte ich und hörte mich an wie die Frau Lehrerin. »Wisst ihr, ihr könntet der zwangseingewiesenen Person ruhig ein bisschen mehr Aufmerksamkeit schenken.«

»Du wurdest nicht zwangseingewiesen«, sagte Amber, immer noch lächelnd. »Diese Sarah-Frau hat uns gesagt, du würdest versuchen, uns das weismachen zu wollen.«

Wieder brachen sie in Gekicher aus.

»Erzähl's ihr.«

»Nein, erzähl du's ihr.«

»Wovon habt ihr's denn jetzt?«, fragte ich, besorgt, dass sie über mich lachten.

Lottie hüstelte und unterdrückte mühsam das Lachen. »Pardon, Evie, das ist alles hochinteressant, wirklich. Es ist nur, dass Guy ...« – und wieder kicherte sie lauthals los.

»Was? Was ist mit Guy?«

Lottie lachte zu sehr, um reden zu können. Amber übernahm das Ruder.

»Wir ... äh ... also, Lottie und ich ... wir haben sein Gras gegen Küchenkräuter ausgetauscht und er hat nix gemerkt und tut immer noch so, als wär er total stoned.«

Danach waren sie beide gut zwei Minuten lang unerreichbar. Ich lachte auch, aus schierer Fassungslosigkeit. »Ihr habt was getan?«

»Es war bescheuert«, quietschte Lottie, und die Tränen strömten ihr übers Gesicht. »Aber die Sache war's so was von wert. Jane hat auch geholfen. Sie möchte dich wirklich besuchen, Eves, du solltest es ihr erlauben. Ich glaub, sie macht sich wirklich Sorgen, und bei dem Streich war sie echt Gold wert. Gott, Guy ist so ein Versager.«

Ich lächelte, mit einer Wärme im Bauch, von der die Porridge-Werbeleute sicher liebend gerne eine getreue Beschreibung hätten.

»Das habt ihr echt getan, für mich?« Ich blinzelte, um ein paar drohende Tränen zurückzuhalten.

Amber strahlte mich an. »Na klar doch«, sagte sie. »Wir lassen doch nicht zu, dass irgendein Schwanzgesicht dich so behandelt und auch noch damit durchkommt.«

»Wir sind für dich da, Evie«, sagte Lottie schüchtern. »Wenn du es uns erlaubst, dann sind wir so dermaßen da für dich.«

»Ich erlaub es euch.«

»Bestens«, sagte Amber laut. »Also, bevor wir hier alle losflennen – Evie, halt deinen Vortrag zu Ende.«

Ich schniefte und versuchte, mich wieder einzukriegen. »Gut«, hob ich an. »Deshalb ist mir der Gedanke gekommen – Frauen werden immer als die Schwächeren angesehen, diejenigen, die zum Irrsinn neigen ... und ich wollte rauskriegen, woran das liegt. Zwei Antworten sind mir eingefallen. Erstens, wenn man in dieser Welt eine Frau ist, dann muss man ja irgendwann durchdrehen. Und zweitens, man wird ohnehin viel wahrscheinlicher als irre abgestempelt, wenn man weiblich ist.« Ich zog ein paar Bogen von der Weltgesundheitsorganisation hervor. »Schaut, diese Leute hier sind für die Gesundheit der gesamten WELT zuständig. Und die sagen letztlich, dass die Geschlechtszugehörigkeit den Grund für haufenweise psychische Probleme darstellt. Keiner wacht einfach morgens auf und denkt sich: ›Oh, ich glaub, heute dreh ich mal so richtig durch.‹ Normalerweise entwickeln sich da mehrere Umstände zu einer Spirale. Wir werden schlechter bezahlt, man sagt uns, wir müssten schön sein und dünn und gleichzeitig sollen wir auch noch unentwegt Schokolade essen, weil es sonst keinen Spaß macht mit uns, und wir werden ständig zu Objekten degradiert und bekommen gesagt, wir sollen uns abregen, wenn uns etwas wichtig ist ... Treibt uns das alles nicht mit einiger Wahrscheinlichkeit an den Rand des Wahnsinns? Treibt es uns nicht in die Abwärtsspirale, wenn wir tagtäglich dieser Ungleichheit ausgesetzt sind?«

»Hört hört«, rief Lottie durch ihr Handmegafon. »Evelyn for President!«

Ich atmete noch mal tief durch. »Und wenn wir dann zum Arzt gehen und uns Hilfe holen, dann stempeln die uns dank dieser verzerrten Weltsicht auch noch weitaus häufiger als irre ab. Wisst ihr, da gab es eine Studie: Wenn zum Beispiel ein Junge und ein Mädchen beide wegen Depressionen zum Hausarzt gehen, dann kriegt das Mädchen mit erheblich höherer Wahrscheinlichkeit Antidepressiva verschrieben als der Junge.«

»Kann ja nicht sein.«

»Das ist doch verrückt, oder? Und das schadet nicht nur den

Mädchen. Das schadet auch den Jungen. Beim Feminismus geht's um Gleichheit, oder? Aber wie soll das Männern helfen? Wie kann eine derart kaputte Gesellschaft irgendwem helfen? Ich hab auf der Website vom Samariter-Bund geschaut ...« Ich reichte ihnen einen Ausdruck. Sie waren beide so gefesselt, dass ich vor Liebe hätte auf sie draufspringen können. »Jungs haben ein größeres Selbstmordrisiko. Vergesst schnelle Autos, vergesst Krebs, vergesst Bandenrivalität. Jeder einzelne Junge an der Schule – wenn einer von denen stirbt, ist es statistisch gesehen am wahrscheinlichsten, dass er sich selbst umgebracht hat. 'tschuldigung, quassel ich zu viel? Manchmal ist die Nebenwirkung meiner Medikamente, dass man manisch wird – sagt mir Bescheid, wenn ich manisch werde.«

Lottie verdrehte spielerisch die Augen. »Du quasselst nicht zu viel. Es ist interessant, ehrlich. REG DICH AB, LIEBES.«

»Heh!«

Wir schmissen uns alle weg vor Lachen. »Also, wie dem auch sei«, fuhr ich fort. »Ihr seht, wie es allen schadet. Wie es uns alle kaputt macht, wenn wir gesagt kriegen, wir sollen uns wie Jungs und Mädchen verhalten. Mädchen stehen unter einem Mordsdruck und haben ein größeres Risiko, als verrückt diagnostiziert und abgestempelt zu werden. Während Jungs sich nicht öffnen und über ihre Gefühle sprechen dürfen, weil das nicht ›männlich‹ ist, weshalb sie alles in sich reinfressen, bis sie es nicht mehr aushalten. Irgendwas muss anders werden.«

Amber biss in einen Zuckerkringel und verteilte beim Sprechen alles über den Boden. Es machte mir eigentlich gar nicht so viel aus. »Also, was ist die Antwort, Evie? Was sollen wir machen?«

Ich schnitt eine Grimasse und kratzte mich am Kopf. »Öh ... na ja ... weiß auch nicht so genau. Vielleicht auf die Straße gehen, eine Revolution anzetteln und das ganze System stürzen?«

»Obacht«, entgegnete Amber und sprühte noch mehr neonrosa Zuckergussbrösel auf den Boden. »Wer solche Reden führt, landet meist in der Psychiatrie.«

Zunächst war ich zu sehr vom Donner gerührt, um zu lachen, genau wie Lottie. Aber dann kam es an und ich kicherte los. Das Kichern wurde zum Lachen. Lottie stimmte ein und dann eine erleichterte Amber. Wir lachten und lachten und lachten, bis Lotties verbliebenes Augen-Make-up weggeschwommen war und Ambers Gesicht und Haare die gleiche Farbe hatten und ich mich zum ersten Mal seit Wochen wieder wie »ich« fühlte.

Nach und nach hatten wir uns ausgelacht. Ich spürte einen Druck auf der Hand. Lottie hatte sie behutsam ergriffen, drehte sie um und untersuchte meine vernarbte Haut. Eine Träne rannte ihr die Wange hinunter. Nur die eine.

»Evelyn«, fragte sie leise. »Warum bist du hier?«

Ich sah sie beide an. Meine neuen Freundinnen. Die unweigerlich alte Freundinnen werden würden. Die Art von Freundinnen, die es wert sind, dass man durch die Hölle geht und wieder zurück, solange man unterwegs nur Menschen findet wie sie.

»Ich erzähl's euch«, sagte ich.

Und ich erzählte es ihnen.

EPILOG

Hi, Oli, hier ist Evie. Wie geht's dir? Lange nicht gesehen. Ich hab mich gefragt, ob du Lust hast, einen Kaffee mit mir trinken zu gehen? Ich glaub, wir hätten uns viel zu erzählen …

DANKSAGUNG

An vorderster Stelle möchte ich Andy[1] dafür danken, dass er bei unserem ersten Date mit einer anderen geschlafen hat. Und es dann darauf geschoben hat, dass er an »Nymphomanie« leide. Wir Schriftsteller brauchen emotionale Narben aus der Zeit, als wir sechzehn waren – danke für prompte Lieferung. Das hätte ich mir nicht ausdenken können.

Ich möchte auch den originalen Spinster Girls danken – Rachel und Emily –, für den Valentinstag anno 2003. Wer hätte das gedacht, dass unsere Single-Übernachtungsparty sich zu einer Romantrilogie auswachsen würde? Danke, dass ihr immer zum Brüllen komisch und verrückt seid. Unsere Spinster-Girls-Mitgliedskarte halte ich stets in Ehren.

Evie zu finden hat mich tief in die Finsternis geführt und ich möchte meine enorme Dankbarkeit für jeden ausdrücken, der mich zurück ins Licht gezerrt hat. Mum, Dad – euch verdanke ich alles. Danke, dass ihr mich gelehrt habt, alles zu hinterfragen und stark zu sein. Danke an meine wunderschönen Schwestern, Eryn und Willow. Ruth, danke, dass du auch nachts ans Telefon gegangen bist. Owen, du warst unglaublich und ich bin so dankbar. Und danke an meine Mädchengang, Amie, Katie, Lisa – die mich mit Chips, Dips und Kackgeschichten bei Laune gehalten haben. Ohne euch hätte ich das nicht durchgehalten. Besonders ohne die Kackgeschichten.

Dieses Buch gäbe es nicht, wäre da nicht mein zuverlässig

---

1 Jupp, ich hab noch nicht mal deinen Namen geändert. Tut mir kein bisschen leid.

unglaublicher Verlag Usborne. Ein RIESENdank an euch dafür, dass ihr die Art von Verlegern seid, die mich eine Trilogie über Feminismus schreiben lassen. Applaus für meine großartigen Lektorinnen, Rebecca, Sarah, Becky und Hannah. Und Dank an jeden bei Usborne, der hinter den Kulissen bei diesem Buch mitgeholfen hat. Ich liebe euch ALLE. Wie immer Dank an meine Agentin Maddy dafür, dass sie so sehr an das hier geglaubt und mir Mut gemacht hat, es durchzuziehen.

In der britischen Jugendbuch-Community habe ich einige großartige Leute kennengelernt und ich freue mich, dass es euch gibt. Kudos besonders an CJ, Lexi und Carina – dafür, dass ihr meine Autorenanlaufstelle für Schreibwehwehchen wart. Ihr seid die Tollsten. Außerdem Dank an all die Autorinnen, Blogger, Buchhändlerinnen, Leserinnen und Bibliothekare, die ich kennenlernen durfte und die sich für meine Bücher und für die Jugendliteratur einsetzen. Ihr seid alle großartig. Dank an Harriet Hapgood, die mir erlaubt hat, mich für dieses Buch schamlos bei unseren Twitter-Witzen über schwarzsamtene Tampons zu bedienen.

Und schließlich möchte ich mich einfach bei jedem bedanken, der dieses Buch liest und sich als Feminist oder Feministin betrachtet. DANKE. Der Kampf für Gleichheit ist nicht immer lustig, er ist niemals leicht. Aber er ist das Richtige. Und als Frau bin ich so dankbar für jeden, der auch nur ein wenig Zeit dafür aufwendet, sich für Geschlechtergleichheit einzusetzen.

So, und jetzt lasst uns dem Patriarchat die Fresse polieren.

Leseprobe

Spinster Girls – Was ist schon typisch Mädchen?

ISBN 978-3-423-71801-1

Eins

Dabei hatte ich noch nicht mal einen kurzen Rock an.
Bescheuerter Gedanke. Völlig bescheuerter Gedanke.
Aber hinterher, als ich vor Wut kochte und heulte, dachte ich an nichts anderes als daran: Ich hatte noch nicht mal einen kurzen Rock an.

Wenn ihr unbedingt wissen wollt, was ich anhatte, damit ihr beruhigt sein könnt, dass ich in dieser Angelegenheit wirklich das unschuldige Opfer war: eine ganz gewöhnliche Jeans. Und ein Oberteil mit Spitzenbesatz. ABER REGT EUCH AB – die erotische Spitze lag VÖLLIG VERBORGEN unter meinem Dufflecoat. Und da perverse Lkw-Fahrer keinen Röntgenblick haben – *hier wäre Gelegenheit für ein kleines Dankgebet* –, trug ich also nichts, *nichts*, was irgendwie hätte auslösen können, was an diesem Tag geschah.

Nämlich Folgendes ...

Ich war spät dran für die Schule, aufgrund eines Grundsatzstreits mit meinen Eltern über »meine Zuhukunft«. Das gehört bei uns zum Alltag. Sie sind völlig besessen von »meiner Zuhukunft«, doch heute Morgen war die Debatte über »meine Zuhukunft« besonders unschön gewesen. Aus Gründen, die sich keinem je erschließen werden, noch nicht mal mir, hatte der Streit darin gemündet, dass ich »Meditiert doch mal DARÜBER!« gebrüllt und mir in den Schritt gelangt hatte. Dann hatte ich ihnen die Tür vor den fassungslosen Nasen zugeknallt und war die Straße hinabgerauscht. Den Tränen nahe.

Es war kalt und hell. Ein schöner Oktobertag, aber einer, wo der goldene Sonnenschein gegen die Temperatur nichts ausrichten kann. Ich rannte schon beinahe, teils wegen meiner Verspätung, teils, weil ich so fror.

Der Lkw stand hinter der Ecke.

Zwei Bauarbeitertypen, die vorne drin saßen, hatten mich gleich entdeckt. Sie starrten durch die Windschutzscheibe. In einer Art, dass ich sofort einen Knoten im Magen hatte.

Einen Knoten der weiblichen Intuition.

Einen Gleich-Gibt's-Ärger-Knoten.

Nein – scheiß drauf. Das war keine weibliche Intuition. Ich bin ja keine Hellseherin – ich bin nur einfach extrem erfahren, was sexuelle Belästigung angeht, wie eigentlich jedes Mädchen auf diesem Planeten, das es wagt, irgendwo zu Fuß hinzugehen.

Der Lkw parkte auf meiner Seite der verschlafenen Wohngebietsstraße – der einzigen Straßenseite mit Gehweg. Ich blieb kurz stehen und wog meine Möglichkeiten ab. Mir war mulmig, doch an dem Laster musste ich vorbei. Obwohl mir schon übel davon war, wie sie mich nur anguckten. Als sollte ich mich schämen …

Vielleicht täusche ich mich ja, dachte ich. Einer von ihnen war im Alter meines Vaters. Vielleicht schauten sie einfach nur ganz unschuldig durch ihre Windschutzscheibe. Vielleicht würde gar nichts passieren. Und weil ich schon so erledigt war und so allein und so aufgewühlt wegen allem, was ich euch eben erzählt habe, ging ich nicht ganz so selbstbewusst an ihnen vorbei, wie ich es sonst wahrscheinlich getan hätte.

Instinktiv wandte ich den Blick ab, tat, als starrten sie mich gar nicht an, zog mir den Mantel fester über meine ohnehin völlig verborgene Brust und ging noch schneller auf sie zu.

Jetzt hatte ich den Lastwagen erreicht. Immer noch konnte ich ihre Blicke auf mir spüren. Aber ich war schon fast da. Und »fast da« bedeutete, fast an ihnen vorbei … und alles wäre gut … mir ginge es gut … und außerdem war ja helllichter Tag und zur Not konnte ich ja schreien, doch ich würde natürlich nicht schreien müssen, weil ja alles okay sein würde und ich mir diese Bauarbeiter schlimmer ausgemalt hatte, als sie eigentlich waren, und ... und ... und ...

... und dann ging die Wagentür auf.

Ich blieb sofort stehen. Die offene Tür blockierte den Gehweg. Der Jüngere stieg langsam aus und ich sah auf, mit wildem Blick und voller Angst. Denn warum hatten die ihre Tür geöffnet? Ich hörte ein Knallen und zuckte zusammen. Das war die andere Tür. Weil der andere Kerl auch ausgestiegen war. Mein Kopf schnellte in seine Richtung, und ich sah, wie er um die Motorhaube herumging, mir immer näher rückte. Er war kahl, alt, ganz rot im Gesicht, als tränke er schon seit Jahren eins über den Durst.

Jetzt hatte ich einen Mann vor und einen hinter mir. Ich war gefangen. Kaum Platz, ihnen auszuweichen. Der Typ, der mir von vorne den Weg verstellte, sprach als Erster.

»Siehst du aber sexy aus mit diesem roten Lippenstift«, sagte er mit einer so lüsternen Stimme, dass es mich schauderte.

Ach ja. Hab ich vergessen zu erzählen. Ich trug roten Lippenstift. BIN ICH JETZT SCHULD?

Der Mann beugte sich vor, genau über mein Gesicht, sodass ich gar nicht anders konnte als ihn anzuschauen. Er war jünger als der andere – mit Flaum statt richtigem Gesichtshaar.

Der Kahle hinter mir stimmte ein.

»Du hast dich doch extra für uns so hübsch gemacht, oder? Gefällt uns. Gefällt uns sogar sehr gut!«

Mein Herz schlug so schnell, dass ich glaubte, gleich explodiert es. Mein Atem ging hektisch. Auf der anderen Straßenseite stand ein Mann in seinem Garten und stutzte an irgendwas herum. Ich sah ihn verzweifelt an, bat stumm um Hilfe. Doch er schien nichts merken zu wollen.

»Stimmt was nicht, Süße? Warum sagst du denn gar nichts?«
»Ich ...«, stammelte ich. »Ich ...«
»Schüchtern, was? Aber schüchterne Mädchen tragen doch nicht so einen Lippenstift.«

Der Jüngere trat jetzt nach vorne, kam mir viel zu nahe. Sein Atem stank süßlich, nach Red Bull oder so. Panisch sah ich mich um, schätzte ab, wie viel Platz neben ihm blieb. Rechnete aus, ob ich da durchpassen würde.

Ich sah meine Chance. Ich nutzte sie.

Ich preschte an ihm vorbei, schubste seine Arme hoch und rannte die Straße hinab, so schnell ich konnte. Meine Füße trommelten auf den Asphalt, mein Herz drehte durch. Würden sie mir hinterherrennen? Es war doch helllichter Tag.

»ERST AUFGEILEN, DANN ABHAUEN!«, brüllte mir einer hinterher.

Die Beleidigungen prallten mir am Rücken ab. Ich lief und lief – ganz sicher, dass sie mir folgen würden. Ganz sicher, dass es noch nicht zu Ende war.

»KOMM SCHON, SÜSSE, WAR DOCH NUR NETT GEMEINT.«

»SCHEISSSCHLAMPE.«

Die kalte Luft pfiff mir in die Lunge, schnitt mir in den Hals. Mein Magen wollte sich umstülpen. Ich schlotterte so sehr, dass ich kaum geradeaus rennen konnte.

Hinter mir hörte ich keine Schritte. Am Ende der Straße wagte ich es, mich umzusehen.

Die zwei Männer lehnten an ihrem Laster. Sie lachten. Hatten sich vornübergebeugt und die Hände auf die Knie gestützt, schüttelten sich aus wie im Kindergarten.

Und während ich krampfhaft die Tränen zurückhielt, die mir im Hals steckten, dachte ich:

Dabei hab ich doch noch nicht mal einen kurzen Rock an.